Dr. med. Ulrich Naumann
Hochstr. 48, 46236 Bottrop
☎ 02041 / 28971

Machado de Assis
DER GEHEIME GRUND

DIE
ANDERE
BIBLIOTHEK

*Herausgegeben
von
Hans Magnus Enzensberger*

MACHADO DE ASSIS
DER GEHEIME GRUND
ERZÄHLUNGEN

*Aus dem
brasilianischen Portugiesisch
und mit einem Nachwort
von
Curt Meyer-Clason*

Eichborn Verlag
Frankfurt am Main 1996

© für die deutschsprachige Ausgabe:
Vito von Eichborn GmbH & Co. Verlag KG,
Frankfurt am Main 1996

DER TÜRKISCHE PANTOFFEL

Seht euch den Bakkalaureus Duarte an! Soeben hat er den festesten, korrektesten Krawattenknoten geschlungen, der bisher im Jahre 1850 zu sehen war, und schon meldet man ihm den Besuch des Majors Lopo Alves. Man beachte, daß es Abend ist und bereits neun Uhr geschlagen hat.

Duarte erbebte, und zwar aus zwei Gründen. Erstens, weil der Major so ziemlich der lästigste Geselle jener Zeit war. Zum zweiten, weil Duarte sich anschickte, auf einem Ball die seidigsten blonden Haare und die nachdenklichsten blauen Augen zu sehen, die unser Klima, das dergleichen Reize so selten vergibt, hervorgebracht hatte.

Die Liebelei war eine ganze Woche alt. Sein Herz, das zwischen zwei Walzern ins Netz gegangen war, vertraute seinen Augen, die kastanienbraun waren, eine ehrerbietige Erklärung an, welche diese dem jungen Mädchen zehn Minuten vor dem Abendessen übermittelten. Gleich nach der Schokolade erhielt Duartes Herz eine günstige Antwort. Drei Tage später war der erste Brief unterwegs, und so wie die Dinge sich anließen, sah es fast aus, als sollte das Paar noch vor Jahresende den Weg zum Traualtar antreten. Unter diesen Umständen war der Besuch des Senhor Lopo Alves ein wahres Verhängnis für den Studenten. Als alter Freund der Familie und Regimentskamerad seines verstorbenen Vaters durfte der Major nämlich Anspruch darauf erheben, höflich empfangen zu werden. Ihn fortzuschicken oder kühl zu behandeln wäre unmöglich gewesen. Glücklicherweise hatte der Major einen Milderungsgrund: Er war mit Cecília, dem jungen Mädchen mit den blauen Augen, verwandt; im Notfall konnte er sich getrost auf sie berufen.

Duarte schlüpfte in einen Morgenrock und eilte in den Salon, wo Lopo Alves, eine Rolle unter dem Arm und die Augen ins Leere gerichtet, die Ankunft des Bakkalaureus nicht zu bemerken schien. »Welch guter Wind bringt Sie zu ähnlicher Stunde nach Catumbí?« fragte Duarte, seiner Stimme einen freudigen Klang verleihend, zu dem nicht nur die Berechnung, sondern auch seine gute Erziehung rieten.

»Ich weiß nicht, ob der Wind, der mich herführt, gut oder schlecht ist«, antwortete der Major, unter seinem dichten grauen Schnauzbart lächelnd. »Ich weiß nur, daß es ein strenger Wind ist. Wollen Sie ausgehen?«

»Ich gehe nach Rio Comprido.«

»Ich bin im Bilde. Sie gehen zum Hause der Witwe Meneses. Meine Frau und meine Töchter müßten schon dort sein. Ich komme später nach, wenn ich kann. Es ist noch früh, nicht wahr?«

Lopo Alves zog seine Uhr hervor und sah, daß es halb zehn Uhr war. Er strich mit der Hand über seinen Bart, stand auf, machte ein paar Schritte durch den Salon, setzte sich wieder und sagte:

»Ich habe Ihnen eine Mitteilung zu machen, die Sie überraschen wird. Ich habe ein ... ein Drama geschrieben.«

»Ein Drama!« rief der junge Mann aus.

»Was wollen Sie? Seit meiner Kinderzeit leide ich unter literarischen Heimsuchungen. Der Militärdienst hat mich nicht davon geheilt, er hat meine Krankheit nur vorübergehend gelindert. Hinterher hat sie nur um so heftiger gewütet. Jetzt gibt es nur noch ein Mittel: sie gewähren lassen und der Natur nachhelfen.«

Duarte erinnerte sich daran, daß der Major schon früher von Eröffnungsansprachen, von zwei oder drei Sterbegesängen und einer Artikelreihe über die Feldzüge am Rio da Prata gesprochen hatte. Es war jedoch viele Jahre her, daß Lopo Alves die Generale des Prata-Flusses und die Toten besang, und nichts ließ darauf schließen, daß dies Leiden wiedergekehrt war, zumal in Form eines Dramas. Hätte Duarte gewußt, daß Lopo Alves vor einigen Wochen ein hochromantisches Theaterstück gesehen hatte, das ihn stark beeindruckt und auf die Idee gebracht hatte, sich seinerseits dem Rampenlicht zu stellen, so wären ihm die Eröffnungen seines Besuchers durchaus verständlich gewesen. Der Major ließ sich jedoch nicht über diese notwendigen Einzelheiten aus, so daß der Bakkalaureus über die Gründe im dunkeln blieb, die zu dem dramatischen Ausbruch des Offiziers geführt hatten. Er erfuhr sie nicht und fragte auch nicht danach. So rühmte er denn die geistigen Fähigkeiten des Majors, äußerte begeistert den Wunsch, der erfolgreichen Uraufführung des Stückes in Bälde beiwohnen zu dürfen, versprach, ihn seinen Freunden beim *Correio Mercantil* zu empfehlen, und hielt erst erbleichend inne, als der Major, zitternd vor Vorfreude, das mitgebrachte Bündel auspackte.

»Ich bin Ihnen für Ihre freundlichen Absichten dankbar«, sagte Lopo Alves, »und nehme die versprochene Gefälligkeit gern an. Vorher bitte ich jedoch um eine andere. Ich weiß, daß Sie klug und belesen sind. Sie müssen mir daher ehrlich sagen, was Sie von meiner Arbeit halten. Ich bitte Sie nicht um Lob, ich fordere von Ihnen Offenheit, unbedingte Offenheit. Wenn Sie mein Stück schlecht finden, so sagen Sie es rückhaltlos!«

Duarte versuchte den bitteren Kelch von sich zu wenden; es war aber schwierig, darum zu bitten, und unmöglich, es zu erreichen. Melancholisch sah er auf die Uhr, die neun Uhr fünfundfünfzig Minuten zeigte, während der Major mit väterlicher Miene in den einhundertundachtzig Seiten seines Manuskriptes blätterte.

»Es wird rasch gehen«, meinte Lopo Alves. »Ich weiß, was junge Leute und Bälle sind. Machen Sie sich keine Sorgen. Noch heute werden Sie zwei oder drei Walzer mit *ihr* tanzen, wenn es sie gibt, oder mit ihnen. Wäre es nicht besser, wenn wir in Ihr Arbeitszimmer gingen?«

Dem Bakkalaureus war der Ort der Marter gleichgültig; bereitwillig kam er dem Wunsch seines Gastes nach. Und schon gab dieser mit der Freiheit, die ihm sein verwandtschaftliches Verhältnis zu Duarte einräumte, dem schwarzen Diener die Anweisung, niemanden vorzulassen. Der Henker wünschte keine Zeugen. Die Türe des Kabinetts wurde verschlossen, Lopo Alves nahm an der unteren Seite des Arbeitstisches Platz, ihm gegenüber der Bakkalaureus, der seinen Leib und seine Verzweiflung in einen tiefen, mit Ziegenleder bezogenen Sessel sinken ließ, entschlossen, kein Wort von sich zu geben, um rascher erlöst zu werden.

Das Drama war in sieben Bilder eingeteilt, ein Hinweis, der dem Zuhörer einen kalten Schauer über den Rücken sandte. In den einhundertundachtzig Seiten stand nichts Neues, abgesehen von der Schrift des Verfassers. Das übrige waren die Redewendungen, die Charaktere, die Kunstgriffe, sogar der Stil der vollkommenen Typen eines hemmungslosen Romantismus. Alves bildete sich wohl ein, eine originelle Erfindung seines Geistes vorzulegen, hatte aber nichts anderes getan, als seine Lesefrüchte lose zu verflechten.

Zu einer anderen Gelegenheit wäre das Stück ein kurzweiliger Zeitvertreib gewesen. Gleich im ersten Bild, einer Art von Prolog, gab es ein entführtes Kind, eine Vergiftung, zwei Verkleidungsszenen, eine Dolchspitze und eine Unzahl nicht weniger spitzer Eigenschaftswörter. Im zweiten Bild wohnte man dem Tode eines der Vermummten bei, der im dritten Bild auferstehen sollte, um im fünften festgenommen zu werden und im siebenten dem Tyrannen den Todesstoß zu versetzen. Außer dem scheinbaren Tod des Getarnten war im zweiten Bild der Raub des bereits siebzehnjährigen zarten Kindes zu sehen, außerdem ein Monolog, der ebenso lang zu dauern schien, und obendrein der Diebstahl eines Testamentes.

Es war fast elf Uhr, als der Major die Lesung des zweiten Bildes beendet hatte. Duarte konnte seinen Unmut kaum bezähmen; jetzt war es unmöglich, noch nach Rio Comprido zu fahren. Folgende Vermutung liegt nahe: Hätte der

Major in diesem Augenblick das Zeitliche gesegnet, Duarte wäre dem Tod als Wohltäter der Vorsehung ehrlich dankbar gewesen. Zwar läßt das Gefühlsleben des Studenten kaum auf derartige Wutausbrüche schließen, aber die Lektüre eines schlechten Buches ist imstande, noch schlimmere Reaktionen hervorzurufen. Hinzu kommt, daß die Mähne des Majors in ihrer Wildheit vor den leiblichen Augen des Studenten wehte, während die goldenen Strähnen, die Cecílias hübsches Köpfchen zierten, von seinem Geist flohen. Er sah sie mit ihren blauen Augen, er sah ihre Haut aus Milch und Blut, sah ihre zarten, anmutigen Gebärden, die alle anderen vermutlich im Salon der Witwe Meneses versammelten weiblichen Wesen bei weitem in den Schatten stellten. Das sah er vor sich, er hörte im Geiste die Musik, die Gespräche, das Scharren der Tanzschritte, das Rascheln der Seidenroben, während die heisere saftlose Stimme des Lopo Alves seine Bilder und Dialoge mit der Unempfindlichkeit unerschütterlicher Überzeugungskraft herunterleierte.

Die Zeit flog, und der Zuhörer wußte nicht mehr, wie viele Bilder an ihm vorübergezogen waren. Schon lange hatte es Mitternacht geschlagen, der Ball war rettungslos verloren. Plötzlich sah Duarte, daß der Major sein Manuskript zusammenrollte, sich erhob, stolz gereckt zwei haßerfüllte bösartige Augen auf ihn heftete und aus dem Kabinett stürzte. Duarte wollte ihn zurückrufen, aber seine Verblüffung hatte ihm Stimme und Glieder gelähmt. Als er wieder zu sich kam, hörte er die streng und zornig hämmernden Absätze des Dramatikers auf dem Pflaster des Gehsteigs.

Er lief zum Fenster, hörte und sah nichts, Verfasser und Stück waren verschwunden.

»Warum hat er das nicht schon viel früher getan?« fragte der junge Mann mit einem Seufzer.

Kaum fand der Seufzer Zeit, seine Schwingen auszubreiten und durchs Fenster nach Rio Comprido zu entschweben, als sein Diener ihm den Besuch eines kleinen dicken Mannes ankündigte.

»Zu dieser Stunde!« rief Duarte.

»Zu dieser Stunde«, wiederholte der kleine dicke Mann, das Kabinett betretend. »Zu dieser oder irgendeiner Stunde darf die Polizei das Haus eines Bürgers betreten, sofern es sich um ein schweres Delikt handelt.«

»Um ein Delikt?«

»Ich glaube, Sie kennen mich . . .«

»Ich habe nicht die Ehre gehabt.«

»Ich bin Polizeibeamter.«

»Aber was habe ich mit Ihnen zu schaffen? Um welches Delikt handelt es sich?«

»Um eine Bagatelle: um einen Diebstahl. Sie sind angeklagt, einen türkischen Pantoffel gestohlen zu haben. Scheinbar ist der Pantoffel nichts oder wenig wert. Aber es gibt eben Pantoffel und Pantoffel. Alles hängt von den Umständen ab.«

Das sagte der Mann mit spöttischem Lächeln und richtete dabei einen forschenden Blick auf Duarte. Der Student hatte keine Ahnung von dem gestohlenen Gegenstand. Er schloß, es müsse sich um eine Namensverwechslung handeln, und war daher keineswegs empört darüber, daß man seine Person, und somit seine Gesellschaftsklasse, beleidigte, indem man ihr einen Taschendiebstahl unterschob. Das sagte er dem Polizeibeamten und fügte hinzu, jedenfalls liege kein Grund vor, ihn zu so später Stunde zu behelligen.

»Sie müssen entschuldigen«, antwortete der Hüter des Gesetzes. »Der Pantoffel, um den es sich handelt, ist dreißig oder vierzig Conto de Réis wert; er ist mit den kostbarsten Diamanten besetzt und daher ungewöhnlich wertvoll. Nicht nur der Form, auch dem Ursprung nach ist er türkisch. Die Dame, eine unserer weitgereisten Patrizierinnen, war vor etwa drei Jahren in Ägypten, wo sie den Pantoffel von einem Juden gekauft hat. Die Geschichte, die dieser Jünger

Mose über das besagte Erzeugnis der muselmanischen Handwerkskunst erzählt hat, ist wahrhaft wunderbar und meinem Gefühl nach eine ausgemachte Lüge. Aber darauf kommt es hier nicht an. Vielmehr kommt es darauf an, daß er gestohlen wurde und daß bei der Polizei eine Anzeige gegen Sie vorliegt.«

Bei diesen Worten trat der Mann ans Fenster. Duarte vermutete, es sei ein Geisteskranker oder ein Dieb, fand jedoch keine Zeit, seinen Verdacht zu prüfen, weil er nach wenigen Sekunden fünf Bewaffnete eintreten sah, die auf ihn zustürzten und ihn ohne Rücksicht auf das Geschrei, das er ausstieß, und die heftigen Bewegungen, mit denen er sich zu befreien suchte, die Treppe hinunterschleppten. Auf der Straße stand ein Wagen, in den sie ihn gewaltsam stießen. Drinnen saß bereits der kleine dicke Mann, außerdem ein hochgeschossenes mageres Subjekt; beide befahlen ihm, sich in den Fond zu setzen. Man hörte Peitschenknallen, und schon flog der Wagen im Galopp davon.

»Ha, ha!« sagte der Dicke. »Was hat sich der Kerl denn dabei gedacht, daß er ungestraft türkische Pantoffel stehlen, jungen Blondinen den Hof machen, sie vielleicht sogar heiraten ... und sich nebenbei noch über das Menschengeschlecht lustig machen kann?«

Bei dieser Anspielung auf die Dame seiner Gedanken lief es Duarte kalt über den Rücken. Allem Anschein nach handelte es sich um den Anschlag eines verschmähten Nebenbuhlers. Oder sollte die Bemerkung reiner Zufall sein und nichts mit diesem Abenteuer zu tun haben? Duarte verlor sich in einem Gewirr von Vermutungen, während der Wagen in vollem Galopp weiterrollte. Nach einer Weile wagte er zu sagen:

»Was auch mein Verbrechen sein mag, so nehme ich doch an, daß die Polizei ...«

»Wir sind nicht von der Polizei«, unterbrach der Magere kühl.

»Ah!«

»Dieser Herr und ich sind zwei Gleiche. Er, Sie und ich bilden drei Gleiche. Nun sind drei Gleiche aber nicht besser als zwei Gleiche. Sie sind es nicht und können es auch nicht sein. Das beste ist ein Paar. Sie haben mich wahrscheinlich nicht verstanden?«

»Nein, Senhor.«

»Sie werden mich gleich verstehen.«

Duarte fand sich damit ab zu warten, hüllte sich in Schweigen, kauerte in seiner Ecke und ließ Wagen und Abenteuer ihren Lauf nehmen. Nach etwa fünf Minuten blieben die Pferde stehen.

»Wir sind da«, sagte der Dicke.

Mit diesen Worten zog er ein Taschentuch aus der Tasche und reichte es dem Studenten mit der Aufforderung, sich die Augen zu verbinden. Duarte weigerte sich, es zu tun, aber der Magere bemerkte, zu gehorchen sei empfehlenswerter als Widerstand zu leisten. Gleich darauf hörte er die Angeln einer Türe kreischen; zwei Personen — vermutlich dieselben, die ihn im Wagen begleitet hatten — packten ihn an den Händen und führten ihn durch eine Unzahl von Gängen und Treppen. Im Gehen hörte der Student einige unbekannte Stimmen, abgerissene Worte, unverständliche Sätze. Schließlich blieben sie stehen; man sagte ihm, er solle sich setzen und die Binde abnehmen. Duarte gehorchte; als er aber die Binde abgestreift hatte, war kein Mensch zu sehen.

Er stand in einem weiträumigen, hellerleuchteten Salon, der elegant, ja prunkvoll ausgestattet war. Vielleicht wirkte er durch die Vielfalt der Ausschmückung überladen. Immerhin hatte der Dekorateur einen erlesenen Geschmack walten lassen.

Bronzen, asiatische Lackmöbel, Teppiche, Spiegel — alle Gegenstände, die den Salon im Überfluß füllten, gehörten zum Besten und Kostbarsten. Beim Anblick dieser Reichtümer fand der Bakkalaureus seine Seelenruhe wieder; hier konnten unmöglich Diebe hausen.

Der junge Mann lehnte sich träge auf der Ottomane zurück ... Auf der Ottomane! Dieser Umstand rief ihm den Beginn seines Abenteuers und den Diebstahl des Pantoffels ins Gedächtnis zurück. Einige Minuten des Nachdenkens genügten ihm zu der Einsicht, daß der Pantoffel nun problematischer war denn je. Nachdem er sich noch tiefer in Mutmaßungen eingelassen hatte, glaubte er eine neue, endgültige Erklärung gefunden zu haben. Der Pantoffel war eine reine Metapher; es handelte sich um Cecílias Herz, das er gestohlen hatte, um ein Vergehen, für das der vermeintliche Nebenbuhler ihn bestrafen wollte. Damit standen fraglos die geheimnisvollen Worte des Mageren in Beziehung. Zwei Gleiche sind besser als drei Gleiche, ein Paar ist das Ideal.

So wird es sein, schloß Duarte; aber wer ist dann der ausgestochene Rivale?

In diesem Augenblick öffnete sich eine Türe im Hintergrund des Raumes, und es erschien die dunkle Soutane eines bleichen kahlköpfigen Paters. Duarte sprang auf wie von einer Sprungfeder emporgeschnellt. Langsam durchschritt der Pater den Saal, erteilte ihm im Vorbeigehen den Segen und verschwand durch eine Türe im Vordergrund. Der Bakkalaureus blieb regungslos stehen, den Blick, einen im Wortsinn törichten Blick, auf die Türe geheftet. Das Unerwartete dieser Erscheinung brachte seine bisherigen Gedanken über das Abenteuer vollends durcheinander. Er hatte indes keine Zeit, nach einer neuen Erklärung zu suchen, weil die erste Türe wiederum aufflog und eine andere Gestalt eintreten ließ, diesmal den Mageren, der schnurstracks auf ihn zuging und ihn aufforderte, ihm zu folgen. Duarte setzte ihm keinen Widerstand entgegen. Beide gingen durch eine dritte Türe hinaus, durchschritten einige mehr oder minder erleuchtete Gänge und gelangten in einen Raum, der nur durch zwei auf einem großen Tisch stehende, silberne Kerzenleuchter erhellt war. Am Kopfende saß ein etwa fünfundfünfzig Jahre alter

Mann, eine Kräftige Gestalt mit dichtem Haupt- und Barthaar.

»Kennen Sie mich?« fragte der Alte, sobald Duarte eingetreten war.

»Nein, Senhor.«

»Ist auch nicht nötig. Für das, was wir hier vorhaben, ist jede Vorstellung überflüssig. Zunächst sollen Sie wissen, daß der Diebstahl des Pantoffels reiner Vorwand gewesen ist . . .«

»Ja, gewiß!« fiel Duarte ein.

»Ein reiner Vorwand«, fuhr der Alte fort, »um Sie hierher, in unser Haus, zu locken. Der Pantoffel ist gar nicht gestohlen worden, er ist den Händen seiner Herrin nie entglitten. João Rufino, geh und hol den Pantoffel!«

Der Magere ging hinaus, und der Alte erklärte dem Bakkalaureus, der berühmte Pantoffel sei weder mit einem einzigen Diamanten geschmückt, noch sei er bei einem Juden in Ägypten gekauft worden. Immerhin sei er türkisch, soviel er wisse, und ein Wunder an Winzigkeit. Duarte lauschte den Erläuterungen, und alle Kraft zusammennehmend, fragte er entschlossen:

»Aber, Senhor, können Sie mir nicht endlich sagen, was Sie von mir wollen und wozu ich hier bin?«

»Sie werden es gleich erfahren«, antwortete der Alte seelenruhig. Die Türe öffnete sich, und es erschien der Magere mit dem Pantoffel in der Hand. Aufgefordert, sich dem Licht zu nähern, sah Duarte zu seiner Verwunderung, wie winzig der Pantoffel tatsächlich war. Er bestand aus feinstem Ziegenleder; auf der gepolsterten, mit blauer Seide bezogenen Einlage funkelten zwei goldgestickte Lettern.

»Ein Kinderpantoffel, meinen Sie nicht?« fragte der Alte.

»Allem Anschein nach.«

»Falsch geraten. Der Pantoffel gehört einem jungen Mädchen.«

»Mag sein. Was habe ich damit zu tun?«

»Verzeihung! Sehr viel. Sie werden nämlich die Besitzerin des Pantoffels heiraten.«

»Heiraten?« rief Duarte aus.

»Nichts Geringeres. João, geh und hol die Besitzerin des Pantoffels.«

Der Magere verschwand und kehrte gleich darauf zurück. Er blieb in der Türe stehen, zog die Portiere zurück und ließ eine Frauengestalt eintreten, die bis zur Mitte des Raumes vortrat. Es war keine Frau, es war eine Sylphide, eine Dichtervision, ein Himmelsgeschöpf.

Sie war blond, hatte Cecílias blaue, ekstatische Augen, Augen, die den Himmel suchten oder von ihm zu leben schienen. Ihre Haare, köstlich gekämmt, bildeten rings um das Köpfchen einen Heiligenschein — den Schein einer Heiligen, nicht einer Märtyrerin, denn das Lächeln, das auf ihren Lippen blühte, war das Lächeln der Glückseligkeit, wie es auf Erden wohl selten gesehen worden ist.

Ein weißes Kleid aus feinstem Batist umhüllte keusch ihren Leib, dessen Formen es hervorhob, zwar undeutlich für die Blicke, aber um so deutlicher für die Phantasie.

Ein junger Mann vom Schlage des Bakkalaureus verliert auch in ungewöhnlichen Augenblicken nicht die Fassung. Kaum hatte Duarte das Mädchen erblickt, als er seinen Morgenrock glättete, seine Krawatte zurechtrückte und eine feierliche Verbeugung machte, die das junge Mädchen mit soviel Anmut und Liebreiz erwiderte, daß ihm sein Abenteuer schon weniger furchterregend vorkam.

»Mein lieber Herr Doktor, das ist Ihre Braut.«

Das Mädchen senkte den Blick; Duarte antwortete, er habe nicht die geringste Lust zu heiraten.

»Drei Dinge werden Sie unverzüglich tun«, fuhr der Alte unbeirrt fort. »Das erste ist: heiraten. Das zweite: Ihr Testament aufsetzen. Das dritte: eine bestimmte levantinische Droge einnehmen.«

»Gift!« unterbrach Duarte.

»Gemeinhin nennt man es so. Ich gebe ihm einen anderen Namen: Himmels-Paß.«

Duarte erbleichte, seine Beine schlotterten. Er wollte sprechen, vermochte es aber nicht; nicht einmal ein Stöhnen entrang sich seiner Brust. Er wäre zu Boden gesunken, hätte nicht in der Nähe ein Stuhl gestanden, auf den er sich fallen ließ.

»Sie, Senhor«, fuhr der Alte fort, »besitzen ein kleines Vermögen von einhundertundfünfzig Contos. Diese Perle wird Ihre Alleinerbin sein. João Rufino, geh und hol den Priester!«

Der Priester kam, derselbe kahlköpfige Pater, der kurz vorher den Studenten gesegnet hatte; er schritt unverzüglich auf den jungen Mann zu, schläfrig eine Stelle aus Nehemia oder einem anderen minderen Propheten brummend, packte ihn an der Hand und sagte:

»Stehen Sie auf!«

»Nein, ich will nicht! Ich werde nicht heiraten!«

»So, so!« sagte der Alte am Tisch und legte mit einer Pistole auf ihn an.

»Das ist ja Mord!«

»Ja. Der Unterschied besteht nur in der Todesart: entweder gewaltsam mit diesem hier oder sanft mit der Droge. Sie können wählen!«

Duarte wurde es heiß und kalt, er zitterte. Er wollte aufstehen und vermochte es nicht. Seine Knie schlugen gegeneinander. Unauffällig beugte der Pater sich zu seinem Ohr vor und flüsterte:

»Wollen Sie fliehen?«

»Ja, ja!« rief er aus, aber nicht mit den Lippen, aus Furcht gehört zu werden, sondern mit den Augen, in die er alles Leben legte, das er noch besaß.

»Sehen Sie das Fenster dort? Es steht offen; darunter liegt ein Garten. Springen Sie unbesorgt hinaus!«

»Oh, Pater!« seufzte der Student.

»Ich bin kein Pater, ich bin Oberleutnant. Aber sagen Sie nichts.«

Das Fenster war halb angelehnt, man sah durch den Spalt einen Streifen des schon dämmrigen Himmels. Duarte zögerte nicht, nahm alle Kraft zusammen, setzte zu einem mächtigen Satz an von der Stelle, wo er stand, und warf sich gottbefohlen ins Leere. Die Höhe war gering, der Sturz unbedeutend; rasch raffte er sich auf, aber der Dicke, der im Garten war, vertrat ihm den Weg.

»Was soll das heißen?« fragte er lachend.

Duarte antwortete nicht, er ballte die Fäuste und hämmerte heftig gegen die Brust des Mannes, dann rannte er in den Garten hinein. Der Mann war nicht gestürzt, er schwankte nur, fing sich aber sofort wieder und nahm die Verfolgung des Flüchtigen auf. Nun begann eine schwindelerregende Jagd. Duarte übersprang Zäune und Mauern, zertrampelte Beete, stieß gegen Bäume, die sich ihm da und dort in den Weg stellten. Der Schweiß rann in Bächen an ihm herab; sein Hemd war taugetränkt, zweimal war er drauf und dran, aufgehalten zu werden, weil sein Morgenrock sich an einer stachligen Hecke verfangen hatte. Endlich brach er auf den Steinstufen eines Hauses, das in der Mitte des letzten von ihm durchirrten Gartens stand, zusammen, erschöpft, verwundet, nach Atem ringend.

Er blickte zurück und sah niemanden, sein Verfolger schien die Jagd aufgegeben zu haben. Trotzdem konnte er noch kommen. Duarte erhob sich mühsam, stieg die vier Stufen hinauf, die noch fehlten, und betrat das Haus, dessen offene Tür in einen kleinen, niederen Wohnraum führte.

Ein Mann, der darin saß und den *Jornal do Comércio* las, schien sein Eintreten nicht bemerkt zu haben. Duarte ließ sich in einen Sessel fallen. Er blickte zu dem Mann auf. Es war Major Lopo Alves.

Der Major ergriff das Blatt, das zu winzigen Ausmaßen schrumpfte, und rief aus: »Engel des Himmels, du bist gerächt! — Ende des letzten Bildes.« Duarte blickte auf den Sprecher, auf den Tisch, auf die Wände, rieb sich die Augen und atmete tief auf.

»Nun? Was halten Sie davon?«

»Ah! Hervorragend!« antwortete der Bakkalaureus und stand auf.

»Stark und leidenschaftlich, was?«

»Unglaublich stark. Wieviel Uhr ist es?«

»Es hat soeben zwei Uhr geschlagen.«

Duarte begleitete den Major zur Tür, atmete nochmals tief auf, betastete sich und trat ans Fenster. Es ist nicht bekannt, was er in den ersten Minuten dachte; nachdem aber eine Viertelstunde vergangen war, sagte er zu sich:

»Nymphe, süße Freundin, rastlose fruchtbare Phantasie, du hast mich durch einen originellen Traum vor einem schlechten Stück gerettet, du hast meine Langeweile durch einen Alptraum ersetzt: Das war ein gutes Geschäft. Ein gutes Geschäft und überdies eine ernste Lehre: Du hast mir wieder einmal bewiesen, daß das beste Drama sich im Zuschauer abspielt und nicht auf der Bühne.«

DER IRRENARZT

1. Wie Itaguaí ein Irrenhaus erhält

Die Chronik des Städtchens Itaguaí berichtet, vor langer Zeit habe dort ein Arzt, ein gewisser Dr. Simão Bacamarte, gelebt, der Sohn von Landadligen und der bedeutendste Arzt Brasiliens, Portugals und Spaniens. Er hatte in Coimbra und Padua studiert. Im Alter von vierunddreißig Jahren war er nach Brasilien zurückgekehrt, da der König ihn nicht dazu hatte bewegen können, Rektor der Universität Coimbra zu werden oder in Lissabon die Geschäfte der Monarchie zu lenken.

»Die Wissenschaft«, sagte er zu Seiner Majestät, »ist mein Lebensziel, Itaguaí ist meine Welt.«

Alsbald ließ er sich in Itaguaí nieder und widmete sich fortan mit Leib und Seele der Wissenschaft. Er wechselte zwischen Studieren und Kurieren und bewies seine Lehrsätze mit heißen Umschlägen. Im Alter von vierzig Jahren heiratete er Dona Evarista da Costa e Mascarenhas, eine Dame von fünfundzwanzig Jahren, die weder anziehende noch sympathische Witwe eines Landrichters. Einer seiner Onkel, ein Schöngeist und Ästhet, machte aus seiner Verwunderung über eine derartige Wahl kein Hehl und sagte es ihm auch. Simão Bacamarte erklärte, Dona Evarista vereine physiologische und anatomische Eigenschaften ersten Ranges in sich, sie habe eine leichte Verdauung, einen regelmäßigen Puls und einen leichten Schlaf; auf diese Weise sei sie wie geschaffen, ihm kräftige, gesunde und intelligente Söhne zu schenken. Wenn Dona Evarista außer diesen Gaben, den einzigen, welche die Beachtung eines Wissenschaftlers verdienten, nicht mit ebenmäßigen Gesichtszügen aufwarten könne, so habe er, weit davon entfernt, diesen Umstand zu bedauern, vielmehr Gott dafür zu danken, da er somit nicht Gefahr laufe, seine wissenschaftlichen Interessen der ausschließlichen, andauernden und alltäglichen Bewunderung seiner Gattin zu opfern.

Dona Evarista enttäuschte die Hoffnungen Dr. Bacamartes, sie schenkte ihm weder kräftige noch schwächliche Söhne. Die natürliche Veranlagung der Wissenschaft ist die Langmut; unser Arzt wartete daher drei, dann vier, danach weitere fünf Jahre. Nach Ablauf dieser Frist nahm er eine eingehende Untersuchung der Materie in Angriff, las sämtliche Werke arabischer und sonstiger Verfasser, die er nach Itaguaí mitgebracht hatte, sandte Anfragen an italienische und deutsche Universitäten und empfahl seiner Frau schließlich eine Sonderdiät. Die illustre Dame, die sich vorwiegend von dem vorzüglichen Schweinefleisch Itaguaís ernährt hatte, befolgte die Ratschläge ihres Gatten nicht, so daß wir ihrem zwar erklärlichen, aber dennoch unverzeihlichen Widerstand das Erlöschen der Dynastie Bacamarte zu verdanken haben.

Die Wissenschaft indessen besitzt die unaussprechliche Gabe, jeden Kummer zu stillen, und unser Arzt stürzte sich mit Lust und Liebe in Theorie und Praxis der Medizin. Nun wurde er auf eine besondere Sparte der Medizin aufmerksam, auf das Gebiet der Psyche, der Zerebralpathologie. Bisher hatte es weder in der Kolonie noch im Königreich eine einzige Autorität auf diesem schlecht erforschten, besser gesagt, fast unerforschten Gebiet gegeben. Simão Bacamarte begriff, daß die lusitanische, insbesondere die brasilianische Wissenschaft darin »unvergängliche Lorbeeren« ernten könne; das war seine eigene, freilich in einem Augenblick der Begeisterung und nur in der häuslichen Zurückgezogenheit gebrauchte Wendung, denn äußerlich war er bescheiden, wie es einem Gelehrten geziemt.

»Die Heilung der Seele«, rief er, »ist die würdigste Beschäftigung des Arztes.«

»Des wirklichen Arztes«, berichtigte Crispim Soares, Apotheker des Städtchens und einer von Bacamartes intimsten Freunden.

Der Stadtrat von Itaguaí wird von den Chronisten außer wegen anderer Sünden dafür getadelt, daß er die Geisteskranken vernachlässigt habe. So kam es, daß selbst gefährlich Verrückte in der Schlafkammer des eigenen Hauses eingesperrt, daß sie nicht nur nicht betreut, sondern sogar ihrem Schicksal überlassen wurden, bis der Tod sie um die Wohltat des Lebens brachte; die harmlosen Geistesgestörten hingegen durften sich frei bewegen. Simão Bacamarte beschloß, dieser üblen Sitte ein Ende zu bereiten. Er ersuchte den Stadtrat um die Genehmigung, in einem Gebäude, das er zu errichten gedachte, sämtliche Irren Itaguaís und der umliegenden Städte und Städtchen unterzubringen und zu behandeln, und zwar mittels eines Zuschusses, den der Rat ihm für jeden Kranken zu bewilligen habe, dessen Angehörige nicht für die Anstaltskosten aufkommen könnten.

Der Vorschlag erregte die Neugierde des gesamten Städtchens und stieß auf großen Widerstand, da sinnlose oder gar schädliche Gewohnheiten immer schwer auszurotten sind. Schon der Einfall, die Geisteskranken alle zusammen in einem Haus unterbringen zu wollen, wurde als Anzeichen von Geistesgestörtheit angesehen und als solches der Frau des Arztes zugeflüstert.

»Hören Sie, Dona Evarista!« sagte Pater Lopes, der Gemeindepfarrer. »Veranlassen Sie doch Ihren Gatten, eine Reise nach Rio de Janeiro zu machen. Tagaus, tagein zu studieren kann nicht gut sein, es macht nur wirr ...«

Dona Evarista fiel aus allen Wolken. Sie ging zu ihrem Mann und sagte, sie »habe gewisse Gelüste«; eines davon bestehe darin, Rio zu besuchen und alles zu essen, was für einen bestimmten Zweck zuträglich erscheine. Mit dem seltenen Scharfblick, der ihn auszeichnete, durchschaute jedoch der große Mann die Absicht seiner Ehefrau und erwiderte lächelnd, sie solle sich keine Sorgen machen. Dann ging er ins Gemeindehaus, wo die Stadtväter seinen Antrag debattierten, und verteidigte ihn mit soviel Beredsamkeit, daß die Mehrzahl beschloß, seinem Gesuch stattzugeben und gleichzeitig ein Steuergesetz zu verabschieden, das dazu bestimmt war, die Unterbringung, Ernährung und Behandlung der unbemittelten Geisteskranken zu finanzieren. Es fiel nicht leicht, einen steuerfähigen Gegenstand zu finden, da in Itaguaí bereits alles besteuert war. Nach langem Hin und Her beschloß der Stadtrat, bei Beerdigungen den Gebrauch von zwei Federbüschen für je ein Zugpferd zu genehmigen. Wer die Pferde eines Leichenwagens mit Federbüschen zu schmücken wünsche, habe zwei Tostões pro Stunde an die Gemeindekasse abzuführen, und zwar gerechnet vom Eintritt des Todes bis zum letzten Segenswort am Grabe. Der Schreiber geriet bei der Ertragsrechnung der neuen Steuer ins Uferlose, und einer der Stadträte, der nicht an das Unternehmen des Arztes glaubte, forderte, man solle den Schreiber einer so unnützen Arbeit entheben.

»Die Errechnung ist überflüssig«, sagte er, »weil Dr. Bacamartes Plan ohnehin zu nichts führen wird. Wo hat man je gehört, daß sämtliche Irren einer Stadt gemeinsam in einem einzigen Haus eingesperrt werden?«

Indes, der würdige Magistrat täuschte sich gewaltig, denn der Arzt brachte alles wie geplant zuwege. Sobald er die Genehmigung erwirkt hatte, begann er sofort mit dem Bau des Hauses. Es entstand in der Rua Nova, der damals schönsten Straße Itaguaís; es hatte fünfzig Fenster auf jeder Seite, einen Hof in der Mitte und zahlreiche Zellen für die Insassen. Da Bacamarte ein großer Arabist war, fand er im Koran eine Stelle, in der Mahomet die Irren seligpreist, und zwar durch einen Gnadenakt Allahs, der ihnen den Verstand raubt, damit sie nicht mehr sündigen. Der Gedanke kam ihm so erhaben und tief vor, daß er ihn über dem Portal des Irrenhauses in Stein hauen ließ. Da er aber befürchten mußte, der Wortlaut könne den Pfarrer und dadurch auch den Bischof beleidigen, schrieb er den Ausspruch Benedikt VIII. zu — ein übrigens frommer Betrug, der zur Folge hatte, daß Pater Lopes ihm beim Mittagessen das Leben jenes hervorragenden Papstes schilderte.

Die Anstalt wurde *Grünes Haus* genannt, den Fensterrahmen und -läden zuliebe, die zum erstenmal in Itaguaí diese Farbe bekamen. Diese Einweihung wurde mit großem Pomp gefeiert; aus allen nahen und fernen Städtchen und Dörfern und sogar aus Rio de Janeiro strömten Menschen herbei, um den Eröffnungsfeierlichkeiten beizuwohnen, die sieben Tage dauerten. Viele Geistesgestörte waren bereits interniert, und nun hatten die Angehörigen Gelegenheit, die väterliche Besorgnis, die christliche Nächstenliebe zu beobachten, die sie erwartete. Hoch beglückt über den Ruhm ihres Mannes erschien Dona Evarista in Samt und Seide, geschmückt mit Juwelen und Blumen. Während jener denkwürdigen Tage war sie eine echte Königin; trotz der damals häuslichen, zurückhaltenden Sitten unterließ es kein Bürger des Städtchens, ihr nicht weniger als zwei- oder dreimal seine Aufwartung zu machen. Dona Evarista wurde nicht nur umschwärmt, sondern auch gepriesen, da — und das stellt der Gesellschaft jener Zeit ein ehrenhaftes Zeugnis aus — man in ihr die glückliche Gattin eines erhabenen Geistes, eines illustren Mannes sah, und wenn sie beneidet wurde, so geschah es mit dem heiligen, edlen Neid der Bewunderung.

Nach Ablauf von sieben Tagen fanden die öffentlichen Veranstaltungen ein Ende; endlich besaß Itaguaí eine Irrenanstalt.

2. Eine Lawine von Geisteskranken

Drei Tage später eröffnete der Irrenarzt dem Apotheker Crispim seine innersten Absichten.

»Sicherlich hat die Liebe, Senhor Soares, etwas mit meinem Vorhaben zu tun, aber nur als Würze, gewissermaßen als das Salz der Dinge, so wie ich jenen Ausspruch des Apostels Paulus an die Korinther verstehe: ›Und wenn ich wüßte alle Geheimnisse und alle Erkenntnisse und hätte der Liebe nicht, so wäre ich nichts.‹ Das Hauptziel meiner Gründung des *Grünen Hauses* ist das eingehende Studium des Irrsinns und seiner verschiedenen Abstufungen. Ich möchte die einzelnen Fälle klassifizieren, um endlich die Ursache des Phänomens und dadurch ein allgemeingültiges Heilmittel entdecken zu können. Danach steht mir der Sinn. Ich glaube, daß ich damit der Menschheit einen guten Dienst leiste.«

»Einen hervorragenden Dienst«, bekräftigte der Apotheker.

»Ohne dieses Irrenhaus«, fuhr der Arzt fort, »ließ sich wenig tun; die Anstalt hingegen bietet meinen Untersuchungen ein weiteres Feld.«

»Ein viel weiteres Feld«, ergänzte der andere.

Beide hatten recht. Aus allen Städtchen und Flecken strömten Irre in das *Grüne Haus*. Es kamen völlig Wahnsinnige, es kamen Zahme, es kamen Monomane, es kam eine ganze Familie auf verschiedene Weise Geistesgestörter. Nach Ablauf von vier Monaten war das *Grüne Haus* eine Gemeinde für sich. Die ersten Zellen reichten für ihre Unterbringung nicht mehr aus, so daß eine Galerie mit weiteren siebenunddreißig Zellen angebaut werden mußte. Pater Lopes gestand, er habe es nicht für möglich gehalten, daß es so viele Verrückte auf der Welt, aber noch weniger, daß es so zahlreiche ungewöhnliche Fälle gebe. So hielt zum Beispiel ein roher, ungeschlachter junger Mensch jeden Tag nach dem Mittagessen eine akademisch gebildete Rede, geschmückt mit Metaphern, Antithesen, Apostrophen, gewürzt mit griechischen und lateinischen Wörtern, mit Zitaten aus Cicero, Apuleius und Tertullian. Der Pfarrer traute seinen Ohren kaum. Was, ein Lausbub, den er vor drei Monaten noch auf der Straße *Peteca* hatte spielen sehen!

»Sehr richtig!« erwiderte der Irrenarzt. »Sie haben sich ja selbst davon überzeugt. Dergleichen kommt hier alle Tage vor.«

»Was mich betrifft«, fiel der Pfarrer ein, »so kann ich mir diesen Fall nur durch das Sprachengewirr zur Zeit des Turmbaus zu Babel erklären, wie es uns die Heilige Schrift überliefert. Da damals die Sprachen vermischt wurden, fällt es jetzt vermutlich um so leichter, sie zu verwechseln, sobald der Verstand aussetzt ...«

»Dies könnte wohl die göttliche Erklärung der Erscheinung sein«, stimmte der Irrenarzt nach einem Augenblick des Nachdenkens zu. »Es scheint mir jedoch möglich, daß es dafür auch einen menschlichen und somit rein wissenschaftlichen Grund gibt. Diesen herauszufinden, habe ich mir zum Ziel gesetzt.«

»Mag sein. Ich bin sehr gespannt, ihn zu erfahren.«

Von Liebeswahnsinn waren drei oder vier befallen, aber nur zwei unter ihnen erregten Verwunderung wegen ihres merkwürdigen Deliriums. Der erste, ein gewisser Falcão, ein junger Mann von fünfundzwanzig Jahren, hielt sich für den Morgenstern, streckte die Arme aus und spreizte die Beine, um sich ein strahlenförmiges Aussehen zu geben; so blieb er stehen und fragte ohne Unterlaß, ob die Sonne schon aufgegangen sei, damit er sich zurückziehen könne. Ein anderer irrte unermüdlich, unablässig durch die Räume, die Gänge oder den Innenhof, auf der Suche nach dem Ende der Welt. Er war ein Unglücksrabe, den seine Frau um eines Stutzers willen verlassen hatte. Kaum hatte er ihre Flucht entdeckt, bewaffnete er sich mit einer Büchse und machte sich auf ihre Fährte. Zwei Stunden später fand er sie am Ufer eines Sees und brachte sie mit allen Tücken der Grausamkeit um.

Zwar war seine Eifersucht verraucht, aber dafür war der Gerächte verrückt geworden. Damit begann sein Wahn, die Flüchtigen bis ans Ende der Welt suchen zu müssen.

Der Größenwahn hatte einige bemerkenswerte Exemplare aufzuweisen. Der beachtlichste Fall war ein armer Teufel, Sohn eines Flickschneiders, der, weil er zu stolz war, einen Menschen anzublicken, den Wänden seinen gesamten Stammbaum erzählte, der folgendermaßen lautete:

»Gott zeugte ein Ei, das Ei zeugte das Schwert, das Schwert zeugte David, David zeugte den Purpur, der Purpur zeugte den Herzog, der Herzog zeugte den Marquis, der Marquis zeugte den Grafen, und der Graf bin ich.«

Dann schnippte er seine Finger gegen die Stirn und wiederholte fünf-, sechsmal dasselbe:

»Gott zeugte ein Ei, das Ei zeugte . . .« und so weiter.

Ein anderer der gleichen Sippe war ein Schreiber, der sich als Hofmarschall des Königs ausgab; wieder einer war ein Viehtreiber aus Minas Gerais, der besessen davon war, Rinderherden an jedermann zu verteilen; dem einen schenkte er dreihundert, dem zweiten sechshundert, dem dritten eintausendzweihundert Stück Vieh und wurde mit der Verteilung nie fertig. Von den Fällen religiöser Monomanie will ich nicht reden und nur das Beispiel eines Patienten anführen; da dieser João de Deus, Hans von Gott, hieß, glaubte er, *Gott Hans* zu sein, und versprach dem, der ihn anbetete, das Himmelreich, allen anderen die Hölle. Schließlich wäre noch der Lizenziat Garcia zu nennen, der kein Wort sprach, weil er sich einbildete, an jenem Tag, da er auch nur ein einziges Wort von sich gäbe, würden sämtliche Sterne vom Himmel fallen und die Erde zermalmen; so groß wäre die Macht, die er von Gott empfangen hatte.

Diesen Wortlaut schrieb er auf das Stück Papier, das der Irrenarzt ihm weniger aus Nächstenliebe als aus wissenschaftlichem Wissensdrang hatte aushändigen lassen.

Tatsächlich war die Geduld des Irrenarztes noch ungewöhnlicher als jede einzelne der Manien, die sich im *Grünen Haus* tummelten; sie war geradezu überwältigend.

Nun begann Simão Bacamarte einem Vorschlag des Apothekers zufolge die Verwaltung seiner Anstalt aufzubauen. Dazu stellte er zwei Neffen seines Freundes an und übertrug ihnen die Überwachung eines von der Kammer genehmigten Durchführungsplanes, die Verteilung der Nahrungsmittel und Bekleidungsstücke sowie die Buchführung und anderes mehr. Es war das beste, was er tun konnte; auf diese Weise war er in der Lage, sich ausschließlich seinem Beruf als Arzt zu widmen. »Nun ist das *Grüne Haus* eine Art Welt«, sagte er dem Herrn Pfarrer, »in der es eine zeitliche und eine *geistliche* Regierung gibt.«

Pater Lopes lachte über den frommen Wortscherz und fügte, um ebenfalls einen Witz anzubringen, hinzu:

»Keine Sorge, keine Sorge, ich werde Sie rechtzeitig dem Papst melden.«

Der Verwaltungssorgen ledig, nahm der Irrenarzt unverzüglich eine gründliche Einordnung seiner Patienten vor. Zunächst teilte er sie in zwei Hauptklassen: in die wilden und die zahmen Irren. Dann ging er zu den Unterklassen über, zu den Monomanien, den Delirien, den verschiedenen Halluzinationen. Danach begann er ein erschöpfendes, anhaltendes Studium; er analysierte die Gewohnheiten eines jeden Irren, die Zeiten seiner Anfälle, seine Ab- und Zuneigungen, seine Worte, Gesten, Lieblingsbeschäftigungen. Er fertigte einen Lebenslauf jedes Kranken an, enthaltend Angaben über Beruf, Gewohnheiten, die Umstände, unter denen die Krankheit zum erstenmal auftrat, sonstige Beschwerden, Kindheits- und Jugenderlebnisse, Herkunft, kurz, ein umfassendes Protokoll, wie es ein Untersuchungsrichter kaum vollständiger auszuarbeiten vermag. Tagtäglich notierte er eine neue Beobachtung, eine interessante Entdeckung, eine ungewöhnliche Erscheinung. Gleichzeitig überlegte er die jeweils angemessene Behandlung, die medikamentösen Substanzen, die besten Heil- und Linderungsmittel, nicht nur jene, die er bei seinen geliebten Arabern gefunden hatte, sondern auch solche, die er dank seines Scharfsinns und seiner Geduld entdeckte. Diese Arbeiten nahmen die meiste, seine beste Zeit in Anspruch. Er schlief schlecht und aß schlecht; und noch während er aß, arbeitete er, weil er entweder über einem alten Text brütete oder ein schwieriges Problem wälzte; und manches

Mal richtete er während der ganzen Mahlzeit kein einziges Wort an Dona Evarista.

3. Gott weiß, was er tut

Die illustre Dame war nach Ablauf von zwei Monaten die unglücklichste Frau von der Welt; sie fiel in tiefste Schwermut, wurde gelb im Gesicht, magerte ab, verlor den Appetit und seufzte alle Augenblicke. Sie wagte zwar nicht, ihrem Mann Vorwürfe zu machen oder sich bei ihm zu beschweren, weil sie in ihm ihren Gatten und Herrn sah; dafür litt sie stumm und schwand sichtlich dahin. Als der Arzt sie eines Tages bei Tisch fragte, was sie habe, antwortete sie wehmütig: »Nichts.« Dann wagte sie sich so weit aus ihrer Zurückhaltung hervor, daß sie erklärte, sie fühle sich genauso als Witwe wie vor ihrer Ehe mit ihm. Und sie fügte hinzu:

»Wer hätte je geahnt, daß ein halbes Dutzend Geisteskranke . . .« Sie beendete den Satz nicht, richtiger gesagt, sie beendete ihn damit, daß sie die Augen zur Zimmerdecke hob — jene Augen, die ihr kostbarster Schatz waren, schwarze, große Augen, gebadet in feuchtes Licht wie die Augen der Morgendämmerung. Was die Gebärde betrifft, so war es die gleiche, die sie an jenem Tag angewandt hatte, da Simão Bacamarte um ihre Hand anhielt. Die Chronik berichtet nicht, ob Dona Evarista diese Waffe mit der tückischen Absicht schwenkte, die Wissenschaft ein für allemal zu enthaupten oder ihr zumindest die Hände abzuhacken; die Vermutung ist jedoch keineswegs unwahrscheinlich. Jedenfalls unterstellte der Arzt ihr dieses Vorhaben. Der große Mann geriet jedoch nicht aus der Fassung, er zeigte sich nicht einmal bestürzt. Das Metall seiner Augen blieb dasselbe Metall, hart, glatt, unveränderlich, nicht das geringste Fältchen kräuselte die Oberfläche seiner Stirn, die so ruhig war wie das Wasser der Bucht von Botafogo. Vielleicht entsiegelte er die Lippen, denen folgende sanfte Worte entströmten wie das Öl des hohen Liedes:

»Ich bin damit einverstanden, daß du eine Erholungsreise nach Rio de Janeiro machst.«

Dona Evarista fühlte den Boden unter ihren Füßen wanken. Sie war noch nie in ihrem Leben in Rio gewesen, das, wiewohl nur ein Schatten von dem, was es heute ist, immerhin um einiges höher stand als Itaguaí. Rio de Janeiro zu sehen kam für sie etwa dem Traum des Juden in der ägyptischen Gefangenschaft gleich. Gerade jetzt, wo ihr Mann sich endgültig in diesem gottverlassenen Winkel niedergelassen hatte, waren ihre letzten Hoffnungen geschwunden, wenigstens einmal in ihrem Leben die Luft unserer herrlichen Großstadt zu atmen — und gerade jetzt erklärte er sich bereit, ihren Kindheits- und Jungmädchentraum zu erfüllen. Dona Evarista vermochte ihre Freude über das Anerbieten nicht zu verbergen. Simão Bacamarte nahm ihre Hand und lächelte — es war ein ebenso philosophisches wie eheliches Lächeln, das zu sagen schien: Es gibt keine sicheren Arzneien für die Leiden der Seele. Diese Dame schwindet dahin, weil sie glaubt, ich liebe sie nicht. Ich tue mich wichtig mit Rio de Janeiro, und schon ist sie getröstet. Und da er ein systematischer Wissenschaftler war, schrieb er die Beobachtung auf.

Ein Pfeil durchbohrte Dona Evaristas Herz. Sie beherrschte sich jedoch und beschränkte sich darauf, ihrem Mann zu sagen, wenn er nicht mitkomme, habe sie keine Lust; allein wolle sie die Reise nicht wagen.

»Dann fahr doch mit deiner Tante«, erwiderte der Irrenarzt.

Es sei bemerkt, daß dieser Gedanke Dona Evarista auch bereits gekommen war; sie hatte jedoch weder darum gebeten noch den Vorschlag gemacht, zum ersten, weil ihrem Mann dadurch erhebliche Kosten verursacht würden, zum zweiten, weil es ihr richtiger, methodischer und logischer erschien, daß der Vorschlag von ihm kam.

»Aber all das Geld, das eine Reise zu zweit kostet!« seufzte Dona Evarista ohne Überzeugung.

»Das spielt keine Rolle! Wir haben viel verdient«, sagte ihr Mann. »Erst gestern hat mir mein Buchhalter die Bilanz vorgelegt. Willst du sie sehen?«

Er führte sie in die Buchhaltung. Dona Evarista war verblüfft. Eine Milchstraße von Zahlen breitete sich vor ihr aus. Dann zeigte er ihr die Truhen, in denen das Geld ruhte.

Herr des Himmels! Es waren Berge von Gold, Tausende von *Cruzados,* einer auf dem anderen, *Dobrões* auf *Dobrões,* ungeahnte Reichtümer!

Während ihre schwarzen Augen das Geld verzehrten, musterte der Irrenarzt sie und flüsterte ihr hinterlistig ins Ohr:

»Wer hätte gedacht, daß ein halbes Dutzend Geisteskranke . . .«

Dona Evarista begriff, lächelte und antwortete entsagungsvoll:

»Gott weiß, was er tut!«

Drei Monate später kam die Reise zustande. Dona Evarista, die Tante, Frau des Apothekers, ein Neffe desselben, ein Pater, den der Irrenarzt in Lissabon kennengelernt hatte und der sich zufällig in Itaguaí aufhielt, fünf oder sechs männliche Dienstboten und vier Zofen — das war die Reisegesellschaft, die die Bevölkerung von Itaguaí an einem schönen Maimorgen abreisen sah. Der Abschied war für alle traurig, nur nicht für den Irrenarzt. Obgleich Dona Evaristas Tränen reichlich, aufrichtig flossen, vermochten sie ihn dennoch nicht zu erschüttern. Einen Mann der Wissenschaft, der ausschließlich der Wissenschaft dient, kann außer ihr nichts aus der Fassung bringen, und wenn bei jener Gelegenheit überhaupt etwas seine Besorgnis erregte, sobald er einen rastlosen Polizistenblick über die Menge gleiten ließ, so nur der Gedanke, es könne unter den geistig Gesunden ein Geisteskranker versteckt sein.

»Adieu!« schluchzten schließlich die Damen und der Apotheker. Die Gesellschaft fuhr ab. Crispim Soares ritt heim, den Blick zwischen die Ohren des Rotschimmels gesenkt; Simão Bacamarte dagegen sandte den seinen kühn hinaus zum Horizont und überließ seinem Pferd die Verantwortung, ihn heil nach Hause zu bringen. Welch lebendes Bild vom Genius und vom gemeinen Volk! Der eine heftet das Auge auf die Gegenwart mit all ihren Tränen und Sehnsüchten, der andere durchdringt die Zukunft mit all ihren Morgenröten.

I. Eine neue Theorie

Während Dona Evarista tränenüberströmt Rio de Janeiro entgegenreiste, suchte Simão Bacamarte händeringend nach einer kühnen neuen Idee, dazu angetan, die Grundlagen der Psychologie zu erweitern. Die Zeit, die ihm die Betreuung des *Grünen Hauses* übrigließ, reichte kaum aus, um das Städtchen Haus für Haus zu durchkämmen, mit den Leuten über dreißigtausend Gesprächsstoffe zu reden und die Unterhaltungen mit Blicken zu würzen, die selbst dem heldenhaftesten Zuhörer eine Gänsehaut verursachen mußten.

Eines Morgens — es waren etwa drei Wochen vergangen — war Crispim Soares dabei, ein Medikament zuzubereiten, als ihm gemeldet wurde, der Irrenarzt lasse ihn rufen.

»Es handelt sich um etwas Hochwichtiges, hat er mir gesagt«, fügte der Überbringer der Botschaft hinzu.

Crispim erbleichte. Was konnte die hochwichtige Angelegenheit anderes sein als eine traurige Nachricht von der Reisegesellschaft, insbesondere von seiner Frau? Da die Chronisten größten Wert auf folgenden Tatbestand legen, muß hier klar ausgesprochen werden: Crispim liebte seine Frau und war dreißig Jahre lang keinen Tag von ihr getrennt gewesen. Nur so sind die Selbstgespräche zu verstehen, die er seit neuestem führte und die seine Hausknechte ständig zu hören bekamen: »Recht so! Geschieht dir recht, wer hat dich geheißen, Cesária die Reise zu erlauben? Speichellecker, übler Speichellecker! Nur um Dr. Bacamarte nach dem Munde zu reden! Aber nun halt den Nacken steif, geh, sieh, wie du's aushältst, Lakaienseele, erbärmlicher Wicht. Du sagst zu allem amen, was? Nun hast du den Salat, du Jämmerling!« Und es hagelte noch viele andere Schimpfworte, die ein Mann nicht seinem Nächsten und schon gar nicht dem eigenen Ich an den Kopf werfen darf. Welche Wirkung die Botschaft auf ihn ausübte, ist daher leicht zu begreifen. Er hörte die Botschaft ebenso rasch, wie er Stößel und Mörser beiseite schob — und flog ins *Grüne Haus*.

Simão Bacamarte empfing ihn mit der eines Weisen würdigen Freude, mit der aus Umsicht bis zum Halse zugeknöpften Freude. »Ich bin sehr froh«, sagte er.

»Haben Sie Nachrichten von unseren Angehörigen?« fragte der Apotheker mit zitternder Stimme.

Der Irrenarzt beschrieb eine großartige Gebärde und erwiderte:»Es handelt sich um etwas weit Wichtigeres, es handelt sich um ein wissenschaftliches Experiment. Ich sage Experiment, weil ich nicht wage, schon jetzt meine Idee als bewiesen anzusehen; auch die Wissenschaft ist nichts anderes, Senhor Soares, als unablässiges Forschen. Es handelt sich somit um ein Experiment, aber um ein Experiment, welches das Antlitz der Erde verändern wird. Der Wahnsinn, Gegenstand meiner Untersuchungen, war bisher eine Insel, verloren im Ozean der Vernunft; ich beginne zu vermuten, daß es ein ganzer Erdteil ist.«

Nach diesen Worten verstummte er, um die Verblüffung des Apothekers auszukosten. Dann erklärte er ausführlich seine Idee. Seiner Ansicht nach umfasse die Geisteskrankheit eine weite Oberfläche von Gehirnen, ein Gedanke, den er an einer Reihe von Überlegungen entwickelte und mit Texten und Beispielen begründete. Diese Beispiele fand er in der Geschichte sowie in Itaguaí; als außerordentlicher

Geist, der er war, erkannte er jedoch die Gefahr, die die Nennung aller Beispiele aus der Gemeinde Itaguaí mit sich bringen würde, und nahm daher seine Zuflucht zur Geschichte. So deutete er insbesondere auf einige berühmte Persönlichkeiten hin, so auf Sokrates, der einen persönlichen Dämon zu haben glaubte, auf Pascal, der einen Abgrund zu seiner Linken sah, auf Mahomet, Mark Aurel, Domitian, Caligula und andere mehr, eine lange Reihe von Fällen und Personen, unter denen auch ekelhafte und lächerliche Gestalten zu finden waren. Da der Apotheker sich über ein derartiges Sammelsurium verwunderte, erklärte der Irrenarzt, all das laufe auf dasselbe hinaus, und fügte unwiderlegbar hinzu:

»Die Wildheit, Senhor Soares, ist das Groteske in ernstem Gewand.«

»Sehr amüsant, sehr amüsant!« rief Crispim Soares aus, die Hände zum Himmel erhebend.

Was die Idee betraf, das Gebiet des Wahnsinns zu erweitern, so fand der Apotheker sie verstiegen; aber die Bescheidenheit, die Zierde seines Geistes, gestattete ihm nicht, etwas anderes als edle Begeisterung zur Schau zu tragen. So erklärte er sie als erhaben und echt und fügte hinzu, das sei in der Tat »eine Sache für die Rassel«.

Dieser Ausdruck hat kein Gegenstück in der modernen Sprache. Zu jener Zeit besaß Itaguaí, wie die meisten Städtchen und Dörfer der Kolonie, keine Presse und kannte nur zwei Arten der Nachrichtenübermittlung: die eine mittels handgeschriebener, an die Türe des Gemeindehauses oder der Kirche angeschlagener Bekanntmachungen, die andere durch die Rassel.

Diese zweite Art ging folgendermaßen vor sich: Ein Mann wurde für einen oder mehrere Tage gedungen, damit er mit einer Rassel durch die Straßen des Ortes ziehe. Von Zeit zu Zeit ließ er seine Rassel schwirren, die Leute liefen zusammen, und er rief aus, was er anzupreisen oder vorzutragen hatte: ein Heilmittel gegen Malaria, ein paar bestellbare Äcker, ein Sonett, eine Kirchenspende, die beste Schere des Dorfes, die schönste Rede des Jahres und so weiter. Das System hatte seine Nachteile für die öffentliche Ruhe, wurde jedoch wegen seiner großen Wirksamkeit beibehalten. So genoß einer der Gemeindeväter — ebenjener, der sich am heftigsten der Gründung des *Grünen Hauses* widersetzt hatte — den Ruf des vollkommenen Schlangen- und Affenzähmers; zwar hatte er nie ein einziges dieser Tiere gezähmt, sorgte aber dafür, daß die Rassel jeden Monat für ihn warb. Jedenfalls sollen nach der Chronik mehrere Personen behauptet haben, sie hätten gesehen, wie auf der Brust des Stadtvaters giftige Schlangen züngelten — eine durchaus lügenhafte Behauptung, die nur auf das unverbrüchliche Vertrauen in das System zurückzuführen ist. Wahrheit, Wahrheit — nicht alle Einrichtungen des *Ancien Régime* verdienen die Verachtung unseres Jahrhunderts.

»Es gibt noch etwas Besseres, als meine Idee ausrufen zu lassen, nämlich sie in die Praxis umzusetzen«, entgegnete der Irrenarzt auf den Vorschlag des Apothekers.

Und da der Apotheker nicht grundsätzlich von den Anschauungen seines Freundes abzuweichen wünschte, pflichtete er bei, es sei wohl das beste, die Idee unverzüglich in die Praxis umzusetzen.

»Um Ihre Idee an die große Glocke zu hängen, dazu ist immer noch Zeit.«

Simão Bacamarte dachte noch einen Augenblick nach und sagte: »Angenommen, der menschliche Geist ist eine große Muschel, so besteht mein Ziel, Senhor Soares, darin, die Perle, die Vernunft, aus ihr herauszulösen. Mit anderen Worten: Wir müssen die Grenzen der Vernunft und der Verrücktheit endgültig festlegen. Die Vernunft ist das vollkommene Gleichgewicht aller Fähigkeiten; außerhalb ihrer gibt es nur Wahnsinn, Wahnsinn, Wahnsinn.«

Pfarrer Lopes, dem er seine neue Theorie anvertraute, erklärte rundweg, er verstehe sie nicht, sie sei eine absurde

Erfindung oder Entdeckung, und wenn sie nicht absurd sei, so sei sie derart maßlos, daß man sie nicht in Angriff nehmen könne.

»Durch die heutigen Definitionen, die für alle Zeiten gelten«, fügte er hinzu, »sind Wahnsinn und Vernunft deutlich gegeneinander abgegrenzt. Man weiß, wo die eine aufhört und wo die andere anfängt. Warum also die Schranken überschreiten wollen?«

Über die schmalen, verschwiegenen Lippen des Irrenarztes huschte der Anflug eines Lächelns, in dem sich Geringschätzung und Mitleid paarten, aber kein Wort löste sich aus seinem hochwohllöblichen Kehlkopf.

Die Wissenschaft begnügte sich damit, der Theologie die Hand entgegenzustrecken — und zwar mit solcher Sicherheit, daß die Theologie schließlich nicht wußte, ob sie an sich selber oder an die Wissenschaft glauben sollte. Itaguaí und die Welt standen am Rande einer Revolution.

5. Der Terror

Vier Tage später wurde die bestürzte Bevölkerung von Itaguaí mit der Nachricht überfallen, ein gewisser Costa sei in das *Grüne Haus* abgeführt worden.

»Unmöglich!«

»Wieso unmöglich? Heute in aller Herrgottsfrühe ist er eingeliefert worden.«

»Aber er hat es doch gar nicht verdient... So was! Nach allem, was er getan hat...«

Costa war einer der geachtetsten Bürger von Itaguaí. Er hatte vierhunderttausend *Cruzados* in der klingenden Münze des Königs D. João V. geerbt, eine Summe, deren Zinsen nach der Testamentserklärung seines Onkels ihm ermöglichen sollten, »bis zum Ende der Welt« zu leben. Kaum war die Erbschaft in Costas Händen, als er sie auch schon in Anleihen ohne Wucherzinsen ausgab, tausend *Cru-*

zados, an einen, zweitausend an einen anderen, dreihundert an diesen, achthundert an jenen, mit dem Ergebnis, daß er nach Ablauf von fünf Jahren arm war wie eine Kirchenmaus. Wäre die Armut von einem Tag auf den anderen über Costa hereingebrochen, Itaguaí hätte sich entsetzt, so aber kam sie langsam. Ganz allmählich gelangte er vom Reichtum zur Wohlhabenheit, von der Wohlhabenheit zum Mittelstand, vom Mittelstand zur Armut, von der Armut zum Elend. Nach Ablauf jener fünf Jahre klopften ihm Leute, die einst den Hut bis auf die Erde gezogen hatten, sobald er an einer Straßenecke auftauchte, vertraulich auf die Schulter, verabreichten ihm Nasenstüber und rissen derbe Witze vor ihm. Trotzdem blieb Costa leutselig, gutmütig. Er nahm es sich nicht zu Herzen, daß die Unhöflichsten gerade diejenigen waren, die nie einen Mil-Réis zurückgezahlt hatten, es schien im Gegenteil fast, als begrüße er sie liebenswürdiger und mit geradezu erhabener Entsagung. Als er eines Tages über eine derbe Zote lachte, die einer seiner unheilbaren Schuldner ihm an den Kopf warf, bemerkte ein Spötter hinterhältig: »Du läßt dir das Benehmen von dem Kerl ja nur gefallen, weil du noch immer glaubst, er werde eines Tages doch noch zahlen.« Costa verlor keinen Augenblick, ging zu seinem Schuldner und erließ ihm die Rückerstattung der geliehenen Summe. »Das nimmt mich nicht wunder«, beharrte der andere. »Costa hat nur auf einen Stern verzichtet, der am Himmel ist.« Costa war kein Dummkopf, er begriff, daß man ihm jede Großzügigkeit absprach und ihm die Absicht unterstellte, nur das zurückzuweisen, was man ihm nicht gerade aufdrängte. Da er aber gleichzeitig auf seine Ehre bedacht und erfinderisch war, entdeckte er zwei Stunden später ein Mittel, mit dem er beweisen konnte, daß der Vorwurf ungerechtfertigt war: Er nahm einige *Dobras* und schickte sie seinem Schuldner als Darlehen.

Nun hoffe ich, daß . . ., dachte er, ohne den Satz zu beenden.

Dieser letzte Charakterzug Costas überzeugte Gläubige und Ungläubige; fortan zweifelte kein Mensch mehr an den ritterlichen Gefühlen jenes ehrenwerten Bürgers. Nun kamen die schüchternsten Hilfsbedürftigen in ihren abgerissenen Röcken und ausgetretenen Pantoffeln angelaufen und klopften an seine Tür. Etwas jedoch nagte nach wie vor an Costas Seele: daß man ihm den Vorwurf der Lieblosigkeit machte. Aber auch das hatte bald ein Ende, denn drei Monate später lieh sich sein Verleumder einhundertundzwanzig *Cruzados* bei ihm aus mit dem Versprechen, sie binnen zwei Tagen zurückzuzahlen. Es war zwar der Rest der großen Erbschaft, aber zugleich eine noble Rache. Costa lieh ihm die Summe, ohne mit der Wimper zu zucken, und überdies zinslos. Leider blieb ihm nicht die Zeit, die Rückzahlung abzuwarten, denn fünf Monate später wurde er in das *Grüne Haus* eingeliefert.

Man stelle sich die Bestürzung Itaguaís vor, als der Fall ruchbar wurde. Man sprach von nichts anderem; es hieß, Costa sei während des Frühstücks verrückt geworden, andere behaupteten, es sei im Morgengrauen geschehen; man wußte hier von Anfällen zu erzählen, von wütenden, düsteren, schrecklichen Anfällen, dort von gemäßigten und sogar ulkigen, je nach der Lesart des einzelnen. Viel Volk lief zum *Grünen Haus* und fand dort den armen Costa still und ziemlich verdutzt; er sprach jedoch mit völliger Klarheit des Geistes und wollte wissen, aus welchem Grunde man ihn geholt habe. Einige Leute wurden bei dem Irrenarzt vorstellig. Bacamarte wußte die Empfindungen der Achtung und des Erbarmens zu würdigen, fügte jedoch hinzu, Wissenschaft sei eben Wissenschaft, leider sehe er sich außerstande, einen Geistesgestörten frei auf der Straße herumlaufen zu lassen. Der letzte Mensch, der sich für ihn verwendete — denn nach diesem Versuch wagte kein Mensch mehr, den schrecklichen Arzt anzugehen —, war eine arme Senhora, eine Base Costas. Der Irrenarzt bedeutete ihr streng vertraulich, ihr würdiger Vetter befinde sich nicht im Gleichgewicht seiner geistigen Fähigkeiten, angesichts der Art und Weise, wie er sein gesamtes Vermögen vergeudet habe, das er ...

»Aber nein, aber nein!« unterbrach ihn energisch die tüchtige Dame. »Wenn er das Empfangene so rasch ausgegeben hat, ist es nicht seine Schuld.«

»Nein?«

»Nein, Senhor. Ich werde Ihnen erzählen, wie die Sache gekommen ist. Mein verstorbener Onkel war kein schlechter Mensch; wenn er aber wütend war, konnte es vorkommen, daß er nicht einmal den Hut vor dem Allerheiligsten abnahm. Nun entdeckte er eines Tages kurz vor seinem Tode, daß ein Sklave ihm ein Rind entwendet hatte. Sie können sich kaum vorstellen, wie er tobte ... Er wurde rot wie Pfefferschoten, er zitterte am ganzen Körper, Schaum trat ihm auf die Lippen — ich erinnere mich daran, als sei es gestern gewesen. In diesem Augenblick kam ein häßlicher, haariger Mensch in Hemdsärmeln auf ihn zu und bat um einen Schluck Wasser. Mein Onkel — Gott erleuchte ihn! — antwortete, er solle seinetwegen im Fluß trinken oder auch in der Hölle. Der Mann blickte ihn an, streckte drohend den Arm aus und schleuderte ihm folgenden Fluch ins Gesicht: ›Euer ganzes Geld wird sieben Jahre vorhalten und keinen Tag länger, so wahr, wie dies das Zeichen Salomons ist!‹ Dabei zeigte er auf die Tätowierung auf seinem Arm. Das ist der Grund, Senhor, der Fluch dieses Gottlosen war daran schuld.«

Bacamarte durchbohrte die arme Senhora mit Blicken, die scharf waren wie Dolche. Als sie zu Ende gesprochen hatte, reichte er ihr höflich die Hand, wie er es mit der Gemahlin des Vizekönigs getan hätte, und forderte sie auf, ein paar Worte mit ihrem Vetter zu wechseln. Die arme Dame vertraute ihm; er führte sie in das *Grüne Haus* und sperrte sie in der Galerie der Halluzinationsfälle ein.

Die Nachricht von der Doppelzüngigkeit des berühmten Bacamarte säte Schrecken in die Gemüter der Bevölkerung.

Niemand wollte glauben, daß der Irrenarzt ohne Anlaß, ohne Feindschaft eine völlig normale Dame einsperren könne, die kein anderes Verbrechen auf dem Gewissen hatte, als sich für einen unglücklichen Verwandten eingesetzt zu haben. Man besprach den Fall an den Straßenecken, in den Friseursalons, bald wuchs der Klatsch zu einem Roman, in dem der Irrenarzt vor Zeiten Costas Kusine nachgestellt, dieser sich empört, die Kusine den Arzt verschmäht habe. Das sei nun das Ergebnis, die Rache des Arztes. Zweifel waren ausgeschlossen. Andererseits schienen der Ernst des Irrenarztes und sein strenges, der Wissenschaft gewidmetes Dasein derartige Mutmaßungen Lügen zu strafen. Aber nein! Damit tarnt der Schurke nur sein verworfenes Leben! Einer der Leichtgläubigsten flüsterte sogar, er wisse noch ganz andere Dinge, sage sie nur nicht, weil er ihrer nicht ganz sicher sei, wisse sie aber doch und könne sie beinahe beschwören.

»Könnten Sie als sein Busenfreund uns nicht sagen, was hier vorgeht, was vorgegangen ist, welcher Anlaß . . .?«

Crispim Soares war selig. Von beunruhigten, neugierigen Stadtbewohnern, von sprachlosen Freunden ausgefragt zu werden kam ihm einer öffentlichen Ehrung gleich. Nun gab es keinen Zweifel mehr, endlich wußte die gesamte Bevölkerung, daß er, Crispim der Apotheker, der Vertrauensmann des Irrenarztes war, der Mitarbeiter eines großen Mannes und großer Taten; darauf war also der Wettlauf zur Apotheke zurückzuführen. All das sagten der fröhliche Gesichtsausdruck und das verschwiegene Lächeln des Apothekers, sein Lächeln und sein Schweigen, denn er antwortete kein Wort. Wenn es hoch kam, gab er ein, zwei, drei einsilbige Laute von sich, einzeln, trocken, voll von wissenschaftlichen Geheimnissen, die er nicht ohne Gefahr und Ehrverlust einer menschlichen Seele anvertrauen könne.

Was es doch alles gibt! dachten die Mißtrauischsten.

Einer der Zeitgenossen jedoch ließ es bei diesem Gedanken bewenden und ging seiner Wege. Er hatte Wichtigeres zu tun. Soeben war der Bau seines prächtigen Wohnhauses beendet worden. Das Haus allein genügte, um die Leute herbeizulocken und sie in Atem zu halten. Es gab indessen noch mehr zu bewundern: die in Ungarn und Holland bestellten Möbel, die durch die geöffneten Fenster zu sehen waren, der Garten, der ein Meisterwerk der Kunst und des guten Geschmacks war. Dieser Mann, durch die Herstellung von Packsätteln reich geworden, hatte sein ganzes Leben davon geträumt, eine prächtige Villa, einen parkartigen Garten, erlesene Möbelstücke zu besitzen. Zwar gab er das Geschäft der Packsättel nicht auf, ruhte aber von seinen Mühen in der Betrachtung des neuen Hauses aus, des ersten in Itaguaí, großartiger noch als das *Grüne Haus,* edler noch als das Gemeindehaus. Unter den Honoratioren des Städtchens gab es Heulen und Zähneklappern, wenn man an das Herrenhaus des Packsattelfabrikanten dachte, davon sprach oder gar es lobte ... Ein einfacher Hersteller von Packsätteln, Herr des Himmels!

»Da ist er und starrt sein Haus an«, sagten die Vorübergehenden morgens.

Tatsächlich hatte Mateus morgens die Gewohnheit, sich mitten in seinem Garten aufzupflanzen und eine gute Stunde lang verliebt sein Haus zu begaffen, bis man ihn zum Frühstück hereinrief. Obschon die Nachbarn ihn achtungsvoll grüßten, verlachten sie ihn hinter seinem Rücken, daß es eine Lust war. Einer von ihnen behauptete sogar, Mateus würde ein noch besserer Kaufmann und obendrein steinreich sein, wenn er Packsättel nur für sich selber herstellte — eine nicht ganz durchsichtige Bemerkung, die aber trotzdem unbändiges Gelächter auslöste.

»Da steht nun Senhor Mateus und läßt sich bewundern«, hieß es nachmittags.

Dieser zweite Ausspruch rührte daher, daß nachmittags, wenn die Familien des Städtchens nach einem frühen Mittagessen ihren Spaziergang antraten, Mateus sich in herrenhafter Haltung ans Fenster postierte, genau in die Mitte, und in seinem weißen Anzug vor einem schwarzen Hintergrund zwei oder drei Stunden dort verblieb, bis es dunkelte. Es steht zu vermuten, daß Mateus' Absicht darauf ausging, bewundert und beneidet zu werden, wenn er es auch niemandem eingestand, nicht dem Apotheker, auch nicht Pater Lopes, seinen besten Freunden. Indessen: So und nicht anders lautete die Folgerung des Apothekers, als der Irrenarzt ihm sagte, der Packsattelfabrikant leide vielleicht an Steinliebe, einer Sucht, die er, Bacamarte, entdeckt habe und seit einiger Zeit studiere. Die Manie, sein Haus zu betrachten, lasse vermuten, daß ...

»Aber nein, Senhor«, entgegnete Crispim Soares lebhaft.

»Nein?«

»Sie müssen verzeihen, aber vielleicht ist Ihnen nicht bekannt, daß er morgens sein Werk nur überprüft, nicht bewundert; nachmittags sind es die anderen, die ihn und das Werk bewundern.« Und dann erzählte er ihm von der Gewohnheit des Sattelfabrikanten, jeden Nachmittag bis zum Einbruch der Nacht am Fenster zu stehen.

Wissenschaftliche Wollust leuchtete in den Augen Simão Bacamartes auf. Entweder kannte er nicht alle Gewohnheiten des Packsattelherstellers, oder er wollte durch die Befragung Crispims nur eine ungenaue Nachricht, einen unbestimmten Verdacht bestätigt sehen. Die Erklärung befriedigte ihn; da er aber nur eine mäßige, dem Wissenschaftler eigene zurückhaltende Freude zeigte, fiel dem Apotheker nichts auf, was den Argwohn gegen eine sinistre Absicht in ihm erregt hätte. Im Gegenteil. Es war Nachmittag, der Irrenarzt erbat sich seinen Arm, um gemeinsam mit ihm einen Spaziergang zu unternehmen. Dem Himmel sei Dank! Es war das erste Mal, daß Simão Bacamarte einem Vertrauensmann eine derartige Ehre erwies; Crispim erbebte überwältigt, er sagte zu, er sei mit Freuden bereit. In diesem Augenblick trafen zwei oder drei Besucher von auswärts ein. Crispim schickte sie innerlich zum Teufel, denn einerseits verzögerten sie den Spaziergang, andererseits konnte Bacamarte sich womöglich veranlaßt fühlen, einen von ihnen auf seine Promenade mitzunehmen und dadurch auf ihn, Crispim, zu verzichten. Welche Ungeduld! Welcher Kummer! Endlich war es soweit. Der Irrenarzt führte Crispim in die Richtung der neuerbauten Villa, sah den Packsattelfabrikanten am Fenster, ging fünf-, sechsmal langsam daran vorbei, blieb stehen, musterte die Haltung des Sattlers und seinen Gesichtsausdruck. Der arme Mateus bemerkte nur, daß er der Gegenstand der Neugierde oder Bewunderung der ersten Persönlichkeit von Itaguaí geworden war, und vertiefte seinen Gesichtsausdruck, verstärkte seine Haltung ... Traurig, traurig! Damit sprach er nur sein eigenes Urteil aus; am nächsten Tag wurde er in das *Grüne Haus* abgeholt.

»Das *Grüne Haus* ist ein Privatkerker«, meinte ein Arzt, dem eine Klinik fehlte.

Nie war eine Meinung auf so fruchtbaren Boden gefallen und machte so rasch die Runde. Ein Privatkerker: Diese Worte wurden im Norden und Süden, im Osten und Westen Itaguaís wiederholt, und zwar in Todesangst, weil während der Wochen, die der Gefangennahme des armen Mateus folgten, etwa zwanzig Menschen, darunter zwei oder drei von Rang, ins *Grüne Haus* eingeliefert wurden. Der Irrenarzt behauptete zwar, es seien nur pathologische Fälle zugelassen, aber das glaubte kaum einer. Und schon wurden Meinungen, Vermutungen laut: Rache, Geldgier, eine Strafe des Himmels, die Monomanie des Arztes in Person, ein Geheimplan Rio de Janeiros, in Itaguaí jede Spur von Wohlstand, der aufkeimen, blühen, sich entfalten könne, zu ersticken und damit Verfall und Ende des Städtchens zu besiegeln. Und tausend andere Erklärungen, die im Grunde nichts erklärten — so fruchtbar war die tägliche Phantasie der Öffentlichkeit geworden. In jenen Tagen kehrte auch die Frau des Irrenarztes, ihre Tante, Crispim Soares' Frau, und die ganze — oder fast die ganze — übrige Reisegesellschaft, die einige Wochen zuvor aus Itaguaí abgereist war, aus Rio de Janeiro zurück. Begleitet von dem Apotheker, Pater Lopes, den Stadträten und einigen höheren Beamten, machte sich der Irrenarzt zu ihrem Empfang bereit. Der Augenblick, in dem Dona Evarista die Augen auf ihren Gemahl heftete, wird von den zeitgenössischen Chronisten als einer der erhabensten Höhepunkte der Seelengeschichte der Menschheit angesehen, und zwar durch den Gegensatz der beiden übersteigerten, erlauchten Naturen. Dona Evarista stieß einen Schrei aus, stammelte ein paar unverständliche Worte und warf sich dem Gemahl an die Brust, mit einer Gebärde, der etwas zugleich Panther- und Taubenartiges anhaftete. Nicht so der berühmte Bacamarte. Kühl wie ein Diagnostiker, ohne auch nur einen Augenblick die Strenge des Wissenschaftlers abzulegen, streckte er der Dame die Arme entgegen, die hineinsank und das Bewußtsein verlor. Aber nur einen Augenblick; nach zwei Minuten nahm Dona Evarista den Willkommensgruß der Freunde entgegen; und der Zug setzte sich in Bewegung.

Dona Evarista war die Hoffnung Itaguaís; man rechnete mit ihrem Eingreifen, damit der Plage des *Grünen Hauses* Einhalt geboten würde. Daher auch der öffentliche Beifall, die in den Straßen zusammengelaufene Menschenmenge, die Beflaggung, die mit Blumen und Damastschärpen geschmückten Fenster. Den Arm auf Pater Lopes gestützt — der hervorragende Bacamarte hatte seine Frau dem Pfarrer anvertraut und ging mit nachdenklichem Schritt neben den Heimkehrenden —, neigte Dona Evarista den Kopf nach links und rechts, neugierig, ratlos, ungestüm. Der Pfarrer fragte nach Rio de Janeiro, das er seit dem letzten Vizekönigtum nicht mehr besucht hatte, und Dona Evarista antwortete begeistert, Rio sei das Schönste, was es auf Erden geben könne. Der *Passeio Público,* der Stadtpark, sei fertiggestellt, ein Paradies, durch das sie oft geschlendert sei, die Straße der Schönen Nächte, der Entenbrunnen ... Ach, der Entenbrunnen! Es waren richtige Enten, natürlich aus Erz, deren Schnäbeln Wasser entquoll. Etwas so

Entzückendes! Der Pfarrer nickte, sagte, Rio de Janeiro müsse jetzt noch viel schöner sein als damals. Es nahm ihn nicht wunder, Rio war ja auch größer als Itaguaí und obendrein Sitz der Regierung . . .

»Aber deswegen ist Itaguaí noch lange nicht häßlich, es besitzt so schöne Häuser, das Haus des Senhor Mateus, das *Grüne Haus* . . .«

»Was übrigens das *Grüne Haus* betrifft«, sagte Pater Lopes, geschickt auf das Thema des Tages überleitend, »so werden Sie es voll besetzt finden, Senhora.«

»Ja?«

»Freilich. Mateus sitzt dort . . .«

»Der Sattelfabrikant?«

»Der Sattelfabrikant. Es sitzt dort Costa, die Kusine Costas, dort sitzen X, Y, Z . . .«

»Alle verrückt?«

»Oder fast verrückt«, lenkte der Pater ein.

»Und nun?«

Der Pfarrer zog die Mundwinkel herunter wie einer, der nichts weiß oder nicht alles sagen will; er gab mithin eine vage Antwort, die mangels Wortlaut nicht weitergegeben werden kann. Dona Evarista fand es kaum glaublich, daß all die Leute den Verstand verloren haben sollten. Der eine oder andere, das mochte angehen, aber alle? Jedoch, sie wagte nicht daran zu zweifeln, ihr Gatte war Wissenschaftler, nie würde er einen Menschen, der nicht nachweisbar wahnsinnig war, im *Grünen Haus* einsperren. »Ohne Zweifel . . . ohne Zweifel . . .«, stimmte der Pfarrer immer wieder zu.

Drei Stunden später waren etwa fünfzig Gäste zu einem Begrüßungsbankett um Simão Bacamartes Tafel versammelt. Dona Evarista bildete den dankbaren Anlaß zu Trinksprüchen, Willkommensansprachen, Versen aller Art, bilderreichen Anspielungen, Lobeshymnen, Fabeln. Sie war die Gemahlin des neuen Hippokrates, die Muse der Wissenschaft, sie war ein Engel, eine Göttin, die Morgenröte, die Nächstenliebe in Person, das Leben, der Trost. In ihren Augen lebten nach der bescheidenen Wendung des Crispim Soares zwei Sterne und nach Ansicht eines Stadtvaters zwei Sonnen. Der Irrenarzt hörte zwar gelangweilt, aber ohne sichtliche Ungeduld zu. Er flüsterte höchstens seiner Frau ins Ohr, die Rednerkunst dürfe sich derartige Maßlosigkeiten ohne Sinn und Verstand erlauben. Dona Evarista bemühte sich, der Meinung ihres Gatten beizupflichten; aber selbst wenn sie drei Viertel der Lobhudeleien abzog, blieb noch immer genug zurück, um ihr Herz höher schlagen zu lassen. Einer der Redner zum Beispiel, Martim Brito, ein junger Fant von fünfundzwanzig Jahren, ein vollendeter Stutzer, Schürzenjäger und Tunichtgut, posaunte hochtrabend, Dona Evaristas Geburt lasse sich durch die allermerkwürdigste Herausforderung erklären. »Nachdem Gott«, so sagte er, »der Welt Mann und Frau, diesen Diamanten und diese Perle der göttlichen Krone, geschenkt hat« — triumphierend ließ der Redner seine Worte von einem Ende der Tafel zum anderen erschallen —, »beschloß Gott, Gott zu überbieten, und er schuf Dona Evarista.«

Mit musterhafter Bescheidenheit senkte Dona Evarista den Blick. Zwei Damen, die die Schmeicheleien des Redners übertrieben und dreist fanden, warfen dem Hausherrn fragende Blicke zu, denn die Haltung des Irrenarztes kam ihnen tatsächlich verdächtig, bedrohlich, ja sogar cholerisch vor. Der Laffe hat sich weiß Gott zuviel herausgenommen, dachten die beiden Damen. Die eine wie die andere bat Gott, er möge alle tragischen Folgen abwenden oder sie zumindest bis zum kommenden Tag verschieben. Ja, Gott solle sie aufschieben. Eine der Damen, die frömmere der beiden, kam sogar insgeheim zu dem Schluß, Dona Evarista sei über jeden Verdacht erhaben, da man ihr weder körperliche Reize noch ein anziehendes Wesen nachsagen könne. Sie sei lauwarmes Wasser, weiter nichts. Freilich, wenn alle Geschmäcker gleich wären, was würde dann aus der Farbe Gelb? Dieser Gedanke ließ sie von neuem erbeben, wenn auch diesmal weniger heftig. Weniger heftig, weil in diesem Augenblick der Irrenarzt Senhor Martim Brito zulächelte und, nachdem die Tafel aufgehoben war, auf ihn zu trat, um mit ihm über seine Rede zu sprechen. Er könne nicht leugnen, sagte Bacamarte, daß der Senhor ein glänzender Stegreifredner mit verblüffenden Einfällen sei. Ob die Idee von Dona Evaristas Geburt von ihm stamme oder ob er sie irgendwo gelesen habe? — Nein, sie stamme von ihm, sie sei ihm im gegebenen Augenblick eingefallen und als geeigneter Höhepunkt für seine Ansprache erschienen. Im übrigen seien seine Einfälle im Durchschnitt eher kühn als zart oder scherzhaft zu nennen, denn er habe eine Vorliebe für das Epische. So habe er einmal eine Ode auf den Sturz des Marquis von Pombal verfaßt, in der es hieß, der Minister, ein »düsterer Drachen des Nichts, sei von den rächenden Pranken des Alls zermalmt worden«. Er habe noch manches ähnliche gewagte Bild erdacht, er neige zum Erhabenen und Erlesenen, zu großartigen, edlen Bildern ...

Armer junger Freund, dachte der Irrenarzt. Und fuhr in seinen Gedanken fort: Hier handelt es sich um einen Fall von Gehirnverletzung, ein Phänomen ohne ernstliche Folgen, aber würdig, eingehend studiert zu werden ...

Dona Evarista fiel aus allen Wolken, als sie drei Tage später erfuhr, Martim Brito sei ins *Grüne Haus* eingeliefert worden. Ein junger Mensch, der so viele hübsche Ideen im Kopf hatte! Die beiden Senhoras indessen schrieben Bacamartes Vorgehen seiner Eifersucht zu. Es konnte nicht anders sein; die Ausdrucksweise des jungen Mannes war auch allzu keck gewesen.

Eifersucht? Wie war es dann zu erklären, daß kurz darauf José Borges do Couto Leme, ein höchst ehrenwerter Mensch, der schicke Chico, ein stadtbekannter Bummelant, der Schreiber Fabrício und noch andere Itaguaíenser eingesperrt wurden? Das Schreckensregiment nahm fürchterliche Formen an. Schon wußte kein Mensch mehr, wer normal, wer geistesgestört war. Sobald die Ehemänner ausgingen, zündeten die Ehefrauen der Mutter Gottes ein Lämpchen an; aber auch die Ehemänner waren nicht alle mutig, einige von ihnen taten ohne die Begleitung von ein oder zwei *Capangas* keinen Schritt mehr vors Haus. Ja, der Terror regierte. Wer die Möglichkeit dazu hatte, wanderte aus. Einer der Flüchtlinge wurde zweihundert Meter vom Städtchen entfernt festgenommen. Es war ein Mann von dreißig Jahren, ein liebenswürdiger, höflicher Gesellschafter, so höflich, daß er jeden Menschen grüßte, indem er den Hut bis auf den Boden zog; auf der Straße kam es vor, daß er zehn bis zwanzig Spannen weit lief, um einem gesetzten Herrn, einer Dame, bisweilen auch einem kleinen Jungen die Hand zu schütteln, wie es unlängst mit dem Sohn des Landrichters geschehen war. Dieser Mensch hatte die Berufung zur Höflichkeit. Im übrigen verdankte er seine guten Beziehungen zur Gesellschaft nicht nur seinen persönlichen Gaben, die eine Seltenheit waren, sondern auch der edlen Beharrlichkeit, die ihn angesichts von Rücksichtslosigkeiten, sauren Mienen, Taktlosigkeiten nie mutlos werden ließ. Eines stand fest: Hatte ihm einmal ein Haus seine Tore geöffnet, so verließ er es nicht mehr, wie auch die Hausbewohner ihn nicht mehr gehen ließen — so liebenswürdig war Gil Bernardes. Trotz des Bewußtseins seiner Beliebtheit bekam Gil Bernardes es jedoch mit der Angst, als man ihm eines Tages bedeutete, der Irrenarzt habe ein Auge auf ihn geworfen. Am darauffolgenden Tag floh er in aller Herrgottsfrühe aus dem Städtchen, wurde aber, wie gesagt, nach wenigen Schritten gefaßt und ins *Grüne Haus* abgeführt.

»Damit muß endlich Schluß gemacht werden!«
»Nieder mit der Tyrannei!«
»Despot! Menschenschinder! Goliath!«

Vorderhand waren es noch keine Schreie auf der Straße, es waren Seufzer in den Häusern, aber die Stunde der Schreie sollte nicht lange auf sich warten lassen. Der Terror wuchs, Aufruhr stand vor der Tür. Der Gedanke, eine

Bittschrift an die Regierung zu richten, des Inhalts, Simão Bacamarte möge festgenommen und deportiert werden, spukte in einigen Köpfen, noch bevor der Barbier Porfírio in seinem Salon ihn mit wilden Gebärden der Empörung offen aussprach. Dabei sei bemerkt — und das ist eine der lichtesten Seiten dieser düsteren Geschichte —, daß Porfírio seit dem Tage, als das *Grüne Haus* sich so überraschend zu füllen begann, seinen Gewinn durch die eifrige Verabreichung von Aderlässen, die man bei ihm machen ließ, wachsen sah. »Trotzdem muß Eigennutz dem Gemeinwohl weichen!« sagte er und fügte hinzu: »Wir müssen den Tyrannen stürzen!« Es muß außerdem darauf hingewiesen werden, daß der Barbier den Schrei gerade an jenem Tag ausstieß, als Simão Bacamarte einen Mann ins *Grüne Haus* befördern ließ, der ihn, Porfírio, verklagen wollte: Senhor Coelho.

»Ich möchte einmal wissen, inwiefern Coelho verrückt sein soll!« wetterte Porfírio.

Niemand antwortete darauf, alle wiederholten nur, er sei geistig ein völlig normaler Mann. Seine Klage gegen den Barbier wegen eines Grundstücks im Städtchen war durch eine unklare Grundbucheintragung und nicht etwa aus Besitzgier oder Haß entstanden. Coelho besaß einen ausgezeichneten Charakter. Seine einzigen Gegner waren etliche Zeitgenossen, die sich für einsilbig ausgaben oder Eile vortäuschten, wenn sie ihn um eine Ecke biegen sahen, und die schleunigst in einem Laden verschwanden. Tatsächlich liebte er ein Gespräch über alles, ein ausgedehntes, in langen Zügen genossenes Plauderstündchen. Auf diese Weise war er nie allein und zog Leute vor, die sich gern unterhielten, ohne indessen Wortkarge zu verschmähen. Pater Lopes, der ein Freund Dantes und ein Feind Coelhos war, konnte nie mit ansehen, wie dieser von einem Mitbürger Abschied nahm, ohne folgende Strophe aus dem *Inferno* abgewandelt zu zitieren:

La bocca solevó dal fero pasto
Quel »seccatore« . . .

Einige wußten freilich von dem Haß des Paters, andere dachten, es handle sich um ein lateinisches Gebet.

6. Der Aufstand

Etwa dreißig Personen verbündeten sich mit dem Barbier, setzten eine Beschwerdeschrift auf und übergaben sie dem Stadtrat. Dieser verweigerte die Annahme mit der Begründung, erstens sei das *Grüne Haus* eine öffentliche Anstalt, zweitens dürfe die Wissenschaft weder durch eine Abstimmung der Verwaltungsbehörde noch durch Massenkundgebungen gehemmt werden.

»Geht an eure Arbeit!« schloß der Vorsitzende. »Das ist der Rat, den wir euch geben können.«

Der Zorn der Aufwiegler war ungeheuer. Der Bader erklärte, nun würden sie die Flagge des Aufruhrs hissen und das *Grüne Haus* in Grund und Boden schlagen; Itaguaí dürfe den Studien und Experimenten eines Gewaltherrschers nicht länger als Leichnam dienen. Zahlreiche Personen von tadellosem Leumund, unter ihnen hochangesehene Persönlichkeiten, andere Menschen bescheidener Herkunft, aber durchaus schätzenswerter Eigenschaften, schmachteten in den Zellen des *Grünen Hauses*. Zu dem wissenschaftlichen Despotismus des Irrenarztes geselle sich Gewinnsucht, da die Geistesgestörten oder angeblich Geistesgestörten ja nicht umsonst behandelt wurden; falls ihre Familien die Behandlungskosten nicht tragen könnten, müsse die Gemeinde einspringen.

»Das stimmt nicht«, unterbrach der Vorsitzende.

»Wieso nicht?«

»Vor zwei Wochen haben wir ein Memorandum des Arztes erhalten, in dem er uns folgendes erklärt: In Anbetracht dessen, daß es sich um Versuche von größter psychologischer Tragweite handelt, sei er bereit, auf den von der Gemeindekammer genehmigten Zuschuß sowie auf jede Beihilfe durch Angehörige seiner Patienten zu verzichten.«

Die Nachricht von dieser so edlen, reinen Handlungsweise brachte die Empörung der Aufrührer einen Augenblick ins Wanken. Natürlich konnte der Irrenarzt irren, er war jedoch von keinem wissenschaftsfremden Motiv beseelt; und um einen vermeintlichen Irrtum zu beweisen, war es mit Lärmschlagen und Straßenaufläufen noch lange nicht getan: das sagte der Vorsitzende unter dem Beifall des ganzen Gemeinderates. Nach einigen Augenblicken angestrengter Überlegung erklärte der Bader, er sei mit einem öffentlichen Mandat bekleidet und werde nicht eher Frieden geben, als bis das *Grüne Haus,* eine Bastille der menschlichen Vernunft — ein Ausdruck, den er von einem einheimischen Dichter gehört hatte und den er nun mit Nachdruck wiederholte —, dem Erdboden gleichgemacht sei. So sprach er; auf ein Zeichen von ihm verließen seine Anhänger mit ihm zusammen den Saal.

Man stelle sich die Lage der Stadträte vor! Es kam darauf an, unter allen Umständen Zusammenrottungen, Rebellion, Mord und Totschlag zu verhüten. Zu allem Unheil fand plötzlich einer der Stadträte, der anfangs dem Vorsitzenden zugestimmt hatte, die von Porfírio für das *Grüne Haus* gebrauchte Bezeichnung »Bastille der menschlichen Vernunft« so einleuchtend, daß er sich eines Besseren besann. Er erklärte, er halte eine Maßnahme, die dem Leiter des *Grünen Hauses* das Handwerk lege, für durchaus angebracht. Und da der aufgebrachte Vorsitzende rückhaltlos seine Verwunderung darüber bekundete, gab der Stadtrat folgende Überlegung zu bedenken:

»Ich habe nichts mit der Wissenschaft zu schaffen. Wenn aber so viele Leute, die wir für normal halten, ins *Grüne Haus* wandern, wer versichert uns dann, daß der Irrenarzt nicht ein Irrer ist?«

Sebastião Freitas, der andersdenkende Stadtrat, verfügte über die Gabe des Wortes und sprach noch eine Weile mit Bedacht, aber mit Festigkeit. Seine Kollegen waren überwältigt, so daß der Vorsitzende ihn bat, er möge wenigstens ein Beispiel der Ordnung und Achtung gegenüber dem Gesetz geben und seine Ideen nicht an die große Glocke hängen, damit der Rebellion, die im Augenblick ein Wirbel zerstäubter Atome sei, nicht noch das Rückgrat gestärkt werde. Dieses Bild hob einigermaßen die Wirkung des anderen auf, und Sebastião Freitas versprach, sich jeder Einmischung zu enthalten und die Schließung des *Grünen Hauses* auf gesetzlichem Wege zu beantragen. Und er wiederholte insgeheim, verliebt, vernarrt: Bastille der menschlichen Vernunft!

Mittlerweile nahmen die Umtriebe zu. Schon waren es nicht mehr dreißig, sondern dreihundert Menschen, die hinter dem Bader einherzogen, dessen Spitzname übrigens erwähnt zu werden verdient, weil er der Revolte ihren Namen gab. Man nannte ihn *Cangica*, Maisbrei, so daß die Bewegung als *Aufstand der Cangicas* berühmt wurde. Da viele Leute sich aus Angst oder Rücksicht auf ihre gute Erziehung dem Protestzug nicht anschlossen, nahm die Bewegung keine größeren Ausmaße an; gefühlsmäßig war jedoch die ganze oder fast ganze Bevölkerung auf seiten des Baders, und die dreihundert, die auf das *Grüne Haus* losmarschierten, durften sich — unter Berücksichtigung des Unterschiedes zwischen Itaguaí und Paris — mit jenen vergleichen, die einst die Bastille gestürmt hatten.

Dona Evarista erfuhr von dem Zug der Aufständler, bevor er nahte; eine ihrer Kreaturen hinterbrachte ihr die Nachricht. Im kritischen Augenblick war sie gerade dabei, ein Seidenkleid — eine der siebenunddreißig Roben, die sie aus Rio de Janeiro mitgebracht hatte — anzuprobieren, und wollte es nicht glauben.

»Es wird ein Haufen Betrunkener sein, weiter nichts«, sagte sie und steckte eine Nadel an eine andere Stelle. »Sieh mal nach, Benedita, ob der Saum gerade ist.«

»Er ist gerade, *Sinhá*«, antwortete die Zofe, die auf dem Boden kniete. »Er ist gerade. Drehen Sinhá sich bitte ein bißchen um. So! Ja, die Länge ist richtig.«

»Es sind aber keine Betrunkenen, Senhora. Sie schreien die ganze Zeit: ›Tod dem Tyrannen, nieder mit Dr. Bacamarte!‹« beteuerte der zu Tode erschrockene Negerjunge.

»Halt den Mund, Dummkopf! Benedita, prüfe mal die linke Seite. Ist da nicht die Naht etwas schief geraten? Der blaue Streifen läuft nicht bis ganz hinunter. So sieht es sehr häßlich aus. Du mußt die Naht noch mal auftrennen, damit die Kante gleichmäßig wird und . . .«

»Tod dem Tyrannen! Nieder mit Dr. Bacamarte!« brüllten dreihundert Stimmen. Der Zug der Aufrührer bog in die Rua Nova. Aus Dona Evaristas Wangen wich jeder Blutstropfen. Im ersten Augenblick machte sie keinen Schritt, keine Bewegung; sie war vor Schrecken versteinert. Das Zimmermädchen lief unwillkürlich zu der Tür, die in die hinteren Räume führte. Als der Laufjunge, dem Dona Evarista keinen Glauben geschenkt hatte, sah, daß die Wirklichkeit ihm recht gab, genoß er eine Sekunde des Triumphs, der blitzartigen, kaum merklichen, tiefen Befriedigung.

»Tod dem Irrenarzt!« dröhnten die Stimmen schon näher.

Wenn Dona Evarista freudigen Erregungen nicht leicht widerstand, so wußte sie doch in Augenblicken der Gefahr ihre Haltung zu bewahren. Sie fiel nicht in Ohnmacht, sondern eilte in das hintere Wohnzimmer, in dem ihr Mann arbeitete. Als sie es hastig betrat, studierte der berühmte Arzt gerade einen Text von Averroës; seine Augen, in Nachdenken versunken, wanderten zwischen dem Buch und der Zimmerdecke hin und her, blind für die äußere Wirklichkeit und ganz aufs Innere gerichtet. Dona Evarista rief ihren Gatten zweimal beim Namen, ohne daß er aufsah; endlich, beim dritten Mal, hörte er sie und fragte, was sie habe, ob sie krank sei.

»Hörst du nicht das Geschrei von draußen?« fragte die würdige Gattin unter Tränen.

Nun endlich lauschte der Irrenarzt. Die Schreie kamen näher, schrecklich, bedrohlich; er begriff alles. Er stand von seinem Lehnstuhl auf, klappte das Buch zu, ging festen, ruhigen Schritts zum Bücherbord und stellte es dorthin zurück. Da Simão Bacamarte dabei die beiden Nachbarbände etwas aus der Ordnung brachte, glich er diesen winzigen, wiewohl interessanten Schönheitsfehler sorgfältig aus. Dann sagte er seiner Frau, sie solle sich zurückziehen und sich jeder Handlung enthalten.

»Nein, nein«, flehte die würdige Senhora, »ich will an deiner Seite sterben . . .«

Simão Bacamarte erwiderte hartnäckig, von Sterben könne keine Rede sein, aber selbst wenn es so sei, verlange er von ihr im Namen des Lebens, daß sie am Leben bleibe. Gehorsam und bekümmert senkte die unglückliche Dame den Kopf.

»Nieder mit dem *Grünen Haus*!« brüllten die *Cangicas*.

Der Irrenarzt ging auf die vordere Veranda hinaus und trat in jenem Augenblick an die Balustrade, als die dreihundert Aufrührer, glühend vor Bürgermut und düster vor Verzweiflung, vor dem Hause haltmachten. Kaum wurde der Kopf des Arztes sichtbar, als ihm Schreie wie »Tod und Verderben!« entgegenbrandeten. Simão Bacamarte gab ein Zeichen, daß er sprechen wolle; die Aufwiegler schrien ihn nur um so empörter nieder. Endlich gelang es dem Barbier durch Schwenken seines Hutes, die Menge zum Schweigen zu bringen und seine Freunde zu beschwichtigen; er erteilte dem Arzt das Wort, fügte jedoch hinzu, er würde gut daran tun, die Geduld des Volkes nicht länger auf die Folter zu spannen, wie er es bisher getan habe.

»Ich werde wenig sagen, vielleicht, wenn möglich, auch gar nichts. Zunächst möchte ich nur wissen, was ihr von mir wollt.«

»Wir wollen gar nichts«, antwortete der Barbier wütend. »Wir befehlen, daß das *Grüne Haus* abgerissen oder zumindest von den unglücklichen Insassen geleert wird.«

»Ich verstehe Sie nicht.«

»Das verstehen Sie sehr gut, Sie Tyrann. Wir wollen die Opfer Ihres Hasses, Ihrer Launen, Ihrer Geldgier in Freiheit gesetzt sehen . . .«

Der Irrenarzt lächelte, aber das Lächeln dieses großen Mannes war für die Augen der Menge nicht sichtbar; es war das kaum merkliche Zucken von zwei oder drei Gesichtsmuskeln, nicht mehr. Er lächelte also und antwortete:

»Meine Herren, die Wissenschaft ist etwas sehr Ernstes und verdient, ernst genommen zu werden. Ich bin für meine Handlungen als Irrenarzt niemandem Rechenschaft schuldig außer der Behörde und Gott. Wenn ihr die Verwaltung des *Grünen Hauses* zu verändern wünscht, bin ich bereit, euch anzuhören. Wenn ihr aber fordert, daß ich mir selber untreu werde, so ist jedes weitere Wort verlorene Zeit. Ich könnte einige Abgeordnete unter euch auffordern, mit mir die inhaftierten Geisteskranken zu besuchen, ich tue es aber nicht, weil ich euch damit in mein System einweihen würde, und das gestehe ich Laien, von Rebellen ganz zu schweigen, nicht zu.«

So sprach der Irrenarzt, und die Menge war sprachlos; natürlich hatte sie nicht mit soviel Unbeirrbarkeit, geschweige denn Entschlossenheit, gerechnet. Ihre Verblüffung nahm indes noch zu, als der Irrenarzt sich vor dem versammelten Haufen gemessen verbeugte, kehrtmachte und langsam ins Haus zurückschritt. Aber schon kam der Barbier wieder zu sich und forderte, den Hut schwenkend, seine Anhänger auf, unverzüglich mit ihm zur Zerstörung des *Grünen Hauses* zu schreiten. Das Echo der Seinigen war schwach. In diesem entscheidenden Augenblick erwachte in Porfírio die Herrschsucht; sobald das *Grüne Haus* abgerissen und der Einfluß des Irrenarztes ausgeschaltet wären, so dachte er, könnte er das Gemeindehaus besetzen, die übrigen Behörden unterjochen und sich zum Herrn von Itaguaí aufschwingen. Seit Jahren hatte er zu erwirken versucht, daß sein Name in die Listen für die Stadtratswahlen aufgenommen werde, immer wieder war er jedoch mit dem Bescheid abgewiesen worden, seine gesellschaftliche Stellung genüge nicht zur Ausübung eines so wichtigen Amtes. Jetzt war die Gelegenheit gekommen, jetzt oder nie. Außerdem hatte er den Aufruhr so weit getrieben, daß eine Niederlage Gefängnis, vielleicht Verbannung, womöglich den Galgen bedeuten würde. Unglücklicherweise hatte die Antwort des Irrenarztes die Wut seiner Anhänger besänftigt. Als der Barbier das bemerkte, fühlte er Empörung in sich aufwallen und wollte ihnen zuschreien: Kanaillen, Feiglinge! Aber er beherrschte sich und sagte statt dessen:

»Freunde, laßt uns bis zum Ende kämpfen! Die Rettung Itaguaís liegt in euren heldenhaften, würdigen Händen. Laßt uns den Kerker eurer Söhne und Väter, eurer Mütter und Schwestern, eurer Verwandten und Freunde, laßt uns unseren eigenen Kerker sprengen. Sonst werdet auch ihr bei Wasser und Brot, vielleicht auch bei Schlägen in dem Zwinger dieses Unmenschen krepieren.«

Nun geriet die Menge in Bewegung, brummend, grölend, drohend drängte sie sich um den Barbier. Nach einem Augenblick der Benommenheit erwachte von neuem der Geist der Auflehnung und drohte das *Grüne Haus* niederzureißen.

»Auf!« brüllte Porfírio, den Hut schwenkend.

»Auf!« fielen die anderen ein.

Aber der Zug setzte sich nicht in Bewegung, denn in diesem Augenblick marschierte ein Trupp Dragoner in die Rua Nova ein.

7. *Die unerwartete Wendung*

Als die Dragoner vor den *Cangicas* haltmachten, entstand ein Augenblick der Verwirrung; die *Cangicas* wollten nicht glauben, daß Regierungstruppen gegen sie eingesetzt werden könnten. Aber der Barbier begriff alles und wartete. Die Dragoner blieben stehen, der Hauptmann forderte die Menge auf, sich zu zerstreuen; während aber ein Teil willens zu sein schien zu gehorchen, stand der andere fest auf seiten des Barbiers, der kühn entgegnete:

»Wir werden uns nicht zerstreuen. Wenn ihr unsere Leichen wollt, könnt ihr sie haben, aber nur unsere Leichen. Unsere Ehre werdet ihr nicht bekommen, nicht unseren Ruf, nicht unsere Rechte, und mit ihnen auch nicht die Rettung von Itaguaí!«

Nichts Unklügeres, aber auch nichts Natürlicheres hätte geschehen können als diese Antwort des Barbiers. Sie spiegelte nur den Taumel einer echten Krise. Vielleicht war auch die übertriebene Zuversicht des Hauptmanns daran schuld, der seine Dragoner zurückgehalten hatte, von ihren Waffen Gebrauch zu machen, eine Zuversicht, die der Offizier jetzt in den Wind schlug, indem er sogleich auf die *Cangicas* schießen ließ. Es war ein unbeschreiblicher Augenblick. Die Menge heulte wild; einigen, die auf die Fensterbänke der Häuser kletterten oder die Straße hinunterrannten, gelang es, sich in Sicherheit zu bringen. Aber die Mehrheit, schäumend vor Zorn, empört, beflügelt durch den Zorn und Mut des Barbiers, blieb unbeirrt stehen. Schon drohte die Niederlage der *Cangicas,* als ein Drittel der Dragoner — aus welchem Grunde, bezeugt die Chronik nicht — plötzlich zu den Aufrührerischen überging. Diese unerwartete Verstärkung machte den *Cangicas* Mut, während sie gleichzeitig Kleinmut unter den Reihen der Gesetzlichkeit säte. Die regierungstreuen Soldaten hatten nicht das Herz, ihre eigenen Kameraden anzugreifen; einer nach dem anderen traten sie zu ihnen über, so daß nach Ablauf weniger Minuten der Stand der Dinge ein völlig anderer war. Der Hauptmann, umgeben von einer Handvoll Männer, stand auf der einen Seite, auf der anderen ein festgefügter Haufe, der ihn mit dem Tod bedrohte. So sah er keinen Ausweg, erklärte sich bezwungen und lieferte dem Barbier seinen Degen aus.

Die triumphierenden Revolutionäre verloren keine Minute, sie schafften die Verwundeten in die nächsten Häuser und marschierten zum Gemeindehaus. Volk und Truppe verbrüderten sich und ließen Hochrufe auf den König, auf den Vizekönig, auf Itaguaí, auf den »illustren Porfírio« erschallen. Dieser, den Degen so geschickt vor sich her tragend, als sei er nur eine etwas längere Rasierklinge, setzte sich an die Spitze. Der Sieg umgab seine Stirn mit einem geheimnisvollen Nimbus. Die Würde des Herrschens begann seinen Schritt zu straffen.

Als die Stadtväter, die aus den Fenstern sahen, die Bürger und die Soldaten erblickten, glaubten sie, die Truppe habe die Menge festgenommen, und gingen unverzüglich dazu über, ein Gesuch an den Vizekönig zu verabschieden, in dem sie um Auszahlung eines Monatssoldes an die Dragoner baten, mit der Begründung: »Durch ihr Eingreifen wurde Itaguaí vor dem Abgrund gerettet, in den es von einer Horde Aufständischer gestürzt worden war.« Diese Formulierung wurde von Sebastião Freitas, dem abtrünnigen Stadtrat, vorgeschlagen, dessen Verteidigung der *Cangicas* die Kollegen so entsetzt hatte. Indessen, die Hochrufe auf den Barbier, die Schmährufe gegen die Stadträte und den Irrenarzt belehrten sie rasch eines Besseren. Der Vorsitzende hingegen verlor nicht den Mut: »Wie unser Los auch ausfallen mag«, sagte er, »wir werden bis zur letzten Minute daran denken, daß wir im Dienste Seiner Majestät und des Volkes stehen.«

Nun ließ Sebastião Freitas durchblicken, man könne der Krone und dem Städtchen besser dienen, indem man durch die Hintertüre entweiche und sich unverzüglich mit dem Landrichter ins Benehmen setze, stieß aber mit diesem Vorschlag auf einstimmige Ablehnung der Kammer.

Sekunden später betrat der Barbier, begleitet von einigen seiner Leutnants, den Gemeindesaal und teilte der Kammer ihre Absetzung mit. Der Stadtrat leistete keinen Widerstand, übergab sich und wanderte unverzüglich ins Gefängnis. Nun schlugen die Freunde des Barbiers vor, er solle im Namen Seiner Majestät des Königs die Regierung des Städtchens übernehmen. Porfírio nahm das Amt entgegen, wenn er sich auch, wie er betonte, durchaus bewußt sei, wie dornenvoll die Aufgabe sein würde. Er fügte hinzu, er könne dabei keineswegs auf die Hilfe der anwesenden Freunde verzichten, was sie prompt bestätigten. Porfírio trat ans Fenster und teilte dem Volk seine Entschlüsse mit, die das Volk beifallklatschend begrüßte. Daraufhin nahm der Barbier den Titel »Beschützer der Stadt im Namen Seiner Majestät und des Volkes« an. Alsbald wurden mehrere wichtige Befehle erlassen, offizielle Mitteilungen der neuen Regierung ausgegeben und dem Vizekönig ein eingehender Bericht übermittelt, begleitet von den ergebensten Beteuerungen des Gehorsams an Seine Majestät. Schließlich wurde folgender kurzer, aber kraftvoller Aufruf an das Volk erlassen:

»Itaguaíenser!

Ein verderbter, gewalttätiger Stadtrat hat sich gegen die Interessen Seiner Majestät und des Volkes verschworen. Die öffentliche Meinung hat ihn verurteilt. Eine Handvoll Bürger, tatkräftig unterstützt von den mutigen Dragonern Seiner Majestät, hat ihn soeben zu seiner Schande aufgelöst. Die Stadt hat mir einstimmig die Oberherrschaft übertragen, bis Seine Majestät gnädigst seinen Beschluß kundzutun gedenkt. Itaguaíenser! Ich bitte euch um eines: Schenkt mir euer Vertrauen, helft mir, den Frieden wiederherzustellen und die Gemeindekasse wieder aufzufüllen, die der Stadtrat, der eurer Faust weichen mußte, so verantwortungslos vergeudet hat. Ihr dürft mit meinem Opferwillen rechnen, dürft der Unterstützung durch die Krone gewiß sein!

Der Beschützer der Stadt im Namen Seiner Majestät und
des Volkes

Porfírio Caetano das Neves.«

Alle Welt bemerkte, daß in der Proklamation nicht ein einziges Wort über das *Grüne Haus* fiel, so daß nach Auffassung der einen kein Zweifel über die düsteren Absichten des Barbiers bestehen konnte. Die Gefahr war um so größer, als der Irrenarzt trotz der schwerwiegenden Ereignisse etwa sieben oder acht Personen in das *Grüne Haus* steckte, darunter zwei Damen und einen männlichen Inhaftierten, der mit dem Beschützer Porfírio verwandt war. Jedermann sah in diesem Vorgehen irrtümlicherweise eine Herausforderung, und das ganze Städtchen hoffte zuversichtlich, daß der Irrenarzt binnen vierundzwanzig Stunden hinter Schloß und Riegel sitzen, sein schrecklicher Kerker aber dem Erdboden gleichgemacht sein würde.

Der Tag endete fröhlich. Während der Ausrufer unter der lärmenden Begleitung seiner Rassel den Aufruf an einer Straßenecke nach der anderen verlas, zog das Volk durch die Gassen, seine Bereitschaft gelobend, für den illustren Porfírio zu sterben. Protestrufe gegen das *Grüne Haus* wurden kaum laut, ein deutlicher Beweis für das Vertrauen in die Regierungsmaßnahmen. Der Barbier ließ den Tag zum offiziellen Feiertag erklären und verhandelte mit dem Pfarrer zwecks Zelebrierung eines Tedeums, so wünschenswert erschien ihm eine Verbindung der zeitlichen mit der geistlichen Macht. Pater Lopes indessen lehnte die Zusammenarbeit rundweg ab.

»Jedenfalls werden sich Hochwürden nicht mit den Feinden der Regierung verbünden, nicht wahr?« sagte der Barbier, eine düstere Miene aufsetzend.

Worauf Pater Lopes ausweichend antwortete:

»Mit wem sollte ich mich verbünden, wenn die neue Regierung keine Feinde hat?«

Der Barbier lächelte; der andere hatte die Wahrheit gesprochen. Mit Ausnahme des Hauptmanns, der Stadträte und der Honoratioren der Stadt jubelte ihm alle Welt zu. Selbst die Honoratioren stellten sich nicht gegen ihn, wenn sie ihm auch nicht öffentlich ihre Stimme gaben.

Keiner der Preiskommissare unterließ es, Anweisungen bei ihm einzuholen. Im allgemeinen segneten die Familien den Namen dessen, der endlich Itaguaí von dem *Grünen Haus* und dem schrecklichen Simão Bacamarte befreien würde.

8. Die Ängste des Apothekers

Vierundzwanzig Stunden nach den im vorigen Kapitel berichteten Ereignissen verließ der Barbier in Begleitung zweier Flügeladjutanten den Regierungspalast — so hieß jetzt das Gemeindehaus — und verfügte sich zum Hause des Simão Bacamarte. Er wußte wohl, daß es schicklicher gewesen wäre, ihn kommen zu lassen; da er aber befürchtete, der Irrenarzt könne sich seinem Befehl widersetzen, zwang er sich zu einer toleranten, gemäßigten Haltung.

Den heillosen Schrecken des Apothekers, als dieser hörte, der Barbier sei auf dem Wege zum Haus des Irrenarztes, möchte ich übergehen. Er wird ihn festnehmen, dachte er. Und schon wuchs seine Angst ins Riesenhafte. Tatsächlich entzieht sich die seelische Qual, die der Apotheker in jenen Tagen der Revolution durchmachte, jeder Beschreibung. Nie hat sich ein Mensch in einer schlimmeren Zwangslage befunden: die Freundschaft mit dem Irrenarzt nahm ihn für diesen ein, der Sieg des Barbiers lockte ihn auf dessen Seite. Schon die bloße Nachricht von dem Aufstand hatte ihn tief erschüttert, weil er wußte, wie einstimmig der Haß gegen den Irrenarzt wütete; aber auch der Endsieg des Baders war ein harter Schlag für ihn. Seine Frau, eine fast männliche Dame und Busenfreundin Dona Evaristas, sagte, sein Platz sei neben Simão Bacamarte, während sein Herz gegen diese Forderung pochte, ihm zuflüsterte, die Sache des Irrenarztes sei verloren und keiner klammere sich aus eigenem Antrieb an einen Leichnam. Er hat einen Cato aus ihm gemacht, das ist wahr, *sed victa Catoni,* dachte er, sich an einige Redensarten des Pater Lopes erinnernd. Aber

Cato hatte sich keiner verlorenen Sache verbündet, er selber war die verlorene Sache, die Sache der Republik. Folglich war seine Handlungsweise die eines Egoisten, eines erbärmlichen Egoisten. Meine Situation, so sagte er sich, ist eine andere. Da seine Frau jedoch nicht lockerließ, fand Crispim Soares keinen anderen Ausweg aus der Zwickmühle, als krank zu werden und sich ins Bett zu legen.

»Dort geht Porfírio zu Dr. Bacamarte«, sagte seine Frau, neben dem Bett ihres Mannes sitzend, am nächsten Tag zu ihm. »Und zwar nicht allein.«

Er wird ihn festnehmen, dachte der Apotheker.

Ein Gedanke führt zu einem anderen; und schon stellte der Apotheker sich vor, daß man nach der Festnahme des Irrenarztes auch ihn als dessen Verbündeten holen würde. Dieser Gedanke war jedoch von überraschender Heilkraft. Crispim Soares sprang aus dem Bett, sagte, er sei kerngesund und wolle ausgehen; und trotz aller gegenteiliger Bemühungen und Einwände seiner Frau zog er sich an und verließ das Haus. Die alten Chronisten behaupten einstimmig, die Überzeugung, daß ihr Mann in nobler Gesinnung die Partei des Irrenarztes ergreifen würde, habe die Gattin des Apothekers weitgehend getröstet. Außerdem weisen sie scharfsinnig auf die ungeheure moralische Kraft einer Illusion hin, zumal der Apotheker inzwischen nicht etwa zum Haus des Irrenarztes, sondern zum Regierungspalast schritt. Dort angekommen, zeigte er sich enttäuscht, den Barbier nicht anzutreffen, hatte er ihn doch seiner Treue und Unterstützung versichern wollen; das sei ihm am Vorabend jedoch wegen Erkrankung unmöglich gewesen. Dabei hustete er mühsam. Die hohen Beamten, die seine Erklärung hörten und von der engen Freundschaft des Apothekers mit dem Irrenarzt wußten, begriffen sofort, wie wichtig dieser neue Anhänger für ihre Sache war, und behandelten Crispim Soares mit ausgesuchter Zuvorkommenheit. Sie versicherten ihm, der Barbier könne nicht lange ausbleiben, Seine Gnaden seien in dringenden Geschäften zum *Grünen Haus* gegangen, er werde aber jeden Augenblick zurück erwartet. Sie boten ihm einen Stuhl, eine Erfrischung an und überschütteten ihn mit Liebenswürdigkeiten. Sie sagten ihm, die Sache des illustren Porfírio gehe alle Patrioten an, worauf der Apotheker beteuerte, er habe nie anders gedacht, genau das beabsichtige er Seiner Majestät zu erklären.

9. Zwei hübsche Fälle

Bald darauf empfing der Irrenarzt den Barbier; er erklärte, er sehe sich außerstande, Widerstand zu leisten, und sei daher bereit zu gehorchen. Nur um eines bitte er, nämlich, daß man ihn nicht zwinge, der Zerstörung des *Grünen Hauses* beizuwohnen.

»Euer Gnaden irren«, sagte der Barbier nach einer Pause. »Sie irren, wenn Sie glauben, daß die Regierung vandalische Absichten hegt. Ob zu Recht oder Unrecht, die öffentliche Meinung ist der Auffassung, die Mehrzahl der hier inhaftierten Geisteskranken sei völlig normal; die Regierung erkennt jedoch an, daß dies eine rein wissenschaftliche Frage ist, und denkt nicht daran, wissenschaftliche Probleme durch Gemeindebeschlüsse zu lösen. Überdies ist das *Grüne Haus* eine öffentliche Anstalt, als solche haben wir sie von dem mittlerweile aufgelösten Stadtrat übernommen. Es muß aber zwangsläufig eine Zwischenlösung gefunden werden, welche die Ruhe der erregten Gemüter wiederherstellt.«

Der Irrenarzt vermochte kaum seine Verblüffung zu verbergen; er gestand, er habe etwas anderes erwartet, etwa das Niederreißen des Hospitals, seine eigene Festnahme, die Ausweisung, alles, nur das nicht ...

»Ihre Verblüffung«, warf der Barbier ernst ein, »rührt daher, daß Ihnen die schwere Verantwortung der Regierung nicht zum Bewußtsein gekommen ist. Das Volk, in seinem blinden Zutrauen getäuscht, empfindet darüber berechtigte Empörung und darf daher von der Regierung bestimmte Maßnahmen erwarten. Die Regierung hingegen darf angesichts der ihr auferlegten Verantwortung diese Maßnahmen nur teilweise ergreifen. Das ist heute unsere Situation. Die hochherzige Revolution, die gestern eine schändliche, korrupte Kammer gestürzt hat, hat mit lauter Stimme die Zerstörung des *Grünen Hauses* gefordert. Darf sich aber die Regierung das Recht anmaßen, den Wahnsinn zu beseitigen? Nein! Und wenn die Regierung ihn nicht auslöschen kann, ist sie dann zumindest imstande, ihn zu unterscheiden, zu erkennen? Auch nicht; denn das ist Sache der Wissenschaft. Somit kann die Regierung in einer so heiklen Angelegenheit nicht auf die Mitarbeit von Euer Gnaden verzichten. Wir bitten Sie daher um die Gefälligkeit, dem Volk eine gewisse Genugtuung zu verschaffen. Lassen Sie uns gemeinsame Sache machen, und das Volk wird sich zum Gehorsam bereit finden. Falls Euer Gnaden uns keinen besseren Vorschlag machen können, wäre unsres Erachtens schon viel gewonnen, wenn die fast geheilten Kranken sowie die kaum Geistesgestörten aus der Anstalt entfernt würden. Auf diese Weise können wir dem Volk ohne große Gefahr Toleranz und Entgegenkommen zeigen.«

»Wie viele Tote und Verletzte hat der gestrige Zusammenstoß gekostet?« fragte Simão Bacamarte nach drei langen Minuten.

»Elf Tote und fünfundzwanzig Verletzte.«

»Elf Tote und fünfundzwanzig Verletzte!« wiederholte der Irrenarzt zwei- oder dreimal.

Und er erklärte unverzüglich, das angestrebte Ziel komme ihm nicht erstrebenswert vor, er werde sich jedoch bemühen, in einigen Tagen einen anderen Vorschlag zu unterbreiten. Dann stellte er mehrere Fragen über die Ereignisse des vergangenen Tages, über den geleisteten Widerstand, den Überfall, das Überlaufen der Dragoner, das Verhalten des Stadtrats und dergleichen mehr. Der Barbier antwortete sehr ausführlich und verbreitete sich inbesondere über die erbärmliche Rolle, die der Stadtrat gespielt habe. Porfírio gestand, die neue Regierung genieße noch nicht das Vertrauen der Honoratioren der Stadt, in dieser Hinsicht könne der Herr Irrenarzt viel tun. Die Regierung, schloß der Barbier, würde sich freuen, wenn sie, wo nicht mit der Sympathie, so zumindest mit dem Wohlwollen des erhabensten Geistes nicht nur Itaguaís, sondern sicherlich des ganzen Vizekönigtums rechnen könne.

Aber das alles veränderte nicht im geringsten die noble strenge Miene des großen Mannes, der stumm zuhörte, ohne Eitelkeit, ohne Bescheidenheit, sondern gleichgültig wie ein steinerner Götze.

»Elf Tote und fünfundzwanzig Verletzte«, wiederholte er, nachdem er den Barbier bis zur Haustüre begleitet hatte. »Da haben wir zwei hübsche Fälle von Geisteskrankheit. Die Symptome der Hinterhältigkeit und Unverschämtheit dieses Barbiers sind unmißverständlich. Was die Torheit derer betrifft, die ihm zujubelten, so bedarf es dafür keines anderen Beweises als die genannten elf Toten und fünfundzwanzig Verletzten. In der Tat — zwei hübsche Fälle!«

»Es lebe der illustre Porfírio!« brüllten etwa dreißig Personen, die draußen auf den Barbier gewartet hatten.

Der Irrenarzt spähte durchs Fenster und hörte noch den Rest einer kurzen Ansprache, die der Barbier an seine Bewunderer hielt:

». . . weil es meine erste Sorge ist — dessen dürft ihr gewiß sein! —, den Willen des Volkes zu erfüllen. Schenkt mir euer Vertrauen, und alles wird nach bestem Wissen und Gewissen getan werden. Nur um eines bitte ich euch: um Ordnung. Die Ordnung, Freunde, ist die Grundlage, auf der die Regierung steht . . .«

»Der illustre Porfírio, er lebe hoch!« brüllten die dreißig Stimmen, die Hüte schwenkend.

»Zwei hübsche Fälle«, murmelte der Irrenarzt.

10. Die Restauration

Innerhalb von fünf Tagen internierte der Irrenarzt etwa fünfzig Anhänger der neuen Regierung im *Grünen Haus*. Die Regierung war bestürzt, konnte jedoch nichts unternehmen. João Pina, ein anderer Barbier, sprach offen aus, Porfírio habe sich dem Gold des Simão Bacamarte verkauft, eine Wendung, mit der er die entschlossensten Bewohner des Städtchens um sich scharte. Als Porfírio den ehemaligen Nebenbuhler des Rasiermessers an der Spitze der Insurrektion sah, begriff er, daß sein Sturz eine Sache von Tagen sein würde, sofern er nicht unverzüglich zum Schlag ausholte. Daher verabschiedete er zwei Dekrete, eines, welches das *Grüne Haus* abschaffte, ein zweites das den Irrenarzt verbannte. João Pina suchte mit hochtrabenden Sprüchen zu beweisen, daß das Vorgehen Porfírios ein Scheinmanöver, ein Schwindel sei, dem das Volk keinen Glauben schenken dürfe. Zwei Stunden später war Porfírios Sturz besiegelt, und João Pina übernahm die schwere Bürde des Regierens. Da er in den Schubladen des Gemeindehauses den Text der Proklamation, des an den Vizekönig gesandten Rechenschaftsberichts und anderer Einweihungsakten der vorigen Regierung fand, ließ er sie schleunigst abschreiben und neu erlassen. Die Chronisten weisen darauf hin, Pina habe — was sich übrigens von selbst versteht — die Namen zu ändern befohlen und dort, wo der erste Barbier von einer korrupten Kammer gesprochen hatte, einen Eindringling angeprangert, der sich von französischen, den heiligsten Interessen Seiner Majestät entgegengesetzten Doktrinen habe anstecken lassen — und noch anderes mehr.

Mittlerweile rückte eine vom Vizekönig entsandte Truppenabteilung in Itaguaí ein und stellte die Ordnung wieder her. Der Irrenarzt forderte unverzüglich die Auslieferung des Barbiers Porfírio sowie weiterer etwa fünfzig Personen, die er als geistesgestört erklärte. Nicht nur diese wurden ihm zur Verfügung gestellt, sondern überdies neunzehn

Anhänger des Barbiers, die gerade von ihren beim ersten Aufstand erlittenen Verletzungen genesen waren.

   Diese Wende der Krise ist zugleich der Höhepunkt von Simão Bacamartes Einfluß. Er hatte alles bekommen, was er verlangt hatte, und einer der lebendigsten Beweise seiner Macht liegt in der Bereitwilligkeit begründet, mit der die in ihre Ämter wieder eingesetzten Stadträte sich bereit fanden, auch Sebastião Freitas der Anstalt auszuliefern. Da der Irrenarzt die höchst widersprüchlichen Ansichten dieses Stadtrats kannte, erklärte er ihn zu einem pathologischen Fall und forderte seine Einlieferung ins *Grüne Haus*. Das gleiche geschah mit dem Apotheker. Sobald Bacamarte erfuhr, Crispim Soares sei vorübergehend Anhänger des *Cangica*-Aufstands gewesen, verglich er diesen Umstand mit der Zustimmung, die Soares ihm bis zum letzten Tag gezollt hatte, und ließ ihn festnehmen. Crispim Soares stritt den Tatbestand nicht ab, versuchte aber zu erklären, daß er lediglich für eine kurze Weile einer siegreichen Terrorbewegung gewichen sei, und führte als Beweis dafür an, daß er sich keiner weiteren Verfehlung schuldig gemacht habe, sondern sofort in sein Krankenbett zurückgekehrt sei. Simão Bacamarte widersprach nicht und sagte den Umstehenden nur, auch der Terror sei der Vater des Wahnsinns; im übrigen erscheine ihm der Fall des Crispim Soares dafür besonders charakteristisch.

   Der offensichtlichste Beweis von Simão Bacamartes Einfluß war die Fügsamkeit, mit der die Kammer ihm ihren Vorsitzenden auslieferte. Dieser würdige Magistratsbeamte hatte in einer Vollversammlung erklärt, die ihm von den *Cangicas* zugefügte Kränkung sei nur mit dreißig *Almudes* Blut zu sühnen, ein Ausspruch, der dem Irrenarzt durch den Mund des über soviel Energie begeisterten Ratssekretärs zu Ohren kam. Zunächst steckte Simão Bacamarte den Sekretär ins *Grüne Haus* und ging stehenden Fußes zum Stadtrat, dem er erklärte, sein Vorsitzender leide an »Stierwahnsinn«, einer Art der Geistesstörung, die er zum Vorteil der

Völker zu untersuchen gedenke. Anfangs zögerte die Kammer, lieferte ihr Haupt aber schließlich doch aus.

Von diesem Tag an wuchs der Zustrom zum *Grünen Haus* ins Unübersehbare. Es konnte niemand mehr die harmloseste Lüge von der Welt aussprechen oder weitergeben, selbst wenn sie dem Urheber oder Verbreiter Vorteile einbrachte, ohne daß er unverzüglich ins *Grüne Haus* wanderte. All das war Wahnsinn. Die Rätselschmiede, die Erfinder von Bild- und Buchstabenrätseln, die Lästerzungen, die Schnüffler, die Salonlöwen, der eine oder andere aufgeblasene Preiskommissar — keiner entkam den Spürhunden des Irrenarztes. Er verschonte die verliebten, nicht aber die liebestollen Mädchen, mit der Begründung, die ersten gäben nur einem natürlichen Trieb nach, während die zweiten einem Laster frönten. Galt ein Mensch als geizig oder verschwenderisch, war er gleichfalls für das *Grüne Haus* fällig; woraus hervorgehen sollte, daß es keine feststehende Regel für die völlige geistige Gesundheit gebe. Einige Chronisten glauben, Simão Bacamartes Maßnahmen seien nicht immer unanfechtbar gewesen, und führen zur Erhärtung ihrer Behauptung — deren Berechtigung dahingestellt bleiben mag — an, die Kammer habe auf Veranlassung des Arztes eine Verfügung erlassen, der zufolge jeder Bürger, in dessen Adern ohne Adels- oder sonstigen Nachweis zwei oder drei Unzen blaues Blut flossen, berechtigt sei, am Daumen der linken Hand einen silbernen Ring zu tragen. Die Chronisten sagen, der wahre Grund des Vorschlags sei die Bereicherung eines Goldschmieds, eines Freundes und Gevatters Simão Bacamartes gewesen; aber wenngleich der Goldschmied dank des neuen Gemeindebeschlusses tatsächlich reich wurde, so verschaffte die Verfügung dem *Grünen Haus* auch eine Unzahl neuer Insassen, so daß sich die wahre Absicht des Arztes nicht mit Sicherheit erkennen läßt. Was zu der Festnahme und Internierung aller jener Ringträger geführt haben mag, ist eines der dunkelsten Kapitel in der Geschichte von Itaguaí; die nächstliegende Erklärung lautet, die Betreffenden seien aufgegriffen worden, weil sie überall auf den Straßen, zu Hause, in der Kirche wild gestikuliert hätten. Jedermann weiß, daß Geisteskranke heftig gestikulieren. Jedenfalls ist dies eine bloße Vermutung. Genaues ist nicht verbürgt.

»Wohin soll das noch führen?« fragten die Honoratioren des Städtchens. »Hätten wir doch die *Cangicas* unterstützt . . .!«

Eines Morgens — es war der Tag, an dem ein großer Ball der Gemeindeverwaltung stattfinden sollte — wurde das Städtchen von der Nachricht erschüttert, sogar die Gattin des Irrenarztes sei ins *Grüne Haus* gebracht worden. Zunächst wollte es niemand glauben, jedermann hielt es für die Erfindung eines Spaßvogels. Aber das traf nicht zu, es war vielmehr die reine Wahrheit. Dona Evarista war gegen zwei Uhr nachts in die Irrenanstalt eingeliefert worden. Pater Lopes eilte zu dem Irrenarzt, um sich diskret bei ihm über den Tatbestand zu erkundigen.

»Seit einiger Zeit hegte ich einen Verdacht«, sagte der Ehemann ernst. »Die Bescheidenheit, die meine Frau in beiden Ehen an den Tag gelegt hat, ist mit der plötzlichen Versessenheit auf Seide, Samt, Spitzen und Edelsteine, die seit ihrer Rückkehr aus Rio de Janeiro an ihr auffiel, nicht zu vereinbaren. Seither beobachtete ich sie. Sie sprach von nichts anderem mehr. Brachte ich das Gespräch auf alte Schnitte, wollte sie sofort die Form der Kleider wissen; stattete ihr eine Dame in meiner Abwesenheit einen Besuch ab, beschrieb sie mir deren Kleid, lobte das eine und bemängelte das andere, noch bevor sie den Anlaß des Besuchs erwähnte. Eines Tages — ich glaube, Hochwürden werden sich daran erinnern — äußerte sie die Absicht, jährlich ein neues Gewand für das Schnitzwerk unserer Heiligen Mutter Gottes im Dom nähen zu lassen. All das waren ernste Symptome; gestern nacht ist dann ihr Wahnsinn offen ausgebrochen. Sie hatte die Robe, die sie auf dem Ball der Stadtverwaltung tragen wollte, ausgesucht, fertiggemacht und verziert; sie zögerte nur noch zwischen einem Halsband aus Granatsteinen und einem aus Saphiren. Ich gab ihr zu verstehen, das eine wie das andere stehe ihr sehr gut zu Gesicht, gestern wiederholte sie die Frage beim Frühstück; kurz nach dem Mittagessen fand ich sie schweigsam und nachdenklich. ›Was hast du?‹ fragte ich. — ›Ich würde so gern das Granatkollier tragen, finde aber das mit den Saphiren auch so hübsch!‹ — ›Dann lege eben das mit den Saphiren um!‹ — ›Aber was wird dann aus meiner Granathalskette?‹ Der Nachmittag verging ohne weitere Erörterungen. Wir aßen zu Abend und gingen zu Bett. Mitten in der Nacht — es muß gegen halb zwei Uhr gewesen sein — erwache ich und sehe sie nicht neben mir. Ich stehe auf, gehe ins Ankleidezimmer, und wo finde ich sie? Vor dem Spiegel, wo sie mal das eine, mal das andere Halsband anprobiert. Ihre Geistesgestörtheit war offensichtlich; ich ließ sie sofort abführen.«

Pater Lopes war zwar mit der Mitteilung nicht zufrieden, enthielt sich jedoch jeden Einwands. Der Irrenarzt bemerkte seine Zurückhaltung und erklärte, der Fall der Dona Evarista sei »Prunksucht«, nicht unheilbar, aber auf jeden Fall der Untersuchung wert. »Ich hoffe sie innerhalb von sechs Wochen wieder in Ordnung zu bringen«, bemerkte er abschließend.

Die Selbstverleugnung verschaffte dem Arzt neues Ansehen. Mutmaßungen, Erfindungen, Mißtrauen, all das schwand im Fluge, seit er nicht gezögert hatte, seine eigene Frau, die er mit aller Kraft seines Herzens liebte, im *Grünen Haus* zu internieren. Nun stand niemandem mehr das Recht zu, ihm Widerstand zu leisten — noch weniger, ihm Absichten zu unterstellen, die einem anderen Ziel als der Wissenschaft dienten.

Nun war sein Ruf eines großen strengen Mannes gesichert, man sah in ihm eine Verbindung aus Hippokrates und Cato.

11. Das Staunen Itaguaís

Der Leser bereite sich auf das gleiche Staunen vor, das die Stadt befiel bei der Ankündigung, alle Geisteskranken des *Grünen Hauses* würden in Freiheit gesetzt.

»Alle?«
»Alle.«
»Das ist doch unmöglich! Einige läßt man sich gefallen, aber alle . . .«
»Alle. So steht es in dem Memorandum, das der Arzt heute vormittag der Kammer zugeschickt hat.«

Tatsächlich enthielt das Memorandum des Irrenarztes an die Stadtverwaltung folgende Mitteilung:

I. Die Prüfung der Statistiken von Gemeinde und *Grünem Haus* haben ergeben, daß vier Fünftel der Bevölkerung in der Anstalt inhaftiert sind.

II. Diese Umsiedlung der Bewohner hat mich dazu veranlaßt, die Grundlagen meiner Theorie über die Geisteskrankheiten zu überprüfen, eine Theorie, die jedem Menschen die Vernunft abspricht, dessen verschiedene geistige Fähigkeiten nicht vollkommen ausgeglichen sind.

III. Diese Prüfung und der statistische Befund haben mich zu der Überzeugung gebracht, daß die wahre Lehre nicht diese, sondern die entgegengesetzte ist. Folglich ist als normal und vorbildlich die Unausgeglichenheit der geistigen Fähigkeiten anzusehen, als pathologisch hingegen jeder Fall, bei dem das Gleichgewicht nicht gestört ist.

IV. Angesichts dieses Umstandes teile ich der Kammer mit, daß ich den Insassen des *Grünen Hauses* die Freiheit zurückgeben und statt dessen jene Personen internieren werde, die sich in den oben geschilderten Umständen befinden.

V. Um die Entdeckung der wissenschaftlichen Wahrheit bemüht, werde ich keine Anstrengungen scheuen und hoffe dabei auf die volle Unterstützung der Stadtverwaltung.

VI. Die dem *Grünen Haus* für die Unterbringung der vermeintlichen Geisteskranken gewährte Finanzhilfe wird nach Abzug der tatsächlichen Kosten für Verpflegung und Kleidung der Kammer zurückerstattet werden.

Die Stadtverwaltung wird gebeten, eine sofortige Abschlußprüfung der Bücher des *Grünen Hauses* vorzunehmen.

Das Staunen von Itaguaí war groß, aber nicht geringer war die Freude der Angehörigen und Freunde über das Wiedersehen mit den lange vermißten Patienten. Banketts, Tanzveranstaltungen, Festbeleuchtung, Musik mußten herhalten, um ein so freudiges Ereignis zu feiern. Ich verzichte auf die Schilderung der Feierlichkeiten, da sie für den Zweck unserer Geschichte unwesentlich sind. Jedenfalls waren sie glanzvoll, rührend und ausgedehnt.

So ist es also um das Menschliche bestellt! In Anbetracht des durch Simão Bacamartes Memorandum ausgelösten Jubels gab niemand auf den Schlußsatz des Paragraphen IV acht, mithin auf Worte, die von erheblicher Tragweite sein sollten.

12. Der Schlußsatz des Paragraphen IV

Die Festbeleuchtung erlosch, die Familien waren von neuem vereint, alles schien in alte Bahnen zurückzukehren. Es herrschte wieder Ordnung, die Regierung lag wieder in den Händen des Stadtrats, und zwar ohne äußeren Druck; sogar der Vorsitzende und der Stadtrat Freitas hatten ihre alten Ämter inne. Nachdem der Barbier Porfírio, durch die Ereignisse belehrt, einem Dichterwort über Napoleon zufolge »alles erfahren hatte« und noch einiges darüber hinaus — da die Erfahrung des *Grünen Hauses* Napoleon vorenthalten geblieben war —, zog er den verschwiegenen Ruhm des Rasiermessers und der Schere den glänzenden Fragwürdigkeiten der Macht vor. Er wurde zwar vor Gericht gestellt, aber dank der Fürbitte der Bevölkerung, die bei Seiner Majestät um Milde flehte, begnadigt. João

Pina wurde in Anerkennung der Tatsache, daß er einen Aufrührer zur Strecke gebracht hatte, ebenfalls begnadigt. Die Chronisten sind der Auffassung, unser Sprichwort »Der Dieb, der einen zweiten Dieb beklaut, geht straffrei aus und rettet seine Haut« verdanke diesem Ereignis seine Entstehung. Das Sprichwort mag nicht sehr moralisch sein, aber es ist sehr nützlich.

Mit einemmal verstummten alle Beschwerden über den Irrenarzt, kein Wort des Grolls über seine einstigen Maßnahmen wurden laut. Seit er den früheren Häftlingen des *Grünen Hauses* den Besitz ihrer vollen geistigen Fähigkeiten zuerkannt hatte, fühlten sie sich von tiefem Dank und glühender Begeisterung für ihn beseelt. Viele waren der Auffassung, der Irrenarzt verdiene eine Sonderkundgebung, und veranstalteten einen Ball zu seinen Ehren, der mehrere Tanzvergnügungen und Festbankette nach sich zog.

Die Chronik will wissen, Dona Evarista habe anfangs erwogen, sich von ihrem Mann zu trennen, aber der Schmerz darüber, die Gesellschaft eines so großen Mannes zu verlieren, habe jedes Gefühl verletzter Eigenliebe besiegt, so daß das Ehepaar noch glücklicher weiterlebte als zuvor.

Nicht weniger eng wurde die Freundschaft des Irrenarztes mit dem Apotheker. Dieser schloß aus dem Beruf Simão Bacamartes, Vorsicht sei die erste Tugend in Zeiten der Revolution, und wußte die Großmut des Irrenarztes zu schätzen, der, als er ihm die Freiheit wiederschenkte, seinem alten Freund herzlich die Hand drückte. »Es ist ein großer Mann«, beteuerte er seiner Frau, als er auf diesen Umstand zu sprechen kam.

Es erübrigt sich, von der Freilassung des Sattelfabrikanten, von Costa, Coelho, Martim Brito und anderen zu reden, die in dieser Geschichte namentlich genannt wurden. Die Anmerkung genüge, daß sie ihren früheren Gewohnheiten ungestört nachgehen konnten. Sogar Martim Brito, inhaftiert wegen einer Rede, in der er Dona Evarista in den Himmel gehoben hatte, hielt nunmehr eine zweite zu Ehren des hervorragenden Arztes, »dessen unerreichter Genius, von seinen Schwingen über die Sonne emporgetragen, alle anderen Geister der Erde weit unter sich ließ«.

»Ich danke Ihnen für Ihre Worte«, antwortete der Irrenarzt, »und bereue es nicht, Ihnen die Freiheit wiedergegeben zu haben.«

Inzwischen verabschiedete der Stadtrat ohne Debatte einen Erlaß, der den Arzt ermächtigte, solche Personen im *Grünen Haus* zu internieren, die im Besitz völlig ausgeglichener geistiger Fähigkeiten angetroffen würden. Und da die Kammer schmerzliche Erfahrungen gemacht hatte, fügte sie eine Klausel hinzu, welche die Ermächtigung auf ein Jahr begrenzte, damit die neue psychologische Theorie erprobt werden und die Kammer noch vor Ablauf der genannten Zeitspanne das *Grüne Haus* schließen könne, falls Gründe der öffentlichen Ordnung es erforderten. Rat Freitas schlug außerdem vor, festzulegen, daß die Leitung des Irrenhauses nie einen Stadtrat anfordern dürfe, eine Klausel, die gegen die Stimme des Stadtrats Galvão angenommen und in den Erlaß aufgenommen wurde. Dieser hatte sich vor allem deswegen dagegen gewandt, weil er fand, daß die Kammer bei der Abstimmung über ein wissenschaftliches Experiment die eigenen Mitglieder nicht von der Auswirkung eines zu verabschiedenden Gesetzes ausschließen dürfe; solche Verfahrensweise sei widerwärtig und lächerlich. Kaum hatte er diese harten Worte ausgesprochen, als die Stadträte laut gegen die Dreistigkeit und Unvernunft des Kollegen Einspruch erhoben; dieser hörte sie jedoch gelassen an und beschränkte sich auf den Hinweis, er würde gegen den Erlaß stimmen.

»Das Amt eines Stadtrats«, so schloß er, »verleiht uns weder besondere Macht, noch schließt es uns von der menschlichen Gemeinschaft aus.«

Simão Bacamarte nahm den Erlaß mit allen Einschränkungen an. Was den Ausschluß der Stadträte betrifft, so erklärte er, er würde es außerordentlich bedauern, hätte er sich gezwungen sehen müssen, einen der Herren im *Grünen Haus* zu internieren, andrerseits sei die Klausel der beste Beweis dafür, daß die Herren Räte nicht an vollkommener Ausgeglichenheit ihrer geistigen Fähigkeiten litten.

Dasselbe traf nicht auf Galvão zu, denn sein begründeter Einwand sowie seine maßvolle Entgegnung auf die Schmähungen seiner Kollegen deuteten auf ein gut funktionierendes Gehirn, weshalb der Arzt die Kammer um seine Auslieferung ersuchte. Noch immer ungehalten über das Vorgehen ihres Kollegen, zogen die Mitglieder der Kammer den Antrag des Irrenarztes in Erwägung und entschieden sich einstimmig für die Auslieferung.

Es versteht sich, daß nach der neuen Theorie weder eine Handlung noch eine Bemerkung genügten, um dem Irrenarzt einen Bürger auszuliefern; vielmehr war eine eingehende Untersuchung seiner Gegenwart und Vergangenheit vonnöten. So wurde Pater Lopes erst dreißig Tage, die Frau des Apothekers erst vierzig Tage nach dem Erlaß festgenommen. Die Internierung dieser Dame empörte ihren Gatten zutiefst. Schäumend vor Zorn rannte Crispim Soares aus dem Hause und erklärte jedem, der es wissen wollte, er würde dem Tyrannen die Ohren langziehen. Als ein Gegner des Irrenarztes auf der Straße die Nachricht vernahm, vergaß er seinen alten Zwist mit diesem und lief zum Hause Simão Bacamartes, um ihm die Gefahr zu schildern, in der er schwebe. Simão Bacamarte wußte seinem einstigen Gegner Dank, nach wenigen Minuten hatte er sich von seiner rechtlichen Gesinnung, seinem guten Glauben, seiner menschlichen Achtung und Großmut überzeugt, schüttelte ihm lange die Hand und steckte ihn in das *Grüne Haus*.

»Ein sehr seltener Fall«, sagte er zu seiner Frau, die aus allen Wolken fiel. »Und nun wollen wir auf unseren Crispim warten.«

Crispim Soares kam. Der Schmerz hatte seine Wut überwunden, weshalb er dem Irrenarzt auch nicht die

Ohren langzog. Dieser tröstete seinen alten Freund mit der Versicherung, der Fall seiner Frau sei nicht hoffnungslos, vielleicht habe sie nur eine Hirnverletzung, die er mit größter Aufmerksamkeit prüfen werde; vorher könne er sie jedoch unter keinen Umständen freilassen. Und da es ihm vorteilhaft schien, die beiden zu vereinen, damit die Schlauheit und Hinterhältigkeit des Gatten gewissermaßen die bei seiner Frau entdeckte seelische Schönheit heile, sagte Simão Bacamarte:

»Arbeiten Sie tagsüber ruhig in Ihrer Apotheke, aber essen Sie hier mit Ihrer Frau zu Mittag und zu Abend, verbringen Sie auch die Abende, Sonn- und Feiertage mit ihr zusammen.«

Der Vorschlag versetzte den armen Apotheker in die Lage von Buridans Esel. Einerseits wollte er mit seiner Frau zusammenleben, andrerseits hatte er Angst davor, ins *Grüne Haus* zurückzukehren. Diese Zweifel plagten ihn eine Weile, bis Dona Evarista ihn aus seiner Zwangslage erlöste mit dem Versprechen, als Botengängerin zwischen beiden auftreten zu wollen. Crispim Soares küßte ihr dankbar die Hand. Dieser Zug kleinmütiger Ichsucht kam dem Irrenarzt erhaben vor.

Nach fünf Monaten beherbergte das *Grüne Haus* etwa achtzehn Personen. Aber Simão Bacamarte ließ nicht locker, er lief von Straße zu Straße, von Haus zu Haus, beobachtend, fragend, prüfend; und wenn er einen Kranken entdeckte, nahm er ihn ebenso freudig, wie er sie früher zu Dutzenden zusammengetrieben hatte. Gerade dieses Mißverhältnis schien die neue Theorie zu bekräftigen; endlich hatte er die echte Zerebraltherapie entdeckt. Eines Tages gelang es ihm, den Landrichter im *Grünen Haus* zu internieren; er ging dabei jedoch mit größter Vorsicht zu Werke und tat es erst, nachdem er sein Tun und Lassen eingehend untersucht und die Honoratioren des Städtchens ausgiebig befragt hatte. Mehr als einmal war er dabei, völlig ausgeglichene Personen zu internieren, so zum Beispiel einen

Anwalt namens Salustino, in dem er ein solches Arsenal seelischer und geistiger Gaben vorfand, daß er es für gefährlich hielt, diesen Menschen noch länger frei herumlaufen zu lassen. Er ließ ihn festnehmen; aber Bacamartes Agent, der gewisse Zweifel hatte, erwirkte seine Erlaubnis, den Verdächtigen zuerst auf die Probe zu stellen. So wandte er sich an einen Freund, der wegen einer Testamentsfälschung verklagt war, und riet ihm, Salustino zum Anwalt zu nehmen.

»Glaubst du wirklich, daß er meinen Fall übernehmen wird?«

»Natürlich. Geh zu ihm, sag ihm alles, die volle Wahrheit, und vertraue ihm deine Sache an!«

Der Mann wandte sich an den Anwalt, gestand, er habe das Testament gefälscht, und bat ihn, seine Verteidigung zu übernehmen. Der Rechtsanwalt sagte nicht nein, prüfte die Unterlagen, argumentierte vor Gericht des langen und breiten und bewies überzeugend, daß das Testament echt sei. Der Richter erklärte feierlich die Unschuld des Angeklagten und ließ ihm die Erbschaft aushändigen. Diesem Experiment verdankte der hervorragende Rechtsberater seine Freiheit. Aber nichts entgeht einem eigenwilligen, durchdringenden Geist. Simão Bacamarte, dem schon seit längerer Zeit der Eifer und Scharfsinn, die Geduld und Mäßigung seines Agenten aufgefallen waren, erkannte plötzlich die Geschicklichkeit und Umsicht, mit denen dieser ein so heikles, verzwicktes Experiment durchgeführt hatte, und beschloß, ihn seinerseits unverzüglich zu internieren, wobei er ihm allerdings eine der besten Zellen zuwies.

Die Geisteskranken wurden klassenweise untergebracht. Es gab eine Galerie der Bescheidenen, das heißt derjenigen Verrückten, bei denen diese seelische Eigenschaft bis zur Vollkommenheit vorhanden war; eine zweite für die Toleranten, eine dritte für die Großmütigen; weitere Abteilungen waren für die Scharfsinnigen, Aufrichtigen und andere eingerichtet. Natürlich zogen die Angehörigen und Freunde der Inhaftierten gegen die Theorie zu Felde, etliche versuchten sogar, die Kammer zur Kassation der Lizenz zu zwingen. Die Kammer jedoch hatte die Rede des Stadtrats Galvão nicht vergessen; denn mit der Kassation würde dieser freigelassen und wieder in sein Amt eingesetzt werden. Daher lehnte sie den Antrag ab. Simão Bacamarte schrieb dem Magistrat einen Brief, in dem er ihm nicht dankte, sondern ihn zu diesem Akt persönlicher Rache beglückwünschte. Von der neuen Gesetzlichkeit enttäuscht, nahmen einige Honoratioren des Städtchens ihre Zuflucht zum Barbier Porfírio und versprachen ihm jede Unterstützung der Bevölkerung, Geld und Einfluß am Hof, wenn er bereit wäre, sich an die Spitze einer neuen Bewegung gegen Kammer und Irrenarzt zu stellen. Der Barbier lehnte ab und erklärte, damals habe ihn Ehrgeiz zur Überschreitung der Gesetze verführt; mittlerweile sei er in sich gegangen und habe seinen Irrtum und die geringe Standhaftigkeit seiner Anhänger eingesehen. Da die Kammer beschlossen habe, das neue Experiment des Irrenarztes für die Frist eines Jahres zu genehmigen, sollten sie daher entweder den Ablauf dieses Jahres abwarten oder sich an den Vizekönig wenden, sofern die Kammer ihren Antrag ablehnen würde. Er für sein Teil würde nie mehr die Anwendung eines Mittels gutheißen, das in seinen Händen schon einmal versagt habe, und zwar auf Kosten von Toten und Verwundeten, die sein Gewissen bis zu seinem Lebensende belasten würden.

»Was erzählen Sie mir da?« fragte der Irrenarzt, als ein Geheimagent ihm die Unterhaltung des Barbiers mit den Honoratioren der Stadt hinterbrachte.

Zwei Tage später saß der Barbier in einer Zelle des *Grünen Hauses.* »Ich bin gefangen, weil ich ein Hund war, und bin gefangen, weil ich kein Hund war!« rief der Unglückliche aus.

Die Frist lief ab, und die Kammer genehmigte eine zusätzliche Probezeit von sechs Monaten zu Therapieversuchen. Das Ergebnis dieser Episode der Itaguaíenser Chronik ist so ungewöhnlich und überraschend, daß sie verdienen würde, in nicht weniger als zehn Kapiteln dargestellt zu werden. Ich will mich jedoch mit einem Kapitel begnügen, das als Abschluß der Erzählung und zugleich als eines der schönsten Beispiele wissenschaftlicher Überzeugung und menschlicher Selbstverleugnung dienen mag.

13. Plus Ultra!

Nun kam die Therapie an die Reihe. Mochte Simão Bacamarte im Entdecken von Kranken tatkräftig und scharfsinnig gewesen sein, so überbot er sich bei ihrer Behandlung förmlich an Sorgfalt und Geistesschärfe. In einem Punkt stimmen alle Chronisten überein: Der berühmte Irrenarzt brachte die überraschendsten Heilungen zustande und erntete damit die lebhafteste Bewunderung unter seinen Mitbürgern.

Tatsächlich hätte man sich kaum ein vernünftigeres Heilsystem vorstellen können. Da die Verrückten je nach den vollkommen in ihnen ausgeprägten seelischen Eigenschaften in Klassen eingeteilt waren, nahm Simão Bacamarte das jeweils vorherrschende Merkmal aufs Korn. Nehmen wir einen Bescheidenen. Bei diesem wandte er die Medikamente an, die zu der entgegengesetzten Anlage führten, verordnete jedoch nicht gleich das Höchstquantum, sondern dosierte je nach Stand, Alter, Temperament und gesellschaftlicher Stellung des Kranken. Mitunter genügte ein Frack, eine Ordensschleife, eine Perücke, ein Spazierstock, um dem Geistesgestörten den Verstand wiederzuschenken; in anderen Fällen war die Krankheit hartnäckiger und erforderte, mit Brillantringen, Ehrenämtern und anderen Mitteln bekämpft zu werden. Ein Kranker jedoch, ein Dichter, widerstand allen Versuchen. Schon wollte Simão Bacamarte verzweifeln, als er auf die Idee kam, den Ausrufer an allen Straßenecken verkünden zu lassen, sein

Kurgast komme einem Garçāo, einem Pindar gleich. »Die Kur wirkte Wunder«, erzählte die Mutter des Unglücklichen einer Freundin, »die Kur war ein reines Wunder.«

Ein anderer Kranker, gleichfalls ein Bescheidener, setzte der Behandlung die gleiche Widerspenstigkeit entgegen; da er aber kein Schriftsteller war — er konnte kaum seinen Namen schreiben —, ließ sich das Heilmittel des Ausrufers bei ihm nicht anwenden. So verfiel Simão Bacamarte auf den Gedanken, für ihn die Stellung des Sekretärs bei der *Akademie der Versteckten* mit Sitz in Itaguaí zu beantragen. Nun war die Ernennung des Vorsitzenden und der Sekretäre von Gnaden des verstorbenen D. João V. ein Vorrecht der Krone; die entsprechenden Stellungen berechtigten zu der Anrede »Exzellenz« und zum Tragen einer goldenen Medaille am Hut. Die Regierung von Lissabon verweigerte aber das Diplom; da der Irrenarzt jedoch geltend machte, er beantrage die Urkunde nicht als Ehrenpreis oder Auszeichnung, sondern als Therapie für einen schwierigen Fall, gab die Regierung ausnahmsweise der Bitte statt, aber auch nur auf Drängen des Marine- und Überseeministers, der zufällig ein Vetter des Erkrankten war. Auch diese Heilmethode wirkte Wunder.

»Weiß Gott, wunderbar!« hörte man auf den Straßen, als die Einwohner Itaguaís den gesunden stolzen Gesichtsausdruck der beiden früheren Geisteskranken sahen.

So also wirkte Bacamartes System. Man mag sich das übrige leicht vorstellen. Jeder seelischen oder geistigen Schönheit wurde genau an dem Punkt auf den Leib gerückt, wo die betreffende Eigenschaft am vollkommensten zutage trat; der Erfolg blieb nie aus, bis auf ein paar Ausnahmen. Es gab Fälle, bei denen die vorherrschende Eigenschaft allem widerstand; dann griff der Irrenarzt an anderer Stelle an, wie ein Feldherr, der eine Festung, die er frontal nicht zu bezwingen vermag, in der Flanke angreift.

Nach Ablauf von fünfeinhalb Monaten war das *Grüne Haus* leer. Alle waren geheilt! So hatte der von Mäßigung und Rechtlichkeit so grausam heimgesuchte Stadtrat Galvão das Glück, einen Onkel zu verlieren; ich sage Glück, weil der Onkel ein zweideutiges Testament hinterlassen hatte und Galvão eine günstige Interpretation erzielte, indem er die Richter bestach und die anderen Erben hinters Licht führte. In diesem Fall trat die Lauterkeit des Arztes klar zutage; er gestand einfältig, der Kranke sei nicht durch sein Verdienst geheilt worden; er, Bacamarte, sei nur die *vis mediatrix* der Natur gewesen. Anders lag der Fall bei Pater Lopes. Da der Irrenarzt wußte, daß der Priester kein Wort Hebräisch oder Griechisch verstand, trug er ihm auf, die Übersetzung der *Septuaginta* kritisch zu analysieren. Der Pfarrer nahm die Aufgabe an und entledigte sich ihrer im angemessenen Zeitraum. Nach zwei Monaten hatte er ein Buch verfaßt und war im Besitz der Freiheit. Was die Frau des Apothekers angeht, so blieb sie nicht lange in ihrer Zelle, wo es ihr an liebevoller Pflege nicht mangelte.

»Warum besucht mich Crispim nicht?« fragte sie Tag für Tag.

Zunächst wurde sie mit der einen, dann mit einer anderen Ausrede abgespeist; endlich sagte man ihr die Wahrheit. Die würdige Matrone vermochte ihre Empörung und Beschämung nicht zu verbergen. Zornbebend stieß sie Schimpfworte wie diese hervor:

»Schurke! Feigling! Undankbarer! Ein Wicht, der mit dem Erlös gefälschter Salben Häuser baut ... Schuft, elender!«

Simão Bacamarte bemerkte, diese Worte seien, selbst auf die Gefahr hin, daß die in ihnen enthaltene Anklage unzutreffend sei, ein völlig ausreichender Beweis dafür, daß die ausgezeichnete Dame endlich die Unausgeglichenheit ihrer geistigen Fähigkeiten wiedererlangt habe — und setzte sie unverzüglich in Freiheit.

Wer aber glaubt, die Freilassung des letzten Insassen des *Grünen Hauses* habe den Irrenarzt entzückt, beweist damit nur, daß er unseren Helden schlecht kennt. *Plus Ultra!*

Es genügte ihm nicht, die wahre Theorie des Wahnsinns entdeckt zu haben; er gab sich auch nicht damit zufrieden, die Herrschaft der Vernunft in Itaguaí wiederhergestellt zu haben. *Plus Ultra!* Er war nicht froh; er war besorgt und nachdenklich, etwas sagte ihm, die neue Theorie enthalte eine zweite, noch neuere Theorie.

Mal sehen, dachte er, mal sehen, ob ich noch zu der allerletzten Wahrheit vorstoße.

Während er diese Worte vor sich hin murmelte, schritt er in dem weiträumigen Wohnzimmer auf und ab, an dessen Wänden die reichste Bibliothek der überseeischen Besitzungen Seiner Majestät schimmerte. Ein weiter seidener Morgenrock, zusammengehalten von einer mit goldenen Quasten geschmückten seidenen Kordel — das Geschenk einer Universität —, umhüllte den hoheitsvoll-strengen Körper des berühmten Irrenarztes. Eine Perücke bedeckte den gewaltigen noblen Kahlkopf, den er in langjähriger wissenschaftlicher Denkarbeit erworben hatte. Seine weder schlanken weiblichen noch dicken ungeschlachten, sondern gutproportionierten Füße staken in Schuhen, deren Schnallen aus schlichtem Messing waren. Man betrachte den Unterschied; was ihn an Luxus umgab, hatte ihm seine wissenschaftliche Arbeit eingebracht, was von ihm selber stammte, war maßvoll und zurückhaltend, wie es sich für einen Gelehrten geziemt.

Der große Bacamarte wanderte also von einem Ende zum anderen der riesigen Bibliothek, in sich gekehrt und allem entfremdet, was nicht das dunkle Problem der Zerebralpathologie anging. Plötzlich blieb er vor einem Fenster stehen. Den linken Ellbogen auf die rechte geöffnete Hand gestützt, das Kinn in die linke Hand gebettet, fragte er sich laut:

»Sollten sie wirklich wahnsinnig gewesen und von mir geheilt worden sein, oder war das, was wie Heilung aussah, nicht mehr als die Entdeckung der völligen Unausgeglichenheit des Zerebrums?«

Nun schürfte er tiefer und gelangte zu folgendem Ergebnis: Die ausgeglichenen Gehirne, die er bisher geheilt hatte, waren ebenso unausgeglichen wie die anderen. Ja, sagte er sich, ich kann mir nicht anmaßen, zu behaupten, ich hätte ihnen eine neue Empfindung oder eine neue Fähigkeit eingeimpft; das eine oder andere war in latentem Zustand vorhanden, somit existierte es.

Nachdem er zu diesem Schluß gelangt war, erlebte der Irrenarzt zwei entgegengesetzte Empfindungen; die eine war Freude, die andere Niedergeschlagenheit. Freude darüber, daß er nach langen, geduldigen Untersuchungen, unablässigen Bemühungen und hartnäckigen Kämpfen mit dem Volk folgende Wahrheit bekräftigen konnte: Es gab keine Geisteskranken in Ituguaí; Itaguaí besaß nicht einen einzigen Geistesgestörten. Aber ebenso rasch, wie dieser Gedanke seine Seele erfrischte, meldete sich ein neuer und hob die Wirkung des ersten auf; es war der Zweifel. Wie? Ganz Itaguaí sollte nicht ein einziges heiles Gehirn besitzen? Sollte diese unbedingte Schlußfolgerung nicht gerade deshalb irrig sein und somit zwangsläufig das mächtige majestätische Gebäude der neuen psychologischen Doktrin in Frage stellen?

Die Bestürzung des hervorragenden Simão Bacamarte wird von Itaguaís Chronisten als einer der schrecklichsten seelischen Stürme dargestellt, die diesen Mann je heimgesucht haben. Aber Stürme werfen nur den Schwachen nieder; der Starke wappnet sich gegen sie und blickt dem Taifun ins Auge. Zwanzig Minuten später leuchtete sanfte Helligkeit im Antlitz des Irrenarztes auf.

Ja, das wird es wohl sein, dachte er.

Simão Bacamarte stellte in sich die Merkmale vollständiger geistiger und seelischer Ausgeglichenheit fest; es schien ihm, daß er Scharfsinn besitze, dazu Geduld, Beharrlichkeit, Duldsamkeit, außerdem Wahrhaftigkeit, Seelenstärke, Treue, mithin lauter Eigenschaften, die das Wesen eines vollkommenen Geistesgestörten ausmachen. Aber schon kamen ihm Zweifel, so daß er zu dem Schluß gelangte, es müsse eine Selbsttäuschung sein. Da er aber ein vorsichtiger Mann war, beschloß er, den Rat von Freunden einzuholen, deren Urteil jedoch positiv ausfiel.

»Habe ich wirklich keinen Fehler?«

»Keinen einzigen«, antwortete die Versammlung im Chor.

»Kein Laster?«

»Nichts dergleichen.«

»Dann ist bei mir also alles völlig in Ordnung?«

»Völlig in Ordnung.«

»Das ist unmöglich!« wetterte der Irrenarzt. »Ich muß Ihnen sagen, daß ich keineswegs jene Überlegenheit in mir fühle, die Sie mir soeben mit soviel Beredsamkeit zugesprochen haben. Ihre Sympathie zu mir verleitet Sie dazu, so zu reden. Ich habe mich studiert und kann nichts finden, was Ihre übertriebene Güte rechtfertigt.«

Die Versammlung ließ nicht locker. Bacamarte beharrte auf seiner Verneinung. Schließlich fand Pater Lopes die eines scharfen Beobachters würdige Erklärung:

»Wissen Sie den Grund, weshalb Sie Ihre hohen Eigenschaften, die wir übrigens alle bewundern, nicht erkennen können? Weil Sie eine Tugend besitzen, die allen anderen Glanz verleiht: Bescheidenheit.«

Das gab den Ausschlag, Simão Bacamarte senkte das Haupt, fröhlich und zugleich betrübt, aber eher fröhlich als betrübt. Die unmittelbare Folge davon war, daß er sich im *Grünen Haus* internieren ließ. Vergeblich versuchten seine Frau und seine Freunde, ihn zum Bleiben zu bestimmen, und betonten, daß er völlig gesund und ausgeglichen sei — kein Bitten und kein Drängen, keine Tränen vermochten ihn auch nur einen Augenblick länger zurückzuhalten.

»Es geht um ein wissenschaftliches Problem«, sagte er. »Es handelt sich um eine neue Lehre, deren erstes Beispiel ich bin. In mir sehe ich Theorie und Praxis dieser Doktrin vereint.«

»Simão, Simão, Geliebter!« rief seine Frau, das Gesicht in Tränen gebadet.

Aber der große Arzt, die Augen flammend von wissenschaftlicher Überzeugungskraft, hatte taube Ohren für die Sehnsucht seiner Frau und schob sie sanft zurück.

Dann schloß er die Tür des *Grünen Hauses* hinter sich zu und machte sich ohne Verzug an die Untersuchung und Heilung seiner selbst. Die Chronisten wollen wissen, er sei nach Ablauf von siebzehn Monaten dort gestorben, und zwar im selben Zustand, in dem er sich ins *Grüne Haus* eingeliefert hatte, also ohne den geringsten Fortschritt erzielt zu haben. Etliche sind der Auffassung, es habe in Itaguaí nie einen anderen Geisteskranken gegeben. Da diese Meinung jedoch auf einem Gerücht fußt, das sich nach dem Tode des Irrenarztes zu verbreiten begann, verfügt sie über keine andere Beweiskraft als das Vorhandensein jenes Gerüchtes — übrigens eines zweifelhaften Gerüchtes, weil es Pater Lopes zugeschrieben wird, der die Eigenschaften des großen Mannes mit so viel Leidenschaftlichkeit gepriesen hatte.

Wie dem auch sei, sein Begräbnis wurde mit großem Pomp und selten erlebter Feierlichkeit begangen.

LOB DES DURCHSCHNITTSMENSCHEN

Ein Zwiegespräch

»Bist du müde?«

»Nein, Senhor.«

»Ich auch nicht. Laß uns ein Weilchen plaudern. Mach das Fenster auf! Wieviel Uhr ist es?«

»Elf.«

»Unser kleines Abendessen ist vorbei, der letzte Gast ist fort. Und damit, junger Herr, hast du das einundzwanzigste Lebensjahr erreicht. Vor einundzwanzig Jahren, am 5. August 1854, bist du als winziges Etwas auf die Welt gekommen, und schon bist du ein Mann, hast einen beachtlichen Schnurrbart und Liebesabenteuer . . .«

»Aber Papa . . .«

»Du brauchst dich nicht zu zieren. Wir wollen wie zwei echte Freunde reden. Mach die Tür zu, ich habe dir ein paar wichtige Dinge zu sagen. Setz dich, wir wollen uns unterhalten. Einundzwanzig Jahre, ein kleines Aktienpaket, ein akademischer Grad, damit findest du Eingang ins Parlament, in die Stadtverwaltung, in die Presse, in die Landwirtschaft, in die Industrie, in den Handel, in Kunst und Wissenschaft. Jede erdenkliche Laufbahn steht dir offen. Einundzwanzig Jahre, mein Junge, sind nur die erste Silbe unseres Schicksals. Selbst Pitt und Napoleon waren trotz ihrer Frühreife mit einundzwanzig Jahren noch nicht alles. Aber wie auch deine Wahl ausfallen mag, jedenfalls wünsche ich, daß du groß und berühmt oder zumindest bekannt wirst und dich über die graue Masse erhebst. Das Leben, Janjão, ist eine riesige Lotterie; es gibt nur wenige Treffer, aber zahllose Nieten, und aus den Seufzern einer Generation entstehen die Hoffnungen der nächsten. So sieht das Leben aus. Jammern und Fluchen nutzen nichts, es gibt nur eines: die Dinge hinzunehmen, wie sie sind, mit ihrer Last und ihren Launen, mit ihren Höhepunkten und Rückschlägen — und vorwärtszustreben.«

»Ja, Senhor.«

»Allein, so wie es weise ist, einen Zehrpfennig fürs Alter beiseite zu legen, so empfiehlt es sich auch, aus sozialer Umsicht einen Beruf zu erlernen für den Fall, daß ein anderer ausfällt oder die Bemühungen unseres Ehrgeizes nicht genügend belohnt werden. Das ist es, was ich dir heute, am Tage deiner Volljährigkeit, raten möchte.«

»Ich bin Ihnen sehr dankbar, mein Vater, glauben Sie mir. Aber sagen Sie bitte, welchen Beruf haben Sie im Auge?«

»Kein Beruf scheint mir so nützlich und passend zu sein wie der des Durchschnittsmenschen. Ein Durchschnittsmensch zu sein war der Traum meiner Jugend. Dazu fehlte mir freilich die Unterweisung eines Vaters, und so bleibt mir am Ende meines Lebens, wie du siehst, keine andere Tröstung und seelische Aufrichtung als die Hoffnung, die ich auf dich setze. Deshalb spitze die Ohren, mein Sohn, hör gut zu und nimm dir zu Herzen, was ich dir zu sagen habe. Du bist jung und hast das Feuer, den Überschwang und die Ungebundenheit deines Alters. Entziehe dich ihnen nicht, aber mäßige sie so, daß es dir im Alter von fünfundvierzig Jahren nicht schwerfällt, in einen Lebensabschnitt der Gesetztheit und Gelassenheit einzutreten. Der Weise, der gesagt hat: ›Die Schwerkraft ist ein Mysterium des Körpers‹, hat damit das Verhalten des Durchschnittsmenschen umrissen. Verwechsle aber nicht diese Schwerkraft mit jener anderen, die, wiewohl äußerlich sichtbar, reiner Reflex oder bloße Ausstrahlung des Geistes ist. Die ich meine, gehört dem Körper und nur dem Körper an und ist angeboren oder angenommen. Was nun das Alter von fünfundvierzig Jahren betrifft . . .«

»Warum gerade fünfundvierzig Jahre?«

»... so ist das nicht, wie du vielleicht meinst, willkürlich oder wahllos festgesetzt; es ist jenes Alter, in dem das Phänomen sich gewöhnlich voll entfaltet. Im allgemeinen kündigt sich der echte Durchschnittsmensch zwischen dem fünfundvierzigsten und fünfzigsten Lebensjahr an; die Fälle, wo er zwischen dem fünfundfünfzigsten und sechzigsten Jahr auftritt, sind seltener; und vollends Ausnahmen sind die Durchschnittsmenschen von vierzig und noch weniger, etwa fünfunddreißig oder dreißig, Jahren. Von den Zwanzig- und Fünfundzwanzigjährigen will ich nicht reden: Ein so frühes Erwachen ist das Vorrecht des Genies.«

»Ich verstehe.«

»Aber nun zur Hauptsache. Sobald du deine Laufbahn begonnen hast, mußt du bei der Wahl der Ideen, die du zum fremden und eigenen Gebrauch nähren willst, größte Vorsicht üben. Das beste ist, überhaupt keine Ideen zu haben — was du sogleich begreifen wirst, wenn du dir zum Beispiel einen Schauspieler vorstellst, der des Gebrauchs eines Armes beraubt ist. Er kann seinen Mangel vor den Augen der Zuschauer durch ein Wunder der Geschicklichkeit verbergen, wäre jedoch weit besser daran, wenn er zwei Arme hätte. Das gleiche trifft auf die Ideen zu. Man kann sie bis zum Tode gewaltsam verdrängen, verstecken, aber einmal ist eine derartige Fähigkeit nicht alltäglich, zum zweiten wäre eine solche unaufhörliche Anstrengung dem Leben höchst unzuträglich.«

»Aber wer sagt Ihnen denn, Papa, daß ich ...«

»Wenn ich mich nicht täusche, bist du mit der völligen geistigen Unzulänglichkeit begabt, die zur Ausübung dieses edlen Berufes notwendig ist. Ich meine damit nicht die Zuverlässigkeit, mit der du die an irgendeiner Straßenecke gehörten Meinungen in einem Salon weitergibst und umgekehrt, denn wenngleich dieser Umstand auf einen gewissen Mangel an eigenen Ideen schließen läßt, so kann er unter Umständen nur eine vorübergehende Gedächtnisschwäche sein.

Nein. Ich beziehe mich auf die korrekte und unmißverständliche Art, mit der du stets unverhohlen deine Sympathie oder Antipathie über den Schnitt einer Weste, die Form eines Hutes oder das Knarren oder Nichtknarren neuer Schuhe äußerst. Das ist ein vielversprechendes Anzeichen und berechtigt zu Hoffnungen. Da es aber ohne weiteres möglich ist, daß du im Alter von einer Handvoll eigener Ideen heimgesucht wirst, gilt es, den Geist rechtzeitig zu schulen. Ideen treten ihrer Natur nach spontan und plötzlich auf; wir mögen sie noch so sehr einzudämmen suchen, sie überfallen, sie überrumpeln uns. Daher auch die Sicherheit, mit der das Volk dank seiner feinen Spürnase den vollkommenen Durchschnittsmenschen vom unvollkommenen leicht unterscheidet.«

»Sicherlich haben Sie recht, aber dieses Hindernis ist unüberwindlich.«

»Das ist es nicht. Es gibt ein Mittel. Man muß nur ein schwächendes Mittel zu Hilfe nehmen, man muß Lehrbücher über die Rhetorik studieren, bestimmte Reden anhören und so weiter. Rommé, Domino, Whist sind bewährte Heilmittel. Whist hat überdies noch den seltenen Vorzug, daß es zum Stillschweigen erzieht — die vollendetste Form der Umsicht. Dasselbe gilt nicht vom Schwimmen, vom Reiten und Turnen, wenn diese Leibesübungen auch den Geist zur Ruhe bringen; aber gerade weil sie ihn einschläfern, schenken sie ihm die verlorene Kraft und Energie wieder. Billard ist dagegen ein ausgezeichnetes Spiel.«

»Wieso, da es doch auch eine Leibesübung ist?«

»Ich will nicht widersprechen. Es gibt aber Dinge, bei denen die Beobachtung die Theorie widerlegt. Wenn ich dir ausnahmsweise das Billardspiel empfehle, so deshalb, weil die genauesten Statistiken beweisen, daß drei Viertel der Liebhaber des Billardstocks die Meinungen ebendieses Billardstocks teilen. Ein Spaziergang durch die Stadt, zumal auf Straßen, in denen sich die große Welt ein Stelldichein gibt, ist von großem Nutzen, vorausgesetzt, daß du nicht unbegleitet flanierst, denn die Einsamkeit ist die Werkstatt der Ideen, und der sich selbst überlassene Geist kann noch im größten Menschengewühl in Tätigkeit geraten.«

»Wenn ich aber keinen Freund zur Hand habe, der Lust und Zeit zu einem Bummel hat?«

»Das macht nichts. Du hast den höchst wirksamen Ausweg, dich unter die Müßiggänger zu mischen, in deren Gesellschaft sich das letzte Stäubchen von Einsamkeit verflüchtigt. Die Buchläden sind wegen ihrer besonderen Atmosphäre oder aus irgendeinem anderen Grund, der mir entfallen ist, für unseren Zweck ungeeignet, doch ist es empfehlenswert, sie dann und wann zu besuchen, und zwar keineswegs verstohlen, sondern auffällig. Alle etwa auftretenden Schwierigkeiten räumst du auf folgende Weise leicht aus dem Weg: Du sprichst über das Gerücht des Tages, über die Anekdote der Woche, ein Schmuggelgeschäft, eine Verleumdung, einen Kometen, über irgendeine beliebige Lappalie, sofern du es nicht vorziehst, die Stammleser von Mazades' interessanten Chroniken auszufragen. Fünfundsiebzig vom Hundert dieser ehrenwerten Herren werden dir haargenau die gleichen Ansichten auftischen, und eine derartige Eintönigkeit ist höchst bekömmlich. Eine solche Diät von acht, zehn, achtzehn Monaten, sagen wir von zwei Jahren, beschränkt den Geist, und mag er noch so erfinderisch sein, auf Nüchternheit, auf Selbstzucht, auf eine alltägliche Ausgeglichenheit. Über den Wortschatz darf ich beruhigt hinweggehen, weil er Hand in Hand geht mit den Ideen; natürlich muß er einfach, fade, dürftig sein, ohne grelle Farbtöne, ohne Fanfarenstöße ...«

»Aber das ist doch grauenvoll! Nicht hin und wieder ein Zierwort einzuflechten ...«

»Das kannst du tun. Du kannst dich jeder Menge bildhafter Ausdrücke bedienen, wie die Hydra von Lerna, das

Medusenhaupt, das Sieb der Danaiden, die Flügel des Ikarus, und x-beliebige andere, die Romantiker, Klassiker und Realisten ohne Einbuße für ihr Ansehen gebrauchen, falls sie ihrer bedürfen. Lateinische Redensarten, geschichtliche Aussprüche, berühmte Verse, juristische Sprichwörter, Lebensregeln — all das sollte man für Festreden, Danksagungen und Glückwunschansprachen stets bereit haben. *Videant consules* ist ein ausgezeichneter Schluß für einen politischen Artikel, dasselbe behaupte ich von *Si vis pacem para bellum*. Es gibt Redner, die das Aroma eines Zitats mit einem neuen, originellen und wohlklingenden Satz aufzufrischen suchen, aber von diesem Kunstgriff rate ich dir ab, denn er entkräftet nur den alten Zauber des Wortes. Besser als all das, was im Grunde nicht mehr ist als bloßes Beiwerk, sind die stehenden Redewendungen, die üblichen Sprüche, die bewährten Floskeln, die sich im Laufe der Jahre im Gedächtnis des einzelnen und der Mehrheit festgesetzt haben. Diese Wortformeln haben den Vorteil, daß sie dem Zuhörer keine unnötige geistige Anstrengung abverlangen. Ich will sie jetzt nicht im einzelnen aufführen, sondern hole es später schriftlich nach. Im übrigen wird dieser Beruf dich nach und nach auch die schwierige Kunst lehren, bereits Gedachtes zu denken. Was die Nützlichkeit eines solchen Systems betrifft, so brauchen wir nur einen beliebigen Fall anzunehmen. Sagen wir: Ein Gesetz wird entworfen und verabschiedet; es bleibt jedoch wirkungslos, und das Übel grassiert weiter. Hier hast du eine Frage, die müßige Neugierde anstachelt, die zu einer langwierigen Untersuchung führen kann, zu einer langweiligen Anhäufung von Schriftstücken und Beobachtungen, zur Analyse mutmaßlicher Ursachen, sicherer Ursachen, möglicher Ursachen; zu einem tiefschürfenden Studium der Fähigkeiten des gebesserten Menschen, der Natur des Übels, der Vorbereitung des Heilmittels und schließlich der Umstände seiner Anwendung. Kurzum: Hier hast du Stoff für ein ganzes Gerüst von Worten, Begriffen und Torheiten. Du ersparst deinen

Zeitgenossen endlose Salbadereien, indem du einfach sagst: ›Wir wollen lieber unsere Bräuche als unsere Gesetze reformieren!‹ Und dieser bündige, durchsichtige, klare Satz, dem gemeinsamen Geistesgut entnommen, löst das Problem viel rascher und durchdringt die Geister wie ein jäher Sonnenstrahl.«

»Ich sehe daraus, mein Vater, daß Sie jegliche Anwendung moderner Verfahren ablehnen.«

»Versteh mich recht. Ich verurteile zwar die Anwendung moderner Verfahren, lobe sie jedoch dem Namen nach. Ich sage das gleiche von der gesamten jüngsten wissenschaftlichen Terminologie; du solltest sie unbedingt auswendig lernen. Da das Hauptmerkmal des Durchschnittsmenschen eine bestimmte Haltung des Gottes Terminus ist und die Wissenschaften das Werk der menschlichen Betriebsamkeit sind, so empfehle ich dir im Hinblick auf deinen künftigen Stand als Durchschnittsmenschen, dich der Waffen deiner Zeit zu bedienen. Denn eines von zwei Dingen wird eintreten: Entweder sie werden in dreißig Jahren verbraucht und Gemeingut sein, oder sie werden sich frisch und neu erhalten. Im ersten Fall werden sie dir rechtmäßig gehören; im zweiten Fall kannst du dir die Koketterie leisten, sie zu tragen, um zu zeigen, daß ›auch du Maler bist‹. Vom Hörensagen wirst du dir mit der Zeit diese ganze Terminologie aneignen, denn die Methode, die eigentlichen Meister und Jünger der Wissenschaft in ihren Büchern, Forschungsarbeiten und Erinnerungen zu befragen, bringt außer Ermüdung und Langerweile auch die Gefahr mit sich, daß du dir neue Ideen einimpfen läßt, und das ist durchaus vom Übel. Hinzu kommt, daß, sobald du dich von dem Geist jener Gesetze und Formeln durchdringen läßt, du versucht bist, sie mit Maßen anzuwenden, wie es jene gerissene, kundenreiche Schneiderin tat, von der ein klassischer Dichter sagt:

Je mehr Stoff sie hat, desto knapper schneidet sie zu, desto weniger Reste bleiben übrig . . .

Ein derartiges Vorgehen wäre bei einem Durchschnittsmenschen nicht wissenschaftlich.«

»Donnerwetter! Der Beruf ist aber schwierig!«

»Dabei sind wir noch längst nicht am Ende.«

»Dann also weiter!«

»Ich habe dir noch nicht von den Wohltaten der Publizität gesprochen. Die Publizität ist eine herrschsüchtige, anspruchsvolle Herrin, die du mit kleinen Geschenken, Konfekt, Schlummerrollen und Kleinigkeiten umschwärmen mußt, mit Geschenken also, die weniger die Kühnheit deines Ehrgeizes als die Beständigkeit deiner Zuneigung bezeugen sollen. Wenn Don Quichotte ihre Gunst mittels heldenhafter oder kostspieliger Taten umwirbt, so ist das ein Laster, welches dem berühmten Irren gut zu Gesicht steht. Der Durchschnittsmensch hingegen verfolgt eine völlig andersartige Politik. Anstatt eine WISSENSCHAFTLICHE ABHANDLUNG ÜBER DIE SCHAFZUCHT zu Papier zu bringen, kauft er ein Schaf und schenkt es seinen Freunden in Form eines Abendessens — eine Gesellschaftsnotiz in der Tagespresse kann seinen Mitbürgern nicht gleichgültig sein. Eine derartige Notiz führt zu einer anderen; fünf-, zehn-, zwanzigmal tritt dein Name vor die Augen der Welt. Ausschüsse oder Abordnungen, dazu bestimmt, einen Mitbürger, der mit einem Orden ausgezeichnet worden ist, zu beglückwünschen, einen hochverdienten Wohltäter, einen fremden Gast zu hofieren, sind von unschätzbarem Wert, desgleichen Bruderschaften und die verschiedensten Vereinigungen, gleichgültig, ob sie sich mit Mythologie, Jagd oder Tanzkunst befassen. Ereignisse einer bestimmten Ordnung, und mögen sie noch so unbedeutend sein, dürfen unbesorgt in den Mittelpunkt des Interesses gerückt werden, vorausgesetzt, daß sie deine Persönlichkeit in ein günstiges Licht stellen. Ich möchte dies näher ausführen. Wenn du zum Beispiel vom Wagen gefallen bist, ohne außer dem Schrecken irgendwelchen Schaden davonzutragen, so empfiehlt es sich, die Neuigkeit in alle Winde auszuposaunen, nicht wegen des Tatbestandes als solchem, der belanglos ist, sondern um einen Namen in Erinnerung zu bringen, der sich allgemeiner Zuneigung erfreuen darf. Verstehst du mich?«

»Ich verstehe.«

»Das ist die anhaltende, billige, leichte Publizität aller Tage; es gibt aber noch eine zweite. Wie auch die allgemeine Meinung über die Künste lauten mag, so steht außer Zweifel, daß Familiensinn, persönliche Freundschaft und öffentliche Wertschätzung die Nachbildung der Gesichtszüge eines geliebten und verdienten Mannes fordern und fördern. Nichts steht der Möglichkeit im Wege, daß du der Gegenstand einer derartigen Auszeichnung wirst, besonders wenn dein scharfsinniger Freund nichts Abstoßendes an dir findet. In einem derartigen Fall verlangen einerseits die Regeln landläufiger Höflichkeit, daß du das Porträt oder die Büste annimmst, andererseits wäre es unangebracht, wenn du dich gegen die Aufstellung deines Konterfeis in einem öffentlichen Gebäude zur Wehr setztest. Auf diese Weise bleibt dein Name mit deiner Person verknüpft. Die Leute, die — sagen wir — deine in der Eröffnungssitzung der ›Vereinigung der Haarschneider‹ gehaltene Rede gelesen haben, werden an der Festigkeit deiner Gesichtszüge den Verfasser des tiefschürfenden Werkes erkennen, in dem ›die Spitzhacke des Fortschritts‹ und ›der Schweiß der Arbeit‹ ›das gähnende Maul des Elends‹ überwinden. Falls ein Ausschuß dir das Bildwerk nach Hause bringt, mußt du dich für diese Liebenswürdigkeit mit einer schwungvollen Rede und einem Glas Wasser bedanken; das ist ein alter, vernünftiger und ehrbarer Brauch. Dann lädst du deine besten Freunde und Verwandten ein, dazu auch ein oder zwei Honoratioren. Wenn der betreffende Tag überdies ein Ehren- oder Freudentag für dich ist, sehe ich kaum eine Möglichkeit, wie du den Zeitungsreportern einen Platz an deiner Festtafel verweigern kannst. Sollten diese Herren durch anderweitige Verpflichtungen von der Teilnahme an deinem Abendessen abgehalten sein, so kannst du dich ihnen auf jeden Fall dadurch behilflich zeigen, daß du die Festchronik selber verfaßt. Solltest du aus — übrigens verzeihlicher — Gewissenhaftigkeit deinen Namen nicht eigenhändig mit den Attributen auszeichnen wollen, deren er würdig ist, so beauftrage einen Freund oder Verwandten mit der Abfassung der Notiz.«

»Was Sie mir eröffnen, Senhor, ist offen gestanden gar nicht leicht zu lernen.«

»Das behaupte ich auch nicht. All das ist schwierig, es verschlingt Zeit, viel Zeit. Es braucht Jahre an Geduld und Mühe. Glücklich, wer das gelobte Land gewinnt! Wer es nicht erreicht, den verschluckt die Nacht! Wer aber triumphiert — und du wirst triumphieren, glaub mir! —, wird die Mauern Jerichos fallen sehen zum Schall der heiligen Drommeten! Erst dann wirst du sagen können: ›Ich habe es geschafft!‹ An diesem Tag wird deine Zeit als unerläßliche Stütze und Zierde, als obligate Persönlichkeit, als notwendige Signatur der Gesellschaft beginnen. Du wirst es nicht mehr nötig haben, Gelegenheiten aufzuspüren und dich zu Ausschüssen und Bruderschaften zu drängen. Von nun an werden diese dich aufsuchen mit ihrem schwerfälligen, rohen Aussehen von Hauptwörtern, denen kein Eigenschaftswort zur Seite steht, fortan wirst du das Eigenschaftswort dieser glanzlosen Ansprachen sein: das Duftige der Blumen, das Lichtblau des Himmels, das Hilfsbereite der Bürger, das Aufschlußreiche, Würzige der Berichte. Und das zu sein ist die Hauptsache, weil das Eigenschaftswort die Seele der Sprache ist, ihr ideeller, metaphysischer Bestandteil. Das Hauptwort ist die nackte, rohe Wirklichkeit, der Naturalismus unseres Wortschatzes!«

»Wollen Sie damit sagen, daß dieser ganze Beruf nur eine Rücklage für das Defizit des Lebens ist?«

»Gewiß. Keine andere Tätigkeit ist dir verwehrt.«

»Auch nicht die Politik?«

»Auch nicht die Politik. Es kommt nur darauf an, nicht die Hauptregeln und -verpflichtungen zu verletzen. Du kannst jeder beliebigen Partei angehören, der liberalen wie der konservativen, der republikanischen wie der ultramontanen, unter der einzigen Bedingung, daß du diesen Bezeichnungen keinen besonderen Wert beimißt und ihnen nur die Nützlichkeit des biblischen Schibboleth zuerkennst.«

»Wenn ich ins Parlament komme, kann ich dann die Rednertribüne betreten?«

»Du kannst es und sollst es. Es ist eine Form, um die öffentliche Aufmerksamkeit auf dich zu lenken. Was den Stoff der Ansprache angeht, so stehen dir zur Wahl: entweder die Tagesfragen oder die politische Theorie; an deiner Stelle würde ich die Theorie vorziehen. Zwar sind praktische, untergeordnete Fragen — ich muß es zugeben — für die gutzerzogene Langweiligkeit, die ein Merkmal des vollkommenen Durchschnittsmenschen ist, nicht unangebracht; trotzdem rate ich dir, dich möglichst der politischen Theorie zuzuwenden; sie ist leichter zugänglich und anziehender. Angenommen, du willst wissen, aus welchem Anlaß die Siebte Infanterie-Kompanie von Uruguaiana nach Cangaçu versetzt wurde, so wird dich nur der Kriegsminister anhören, der dir in zehn Minuten die Gründe dafür auseinandersetzen wird. Bei der Politik ist es etwas anderes. Eine Rede über ein politisches Thema entzündet natürlich die Geister der Parteien und des Publikums, sie löst Zwischenrufe von der Galerie und Antworten von der Rednertribüne aus. Außerdem zwingt sie hinterher nicht zum Nachdenken und Erforschen der Wahrheit. In diesem Zweig der menschlichen Erkenntnisse ist bereits alles gefunden, ausgesprochen, etikettiert, klassifiziert: man muß nur den Rucksack des Gedächtnisses aufschnüren. Versuche auf keinen Fall, die Grenzen einer beneidenswerten Gewöhnlichkeit zu überschreiten.«

»Ich werde mein möglichstes tun. Und wie steht es mit der Phantasie?«

»Lasse die Hände davon! Verbreite lieber das Gerücht, eine derartige Gabe sei schlechter Geschmack.«

»Und was hältst du von der Philosophie?«

»Wir wollen uns nichts vormachen: In Büchern und im Gespräch lasse ich mir die Philosophie gefallen, aber in Wirklichkeit halte ich nichts davon. Geschichtsphilosophie hingegen ist ein Ausdruck, den du häufig einstreuen solltest, aber ich verbiete dir, Schlußfolgerungen zu ziehen, die nicht andere schon vor dir gezogen haben. Gehe allem aus dem Wege, was nach Denken und Nachdenken, nach Eigenart oder ähnlichem riecht.«

»Auch dem Lachen?«

»Wie meinst du das, dem Lachen?«

»Soll ich ernst, todernst bleiben . . .?«

»Das kommt darauf an. Du neigst zu Müßiggang und bist lebenslustig. Du brauchst dein Temperament weder einzudämmen noch auszumerzen; du kannst dich amüsieren und auch dann und wann lachen. Durchschnittsmensch sein heißt nicht, Melancholiker zu sein. Auch ein ernster Mensch hat seine Augenblicke froher Laune. Nur — und dieser Punkt ist heikel . . .«

»Sprechen Sie es aus, bitte . . .!«

»Nur Ironie darfst du nicht üben, jenes Verziehen des Mundwinkels, das so voller Geheimnisse ist und von irgendeinem Griechen der Verfallszeit erfunden, von Lukian übernommen und an Swift und Voltaire weitergereicht wurde, ein Zug, der zu Skeptikern und Männern der Aufklärung paßt. Nein. Halte dich lieber an den deftigen Witz, an unseren guten alten Witz, der saftig ist, derb und rund, frei von jeder Zweideutigkeit und Prüderie, den man dem anderen ins Gesicht knallt, der wie ein Faustschlag sitzt, der dem Zuhörer das Blut in den Kopf jagt und die Hosenträger vor Lachen reißen läßt. Halte dich an den Witz! Was läutet es?«

»Mitternacht.«

»Mitternacht? In diesem Augenblick, junger Herr, trittst du in dein zweiundzwanzigstes Lebensjahr ein. Nun bist du endgültig volljährig. Wir wollen schlafen gehen, denn es ist spät geworden. Denke gut nach über alles, was ich dir gesagt habe, mein Sohn. Alles in allem wiegt unsere Unterhaltung vom heutigen Abend Machiavells DER FÜRST auf. Gehen wir schlafen!«

DIE ANLEIHE

Ich werde Ihnen eine Anekdote erzählen, aber eine Anekdote im wahren Sinn des Worts, die das Volk auf die rein erfundene Geschichte ausgedehnt hat.

Diese Anekdote ist wahr; ich könnte Ihnen einige Personen nennen, die sie ebenso gut kennen wie ich. Sie ist auch nur deshalb bisher unbekannt geblieben, weil es an einem geruhsamen Geist fehlte, der ihren tieferen Sinn entdeckt hätte. Wie Sie wissen, bergen alle Dinge einen philosophischen Inhalt. So entdeckte Carlyle die Bedeutung der Weste, genauer gesagt, der Bekleidung; und jedermann weiß, daß die Zahlen lange vor der Ipiranga-Lotterie im System des Pythagoras erfaßt worden sind. Ich für mein Teil glaube diesen Anleihe-Fall entziffert zu haben; prüfen Sie bitte, ob ich mich täusche.

Zunächst müssen wir Seneca berichtigen. Nach der Auffassung dieses Moralisten ist jeder Tag ein Leben für sich, mit anderen Worten: ein Leben innerhalb eines Lebens. Ich will seine Ansicht nicht bestreiten; aber warum hat er nicht hinzugefügt, daß nicht selten eine einzige Stunde ein ganzes Leben ausmacht?

Sehen Sie sich diesen jungen Mann an: Er betritt die Welt mit großen Plänen, er will Minister werden, Bankdirektor, will eine Grafenkrone, einen Bischofsstab erringen. Mit fünfzig Jahren sehen wir ihn als einfachen Zollbeamten oder Mesner einer Dorfkirche. All das, was sich in dreißig Jahren abspielt, bringt ein Balzac in dreihundert Seiten unter. Warum soll das Leben, das Balzacs Lehrmeisterin gewesen ist, es nicht in dreißig oder sechzig Minuten pressen können?

Es hatte vier Uhr geschlagen in dem in der Rua do Rosário gelegenen Kontor des Notars Vaz Nunes. Die Schreiber warfen ihre letzten Schriftzüge aufs Papier, dann reinigten sie ihre Gänsekiele an den schwarzen Seidenfetzen, die an den Schreibtischschubladen herunterhingen, verschlossen ihre Pulte, packten ihre Akten zusammen, verwahrten Urkunden und Bücher, wuschen sich die Hände. Etliche, die vor Arbeitsbeginn ihre Röcke abgelegt hatten, zogen den Arbeitskittel aus und die Ausgehjacke an. Dann traten alle auf die Straße hinaus. Nur Vaz Nunes blieb zurück.

Dieser ehrliche Notar war einer der scharfsinnigsten Männer des Jahrhunderts. Nun ist er tot; wir dürfen ihn daher rückhaltlos loben. Er besaß einen Lanzettenblick, scharf und schneidend. Er erriet den Charakter der Leute, die ihre Verträge und Entschließungen bei ihm beglaubigen lassen wollten; er kannte die Seele eines Testators, lange bevor das Testament aufgesetzt war; er witterte geheime Machenschaften und verborgene Gedanken. Er trug eine Brille wie jeder echte Bühnennotar; da er aber nicht kurzsichtig war, blickte er über sie hinweg, wenn er sehen, und durch sie hindurch, wenn er nicht gesehen werden wollte. Einen Schlaufuchs wie ihn gab es nach Ansicht seiner Gehilfen kein zweites Mal. Er war fünfzig Jahre alt, Witwer, kinderlos und hatte, um mit einem seiner Angestellten zu sprechen, bestimmt seine hundert Conto de Réis auf der hohen Kante.

»Wer ist da?« fragte er plötzlich, zur Eingangstür blickend.

Auf der Schwelle stand ein Mann, den er nicht gleich erkannte und auch kurz darauf kaum wiedererkannte. Vaz Nunes bat ihn hereinzukommen. Der Mann gehorchte, begrüßte ihn, streckte ihm die Hand entgegen und setzte sich auf den Stuhl neben dem Pult des Notars. Er stellte nicht die übliche Befangenheit eines Bittstellers zur Schau, sondern schien im Gegenteil gekommen zu sein, um dem Notar etwas sehr Kostbares und Seltenes zu schenken. Trotzdem erbebte Vaz Nunes innerlich und wartete.

»Kennen Sie mich nicht mehr?«

»Ich kann mich nicht erinnern . . .«
»Wir waren vor einigen Monaten in Tijuca zusammen . . . Wissen Sie noch? Im Hause von Teodorico bei jenem großen Weihnachtsessen. Ich habe Ihnen doch zugeprostet . . . Denken Sie mal scharf nach, ob Sie sich nicht an Custódio erinnern.«
»Ah!«
Custódio, der bis dahin etwas vorgebeugt gesessen hatte, richtete sich auf. Er war ein Mann von etwa vierzig Jahren. Er war ärmlich, aber reinlich gekleidet und sah anständig, ja, zugeknöpft aus. Er hatte lange, polierte Fingernägel und, im Gegensatz zu seiner rauhen Gesichtshaut, schön geschnittene, geschmeidige Hände. Dies mögen geringfügige Einzelheiten sein, sie sind jedoch notwendig, um auf eine Zwiespältigkeit hinzuweisen, die diesen Menschen auszeichnete, auf seine Miene, die ein Gemisch aus Bettler und General zu sein schien. Wenn er auf der Straße ging, ohne Frühstück und ohne einen Vintém in der Tasche, schien er eine Armee anzuführen. Der Grund dafür war kein anderer als der Gegensatz zwischen der Natur und seiner besonderen Lage, zwischen seiner Seele und dem Leben. Custódio war mit der Berufung zum Reichtum, aber ohne Berufung zur Arbeit geboren. Er hatte ein Gefühl für Eleganz, die Liebe zum Überflüssigen, zur guten Tafel, zu schönen Damen, zu seltenen Teppichen, zu kostbaren Möbeln. Er war ein Genießer und bis zu einem gewissen Grade ein Künstler, der fähig gewesen wäre, die Villa Torloni oder die Galerie Hamilton zu leiten. Er hatte jedoch kein Geld, weder Geld noch die Fähigkeit oder das Phlegma, welches zu verdienen; andrerseits mußte er leben. *Il faut bien que je vive,* sagte ein Anwärter zum Minister Talleyrand. *Je n'en vois pas la nécessité,* entgegnete der Minister kühl. Niemand gab Senhor Custódio diese Antwort, vielmehr gab man ihm Geld, der eine zehn, der zweite fünf, der dritte zwanzig Mil-Réis, und von diesen Sporteln bestritt er in der Hauptsache Unterkunft und Verpflegung.

Ich sage: In der Hauptsache lebte Custodio von ihnen, da er keineswegs abgeneigt war, sich in irgendwelche Geschäfte einzulassen, sofern ihm das Recht zugestanden wurde, sie auszuwählen, und er verstand es immer, sein Auge auf Geschäfte zu werfen, die völlig aussichtslos waren. Er hatte eine untrügliche Nase für Bankrott-Transaktionen. Unter zwanzig möglichen Unternehmungen witterte er unweigerlich das sinnloseste und stürzte sich kopfüber hinein. Das Pech, das ihn verfolgte, sorgte dafür, daß die anderen neunzehn Geschäfte Erfolge wurden und daß das zwanzigste in seinen Händen platzte. Aber das machte nichts, denn er schnüffelte im Handumdrehen ein neues aus.

So hatte er zum Beispiel gerade eine Anzeige gelesen, in der ein Mann einen Teilhaber mit fünf Conto de Réis für ein Geschäft suchte, das in den ersten sechs Monaten achtzig bis hundert Contos Gewinn abzuwerfen versprach. Custódio suchte den Inserenten unverzüglich auf. Es war eine großartige Idee, eine Nadelfabrik, eine neue Industrie mit unermeßlichen Zukunftsmöglichkeiten. Die Pläne, der Entwurf für die Fabrik, die Berichte aus Birmingham, die Importaufstellungen, die Antworten der Schneider, der Posamentierer, Kurzwarenhändler und so weiter — sämtliche Unterlagen einer umfassenden Vorarbeit wanderten an Custódios Augen vorüber, besternt von Zahlen, die er nicht verstand und die ihm deshalb wie das Evangelium vorkamen. Vierundzwanzig Stunden, Custódio erbat sich nicht mehr als vierundzwanzig Stunden, um die fünf Conto de Réis aufzutreiben. Und schon eilte er davon, hofiert, ermuntert von dem künftigen Fabrikanten, der ihn noch auf der Schwelle mit einem Sturzbach von Zahlen überschüttete. Aber die fünf Contos, weniger willfährig oder weniger lumpig als die üblichen fünf Mil-Réis, schüttelten ungläubig den Kopf und blieben in den Kassenschränken liegen, überwältigt von Angst und Schlafbedürfnis. Nichts! Acht oder zehn Freunde, denen er seinen Plan vortrug, erklärten ihm, daß sie im Augenblick nicht über die erbetene Summe verfügten und im übrigen auch nicht an die Zukunft der in Frage stehenden Fabrik glaubten. Schon wollte er alle Hoffnung aufgeben, als er beim Durchschreiten der Rua do Rosário zufällig an der Tür eines Notariats den Namen Vaz Nunes las. Freude durchzuckte ihn; alsbald fiel ihm Tijuca ein, die leutselige Art des Notars, die Worte, mit denen dieser auf seinen Zutrunk geantwortet hatte, und sogleich sagte er sich, dieser Mann sei sein Retter in der Not.

»Ich möchte Sie um eine Urkunde bitten ...«

Gewappnet für weitere Einzelheiten, gab Vaz Nunes keine Antwort, spähte seinen Besucher über die Brillenränder an und wartete.

»Um eine Dankesurkunde«, erklärte Custódio. »Ich komme zu Ihnen mit der Bitte um einen großen Gefallen, um einen unerläßlichen Gefallen, und ich rechne damit, daß mein Freund ...«

»Sofern es in meiner Macht steht ...«

»Wohlbemerkt: Es ist ein hervorragendes, ein blendendes Geschäft. Wäre ich mir über den Erfolg nicht völlig im klaren, ich käme nie auf den Gedanken, andere zu belästigen. Die Sache ist fix und fertig, der Auftrag nach England bereits unterwegs, innerhalb zwei Monaten dürfte alles stehen, eine neue Industrie. Wir sind drei Teilhaber; mein Anteil sind fünf Contos. Ich möchte Sie um diesen Betrag auf sechs Monate bitten, oder auch nur auf drei, zu einem mäßigen Zinssatz ...«

»Fünf Contos?«

»Ja, Senhor.«

»Aber, Senhor Custódio, ich kann unmöglich einen so großen Betrag freimachen. Die Geschäfte gehen schlecht; und selbst wenn sie gut gingen, wäre ich außerstande, soviel abzuzweigen. Wer kann von einem bescheidenen Notar erwarten, daß er fünf Contos flüssig hat?«

»Ich bitte Sie. Wenn Sie wollten ...«

»Ich will schon. Ich sag' es Ihnen ehrlich: Ginge es um eine kleine Summe, die meiner Vermögenslage entspricht, ich würde sie Ihnen mit Vergnügen vorstrecken. Aber fünf Contos! Ich muß Ihnen leider sagen, daß das ganz ausgeschlossen ist!«

Custódio fiel aus allen Wolken. Er war auf der Jakobsleiter bis in den Himmel gestiegen; aber statt wie in dem biblischen Traum mit den Engeln wieder herabzusteigen, stürzte er blindlings auf die Erde herunter. Es war seine letzte Hoffnung gewesen, und gerade weil sie ihm unerwartet begegnet war, hatte er sie für gewiß gehalten, denn wie alle Herzen, die sich dem Ungefähren anvertrauen, war Custódios Herz abergläubisch. Der arme Teufel fühlte, wie sich Millionen von Nadeln in seinen Leib bohrten, die *seine* Fabrik im ersten Halbjahr herzustellen versprach. Stumm, die Augen zu Boden gesenkt, wartete er, daß der Notar fortfahren, daß er ein Einsehen haben, daß er ihm noch einen Ausweg anbieten möge; aber Vaz Nunes, der genau dies in Custódios Seele las, war gleichfalls verstummt, ließ seine Schnupftabaksdose zwischen den Fingern kreisen und schnaubte dabei mit nasalem, beklemmendem Zischen. Custódio versuchte es auf alle Arten, bald als Bettler, bald als General. Der Notar war nicht zu erweichen. Custódio stand auf.

»Gut«, sagte er mit einem Anflug von Geringschätzung. »Entschuldigen Sie bitte die Störung . . .«

»Ich habe nichts zu entschuldigen. Ich muß Sie um Verzeihung bitten, daß ich Ihnen nicht zu Diensten sein kann, wie ich es gern gewesen wäre. Ich wiederhole: Hätte es sich um eine weniger beträchtliche, das heißt um eine weit geringere Summe gehandelt, Sie hätten bestimmt mit mir rechnen können, aber so . . .«

Damit streckte er Custódio seine Hand entgegen, der mechanisch mit der Linken seinen Hut ergriffen hatte. Custódios verschleierter Blick drückte die Beklommenheit seiner Seele aus, die sich von ihrem unerwarteten Sturz nur mühsam erholte. Die geheimnisvolle Leiter war dahin, dahin der Hoffnungshimmel; alles war durch einen Nasenstüber des Notars zu nichts zerronnen. Auf Nimmerwiedersehen, ihr Nadeln! Die Wirklichkeit legte ihre eisernen Krallen um ihn. Nun hieß es von neuem: zurück zur Alltagsnot, zum Gelegenheitsalmosen, zu den alten Schulden, zu den großen runden Nullen und den ohrenhaft verzerrten Zahlen, die ihn weiter anstarren und anhören, anhören und anstarren würden, ihm die unerbittlichen Zungen des Hungers entgegenstreckend! Welcher Sturz! Welcher Abgrund! Vernichtet blickte er mit einer Abschiedsgeste den Notar an; aber plötzlich erhellte ein Gedanke sein Gehirn. Wäre die Summe geringer gewesen, hatte Vaz Nunes gesagt, so hätte er ihm dienlich sein können, und zwar mit Vergnügen. Warum sollte es eigentlich nicht eine geringere Summe sein? Das große Unternehmen hatte er sich bereits aus dem Kopf geschlagen; das gleiche konnte er jedoch nicht mit den rückständigen Monatsmieten, nicht mit verschiedenen kleineren Schulden tun. Deshalb würde ihm eine angemessene Summe, etwa fünfhundert Mil-Réis, höchst gelegen kommen, da der Notar sich ja bereit erklärt hatte, ihm eine kleinere Summe zu leihen. Custódios Seele reckte sich; er lebte vom Augenblick, er wollte nichts mehr wissen von der Vergangenheit, er nährte keine Sehnsucht mehr, keine Befürchtungen, keine Gewissensbisse. Die Gegenwart war alles. Die Gegenwart waren fünfhundert Mil-Réis, die er im Geiste schon aus der Tasche des Notars auftauchen sah wie einen Freilassungsbefehl.

»Wenn es so ist«, sagte er, »so sehen Sie doch mal zu, wieviel Sie mir geben können. Ich werde mich dann wegen des Saldos an andere Freunde wenden ... Wieviel käme denn in Frage?«

»Ich kann Ihnen leider keine bestimmte Zusage machen, es müßte tatsächlich eine sehr bescheidene Summe sein.«

»Fünfhundert Mil-Réis?«

»Nein, die kann ich Ihnen nicht geben!«

»Nicht einmal fünfhundert Mil-Réis?«

»Nicht einmal die«, beharrte der Notar. »Das wundert Sie? Ich leugne nicht, daß ich einigen Besitz habe. Aber, mein Freund, ich trage ihn doch nicht in der Westentasche mit mir herum; außerdem habe ich private Verpflichtungen . . . Sagen Sie mir eines: Haben Sie keine Anstellung?«
»Nein, Senhor.«
»Hören Sie! Ich gebe Ihnen etwas viel Besseres als fünfhundert Mil-Réis. Ich werde mit dem Justizminister sprechen. Ich unterhalte gute Beziehungen zu ihm, und . . .«

Custódio unterbrach ihn mit einem Schlag aufs Knie. Ob das nun eine natürliche Regung oder nur ein schlaues Ablenkungsmanöver war, um nicht von der erwähnten Anstellung sprechen zu müssen, ahne ich nicht, es scheint mir für unseren Fall auch belanglos zu sein. Wichtig ist vielmehr, daß er auf seiner Bitte beharrte. Fünfhundert Mil-Réis könne Senhor Nunes also nicht geben? Gut, dann sei er mit zweihundert zufrieden; zweihundert würden ihm genügen, zwar nicht für das geplante Unternehmen, denn er sei entschlossen, dem Rat der Freunde zu folgen und sich davon zurückzuziehen. Die zweihundert Mil-Réis seien dazu bestimmt, eine vorübergehende Notlage zu überbrücken, »ein Loch zu stopfen«, da der Notar ja bereit sei, ihm beizuspringen.

Und nun berichtete er alles, eine Offenheit war einer anderen wert, das hatte er sich zur Lebensregel gemacht. Er gestand, daß er, als die große Unternehmung spruchreif war, im Sinne gehabt hatte, sich auch an einen aufsässigen Gläubiger zu wenden, an einen Teufel, einen Juden, der, genaugenommen, ihm Geld schuldete, der aber die Stirn gehabt hatte, den Spieß umzudrehen. Es waren zweihundert und einige — er glaube zehn — Mil-Réis, er sei jedoch auch mit zweihundert einverstanden . . .

»Es tut mir wirklich und wahrhaftig leid, Ihnen wiederholen zu müssen, was ich Ihnen bereits gesagt habe: Leider kann ich nicht einmal zweihundert Mil-Réis geben. Selbst hundert, wenn Sie darum bitten sollten, wären im Augenblick zuviel für mich. Ein anderes Mal werde ich Ihnen gern unter die Arme greifen, aber gerade jetzt ...«

»Sie können sich nicht vorstellen, in welcher Zwickmühle ich stecke!«

»Nicht einmal hundert, ich wiederhole es. Ich habe in der letzten Zeit mit großen Schwierigkeiten zu kämpfen gehabt. Gesellschaftliche Verpflichtungen, Subskriptionen, die Loge ... Das kommt Ihnen kaum glaubhaft vor, wie? Sie sagen sich: ein Hausbesitzer ... Häuser zu besitzen ist gut und schön, lieber Freund, aber wer bezahlt die Schäden, die Reparaturen, die Wasserleitungen, die Abgaben, die Versicherung, die Wechselschulden und alles andere? Das sind die Löcher im Topf, durch die das meiste Wasser entweicht ...«

»Hätte ich doch nur einen Topf!« seufzte Custódio.

»Das will ich Ihnen nicht abstreiten. Ich sage ja nur, daß der Hausbesitz auch Sorgen, Unkosten und sogar Gläubiger mit sich bringt ... Sie können mir's glauben, Senhor: Auch ich habe Gläubiger.«

»Nicht einmal hundert Mil-Réis ...!«

»Nicht einmal hundert Mil-Réis, es tut mir leid, Ihnen das sagen zu müssen, aber es ist die Wahrheit. Nicht einmal hundert Mil-Réis. Wieviel Uhr ist es?«

Der Notar erhob sich und ging bis in die Mitte des Raumes. Custódio folgte ihm, verzweifelt, verbissen. Er konnte nicht glauben, daß Vaz Nunes nicht einmal hundert Mil-Réis für ihn übrig hatte. Wer hat nicht hundert Mil-Réis Bargeld in der Tasche? Er dachte daran, ihm eine tragische Szene zu machen, aber das Notariat lag zur Straße hin, es wäre einfach lächerlich gewesen. Er blickte nach draußen. Auf der Schwelle des gegenüberliegenden Ladens begutachtete ein Kunde einen Überrock, da es rasch dämmerte und das Innere des Geschäfts finster zu sein schien. Der Verkäufer hielt das Kleidungsstück ans Licht; der Käufer musterte den Stoff mit Augen und Fingern, prüfte die Säume, das Futter ...

Dieses Schauspiel eröffnete Custódio einen, wiewohl bescheidenen, neuen Ausblick; es war an der Zeit, den Überrock, den er trug, abzulegen. Aber der Notar konnte ihm ja nicht einmal hundert Mil-Réis leihen. Custódio lächelte — nicht aus Verachtung, nicht aus Zorn, sondern aus Bitterkeit und Skepsis. Es war doch unmöglich, daß Senhor Nunes nicht fünfzig Mil-Réis erübrigen konnte. Oder wenigstens zwanzig! Auch nicht zwanzig? Nicht einmal zwanzig? Nein! Dann war alles Lug und Trug.

Custódio zog sein Taschentuch aus der Tasche und wischte langsam seinen Hut ab, dann steckte er das Tuch wieder ein und rückte seine Krawatte zurecht mit einer Miene, in der sich Hoffnung und Geringschätzung paarten. Er hatte die ganze Zeit seinen Ansprüchen die Flügel beschnitten, einem nach dem andern; jetzt verblieb ihm nur noch ein winziger feiner Flaum, der ihm Lust zum Fliegen machte. Aber der andere ermutigte ihn wenig dazu. Vaz Nunes verglich die Wanduhr mit seiner Taschenuhr, hielt diese ans Ohr, reinigte stumm das Zifferblatt, durch alle Poren Ungeduld und Überdruß schwitzend. Es mußte gleich fünf Uhr schlagen; schließlich war es soweit, und der Notar, der auf die Schläge wartete, schickte sich an, seinem Gast Lebewohl zu sagen. Es sei bereits spät, er wohne weit draußen. Bei diesen Worten streifte er das Lüsterjäckchen ab und zog seinen Tuchrock an, verfrachtete seine Schnupftabaksdose aus dem einen Kleidungsstück ins andere, desgleichen sein Taschentuch und die Brieftasche... Oh, die Brieftasche! Custódio sah das begehrenswerte Behältnis, betastete es mit den Augen, beneidete die Lüsterjacke, den Tuchrock, er wäre am liebsten selber Tasche, Leder, der Stoff jenes kostbaren Behälters gewesen. Dort drinnen verschwindet sie! Sie versank restlos in der linken Brusttasche; der Notar knöpfte den Rock zu. Nicht einmal zwanzig Mil-Réis! Es war doch menschenunmöglich, daß der Mann nicht wenigstens zwanzig Mil-Réis bei sich trug, dachte Custódio. Von zweihundert zu reden, hatte er längst aufgegeben, jetzt waren ihm zwanzig, selbst zehn recht, wenn es nicht mehr sein konnte ...

»Fertig!« sagte Vaz Nunes, den Hut in der Hand.

Das war der verhängnisvolle Augenblick. Kein Wort von seiten des Notars, nicht einmal eine Einladung zum Abendessen, nichts — es war alles aus. Aber Augenblicke höchster Not erfordern höchste Energien. Custódio empfand durch und durch die Macht dieses Gemeinplatzes, und plötzlich, wie aus der Pistole geschossen, fragte er den Notar, ob er ihm nicht wenigstens zehn Mil-Réis leihen könne.

»Hier, sehen Sie selber!«

Der Notar knöpfte den Mantel auf, zog die Brieftasche hervor, öffnete sie und förderte zwei Banknoten von je fünf Mil-Réis zutage.

»Ich habe nur dies«, sagte er. »Ich kann sie mit Ihnen teilen, mehr kann ich leider nicht tun. Ich gebe Ihnen fünf und behalte fünf für mich. Einverstanden?«

Custódio nahm die fünf Mil-Réis, nicht traurig oder gar mißmutig, sondern strahlend, frohlockend, als hätte er soeben Kleinasien erobert. Das Abendessen war gesichert. Er streckte dem Notar die Hand entgegen, dankte ihm für seinen Gefallen und verabschiedete sich mit einem vielverheißenden »Auf bald!« Dann trat er durch die Türe des Notariats auf die Straße. Der Bittsteller verflüchtigte sich auf der Schwelle, und der General marschierte festen Schrittes die Straße hinunter, mit einem brüderlichen Blick die englischen Großkaufleute begrüßend, die auf dem Weg zu den Vororten die Straße heraufkamen.

Nie war ihm der Himmel so blau erschienen, nie ein Nachmittag so licht; alle Menschen trugen in ihren Pupillen die Seele der Gastfreundschaft zur Schau. Mit der linken Hand in der Hosentasche hielt er verliebt die fünf Mil-Réis fest, das Überbleibsel eines ehrgeizigen Vorhabens, das noch vor kurzem mit Adlerschwingen zur Sonne aufgestrebt war und nun mit Hühnerflügeln bescheiden flatterte.

DER SPIEGEL

*Entwurf zu einer neuen Theorie
der menschlichen Seele*

Eines Abends stritten vier oder fünf Herren über verschiedene Fragen hoher und höchster Tragweite, ohne daß die Ungleichheit der Meinungen die Gemüter im geringsten erregt hätte. Das Haus lag auf einem Hügel von Santa Teresa, das Wohnzimmer war klein, und das Licht der Kerzen verschmolz geheimnisvoll mit dem Mondschein, der von draußen hereindrang. Zwischen der Stadt mit ihren Aufregungen und Abenteuern und dem Himmel, an dem die Sterne blinkten, saßen unsere vier oder fünf Erforscher metaphysischer Rätsel in einer geruhsamen und gereinigten Atmosphäre, damit beschäftigt, die schwierigsten Probleme des Weltalls auf freundschaftliche Weise zu lösen.

Warum vier oder fünf Herren? Streng genommen waren es vier, welche die Unterhaltung bestritten; aber außer ihnen befand sich noch eine fünfte Persönlichkeit im Raum, jedoch stumm, nachdenklich, halb eingenickt, ein Mensch, dessen Beitrag zum Gespräch kaum über ein gelegentliches Murmeln der Zustimmung hinausging. Dieser Mann hatte das gleiche Alter wie seine Freunde, nämlich zwischen vierzig und fünfzig Jahren, er stammte aus der Provinz, war Privatier, klug, nicht ohne Bildung und allem Anschein nach schlau und zu Spott neigend. Er mischte sich nie in einen Streit ein und verteidigte seine Zurückhaltung mit einem Paradoxon. Er sagte, die Diskussion sei die höfliche Form des Kampftriebes, der als tierisches Erbe im Menschen schlummere, und fügte hinzu, Seraphim und Cherubim ließen sich nie auf Kontroversen ein, im übrigen seien sie die geistige, ewige Vollkommenheit.

Da er an jenem Abend die gleiche Antwort gab, wandte sich einer der Anwesenden an ihn mit der Aufforderung, er möge, falls er dazu fähig sei, die aufgestellte Behauptung beweisen. Jacobina, so hieß der Angeredete, dachte einen Augenblick nach und sagte: »Wenn ich es richtig überlege, haben Sie vielleicht recht.«

So kam es, daß dieser einsilbige, mürrische Gast gegen Mitternacht vom Wort Gebrauch machte, und zwar nicht etwa zwei oder drei, sondern dreißig oder vierzig Minuten lang.

Die Unterhaltung war auf ihren Wanderwegen bei der menschlichen Seele angelangt, mithin an einem Punkt, der die vier Freunde in verschiedene Lager teilte. So viele Köpfe, so viele Meinungen. Nicht nur eine Übereinstimmung, allein schon die Unterhaltung wurde schwierig, wenn nicht unmöglich, und zwar wegen der vielen Fragen, die sich vom Kernpunkt lösten, zum Teil vielleicht auch wegen der mangelnden Folgerichtigkeit der vorgebrachten Argumente. Einer der Streithähne bat Jacobina um eine Meinung, zumindest um eine Mutmaßung.

»Weder Mutmaßung noch Meinung«, erwiderte dieser. »Die eine wie die andere kann zu Mißhelligkeiten führen. Außerdem diskutiere ich nie, wie Sie wissen. Wenn Sie mir aber schweigend zuhören wollen, will ich Ihnen einen Fall aus meinem Leben erzählen, der das in Frage stehende Thema deutlich erhellt. Zunächst gibt es nicht nur eine Seele, sondern zwei . . .«

»Zwei?«

»Nicht weniger als zwei Seelen. Jedes menschliche Geschöpf trägt zwei Seelen mit sich herum: eine, die von innen nach außen sieht, eine zweite, die von außen nach innen sieht . . . Wundern Sie sich nach Belieben! Sperren Sie Mund und Augen auf, zucken Sie mit den Achseln, tun Sie, was Sie wollen! Aber unterbrechen Sie mich nicht! Wenn Sie mir dreinreden, rauche ich meine Zigarre zu Ende und gehe schlafen.

Die äußere Seele mag ein Geist sein, ein Fluidum, ein Mensch, viele Menschen, ein Gegenstand, eine Tätigkeit.

Es gibt zum Beispiel Fälle, in denen ein einfacher Hemdenknopf die äußere Seele einer Person ist — oder auch die Polka, das Lomberspiel, ein Buch, eine Maschine, ein Paar Stiefel, eine Melodie, eine Trommel und so weiter.

Es ist klar, daß die Aufgabe der zweiten Seele darin besteht, gleich der ersten Leben zu vermitteln. Beide zusammen machen erst den Menschen aus, der, metaphysisch gesprochen, eine Orange ist. Wer eine der beiden Hälften verliert, verliert damit natürlich eine Hälfte seiner Existenz, und es gibt nicht wenige Fälle, bei denen der Verlust der äußeren Seele die der gesamten Existenz nach sich zieht. Man denke an Shylock. Die äußere Seele dieses Juden waren seine Dukaten; sie zu verlieren hieß für ihn sterben. ›Ich werde mein Gold nie wiedersehen‹, sagt er zu Tubal, und: ›Du stößt mir einen Dolch ins Herz.‹ Man durchdenke diesen Satz genau: Der Verlust der Dukaten, der äußeren Seele, war für ihn der Tod. Freilich muß bedacht werden, daß die äußere Seele nicht immer dieselbe ist . . .«

»Nein?«

»Nein, Senhor. Sie kann ihre Natur und ihren Stand wechseln. Ich meine damit nicht bestimmte allumfassende Seelen wie das Vaterland, von dem Camões erklärte, er würde mit ihm sterben, oder weltliche Macht, welche die äußere Seele von Cäsar und Cromwell war. Das sind energische, ausschließliche Seelen. Es gibt aber auch andere, die trotz aller Tatkraft wandelbar sind. Es gibt zum Beispiel Herren, deren äußere Seele während ihrer ersten Lebensjahre eine Rassel oder ein Schaukelpferd war und später, sagen wir, der Ehrenvorsitz eines Wohltätigkeitsausschusses wurde. Was mich betrifft, so kenne ich eine — übrigens bezaubernde — Dame, die ihre äußere Seele fünf-, sechsmal im Jahr wechselt. Während des Theaterwinters ist diese Seele die Oper; nachher vertauscht sie sie mit einer anderen äußeren Seele: mit einem Konzert, einem Casino-Ball, der Rua do Ouvidor, mit Petrópolis . . .«

»Verzeihen Sie, wer ist diese Dame?«

»Diese Dame ist eine Verwandte des Teufels und hat denselben Namen: ihr Name ist Legion . . . Dergleichen Fälle gibt es ungezählte. Ich selbst habe derartige Seelenwechsel erlebt. Ich will sie nicht aufzählen, weil es zu weit führen würde. Ich möchte mich vielmehr auf jene Episode beschränken, von der ich Ihnen gesprochen habe. Eine Episode, die sich in meinem fünfundzwanzigsten Jahr ereignete . . .«

Die vier Freunde, begierig, den versprochenen Fall zu hören, vergaßen ihre Streitfrage. Heilige Neugierde! Du bist nicht nur die Seele der Zivilisation, du bist auch der Apfel der Eintracht, göttliche Frucht, und von weitaus anderem Geschmack als der berühmte Apfel aus der Mythologie. Das Wohnzimmer, noch eben widerhallend von Physik und Metaphysik, war mit einemmal ein Totes Meer geworden. Aller Augen waren auf Jacobina gerichtet, der die Asche seiner Zigarre abstreifte und sein Gedächtnis anstrengte. Dann begann er seine Erzählung:

»Ich war fünfundzwanzig Jahre alt, ich war arm und gerade zum Fähnrich der Nationalgarde befördert worden. Was das für ein Ereignis in meinem Elternhaus war, läßt sich kaum vorstellen. Meine Mutter kannte sich nicht mehr vor Stolz. Sie war überglücklich, selig. Sie nannte mich nur noch ›ihren Fähnrich‹. Vettern und Onkel, alle waren voll der aufrichtigsten, reinsten Freude.

Im Dorf allerdings entstand Verstimmung, es gab Heulen und Zähneklappern wie in der Heiligen Schrift; der Grund war kein anderer, als daß viele Bewerber für den Posten vorhanden gewesen und leer ausgegangen waren. Ich vermute, der Unmut war zum Teil völlig unbegründet und nur deshalb entstanden, weil das Fähnrichspatent vergeben worden war. So erinnere ich mich, daß einige meiner Freunde mich daraufhin eine Zeitlang schnitten. Dafür gab es aber auch wieder viele, die sich über meine Ernennung freuten, mit dem Ergebnis, daß ich die ganze Uniform von Freunden gestiftet bekam . . .

So kam es, daß eine meiner Tanten, Dona Marcolina, die Witwe des Hauptmanns Peçanha, die viele Léguas vom Dorf entfernt auf einem düsteren, einsamen *Sítio* wohnte, mich zu sehen wünschte und bat, ich möge mitsamt meiner Uniform zu ihr hinauskommen. Ich gehorchte, begleitet von einem Sklaven, der nach einigen Tagen ins Dorf zurückkehrte, denn kaum war ich auf Tante Marcolinas Landgütchen angelangt, als sie meiner Mutter schrieb und ihr eröffnete, sie würde mich vor einem Monat keinesfalls wieder gehen lassen. Wie sie mich hätschelte, tätschelte! Auch sie nannte mich ihren Fähnrich . . . In ihren Augen war ich ein schmucker junger Mann. Da sie eine treue Seele war, gestand sie sogar, sie beneide das junge Mädchen, das einmal meine Frau werden würde. Sie schwor, daß es in der ganzen Provinz keinen anderen jungen Mann gäbe, der mir das Wasser reichen könne. Immer hieß es ›mein Fähnrich‹; Fähnrich hin, Fähnrich her, Fähnrich zu jeder Stunde des Tages. Ich bat, sie möge mich doch Joãozinho nennen wie früher. Aber sie schüttelte nur den Kopf, polterte: ›Nein, nein, nicht um mein Leben‹, jetzt sei ich ›der Herr Fähnrich‹. Ein Schwager von ihr, der Bruder des verstorbenen Hauptmanns Peçanha, der bei ihr wohnte, nannte mich ebenfalls nicht anders. Ich war der ›Herr Fähnrich‹, nicht etwa im Scherz, sondern ernstlich, zumal in Gegenwart der Sklaven, die sich natürlich nach ihrer Herrschaft richteten. Bei Tisch bekam ich den besten Platz und wurde als erster bedient — man stelle sich das vor! Die Begeisterung Tante Marcolinas ging sogar so weit, daß sie einen großen Spiegel in meinem Zimmer aufhängte, ein reichgeschnitztes, prächtiges Stück, das von dem sonst so bescheidenen, schlichten Mobiliar sichtlich abstach. Der Spiegel war ein Geschenk ihrer Patin, die ihn von ihrer Mutter geerbt hatte; diese hatte ihn ihrerseits von einer der adeligen Damen erworben, die im Jahre 1808 mit dem Hofstaat Dom Joãos VI. von Portugal nach Brasilien gekommen waren. Ich weiß nicht, wieviel daran der Wahrheit entsprach, so jedenfalls war die Geschichte überliefert worden. Fraglos war der Spiegel sehr alt, trotzdem war das von der Zeit angenagte Gold noch zu sehen, desgleichen einige in den oberen Teil des Rahmens geschnitzte Delphine, Zierat aus Perlmutt und andere Erfindungen des Künstlers. Alles sehr alt, aber schön . . .«

»War der Spiegel groß?«

»Sehr groß. Es war, wie gesagt, besonders entgegenkommend von meiner Tante, ihn in mein Zimmer zu hängen, weil der Spiegel als Prunkstück des ganzen Hauses sonst im Wohnzimmer hing. Indessen war es unmöglich gewesen, sie von ihrem Vorhaben abzubringen; sie entgegnete, der Spiegel fehle keineswegs im Salon, sie könne leicht einige Wochen ohne ihn auskommen. Schließlich sei man das dem ›Herrn Fähnrich‹ schuldig. Sicher ist, daß all das, die Verwöhnung, die Aufmerksamkeiten und Gefälligkeiten eine Veränderung in mir bewirkten, die das natürliche Gefühl der Jugend nur noch förderte und vervollständigte. Sie wissen wohl, was ich meine, nicht wahr?«

»Nein.«

»Der Fähnrich verdrängte in mir den Menschen. Einige Tage lang hielten die beiden Naturen einander die Waage; es dauerte jedoch nicht lange, bis die ursprüngliche der neuen wich, so daß nur ein winziger Teil von Menschlichkeit in mir übrigblieb. Auf diese Weise veränderte die äußere Seele, die vorher die Sonne, die Landschaft, die Augen junger Mädchen gewesen waren, ihre Natur und verwandelte sich in die Höflichkeit und das Entgegenkommen meiner Gastgeber, mithin in alles, was mich an meine Stellung erinnerte, also in nichts von dem, was an mich als Menschen gemahnte. Der einzige Teil meines Ich, der mir verblieb, war jener, der mit der Ausübung meines Patents zu tun hatte; der gesamte andere Teil löste sich in Luft und Vergangenheit auf. Das ist schwer zu glauben, nicht wahr?«

»Das ist sogar schwer zu verstehen«, antwortete einer der Zuhörer.

»Sie werden es noch verstehen. Die Tatsachen werden meine Empfindungen besser erklären, Tatsachen sind alles. Die beste Definition der Liebe ist nicht so viel wert wie der Kuß eines verliebten Mädchens; und wenn ich mich richtig besinne, hat ein Philosoph der Antike die Bewegung durch Gehen bewiesen. Wir wollen daher die Tatsachen sprechen lassen, und wir werden sehen, daß das Bewußtsein des Fähnrichs desto lebendiger, intensiver wurde, je mehr das Bewußtsein des Menschen schwand. Sofern menschlicher Kummer, menschliche Freude in meiner Umwelt geäußert wurden, ernteten sie von mir kaum mehr als ein Wort lebloses Mitleids oder ein herablassendes Lächeln. Nach drei Wochen war ich ein anderer, ein völlig anderer geworden. Ich war ausschließlich Fähnrich.

Eines Tages erhielt Tante Marcolina eine traurige Nachricht: Eine ihrer Töchter, verheiratet mit einem fünf Léguas entfernt wohnenden Gutsbesitzer, war tödlich erkrankt. Adieu, lieber Neffe! Adieu, mein Fähnrich! Als vorbildliche Mutter packte sie sofort ihr Köfferchen, bat ihren Schwager mitzukommen und mich, nach ihrem Gut zu sehen. Ich glaube sogar, daß, wäre sie nicht so bestürzt gewesen, sie die Sorge für ihr Gut dem Schwager überlassen und mich mitgenommen hätte. Jedenfalls steht fest, daß ich mit den wenigen Sklaven des Herrenhauses zurückblieb. Ich muß gestehen, daß ich alsbald Bedrückung empfand, gleichsam den Druck von vier Kerkerwänden, die mich plötzlich einengten. Das war die äußere Seele, die schrumpfte, nun bestand sie nur mehr aus einigen beschränkten Geistern. Noch immer besaß der Fähnrich in mir die Übermacht, wenn sein Leben auch weniger intensiv und sein Bewußtsein bereits schwächer pulste. Die Sklaven stellten eine Unterwürfigkeit zur Schau, die in gewisser Weise die fehlende Zuneigung der Verwandten und die häusliche Vertrautheit auszugleichen schien. Ich beobachtete sogar an jenem Abend, daß sie sich in Ehrerbietung, in Höflichkeit und Dienstbereitschaft überboten. ›Nhõ

Fähnrich«, ging es hin und her. *Nhõ* Fähnrich ist ein sehr hübscher Mensch; *Nhõ* Fähnrich wird einmal Oberst werden; *Nhõ* Fähnrich wird ein bildschönes Mädchen heiraten, die Tochter eines Generals. Ein Chor von Lobhudeleien und Prophezeiungen tönte mir entgegen und benahm mir die Sinne. Ah, die Verräter! Wie hätte ich die geheime Absicht der Schurken ahnen sollen!«

»Sie umzubringen?«

»Wär's nur das gewesen!«

»Etwas Schlimmeres?«

»Hören Sie! Am darauffolgenden Morgen fand ich mich allein im Hause. Verführt von anderen oder auch aus eigenem Antrieb, hatten die Bösewichte beschlossen, sich in der Nacht davonzumachen; genau das war geschehen. Ich war allein, mutterseelenallein in meinen vier Wänden, und blickte auf die verlassene Terrasse und die leeren Felder hinaus. Keine Seele weit und breit. Ich irrte durch das ganze Haus, durch die Sklavenbehausungen, durch alle Nebengebäude; kein Mensch war zu sehen, nicht einmal ein Negerjunge. Nur Hähne und Hühner, ein paar Maulesel, die, die Mücken abschüttelnd, über das Leben nachdachten, und drei Stück Vieh. Sogar die Hunde waren von den Sklaven mitgenommen worden. Kein menschliches Wesen war zurückgeblieben. Meinen Sie, das sei besser, als gestorben zu sein? Es war schlimmer.

Nicht etwa, daß ich Angst hatte, ich schwöre Ihnen, daß es keine Angst war. Ich war sogar so tapfer, daß ich während der ersten Stunde nichts spürte. Ich bedauerte den Verlust, den Tante Marcolina auf ihrem Hof erlitten hatte, ich war auch etwas ratlos, weil ich nicht wußte, ob ich ihr nachreisen sollte, um ihr die traurige Botschaft zu überbringen, oder dableiben, um auf das Gut aufzupassen. Ich entschied mich für das zweite, um das Haus nicht unbewacht zu lassen, auch deshalb, weil ich, wenn es meiner erkrankten Kusine wirklich so schlecht ging, den Schmerz der Mutter nur noch vergrößert hätte, anstatt ihn zu lindern. Schließlich wartete ich darauf, daß der Bruder Onkel Peçanhas noch an diesem oder dem nächsten Tag zurückkehren würde, da er bereits vor sechsunddreißig Stunden fortgegangen war. Jedoch der Vormittag verging, ohne daß eine Spur von ihm sichtbar wurde, und gegen Abend begann sich ein Gefühl in mir zu regen, als hätte jede Nerventätigkeit meines Körpers aufgehört, als hätte ich das Bewußtsein jeder Muskelbewegung verloren. Onkel Peçanhas Bruder kehrte an jenem Tage nicht zurück, nicht am nächsten, auch nicht an irgendeinem Tage der Woche. Meine Einsamkeit nahm gewaltige Ausmaße an. Nie waren meine Tage länger gewesen, nie hatte die Sonne mit so ermüdender Beharrlichkeit auf die Erde herabgebrannt. Die Stunden schlugen von Jahrhundert zu Jahrhundert in der alten Uhr des Wohnzimmers, deren Pendel mit ihrem Ticktack meine Seele verwundete, als versetzte mir die Ewigkeit unablässig Nasenstüber.

Als ich viele Jahre später ein nordamerikanisches Gedicht — ich glaube, es stammte von Longfellow — las und auf den berühmten Kehrreim *Never, for ever! —For ever, never!* stieß, lief mir, wie ich Ihnen gestehen muß, ein kalter Schauer über den Rücken: der Reim erinnerte mich an jene grauenvollen Tage. Genau das war es, was Tante Marcolinas Standuhr mir unablässig zuraunte: *Never, for ever! — For ever, never!* Das waren keine Uhrschläge, das war ein Zwiegespräch des Abgrunds, ein Flüstern des Nichts. Und dazu noch abends! Nicht, daß die Nacht stiller gewesen wäre. Die Stille war die gleiche wie am Tage. Die Nacht jedoch war Schatten, war Einsamkeit, noch engere oder noch weitere. Ticktack, ticktack. Kein Mensch in den Aufenthaltsräumen, auf der Veranda, in den Gängen, auf der Terrasse, alles war wie ausgestorben ... Lachen Sie?«

»Ja, anscheinend hatten Sie doch ein wenig Angst ...«

»Oh! Angst zu haben wäre gut gewesen! Ich hätte wenigstens gelebt. Aber das Merkmal meiner Lage war, daß ich nicht einmal Angst hatte, das heißt nicht die landläufig gewohnte, bekannte Angst. Es war eine unerklärliche Empfindung. Ich war wie ein Toter, der sich bewegt, ein Schlafwandler, eine aufgezogene Puppe. Schlafen war etwas anderes. Der Schlaf verschaffte mir Erleichterung, nicht etwa aus dem gemeinhin bekannten Grunde, weil er der Bruder des Todes ist — nein, aus einem anderen. Ich glaube, ich kann dieses Phänomen folgendermaßen deuten: Da der Schlaf das notwendige Vorhandensein einer äußeren Seele ausschaltet, läßt er die innere Seele in Tätigkeit treten. In meinen Träumen trug ich stolz meine Uniform im Kreise meiner Familie und Freunde, die meine vorzügliche Haltung lobten, die mich mit ›Fähnrich‹ anredeten. Ein Freund unseres Hauses besuchte mich und versprach mir die Beförderung zum Leutnant, ein anderer die zum Hauptmann oder Major; all das brachte mich zum Leben. Sobald ich aber erwachte und es hellichter Tag war, schwand das Bewußtsein meines neuen einzigen Seins, weil die innere Seele ihre ausschließliche Tätigkeit einbüßte und von der anderen, der äußeren, abhängig wurde, und die blieb hartnäckig aus ... Und kehrte nicht wieder. Ich ging hinaus aufs Feld in die eine und die andere Richtung, um zu sehen, ob nicht eine Spur meines Verwandten zu sehen sei, der doch zurückkommen mußte. *Sœur Anne, sœur Anne, ne vois-tu rien venir?* Nichts, gar nichts, so wenig wie in dem französischen Märchen. Nur der Staub der Straße und das Gras auf den Hügeln. Ich kehrte nach Hause zurück, rastlos, verzweifelt, und warf mich auf das Kanapee des Wohnzimmers. Ticktack, ticktack. Ich stand wieder auf, wanderte umher, trommelte gegen die Fensterscheiben, pfiff vor mich hin. Dann kam mir plötzlich der Einfall, etwas zu schreiben, einen politischen Artikel, einen Roman, eine Ode; ich konnte mich jedoch für nichts Bestimmtes entscheiden, setzte mich aber an den Schreibtisch und kritzelte ein paar Worte und Sätze aufs Papier, um meinen Stil zu finden. Mein Stil aber stellte sich ebensowenig ein wie

Tante Marcolina. *Sœur Anne, sœur Anne* ... Nichts und wieder nichts ... Wenn ich etwas sah, so nur, daß das weiße Papier sich mit schwarzen Tintenstrichen füllte.«

»Aßen Sie denn nicht?«

»Ich aß wenig, ein paar Früchte, etwas Maniokmehl, Eingemachtes, ein paar auf dem Feuer geröstete Wurzeln ich hätte alles leichten Herzens ertragen, wäre nicht meine entsetzliche seelische Lage gewesen. Ich sagte Verse auf, Reden, ganze Absätze auf lateinisch, Liebesgedichte von Gonzaga, Stanzen von Camões, Sonette, eine Anthologie in dreißig Bänden. Bald machte ich Gymnastik, bald zwickte ich mich in die Waden; aber die Wirkung war nur eine Empfindung des körperlichen Schmerzes oder der Ermüdung, weiter nichts. Alles war Schweigen, ein weites Schweigen, ungeheuerlich, unendlich, und nur unterstrichen von dem ewigen Ticktack der Standuhr. Ticktack. Ticktack.«

»Da konnte man ja wahnsinnig werden.«

»Es kommt noch schlimmer. Übrigens muß ich Ihnen berichten, daß ich nicht ein einziges Mal in den Spiegel geblickt hatte, seit ich allein in dem Hause war. Ich vermied es nicht absichtlich, dazu lag kein Grund vor, es war eher ein unbewußter Trieb, eine Furcht, in jenem Hause plötzlich einem zweiten Ich gegenüberzustehen. Und wenn diese Erklärung auf Wahrheit beruht, so beweist sie damit nur den menschlichen Widerspruchsgeist, weil ich mir nämlich ausgerechnet nach Ablauf von acht Tagen in den Kopf setzte, einen Blick in den Spiegel zu werfen, ausdrücklich in der Absicht, mein zweites Ich zu sehen. Ich blickte hinein und fuhr zurück. Die Spiegelscheibe schien sich mit der übrigen Welt gegen mich verschworen zu haben. Sie gab mein Gesicht nicht klar und deutlich wieder, sondern unbestimmt, verschwommen, verwischt, als Schatten eines Schattens. Die Wirklichkeit der physikalischen Gesetze gestattet mir nicht, zu leugnen, daß der Spiegel mich sicher treu, mit genau denselben Zügen und Umrissen wiedergab; er muß es getan haben. Aber mein Eindruck war ein anderer.

Nun kam die Angst über mich; ich schrieb die Erscheinung nervlicher Überreiztheit zu, ich fürchtete, den Verstand zu verlieren, wenn ich länger dabliebe. Ich gehe fort, sagte ich zu mir. Mit einer fahrigen und zugleich entschlossenen Gebärde hob ich die Hand und blickte dabei in den Spiegel; dort war die Geste, aber zerfleddert, zerschlissen, entstellt . . . Ich begann mich anzuziehen, dabei murmelte ich vor mich hin, hustete, ohne von Husten geplagt zu sein, schüttelte geräuschvoll meine Kleider und beklagte mich mit tonloser Stimme bei meinen Knöpfen, nur um etwas zu sagen. Von Zeit zu Zeit blickte ich verstohlen in den Spiegel; das Bild war der gleiche Wirrwarr von Linien, der gleiche Verfall von Umrissen . . . Ich kleidete mich weiter an. Plötzlich, durch eine unerklärliche Eingebung, durch einen unberechenbaren Antrieb fiel mir ein . . . Ob Sie erraten können, was mir plötzlich einfiel?«

»Sagen Sie es!«

»Noch immer blickte ich in den Spiegel, verbissen wie ein Verzweifelter, und starrte die eigenen zerfließenden, aufgelösten Gesichtszüge an, ein Nebelgewirr unzusammenhängender, formloser Linien, als ich einen Gedanken hatte . . . Sie werden ihn kaum erraten.«

»Sagen Sie's doch, nennen Sie ihn!«

»Mir fiel ein, meine Fähnrichsuniform anzuziehen. Ich zog sie an und machte mich paradefertig. Als ich so vor dem Spiegel stand, hob ich die Augen, und — was soll ich Ihnen sagen? — das Glas gab mein Gesicht klar wieder; es fehlte keine Linie, nicht das geringste Stückchen Umriß war entstellt. Ich war es, ja, der Fähnrich, der endlich seine äußere Seele wiedergefunden hatte. Diese Seele, die mit der Gutsherrin abgezogen, die mit den Sklaven in alle Winde zerstoben und entflohen war, hier war sie wieder vollständig im Spiegel. Stellen Sie sich einen Mann vor, der, allmählich aus tiefer Bewußtlosigkeit erwachend, die Augen aufschlägt, zunächst noch blind, dann aber zu sehen beginnt, die Personen von den Gegenständen zu unterscheiden lernt, sie aber zunächst nicht im einzelnen erkennt. Schließlich weiß er, daß dieser Hinz, jener Kunz, daß dieses ein Stuhl, jenes ein Sofa ist. Alles wird wieder, wie es vor dem Koma war. So ging es mir. Ich blickte in den Spiegel, ging von einem Ende des Raumes zum anderen, machte einen Schritt zurück, entwarf Gebärden, lächelte, und die Scheibe gab alles getreulich wieder. Ich war kein Automat mehr, ich war ein belebtes Wesen. Von jenem Tag an wurde ich ein anderer. Jeden Tag zu einer bestimmten Stunde zog ich meine Fähnrichsuniform an und setzte mich vor den Spiegel, lesend, umherblickend, nachdenkend. Nach zwei, drei Stunden zog ich mich wieder aus. An Hand dieses Programms gelang es mir, weitere sechs Tage der Einsamkeit zu überstehen, ohne sie zu fühlen . . .«

Als die anderen zu sich kamen, war der Erzähler bereits im Treppenhaus verschwunden.

DIE KIRCHE DES TEUFELS

1. Von einer ausgezeichneten Idee

Eine alte Benediktinerhandschrift erzählt, der Teufel habe eines Tages die Idee gehabt, eine Kirche zu gründen. Obgleich seine Gewinne beträchtlich und unaufhörlich flossen, fühlte er sich erniedrigt durch die unbedeutende Rolle, die er seit Jahrhunderten spielte, eine Rolle ohne eigene Organisation, ohne Regeln, ohne Kanon, ohne Ritual, ohne irgend etwas. Er lebte gewissermaßen von göttlichen Brosamen, von menschlichen Versehen und Gefälligkeiten. Er hatte kein festes, kein regelmäßiges Einkommen. Warum sollte er nicht eine eigene Kirche haben? Eine »Kirche des Teufels« war ein wirksames Mittel, die anderen Religionen zu bekämpfen und sie ein für allemal zu vernichten.

Wohlan denn, eine Kirche! schloß er. Schrift gegen Schrift, Brevier gegen Brevier. Ich werde meine Messe haben, eine Messe mit Wein und Brot nach Belieben, meine Predigten, meine Bullen, meine Novenen und jedes übrige kirchliche Zubehör. Mein Glaubensbekenntnis wird der Kern aller Geister des Weltalls sein, meine Kirche ein Zelt Abrahams. Später, während die anderen Religionen sich befehden und sich aufteilen, wird meine Kirche die einzige sein; weder Mahomet noch Luther werden mir im Wege stehen. Es gibt viele Arten zu bejahen, aber nur eine, alles zu verneinen.

Bei diesen Worten schüttelte der Teufel den Kopf und streckte mit einer großartigen männlichen Gebärde die Arme aus. Dann fiel ihm ein, Gott aufzusuchen, um ihm seine Idee mitzuteilen und ihn herauszufordern; er hob die haßentflammten, rachsüchtigen Augen und sagte zu sich: Los, es ist Zeit. Und seine Flügel so rasch und mit so großem Getöse schlagend, daß alle Provinzen des Höllengrunds erzitterten, schwang er sich aus der Finsternis auf ins endlose Blau.

2. Zwischen Gott und Teufel

Gott empfing gerade einen alten Mann, als der Teufel im Himmel anlangte. Die Seraphim, die dabei waren, den Neuankömmling zu schmücken, unterbrachen sogleich ihre Arbeit, und der Teufel blieb an der Pforte stehen, den Blick auf den Herrn geheftet.

»Was willst du von mir?« fragte Er.

»Ich komme nicht wegen Deines Knechtes Faust«, entgegnete der Teufel lachend, »sondern wegen aller Knechte aller Zeiten mit Namen Faust.«

»Erkläre, was du damit meinst.«

»Herr, die Erklärung ist einfach. Aber erlaube, daß ich Dir rate: Nimm erst diesen guten Alten auf, gib ihm den besten Platz, und sorge dafür, daß zartgestimmte Zithern und Leiern ihn mit himmlischen Chören empfangen . . .«

»Weißt du, was er getan hat?« fragte der Herr mit sanftem Blick.

»Nein, aber vermutlich ist er einer der letzten, die zu Dir kommen werden. Es wird nicht lange dauern, und der Himmel wird einem leeren Haus gleichen, und zwar wegen des hohen Preises. Ich werde ein billiges Gasthaus bauen; mit zwei Worten: Ich werde eine Kirche gründen. Ich bin meines Mangels an Organisation, meiner beiläufigen, zufälligen Herrschaft müde. Es ist an der Zeit, daß ich den endgültigen, vollständigen Sieg erringe. Ich bin gekommen, um Dir das zu sagen, damit Du mich nicht der Verstellung beschuldigst . . . Eine gute Idee, nicht wahr?«

»Du kommst, um sie mir mitzuteilen, aber nicht, um mich um meine Meinung zu bitten«, warf der Herr ein.

»Du hast recht«, gab der Teufel zu. »Aber die Eigenliebe hört gern den Beifall des Lehrmeisters. In diesem Fall wäre es freilich der Beifall eines überwundenen Meisters, und eine solche Forderung . . . Herr, ich gehe auf die Erde, ich werde meinen Grundstein legen.«

»Geh!«

»Soll ich Dir die Beendigung meines Werkes ankündigen?«

»Das ist nicht nötig. Sage mir nur noch, aus welchem Grunde du erst jetzt daran denkst, eine Kirche zu gründen, da du schon so lange deines Mangels an Organisation müde bist.«

Der Teufel lächelte mit einem Anflug spöttischen Triumphs. Er hatte eine grausame Idee im Kopf, eine beißende Erwiderung im Mantelsack seines Gedächtnisses, etwas, was ihm in diesem kurzen Augenblick der Ewigkeit ein Gefühl der Überlegenheit über Gott schenkte. Nun verhielt er sein Lächeln und sagte:

»Erst jetzt habe ich eine vor mehreren Jahrhunderten begonnene Beobachtung beendet, und zwar diese: Die Tugenden, Töchter des Himmels, sind zum größten Teil Königinnen vergleichbar, deren Samtgewand in Baumwollfransen ausläuft. Ich beabsichtige, sie an diesen Fransen in meine Kirche zu ziehen; die aus reiner Seide kommen dann hinterher...«

»Alter Schwätzer...«, murmelte der Herr.

»Sieh! Viele weibliche Körper, die in den Gotteshäusern der Welt zu Deinen Füßen knien, tragen die gleichen gebauschten Röcke wie im Wohnzimmer und auf der Straße, ihre Gesichter sind mit dem gleichen Puder bedeckt, ihre Taschentücher riechen genau gleich, ihre Pupillen funkeln vor Neugierde und Hingabe zwischen dem heiligen Buch und dem Schnurrbart der Sünde. Sieh den Eifer oder auch die falsche Gleichgültigkeit, mit der dieser Herr dort sich der Gaben brüstet, die er freigebig verteilt, das heißt Kleider, Stiefel, Münzen oder sonstige lebensnotwendige Artikel... Ich möchte jedoch nicht den Anschein erwecken, daß ich mich mit belanglosen Dingen aufhalte. Daher spreche ich zum Beispiel nicht von der Selbstgefälligkeit, mit der dieser hohe Herr einer Bruderschaft bei Prozessionen Deine Liebe und eine Auszeichnung fromm auf der Brust trägt. Ich habe Höheres im Sinn...«

Gelangweilt, schläfrig regten die Seraphim die schweren Schwingen. Michael und Gabriel warfen dem Herrn einen flehenden Blick zu. Gott unterbrach den Teufel.

»Du bist recht gewöhnlich, und das ist das Schlimmste, was man von einem Geist deiner Sorte sagen kann«, gab der Herr zurück. »Alles, was du sagst oder noch sagen magst, ist von den Moralisten der Welt wieder und wieder gesagt worden. Das Thema ist verbraucht, und wenn du keine Kraft und Originalität hast, um ein veraltetes Thema aufzufrischen, so ist es besser, du schweigst und ziehst dich zurück. Sieh, alle meine Heerscharen zeigen in ihrem Angesicht die lebhaftesten Anzeichen des Überdrusses, den sie dir verdanken. Sogar dieser alte Mann sieht gelangweilt aus; weißt du, was er getan hat?«

»Ich habe Dir schon gesagt, daß ich es nicht weiß.«

»Nach einem ehrbaren Leben hat er einen erhabenen Tod gehabt. Von einem Schiffbruch überrascht, wollte er sich auf eine Planke retten. Da er aber ein jungvermähltes Paar sah, das mit dem Tode rang, überließ er den beiden seine Planke und versank in der Ewigkeit. Er hatte kein Publikum, nur Wasser ringsum und den Himmel über sich. Wo ist da die Baumwollfranse?«

»Wie Du weißt, Herr, bin ich der Geist, der stets verneint.«

»Verneinst du diesen Tod?«

»Ich verneine alles. Die Misanthropie kann das Aussehen der Liebe annehmen; den anderen das Leben lassen heißt für einen Misanthropen sie regelrecht ärgern . . .«

»Schwätzer und Haarspalter!« rief der Herr aus. »Geh, geh! Gründe deine Kirche, trommle alle Tugenden zusammen, sammle alle Fransen ein, rufe alle Menschen zu dir. Aber geh, geh!«

Vergeblich versuchte der Teufel, noch etwas zu sagen. Gott gebot ihm Schweigen; auf ein göttliches Zeichen füllten die Seraphim den Himmel mit den Harmonien ihrer Gesänge. Der Teufel fühlte plötzlich, daß er sich in der

Luft befand; so faltete er seine Flügel zusammen und fiel wie der Blitz auf die Erde.

3. Die frohe Botschaft für die Menschen

Sobald der Teufel auf der Erde war, verlor er keine Minute Zeit. Eilends legte er die Kutte des Benediktiners an — ein Gewand, das in gutem Rufe steht — und begann mit einer Stimme, die im Innersten der Zeit widerhallte, eine neue, außergewöhnliche Lehre zu verkünden. Er versprach seinen Jüngern und Anhängern die Köstlichkeiten der Erde, allen Ruhm und die ungeahntesten Verzückungen. Er gestand, daß er der Teufel sei, gestand es, um die Vorstellung zu berichtigen, welche die Menschen bisher von ihm hatten, sowie um die Geschichten Lügen zu strafen, welche unter den alten Weibern über ihn im Umlauf waren.

»Ja, ich bin der Teufel«, wiederholte er. »Aber nicht der Teufel der Schwefelnächte, der der Gutenachtgeschichten. Ich bin nicht der Schrecken der Kinder, sondern der wirkliche, einzige Teufel, der Genius der Natur, dem man nur diesen Namen gegeben hat, um ihm die Herzen der Menschen zu entfremden. Seht, wie freundlich, wie liebenswürdig ich bin. Ich bin euer wahrer Vater. Hört! Nehmt diesen Namen, der zu meiner Schande erfunden wurde, macht eine Trophäe aus ihm, ein Banner, und ich will euch alles geben, alles, alles, alles . . .«

So sprach er anfangs, um die Begeisterung zu entfachen, die Gleichgültigen zu erwecken, kurz, um die Massen anzulocken. Und sie kamen. Und sobald sie gekommen waren, erläuterte der Teufel ihnen seine Lehre. Die Lehre war so, wie sie im Mund eines Geistes der Verneinung klingen muß. Jedenfalls im Hinblick auf den Inhalt, denn in bezug auf die Form war sie bald feinsinnig, bald spöttisch und schamlos.

Er forderte, die landläufig anerkannten Tugenden müßten durch andere ersetzt werden, die natürlich und gesetzmäßig seien. Hochmut, Fleischeslust, Faulheit sollten wieder in ihre alten Rechte eingesetzt werden, desgleichen der Geiz, von dem er behauptete, er sei nichts anderes als die Mutter der Sparsamkeit, allerdings mit dem Unterschied, daß die Mutter kräftig, die Tochter aber ausgezehrt sei. Der Zorn habe in Homer seinen mutigsten Verfechter gefunden, ohne Achilles' Wut gäbe es keine Ilias: »Singe den Zorn, o Göttin, des Peleiaden Achilleus ...«

Das gleiche sagte er von der Völlerei, die Rabelais' schönste Seiten füllt sowie manch guten Vers von Hissopes. Sie sei eine so hohe Tugend, daß sich kein Mensch an Lukullus' Schlachten, wohl aber an seine Gastmähler erinnere; die Völlerei sei es, die ihn wahrhaft unsterblich gemacht habe. Aber abgesehen von Gründen literarischer oder historischer Art und nur um den inneren Wert dieser Tugend zu zeigen: Wer würde leugnen, daß es besser ist, Leckerbissen die Menge in Mund und Bauch zu spüren als einen armseligen Brocken oder den Speichel des Fastens? Und der Teufel versprach, den Weinberg des Herrn, einen rein bildlichen Ausdruck, mit dem Weinberg des Teufels zu vertauschen, der dagegen eine unmittelbare, wahrheitsgetreue Anspielung sei, denn den Seinen würde es nie an der schönsten Rebenfrucht der Welt mangeln. Was den Neid betrifft, so predigte er kühl, dieser sei die Haupttugend, Ursprung allen Wohlstands, eine kostbare Tugend, die alle anderen, sogar das Talent, ersetze.

Begeistert liefen ihm die Menschenmassen nach. Mit überwältigender Beredsamkeit impfte der Teufel ihnen eine ganz neue Ordnung der Dinge ein, er kehrte Begriffe um, züchtete in ihnen Liebe zu den verderbten und Haß gegen die gesunden Dinge.

Nichts war zum Beispiel merkwürdiger als die Deutung, die er dem Betrug gab. Er nannte ihn den linken Arm des Menschen — der rechte Arm war die Kraft — und schloß: »Viele Menschen sind Linkser, das ist alles.« Natürlich forderte er nicht, daß alle linkshändig sein sollten, denn er stellte keine ausschließlichen Ansprüche. Mochten die einen Linkshänder, die anderen Rechtshänder sein, er nahm sie alle an, nur nicht solche, die gar nichts waren. Die strengste, genaueste Erläuterung gab er jedoch von der Bestechlichkeit. Ein Kasuist der Zeit behauptete sogar, sie sei ein Monument der Logik. Die Bestechlichkeit, so sagte der Teufel, stelle die Ausübung eines Rechtes dar, das jedem anderen überlegen sei. Wenn du dein Haus verkaufen kannst, dein Rind, deinen Schuh, deinen Hut, mithin Dinge, die zwar rechtlich und gesetzlich dir gehören, daneben aber unabhängig von dir bestehen — warum sollst du dann nicht deine Meinung, deine Wahlstimme, dein Wort, deinen Glauben verkaufen können, mithin Dinge, die dir viel mehr zugehören, weil sie dein eigenes Bewußtsein, und das heißt dein wahres Ich, sind? Das zu leugnen hieße dem Widersinn und Widerspruch verfallen. Gibt es denn nicht Frauen, die ihre Haare veräußern? Kann ein Mann nicht einen Teil seines Blutes zu Transfusionszwecken verkaufen? Sollen Blut und Haare, also Körperteile, ein Vorrecht besitzen, das man dem Charakter, dem seelischen Teil des Menschen verwehrt? Seine Prinzipien dergestalt beweiskräftig darlegend, ging der Teufel unverzüglich dazu über, die Vorteile zeitlicher oder finanzieller Ordnung auseinanderzusetzen; danach wies er noch darauf hin, daß es angesichts gesellschaftlicher Vorurteile zweckmäßig sei, die Praktik des legitimen Rechtes zur gleichzeitigen Ausübung der Bestechlichkeit und der Heuchelei, des doppelten Verdienens also, zu verschleiern.

Und er stieg hinab und stieg hinauf, er prüfte alles, stellte alles richtig. Natürlich bekämpfte er die Vergebung von Beleidigungen und andere Lebensregeln der Sanftmut und Herzlichkeit. Er verbot nicht ausdrücklich die grundlose Verleumdung, forderte aber dazu auf, sie nur gegen Belohnung auszuüben, gleichgültig, ob finanzieller oder anderer Art. Falls es sich bei der Verleumdung aber nur um einen Überschwang der Phantasie handle, so verbiete er grundsätzlich die Annahme jeden Entgeltes, weil das sonst bedeuten würde, vergossenen Schweiß zu bezahlen.

Alle Arten der Achtung wurden als mögliche Elemente gesellschaftlicher oder persönlicher Schicklichkeit von ihm verworfen, einzig mit Ausnahme der Berechnung. Aber auch diese Ausnahme wurde bald darauf durch die Überlegung ausgeschaltet, daß die Berechnung, indem sie die Achtung zur schlichten Schmeichelei macht, praktisch zur Schmeichelei wird und nicht Berechnung bleibt.

Um sein Werk zu vervollständigen, sah sich der Teufel genötigt, die menschliche Solidarität grundsätzlich aufzulösen. Tatsächlich war die Nächstenliebe ein ernstes Hindernis für die neue Einrichtung. So bewies er also, daß diese Regel eine pure Erfindung von Schmarotzern und zahlungsunfähigen Kaufleuten sei; man dürfe dem Nächsten nur Gleichgültigkeit entgegenbringen, in einigen Fällen sogar Haß oder Verachtung. Schließlich erarbeitete er den Beweis, der Begriff des Nächsten sei irrig, und zitierte den Ausspruch eines Priesters aus Neapel, des feinsinnigen, hochgebildeten Abbé Galiani, der an eine Marquise des *Ancien régime* schrieb: »Zum Teufel mit dem Nächsten! Es gibt keinen Nächsten!« Die einzige Möglichkeit, bei der er die Liebe zum Nächsten erlaubte, war, den Nächsten zu lieben, wenn es sich um die Liebe zu der Frau eines anderen handelte, weil diese Art der Liebe die besondere Eigenschaft besitze, nichts anderes zu sein als die Liebe des Menschen zu sich selber. Und da einige Jünger fanden, eine derartige Ausnahme gehe über das Verständnis der Massen hinaus, weil sie metaphysisch sei, berief der Teufel sich auf eine Lehrfabel: Hundert Personen kaufen von einer Bank Aktien, für die üblichen Operationen; aber jeder Aktionär hat in Wirklichkeit nur seine eigene Dividende im Auge. Genau das gleiche geschieht beim Ehebruch. Diese Lehrfabel wurde in das »Buch der Weisheiten« aufgenommen.

4. Fransen und Fransen

Die Voraussage des Teufels bewahrheitete sich. Sobald alle jene Tugenden, deren Samtmäntel in Baumwollfransen ausliefen, an den Fransen gezogen wurden, ließen sie ihre Mäntel liegen und liefen zu der neuen Kirche über. Ihnen auf den Fersen folgten die anderen, und bald segnete die Zeit die neue Einrichtung. Die Kirche war gegründet, die Lehre breitete sich aus, es gab keinen Winkel der Welt mehr, in dem sie nicht bekannt, keine Sprache, in die sie nicht übersetzt war, keinen Volksstamm, der sie nicht liebte. Der Teufel ließ sein Triumphgeheul erschallen.

Eines Tages jedoch, viele Jahre später, bemerkte der Teufel, daß zahlreiche seiner Anhänger sich heimlich der alten Tugenden befleißigten. Zwar übten sie nicht alle Tugenden ohne Ausnahme, sondern nur einige ausgewählte und, wie gesagt, in aller Heimlichkeit. Schlemmer schlossen sich drei- oder viermal im Jahr ein, um ein bescheidenes Mahl zu verzehren, und zwar ausgerechnet an katholischen Festtagen. Manch ein Geizhals gab Almosen, nachts oder auf wenig belebten Straßen. Mehrere Vergeuder des Staatsschatzes erstatteten kleinere Beträge an diesen zurück; die Betrüger sprachen das eine oder andere Mal mit aufrichtigem Herzen, wenn auch mit verstellter Miene, nur um den Eindruck zu erwecken, daß sie den anderen prellten.

Diese Entdeckung entsetzte den Teufel. Er ging dem Übel auf den Grund und sah, daß er großes Unheil angerichtet hatte. Einige der Fälle waren ganz unverständlich, wie zum Beispiel der eines Drogenhändlers in der Levante, der im Laufe der Zeit eine ganze Generation vergiftet hatte und nun mit dem Erlös der verkauften Drogen den Kindern seiner Opfer zu Hilfe kam. In Kairo fand der Teufel einen ausgepichten Kameldieb, der das Gesicht bedeckte, um in die Moscheen zu gehen. Am Portal einer dieser Moscheen traf der Teufel mit ihm zusammen und hielt ihm seine Handlungsweise vor; der Dieb leugnete, sagte, er wolle just hier das Kamel eines Dragomans stehlen. Er stahl es auch im Beisein des Teufels, machte es aber einem Muezzin zum Geschenk, der für ihn zu Allah betete.

Die Benediktinerhandschrift zitiert manch andere außergewöhnliche Entdeckung, darunter eine, die den Teufel völlig aus dem Konzept brachte. Einer seiner besten Apostel war ein Kalabreser, ein Mann von fünfzig Jahren und berühmter Dokumentenfälscher, der ein schönes Haus in der römischen Campagna besaß, außerdem Bilder, Statuen, eine Bibliothek und anderes mehr. Er war der Betrüger in Person, und das ging so weit, daß er sich ins Bett legte, um nicht gestehen zu müssen, daß er kerngesund war. Dieser Mann beging plötzlich nicht nur keine Betrügereien mehr, sondern bedachte auch noch seine Diener mit Belohnungen. Da er die Freundschaft eines Domherrn erworben hatte, ging er jede Woche in eine einsame Kapelle zu ihm zur Beichte, verbarg ihm keine seiner geheimsten Handlungen und bekreuzigte sich zweimal, beim Niederknien und beim Aufstehen. Der Teufel konnte einen derartigen Verrat kaum glauben. Indessen, es gab keinen Zweifel, der Fall verhielt sich so und nicht anders.

Er verlor keinen Augenblick. Der Schrecken ließ ihm nicht die Zeit, von dem gesehenen Schauspiel auf etwas Ähnliches in der Vergangenheit zu schließen, Überlegungen, Vergleiche anzustellen und zu Schlüssen zu gelangen. Er flog unverzüglich zum Himmel auf, zornbebend und begierig, den geheimen Grund für diese sonderbare Erscheinung zu erfahren. Gott hörte ihn mit unendlicher Nachsicht an; er unterbrach ihn nicht, machte keine Entgegnung, frohlockte nicht einmal darüber, daß auch der Satan Schmerzen fühlte. Er heftete nur die Augen auf ihn und sagte:

»Was willst du, mein armer Teufel? Die Baumwollmäntel haben jetzt seidene Fransen, so wie die Samtmäntel einst baumwollene Fransen hatten. Was willst du? Das ist der ewige Widerspruch im Menschen.«

HOCHZEITSLIED

Der Leser versetze sich ins Jahr 1813, in die Carmo-Kirche, während einer jener alten Kirchenfeiern, die gleichzeitig Volksbelustigung und künstlerische Musikdarbietung waren. Da der Leser weiß, was eine gesungene Messe ist, kann er sich vermutlich vorstellen, was eine solche in jenen lange zurückliegenden Jahren gewesen sein muß. Ich möchte ihn nicht auf die Patres und Sakristane, nicht auf die Predigt, auch nicht auf die jungen Carioca-Mädchen hinweisen, die schon damals sehr hübsch waren, auch nicht auf die Mantillen der würdigen Senhoras, nicht auf ihre Schuhe, ihre Haartracht, auf die Vorhangborten, die Lichter, den Weihrauch — auf nichts dergleichen. Ich spreche auch nicht vom Orchester, das ausgezeichnet ist. Ich beschränke mich darauf, dem Leser ein weißes Haupt zu zeigen, den Kopf jenes Alten dort oben, der das Orchester mit Ruhe und Hingabe dirigiert.

Er heißt Romão Pires, dürfte gut und gern sechzig Jahre alt sein und wurde in Valongo oder Umgebung geboren. Er ist ein guter Musiker und ein guter Mensch; alle Musikanten schätzen ihn. Privat heißt er Meister Romão; aber privat und öffentlich war zu jener Zeit in dieser Materie dasselbe. »Meister Romão dirigiert die Messe« entspricht jener anderen Form der Publizität, die uns Jahre später geläufig wird, wenn wir hören: »auf der Bühne agiert der Schauspieler João Gaetano« oder »der Opernsänger Martinho wird eine seiner schönsten Arien singen«. Es war der richtige Tonfall, es war ein feinfühliger, beliebter Werbespruch. Meister Romão dirigiert die Kirchenfeier! Wer kannte nicht den Meister Romão mit seinem umsichtigen Wesen, dem zu Boden gesenkten Blick, dem wehmütigen Lächeln und dem gemessenen Schritt? All das verschwand, sobald er vor seinem Orchester stand. Dann pulste Leben in dem ganzen Körper, in allen Gebärden des Meisters; sein Blick entzündete sich, sein Lächeln strahlte aus allen Fasern seines Körpers und aus allen Gebärden; sein Blick entzündete sich, sein Lächeln leuchtete: er war ein anderer. Nicht, daß die Messe sein Werk gewesen wäre, zum Beispiel die, welche er jetzt in der Carmo-Kirche dirigiert und die von José Maurício stammt. Aber er dirigiert sie ebenso liebevoll, als sei es seine eigene Komposition.

Das Kirchenfest ist vorüber; es ist, als sei ein durchdringender Blitz erloschen und habe dem Gesicht des Meisters nur sein Alltagslicht gelassen. Auf seinen Stock gestützt, steigt er vom Chor herab; er geht in die Sakristei, küßt den Patres die Hand und nimmt eine Einladung zum Mittagessen dankend an. Er tut es gleichgültig und schweigsam. Er verzehrt seine Mahlzeit, verläßt das Refektorium und macht sich auf den Heimweg in die Rua da Mãe dos Homens, wo er mit einem alten Schwarzen, Papa José, wohnt, der eigentlich seine Mutter ist und in diesem Augenblick mit einer Nachbarin plaudert.

»Sieh, dort kommt Meister Romão, Papa José«, sagte die Nachbarin.

»Ja, ja. Adieu, Sinhá. Auf bald!«

Papa José sprang auf, ging ins Haus zurück und wartete auf seinen Herrn, der gleich darauf mit der gewohnten Miene eintrat. Das Haus war natürlich weder sehr üppig noch besonders freundlich. Spuren weiblicher Hände, sei es junger oder alter, waren nicht zu sehen, weder Blumen noch lebhafte oder fröhliche Farben, auch keine Singvögel. Es war ein düsteres, nacktes Haus. Das Fröhlichste war noch ein Hammerklavier, auf dem Meister Romão dann und wann übte. Auf einem Stuhl daneben lagen Noten, aber keine von seiner Hand ...

Ach, wenn Meister Romão es könnte, er wäre ein großer Komponist. Allem Anschein nach gibt es zwei Arten der Berufung: die, welche eine Sprache haben, und die, welche keine haben. Die ersten verwirklichen sich, die zweiten stehen in einem unablässigen, unfruchtbaren Kampf zwischen dem inneren Drang und dem Fehlen einer Form der Mitteilung. Romão gehörte der zweiten Gattung an. Er besaß die innere Berufung zur Musik, er trug in seinem Innern viele Opern und Messen, eine ganze Welt von neuen, originellen Harmonien, die er nur nicht auszudrücken und zu Papier zu bringen vermochte. Das war die einzige Ursache für Meister Romãos Trauer. Das Volk erriet sie natürlich nicht; die einen behaupteten dies, die anderen das: Krankheit, Geldmangel, ein alter Kummer. Aber der wahre Grund, die Ursache für die Schwermut Meister Romãos war, nicht komponieren zu können, über keine Mittel zu verfügen, mit denen er seine Gefühle auszudrükken vermocht hätte. Zwar hatte er viel Papier vollgekritzelt und stundenlang sein Hammerklavier befragt; aber alles kam unförmig, ohne Grundgedanken oder Harmonie zur Welt. In der letzten Zeit schämte er sich sogar vor seiner Nachbarschaft und versuchte sich nicht mehr auf seinem Instrument.

Und doch hätte er gar zu gern ein bestimmtes Stück, ein Hochzeitslied, beendet, das er drei Tage nach seiner Hochzeit, im Jahre 1779, begonnen hatte. Die Frau, die damals einundzwanzig Jahre alt gewesen war und die mit dreiundzwanzig Jahren starb, war nicht sehr hübsch, ja, eigentlich nicht im geringsten hübsch gewesen, aber äußerst sympathisch und hatte ihn ebenso geliebt wie er sie. Drei Tage nach der Hochzeit fühlte Meister Romão so etwas wie Inspiration. Der Einfall des Hochzeitsliedes kam ihm, und er wollte es komponieren, aber die Inspiration war nicht stark genug. Wie ein Vogel, der gerade eingesperrt worden ist und sich durch die Stäbe seines Käfigs zu zwängen müht, unten, oben, ungeduldig, erschrocken, so schlug die Inspiration unseres Musikers mit den Flügeln, eingeschlossen in ihm, ohne ausbrechen zu können, ohne eine Tür oder auch nur einen kleinen Spalt zu finden. Indessen, einige Noten fügten sich zusammen, er schrieb sie auf, ein Blatt genügte, mehr kam nicht zustande. Am nächsten Tag versuchte er es von neuem, dann wieder zehn Tage später, zwanzigmal während der Zeit seiner Ehe. Als seine Frau starb, las er die ersten Hochzeitsnoten wieder und wurde noch trauriger, weil es ihm nicht vergönnt war, das erloschene Glücksgefühl aufs Papier zu bannen.

»Papa José«, sagte er beim Eintreten, »heute fühle ich mich krank.«

»Sicherlich hat Sinhô etwas gegessen, was ihm nicht bekommen ist . . .«

»Nein, schon heute morgen war es mir nicht gut. Lauf mal in die Apotheke . . .«

Der Apotheker machte eine Arznei, die Meister Romão abends einnahm; aber am nächsten Tag fühlte er sich nicht besser. Es muß bemerkt werden, daß er am Herzen litt, es war ein ernstes chronisches Leiden. Papa José erschrak, als er sah, daß die Beschwerden weder durch die Arznei noch durch Bettruhe geringer wurden, und wollte den Arzt rufen.

»Wozu?« fragte der Meister. »Das geht vorüber.«

Gegen Abend ging es ihm nicht schlechter, auch die Nacht ertrug er leidlich, im Gegensatz zu Papa José, der seine Augen kaum zwei Stunden schloß. Sobald die Nachbarn erfuhren, was los war, fanden sie keinen anderen Gesprächsstoff mehr; wer mit dem Meister bekannt war, besuchte ihn. Und sie versicherten ihm, es sei gewiß nichts, nur eine Unpäßlichkeit, an der das Wetter schuld habe. Einer fügte hinzu, das Ganze sei sicher nur ein Vorwand, um vor dem Apotheker zu kneifen, der ihm beim *Tricktrack* zusetze, ein anderer meinte, der Grund seien wohl Liebeshändel. Meister Romão lächelte, wußte aber insgeheim, daß es das Ende war.

Es ist Schluß, dachte er.

Eines Morgens, fünf Tage nach der Kirchenfeier, fand der Arzt ihn tatsächlich in schlechter Verfassung vor; er las es aus seiner Miene, obgleich er ihn mit trügerischen Worten zu beschwichtigen suchte:

»Es ist nichts, Sie sollten nur nicht soviel an die Musik denken ...«

An die Musik! Gerade dieses Wort des Arztes gab dem Meister zu denken. Kaum war er wieder mit seinem Sklaven allein, als er die Schublade öffnete, in der er seit dem Jahre 1779 das begonnene Hochzeitslied verwahrt hielt. Wieder las er die mühsam hervorgebrachten und unvollendet gebliebenen Noten. Dann hatte er einen merkwürdigen Einfall: Jetzt wollte er das Stück fertigschreiben, koste es, was es wolle; irgend etwas sollte genügen, solange er nur ein Stückchen seiner Seele auf der Erde zurückließ. Wer weiß? Vielleicht wird man es im Jahre 1880 spielen und sagen, ein gewisser Meister Romão ...

Der Anfang des Liedes endete mit einem *la;* dieses *la,* das am rechten Fleck saß, war die zuletzt geschriebene Note. Meister Romão befahl, man solle ihm das Klavichord in das hintere Wohnzimmer schieben, das auf den Quintal ging, er brauche Luft. Durchs Fenster sah er im Fenster des gegenüberliegenden Hauses ein blutjunges Ehepaar, das eng umschlungen ins Freie blickte. Meister Romão lächelte traurig.

Die kommen an, und ich gehe fort, sagte er zu sich. Ich will wenigstens mein Lied zu Ende komponieren, damit sie es spielen können ...

Er setzte sich ans Klavichord, spielte das Lied von Anfang an und gelangte an das *la* ...

la, la, la ...

Nichts, er kam nicht weiter. Und trotzdem kannte er sich in der Musik aus wie kaum ein anderer.

La, do ... la, mi ... la, si, do, re ... re ... re ...

Unmöglich, kein Funken Inspiration. Schon forderte er kein wirklich originelles Werk mehr, nur noch irgend etwas, was nicht von einem anderen stammte und sich dem begonnenen Gedanken harmonisch anschloß. Wieder begann er von vorn, wiederholte die Noten, suchte die erloschene Empfindung aufleben zu lassen, dachte von neuem an seine

Frau, an die erste Zeit mit ihr. Um die Illusion zu vervollständigen, ließ er den Blick hinübergleiten zu dem jungvermählten Pärchen. Noch immer lehnten sie dort drüben, zwei Hände verschränkt, zwei Arme einander um die Schultern geschlungen. Der einzige Unterschied war jetzt der, daß die beiden sich in die Augen blickten, während sie vorher in den Hof geschaut hatten. Keuchend vor Krankheit und Ungeduld wandte Meister Romão seine Aufmerksamkeit wieder den Tasten zu; aber der Anblick der Neuvermählten verschaffte ihm nicht die Inspiration, und die neuen Noten hatten keinen Klang.

la ... la ... la ...

Verzweifelt stand er vom Instrument auf, ergriff das beschriebene Notenblatt und zerriß es. In diesem Augenblick begann die junge Frau, trunken vom Blick ihres Mannes, unwillkürlich vor sich hin zu trällern, ein paar Töne, die nie zuvor gesungen oder komponiert worden waren und in denen ein gewisses *la* eine zauberhafte Melodie auslöste, genau die, welche Meister Romão jahrelang vergeblich gesucht hatte, ohne sie zu finden. Wehmütig lauschte der Meister und nickte; am Abend tat er seinen letzten Atemzug.

MERKWÜRDIGE BEGEBENHEIT

»Es gibt doch recht merkwürdige Begebenheiten. Sehen Sie dort die Dame, die gerade die Kreuzkirche betritt? Sie ist soeben im Vorbau stehengeblieben, um ein Almosen zu geben.«

»Die Dame in Schwarz?«

»Ja. Jetzt geht sie hinein. Jetzt ist sie verschwunden.«

»Sie brauchen nicht mehr zu sagen. Ihr Blick sagt mir, daß die Dame in Ihrem Leben einmal eine Rolle gespielt hat; vielleicht ist es — nach ihrer Figur zu schließen — nicht einmal lange her. Sie sieht wunderbar aus.«

»Sie dürfte heute vierzig Jahre alt sein.«

»Dann ist sie aber gut erhalten. Kommen Sie, blicken Sie nicht so verschämt zu Boden und erzählen Sie mir alles. Sie ist natürlich Witwe, oder . . .?«

»Nein.«

»Schön, also ihr Mann lebt noch. Ist er alt?«

»Sie ist nicht verheiratet.«

»Junggesellin?«

»Wie man's nimmt. Heute heißt sie vermutlich Dona Maria Soundso. Im Jahre 1860 glänzte sie unter dem Kosenamen *Marocas*. Sie war keine Näherin, keine Hausbesitzerin, auch keine Lehrerin. Schalten Sie alle Berufe aus, dann kommen Sie der Sache näher. Sie wohnte in der Rua do Sacramento. Schon damals war sie schlank und sicherlich noch schöner als heute; sie war gesittet, und ihre Zunge war gezügelt. Aber trotz ihres hochgeschlossenen, unauffälligen, schmucklosen Kleides folgten ihr auf der Straße viele Blicke.«

»Zum Beispiel der Ihre, Senhor.«

»Nein, aber der Blick Andrades, eines Freundes von mir, eines jungen Mannes von damals sechsundzwanzig Jahren. Er war halb Anwalt, halb Politiker, ein gebürtiger Alagoenser, verheiratet in Bahia, woher er im Jahre 1859 gekommen war. Seine Frau war hübsch, sie war zärtlich, sanft und resigniert; als ich die beiden kennenlernte, hatten sie ein Töchterchen von zwei Jahren.«

»Und trotz des häuslichen Glücks hat Marocas . . .!?«

»Ja, sie beherrschte ihn. Hören Sie, wenn Sie nicht eilig sind, werde ich Ihnen etwas Interessantes erzählen.«

»Ich bitte Sie darum.«

»Er begegnete ihr zum erstenmal vor dem Kaufhaus Paula Brito, am Rocio. Dort stand er, sah in der Entfernung eine hübsche Frau und wartete freudig erregt, weil er ein ausgesprochener Frauenheld war. Marocas kam langsam einhergeschlendert, hielt inne und blickte umher, als suche sie ein bestimmtes Ladengeschäft. Vor dem Kaufhaus blieb sie einen Augenblick stehen; dann streckte sie Andrade beschämt und ängstlich einen kleinen Zettel entgegen und fragte ihn, wo die darauf geschriebene Nummer zu finden sei. Andrade sagte, die Nummer sei auf der anderen Seite des Rocio, und beschrieb ihr die ungefähre Entfernung des Hauses von ihrem Standort. Sie hatte mit so viel Anmut gefragt, daß er nicht wußte, was er von der Frage halten sollte.«

»Genau wie ich.«

»Nichts einfacher als das: Marocas konnte nicht lesen. Aber mein Freund kam nicht auf diese Vermutung. Er sah ihr nach, wie sie den Rocio überquerte, der damals weder Standbild noch Parkanlagen besaß, und auf das Haus zuging, das sie suchte, freilich nicht, ohne nochmals andere Passanten befragt zu haben.

Abends ging er ins *Ginásio;* man gab die *Kameliendame.* Marocas war auch da und weinte im letzten Akt wie ein Kind. Mehr brauche ich Ihnen nicht zu sagen: Nach vierzehn Tagen waren die beiden wahnsinnig ineinander verliebt. Marocas gab allen ihren Liebhabern den Laufpaß, womit sie meiner Meinung nach nicht wenig verlor, denn es waren einige finanzkräftige Herren darunter gewesen. Sie blieb allein, lebte nur noch für Andrade, wollte keine andere Bindung, dachte an keine anderen Vergnügen mehr.«

»Wie die Kameliendame.«

»Sehr richtig. Andrade lehrte sie lesen. ›Ich bin Schullehrer geworden‹, sagte er eines Tages zu mir; bei dieser Gelegenheit erzählte er mir die Episode vom Rocio. Marocas lernte rasch. Das ist leicht verständlich; man stelle sich ihre Qual vor, unwissend zu sein, ihren Wunsch, die Romane kennenzulernen, von denen er zu ihr gesprochen hatte, und schließlich ihre Freude, ihm zu gehorchen, ihm zu gefallen.

Sie verheimlichte mir nichts und erzählte mir alles mit einem so dankbaren Lächeln in den Augen, wie Sie sich kaum vorstellen können. Ich war nämlich der Vertraute beider. Dann und wann speisten wir zu dritt, mitunter — ich sehe keinen Grund, es zu verschweigen — auch zu viert. Glauben Sie nicht, daß es Bohème-Unternehmungen gewesen wären; es waren zwar fröhliche, aber völlig harmlose Abendvergnügungen. Marocas liebte Gespräche, aber sie mußten ebenso zurückhaltend sein wie ihre Kleidung. Nach und nach wurden wir vertraut. Sie fragte mich über Andrades Leben aus, über seine Frau, sein Töchterchen, seine Gewohnheiten, ob er sie wirklich liebe, ob sie nur ein Spielzeug für ihn sei, ob er andere Frauen vor ihr gehabt habe, ob er imstande sein würde, sie bald zu vergessen, kurz, es war ein Hagel von Fragen, außerdem eine Furcht, ihn zu verlieren, welche die Kraft und Aufrichtigkeit ihrer Liebe zur Genüge bewiesen ...

Eines Tages, es war Sankt Johannis, beschloß Andrade, mit seiner Familie zur Gávea zu fahren, um dort einen Ballabend mit Souper zu besuchen; das bedeutete zwei Tage Abwesenheit. Ich fuhr mit. Als er sich von Marocas verabschiedete, sprach sie von dem Lustspiel *Ich esse mit meiner Mutter zu Abend,* das sie einige Wochen vorher im *Ginásio* gesehen hatte, und sagte, da sie keine Familie habe, mit der sie Sankt Johannis begehen könne, werde sie es machen wie Sofia Arnoult in dem Lustspiel und mit einem Porträt zu Abend essen, allerdings nicht mit dem ihrer Mutter, sondern mit Andrades Bild. Bei diesen Worten wollte sie ihm einen Kuß geben, und schon beugte sich Andrade ihr entgegen; als sie aber merkte, daß ich zusah, schob sie ihn zart von sich.«

»Die Geste gefällt mir.«

»Ihm gefiel sie nicht weniger. Sofort nahm er ihren Kopf in beide Hände und drückte ihr einen väterlichen Kuß auf die Stirn. Wir fuhren zur Gávea. Unterwegs hob er Marocas in den Himmel, erzählte mir seine neuesten nichtigen Erlebnisse mit ihr und sprach von seinem Plan, ihr ein Haus in einem Vorort zu kaufen, sobald er etwas Geld flüssig machen könne. Zwischenhinein lobte er die Bescheidenheit der jungen Frau, die von ihm nicht mehr als das Allernötigste annehme. ›Das ist noch gar nichts‹, sagte ich und erzählte ihm etwas, von dem ich wußte, nämlich: Vor drei Wochen etwa hat sie ein paar Schmuckstücke verpfändet, um ihre Schneiderin bezahlen zu können. Diese Nachricht bestürzte ihn; ich will es nicht beschwören, glaube aber, daß er feuchte Augen bekam. Jedenfalls sagte er nach einigem Nachdenken, er sei entschlossen, ihr ein Haus einzurichten, um sie endgültig von allen Sorgen zu befreien. Noch in der Gávea sprachen wir von Marocas, bis das Fest vorüber war, und kehrten dann in die Stadt zurück. Andrade brachte seine Familie heim in die Lapa und eilte ins Kontor, um einige wichtige Dokumente zu expedieren. Kurz nach Mittag tauchte ein gewisser Leandro, ein früherer Büroschreiber, bei ihm auf und bat ihn wie üblich um zwei oder drei Mil-Réis. Er war ein fauler Taugenichts, der von der Ausbeutung der Freunde seines früheren Arbeitgebers lebte. Andrade gab ihm drei Mil-Réis, und da er ihn besonders aufgeräumt fand, fragte er, ob er einen grünen Vogel gesehen habe. Leandro zwinkerte mit den Augen und leckte sich die Lippen; Andrade, der versessen war auf erotische Geschichten, fragte, ob er eine neue Liebschaft habe. Zuerst schluckte Leandro ein paarmal, dann nickte er.«

»Sehen Sie, da kommt sie wieder. Das ist sie doch, nicht wahr?«

»Sie ist es. Ziehen wir uns etwas zurück von dieser Ecke!«

»Tatsächlich, sie muß sehr hübsch gewesen sein. Sie hat den Gang einer Herzogin.«

»Sie hat nicht hergesehen. Sie schaut nie nach rechts oder links. Sie wird gleich die Rua do Ouvidor hinaufgehen . . .«

»Weiß Gott, ich kann Andrade verstehen.«

»Also weiter. Leandro gestand, er habe am Vorabend ein seltenes, ja einzigartiges Glück gehabt, wie er es sich nie hätte träumen lassen und auch nie verdient hätte, weil er sich gut genug kenne und wisse, daß er nur ein armer Teufel sei. Aber schließlich seien auch die Armen Kinder Gottes. Jedenfalls habe er am Vorabend gegen zehn Uhr auf dem Rocio eine schlicht gekleidete, bildschön gewachsene Dame gesehen, die in einen großen Schal gehüllt war. Die Dame kam hinter ihm her, und zwar eiligen Schritts; als sie dicht an ihm vorbeiging, blickte sie ihm geradewegs in die Augen und ging dann langsam weiter, als warte sie. Anfangs dachte Leandro, sie habe sich in der Person geirrt, und gestand Andrade, er habe trotz ihrer einfachen Kleidung sofort gesehen, daß sie nichts für ihn gewesen sei. So ging er weiter, aber wieder blieb die Dame stehen und blickte ihn so eindringlich an, daß er etwas kühner wurde, und sie erkühnte sich zu dem Rest . . . Ah! Ein Engel! Und was für ein Haus, was für ein eleganter Salon! ›Hören Sie‹, fügte er hinzu, ›das wäre ein Happen für Sie!‹ Andrade schüttelte den Kopf, der Braten roch ihm nicht geheuer. Aber Leandro ließ nicht locker und sagte, sie wohne in der Rua do Sacramento, Nummer soundsoviel . . .«

»Was Sie nicht sagen!«

»Sie können sich vorstellen, was für ein Gesicht Andrade machte. Er wußte selber nicht, was er in den ersten Minuten tat oder sagte, auch nicht, was er dachte oder empfand. Schließlich fand er die Kraft, zu fragen, ob es wahr sei, was Leandro da erzähle, worauf dieser erwiderte, er habe es nicht nötig, auch nur das geringste zu erfinden. Da er aber Andrades Erregung sah, bat er ihn um Diskretion und sagte, auch er sei diskret. Anscheinend wollte er dann gehen, Andrade hielt ihn jedoch zurück und schlug ihm ein Geschäft vor, bei dem er zwanzig Mil-Réis verdienen könne. ›Bitte sehr!‹ — ›Ich gebe Ihnen zwanzig Mil-Réis, wenn Sie mit mir in das Haus der Person gehen und in ihrer Gegenwart sagen, daß sie die Betreffende ist.‹«

»Oh!«

»Ich will Andrade nicht verteidigen. Das war nicht hübsch gehandelt. Aber in solchen Fällen macht die Leidenschaft die redlichsten Menschen blind. Andrade war ehrbar, großzügig, aufrichtig, aber der Schlag war so heftig, er liebte so sehr, daß er vor einer derartigen Rache nicht zurückschreckte.«

»Und der andere schlug ein?«

»Zuerst zögerte er, vermutlich aus Angst, sicher nicht aus Ehrgefühl, aber zwanzig Mil-Réis sind eben zwanzig Mil-Réis ... Er stellte jedoch eine Bedingung: Andrade dürfe ihn nicht in Unannehmlichkeiten bringen ... Marocas war zu Hause, im Salon, als Andrade eintrat. Sie schritt auf die Türe zu, um ihn zu umarmen, aber Andrade bedeutete ihr mit einer Handbewegung, daß er einen Besucher mitgebracht habe. Dann blickte er sie lange an und ließ Leandro eintreten. Marocas erbleichte. ›Ist es diese Dame hier?‹ fragte Andrade. — ›Ja, Senhor‹, murmelte Leandro mit tonloser Stimme, denn es gibt Taten, die noch schlimmer sind als der Mensch, der sie begeht. Andrade öffnete mit übertriebener Geste seine Brieftasche, zog eine Banknote von zwanzig Mil-Réis heraus, reichte sie Leandro und befahl ihm mit derselben Affektiertheit, sich zurückzuziehen. Leandro verließ die Wohnung. Die darauf folgende Szene war kurz, aber dramatisch. Ich habe sie nie ganz erfahren;

Andrade erzählte sie mir zwar, war aber so aufgewühlt, daß wohl manches fehlte. Marocas gab nichts zu, war aber außer sich, als er ihr die schlimmsten Schmähungen der Welt an den Kopf warf und endlich auf die Türe zustürzte. Sie warf sich ihm zu Füßen, umklammerte seine Hände, schluchzend, verzweifelt, und drohte mit Selbstmord. Sie ließ sich von Andrade bis zum Treppenabsatz schleifen und blieb dort liegen, während er taumelnd die Treppe hinunterhastete.«

»Immerhin, einen Lumpenkerl auf der Straße aufzulesen ist ein starkes Stück. Vermutlich war das eine Gewohnheit von ihr?«

»Nein.«

»Nein?«

»Hören Sie den Rest. Es mochte gegen acht Uhr abends sein, als Andrade in meine Wohnung kam und dort auf mich wartete. Er hatte bereits dreimal versucht, mich zu treffen. Ich fiel aus allen Wolken. Aber wie sollte ich an dem Gehörten zweifeln, da er die Angeklagte persönlich überführt hatte? Ich verzichte darauf, Ihnen zu erzählen, was ich alles mit anhören mußte, Andrades Rachepläne, seine Ausrufe, seine Schimpfworte, das ganze Drum und Dran solcher Krisen. Ich riet ihm, er solle Marocas aufgeben, solle endlich für Frau und Kind leben, zumal er eine so gute, sanfte Frau habe ... Anfangs stimmte er mir zu, bekam dann aber einen neuen Wutanfall. Nach der Wut verfiel er dem Zweifel und bildete sich ein, Marocas habe ihn auf die Probe stellen wollen und Leandro gedungen, um ihm einen Bären aufzubinden. Ein Beweis dafür sei, daß Leandro ihm gegen seinen Willen Straße und Hausnummer aufgedrängt habe. So klammerte er sich an Unwahrscheinlichkeiten und versuchte damit der Wirklichkeit zu entfliehen; aber die Wirklichkeit holte ihn ein — Marocas bleiches Gesicht, Leandros freimütige Fröhlichkeit, alles das sagte ihm, das Abenteuer sei echt. Ich glaube sogar, er bereute, so weit gegangen zu sein. Was mich betrifft, so dachte ich über das Abenteuer nach, ohne mir einen Vers darauf machen zu können. Eine so bescheidene, eine so schüchterne Frau!

Es gibt einen Ausspruch der Bühne, der das Abenteuer vielleicht verständlich macht, einen Satz Augiers, soviel ich weiß: ›Die Sehnsucht nach der Gosse.‹

Ich glaube nicht an diese Erklärung. Aber hören Sie weiter. Um zehn Uhr erschien ein Dienstmädchen der Marocas bei uns, eine züchtige Schwarze, die ihrer Herrin sehr zugetan war. Verzweifelt suchte sie Andrade, weil Marocas, nachdem sie sich eine ganze Weile in ihrem Schlafzimmer eingeschlossen und herzzerreißend geweint hatte, ohne Mittagessen ausgegangen und bisher nicht heimgekehrt war. Ich hielt Andrade zurück, der drauf und dran war, auf die Straße zu stürzen. Die Schwarze flehte uns händeringend an, ihre Herrin zu suchen. ›Ist es nicht ihre Gewohnheit, gelegentlich auszugehen?‹ fragte Andrade spöttisch. Aber die Schwarze verneinte, es sei nicht ihre Gewohnheit. — ›Hörst du?‹ donnerte er mir entgegen. Von neuem packte die Hoffnung das Herz meines armen gequälten Freundes. — ›Und gestern . . . ?‹ fragte ich. Die Schwarze erwiderte, gestern abend sei sie ausgegangen, das treffe zu. Ich stellte keine weiteren Fragen an sie, aus Mitleid mit Andrade, dessen Kummer wuchs und dessen Ritterlichkeit angesichts der Gefahr die Oberhand gewann. Wir machten uns also auf die Suche nach Marocas, besuchten alle Stätten, an denen sie unserer Meinung nach sein konnte, gingen sogar zur Polizei. Aber die Nacht verrann, ohne daß wir die geringste Spur ausfindig gemacht hätten.

Am nächsten Morgen eilten wir von neuem zur Polizei. Der Polizeichef oder einer seiner Delegados — ich weiß es nicht mehr genau — war ein Freund Andrades, und diesem erzählte er den schicklichen Teil seines Abenteuers. Im übrigen war Andrades Verhältnis mit Marocas unter allen seinen Freunden bekannt. Man suchte, man fahndete, kein Unfall war während der vergangenen Nacht gemeldet worden; von den Fährbooten der Praia Grande war kein einziger Passagier ins Meer gefallen. Die Waffenhandlungen hatten keine Schußwaffe, die Apotheken kein Gift verkauft. Die Polizei setzte alles in Bewegung, vergebens. Ich will nicht versuchen, Ihnen den Zustand zu schildern, in dem der arme Andrade diese langen Stunden verbrachte, denn der ganze Tag verstrich in nutzlosen Nachforschungen. Es war nicht nur der Schmerz, sie zu verlieren, den er litt, auch die Reue, zumindest der Zweifel plagte sein Gewissen, falls ein Unglück geschehen sein sollte, das die junge Frau zu rechtfertigen schien. Immer wieder fragte er mich, ob es nicht natürlich sei, was er im Taumel der Empörung getan habe, ob ich nicht genauso gehandelt haben würde. Aber dann kam er wieder auf sein Abenteuer zu sprechen und bewies mir, daß es sich genauso zugetragen hatte, und bestätigte es mit der gleichen Heftigkeit, mit der er am Vorabend zu beweisen versucht hatte, daß es nicht so gewesen war; er wollte eben die Wirklichkeit mit seiner Empfindung des Augenblicks in Übereinstimmung bringen.«

»Hat man denn Marocas schließlich aufgespürt?«

»Wir aßen gerade eine Kleinigkeit in einem Hotel, es mochte gegen acht Uhr abends sein, als uns die Nachricht erreichte, man habe eine Spur entdeckt: Ein Kutscher hatte am Vorabend eine Dame zum Jardim Botânico gefahren, wo sie ein Gasthaus betrat und anscheinend dort geblieben war. Wir beendeten unsere Mahlzeit nicht, sondern fuhren in derselben Lohnkutsche zum Jardim Botânico. Der Besitzer des Gasthauses bestätigte die Auskunft und fügte hinzu, die in Frage stehende Person sei in ihrem Zimmer. Sie habe seit ihrer Ankunft am vergangenen Abend nichts zu sich genommen und nur eine Tasse Kaffee verlangt. Sie habe sehr niedergeschlagen ausgesehen. Wir gingen hinauf. Der Wirt klopfte an die Tür; die Betreffende antwortete mit schwacher Stimme und öffnete. Andrade ließ mir keine Zeit, ein vermittelndes Wort zu sprechen; er stieß mich beiseite, und schon fielen die beiden einander in die Arme. Marocas schluchzte auf und verlor die Besinnung.«

»Hat sich alles aufgeklärt?«

»Nichts hat sich aufgeklärt. Keiner von beiden hat die Angelegenheit je wieder berührt. Gleichsam aus einem Schiffbruch gerettet, wollten sie nichts mehr wissen von dem Sturm, in dem sie gekentert waren. Die Versöhnung ging rasch vonstatten. Andrade kaufte ihr wenige Monate später ein Häuschen in Catumbí; Marocas schenkte ihm einen Sohn, der im Alter von zwei Jahren starb. Als mein Freund bald danach im Auftrag der Regierung in den Norden reiste, war die Liebe noch immer wach, wenn sie auch nicht mehr so glühend flammte wie in der ersten Zeit. Trotzdem wollte Marocas mit ihm fahren; ich war es, der sie bestimmen konnte, in Rio zu bleiben. Andrade versprach, bald wieder zurück zu sein, starb aber, wie gesagt, in der Provinz. Marocas betrauerte seinen Tod herzlich, legte Trauer an und betrachtete sich als Witwe; ich weiß, daß sie in den ersten drei Jahren eine Messe an seinem Geburtstag lesen ließ. Seit zehn Jahren habe ich sie aus den Augen verloren. Wie finden Sie die ganze Geschichte?«

»Es gibt tatsächlich sehr merkwürdige Begebenheiten, sofern Sie meine jugendliche Leichtgläubigkeit nicht mißbraucht haben, um sich für mich einen Liebesroman auszudenken ...«

»Ich habe kein Wort erfunden, die Sache hat sich genau so zugetragen.«

»Wirklich sehr merkwürdig. Mitten in einer so glühenden, aufrichtigen Leidenschaft ... Ich glaube noch immer an meine These: daß es die Sehnsucht nach der Gosse war.«

»Nein. Marocas hat sich nie bis zu den Leandros erniedrigt.«

»Warum hat sie es dann in jener Nacht getan?«

»Weil es ein Mann war, den sie durch einen Abgrund von all dem getrennt glaubte, was ihr persönliches Leben betraf. Daher ihr Zutrauen. Aber der Zufall, der ein Gott ist und ein Teufel zugleich ... Wie dem auch sei — Sachen gibt es!«

EINE DAME

Ich kann dieser Dame nie begegnen, ohne an die Prophezeiung zu denken, die eine Eidechse dem Dichter Heine während seiner Besteigung der Apenninen eingab: »Es wird ein Tag kommen, an dem die Steine Pflanzen, die Pflanzen Tiere, die Tiere Menschen und die Menschen Götter sein werden.« Dann befällt mich der Wunsch, ihr zu sagen: »Sie, gnädige Frau, verehrte Dona Camila, haben die Jugend und Schönheit so geliebt, daß Sie Ihre Uhr zurückgestellt haben, um zu sehen, ob sich diese beiden Minuten aus Kristall festhalten lassen. Seien Sie nicht untröstlich, Dona Camila. Am Tag der Eidechse werden Sie Hebe, die Göttin der Jugend, sein und werden uns in Ihren ewig jungen Händen den Nektar der Dauer kredenzen.«

Als ich sie zum erstenmal sah, war sie sechsunddreißig Jahre alt, wenn sie auch nur wie zweiunddreißig aussah und noch immer im »Hause« der Neunundzwanzig wohnte. Haus ist eine Redensart. Es gibt kein weiträumigeres Schloß als die Behausung dieser Freunde, keine liebenswürdigere Behandlung als die, welche ihren weiblichen Gästen zuteil wird. Jedesmal, wenn Dona Camila aufbrechen wollte, baten sie inständig, sie möge noch bleiben. Und so blieb sie. Es folgten neue Kurzweil, Ausritte, Musikdarbietungen, Tanzereien, eine Reihe angenehmer Unterhaltungen, die nur das eine Ziel hatten, die Senhora am Fortgehen zu hindern.

»Mama, Mama«, bat ihre halbwüchsige Tochter, »wir wollen endlich gehen, wir können doch nicht unser ganzes Leben hier bleiben.«

Gekränkt blickte Dona Camila sie an, dann lächelte sie, gab ihr einen Kuß und hieß sie mit den anderen Kindern spielen. Mit welchen anderen Kindern? Ernestina war damals zwischen vierzehn und fünfzehn Jahre alt, sie war schon ganz erwachsen, stillvergnügt und gab sich wie eine

Senhora. Natürlich hatte sie keine Lust, mit den Acht- und Neunjährigen zu spielen; gleichviel, solange sie ihre Mutter in Ruhe ließ, mochte sie sich nach Belieben zerstreuen oder langweilen. Aber so traurig es auch sein mag, selbst für die Neunundzwanzigjährigen ist das Fest einmal zu Ende. Schließlich ließ Dona Camila sich dazu herbei, von ihren bezaubernden Gastgebern Abschied zu nehmen, und tat es blutenden Herzens. Sie bestanden darauf, sie möge doch noch fünf oder sechs Monate zugeben, aber die schöne Dame sagte, es sei leider unmöglich, bestieg den Zelter der Zeit und ritt in das Haus der Dreißig ein.

Indessen gehörte sie zu jener Sorte von Frauen, die die Sonne und den Kalender in den Wind schlagen. Mit einer Haut wie Milch und Blut, von unverwüstlicher Frische, überließ sie anderen Frauen die Arbeit des Alterns. Für sie gab es nur die Arbeit des Existierens. Sie hatte schwarze Haare und braune, glühende Augen. Schultern und Hals waren wie geschaffen für ausgeschnittene Kleider, desgleichen ihre Arme, die zwar nicht jene der Venus von Milo waren, sich aber mit den Armen keiner anderen Frau vergleichen ließen. Dona Camila wußte das; sie wußte, daß sie hübsch war, nicht nur, weil es ihr die verstohlenen Blicke der anderen Damen sagten, sondern dank eines gewissen Instinkts, den die Schönheit in ebenso starkem Maße besitzt wie Talent und Genie. Bleibt noch zu sagen, daß sie verheiratet, daß ihr Mann blond war, daß die beiden sich liebten wie Brautleute und, schließlich, daß sie eine anständige Frau war. Sie war es, wohlbemerkt, nicht aus Temperament, sondern aus Prinzip, aus Gattenliebe, und ich glaube, auch ein wenig aus Stolz.

Somit besaß sie keinen Fehler, mit Ausnahme desjenigen, die Jahre in die Länge ziehen zu wollen. Aber ist das ein Fehler? Es gibt in der Heiligen Schrift — ich weiß nicht mehr, wo, vermutlich bei den Propheten — eine Stelle, die den Ablauf der Tage mit dem Wasser eines Flusses vergleicht, das nicht wiederkehrt. Dona Camila wollte einen

Staudamm für ihren Privatgebrauch bauen. Im Getümmel des ununterbrochenen Laufs zwischen Geburt und Tod klammerte sie sich an die Selbsttäuschung der Beständigkeit. Man konnte daher nur von ihr verlangen, daß sie sich dabei nicht lächerlich mache, und das tat sie auch nicht. Der Leser wird mir entgegenhalten, die Schönheit lebe aus sich selber, und die Sorge dieser Dame um den Kalender beweise, daß sie in der Hauptsache von der öffentlichen Meinung lebte. Das trifft zu, aber wie sollen Frauen der heutigen Zeit anders leben?

Dona Camila betrat das »Haus« der Dreißig und fand es nicht schwer weiterzuziehen. Offensichtlich war der Schrecken ein Aberglaube. Zwei oder drei intime Freundinnen, die gut im Rechnen waren, sagten immerfort, sie habe vergessen, ihre Jahre zu zählen, merkten aber nicht, daß die Natur sich mit dem Irrtum der Dame verbündet hatte und daß Dona Camila mit vierzig echten Jahren noch immer wie Anfang Dreißig aussah. So blieb ihnen nichts anderes übrig, als Dona Camilas erstes weißes Haar, eine noch so unscheinbare weiße Strähne, abzuwarten. Indessen, sie mochten sich noch so listig auf die Lauer legen, Dona Camilas Teufelshaar wurde immer schwärzer.

Aber da irrten sie. Das weiße Haar war wohl da, und zwar in Gestalt von Dona Camilas Tochter, die gerade neunzehn wurde und zu allem Überfluß hübsch war. Dona Camila ließ ihr Töchterchen so lange wie möglich Backfischkleider tragen und sie über die Zeit hinaus in die Schule gehen, nur um sie noch als Kind bezeichnen zu können. Die Natur jedoch, die nicht nur moralisch, sondern auch unlogisch ist, hielt die Jahre der einen im Zaum, während sie denen der anderen die Zügel schießen ließ, so daß Ernestina als erwachsenes junges Mädchen strahlend auf ihren ersten Ball ging. Sie war eine Offenbarung. Dona Camila betete ihre Tochter an und schlürfte ihren ersten Ruhm Schluck für Schluck. Auf dem Boden des Kelches jedoch fand sie einen bitteren Tropfen und schnitt ein Gesicht.

Schon dachte sie an Abdankung; aber ein großer Verschwender schöner Worte sagte ihr, sie sehe aus wie die ältere Schwester ihrer Tochter, so daß sie ihren Plan fallenließ. Von diesem Abend an sagte Dona Camila jedem, der es hören wollte, sie habe sehr früh geheiratet.

Wenige Monate später tauchte eines Tages der erste Verehrer am Horizont auf. Dona Camila hatte schon vage an diese mißliche Möglichkeit gedacht, ohne sich ihr jedoch gestellt, ohne sich gegen sie gewappnet zu haben. So stand in einem Augenblick, als sie es am wenigsten erwartete, plötzlich ein Bewerber vor der Tür. Nun stellte sie ihre Tochter zur Rede, fand in ihr eine unbestimmte Unruhe und die Neigungen einer Zwanzigjährigen — und war wie vor den Kopf geschlagen. Sie zu verheiraten war das Wenigste. Wenn aber die Menschen wie die Wasser der Heiligen Schrift sind, die nie wiederkehren, so deshalb, weil nach ihnen andere kommen, wie nach den Wassern andere Wasser; und um diese einander ablösenden Wellen zu umschreiben, haben die Menschen den Namen Enkel erfunden. Schon sah Dona Camila den ersten Enkel vor der Türe stehen und beschloß, dem einen Riegel vorzuschieben. Natürlich sprach sie ihren Entschluß nicht klar aus, wie sie auch den Gedanken an die drohende Gefahr nicht deutlich formulierte. Die Seele versteht sich von allein, und die Empfindung ist einer Überlegung ebenbürtig. Die Gefühle, die sie hatte, glitten unversehens durch ihr Innerstes, und sie holte sie nicht ans Tageslicht, um ihnen nicht ins Auge blicken zu müssen.

»Aber was hast du denn an dem jungen Ribeiro auszusetzen?« fragte ihr Mann eines Abends, als sie am Fenster standen.

Dona Camila zog die Achseln hoch.

»Er hat eine krumme Nase«, antwortete sie.

»Na und? Ich sehe, du bist nervös. Sprechen wir von etwas anderem«, gab ihr Mann zurück. Nachdem er aber, leise vor sich hin trällernd, eine oder zwei Minuten auf die

Straße geblickt hatte, kam er wieder auf Ribeiro zu sprechen, den er für einen sehr annehmbaren Schwiegersohn hielt; er sei doch der Auffassung, man dürfe nicht nein sagen, falls der junge Mann um Ernestinas Hand anhalten sollte. Er sei intelligent und wohlerzogen; außerdem sei er mutmaßlicher Erbe einer Tante aus Cantagalo. Im übrigen habe er ein goldenes Herz, man höre nur Gutes über ihn. Auf der Akademie zum Beispiel ... Dona Camila ließ den Rest über sich ergehen, während sie mit der Fußspitze auf den Fußboden klopfte und mit den Fingern die Sonate der Ungeduld aufs Fensterbrett trommelte. Als aber ihr Mann zu bedenken gab, Ribeiro hoffe, vom Auswärtigen Amt nach Übersee, in die Vereinigten Staaten, entsandt zu werden, konnte sie nicht länger an sich halten und fiel ihm ins Wort:

»Was? Mich von meiner Tochter trennen? Nie und nimmer, mein Herr!«

Zu welchen Teilen sich in diesen Schrei die Mutterliebe und ein persönliches Gefühl mengten, sei dahingestellt, zumal heute, fern von den Geschehnissen und den Beteiligten. Nehmen wir an, daß es zu gleichen Teilen geschah. Fest steht, daß ihr Mann nicht wußte, was er zur Verteidigung des Außenministeriums, der diplomatischen Erfordernisse, des Verhängnisses der Ehe erfinden sollte, und daß er deshalb einfach zu Bett ging.

Zwei Tage später erfolgte die Ernennung des jungen Mannes. Am dritten Tage erklärte die junge Dame ihrem Verehrer, er solle nicht mit ihrem Vater sprechen, sie habe nicht vor, sich von ihren Eltern zu trennen. Das hieß etwa: Ich ziehe meine Familie einer Heirat mit Ihnen vor. Zwar klang ihre Stimme erloschen und zittrig, sie selber sah betroffen, bestürzt aus; Ribeiro jedoch sah nur den Korb, den er bekommen hatte, und schiffte sich ein. So endete das erste Liebesabenteuer.

Dona Camila litt an dem Kummer ihrer Tochter, tröstete sich aber rasch. An Anwärtern fehlt es nicht, dachte sie.

Um die Tochter zu trösten, nahm die Mutter sie überallhin mit. Beide waren hübsch, Ernestina besaß die Frische ihrer Jahre, aber die Schönheit der Mutter war vollkommen, und trotz ihres Alters war sie ihrer Tochter überlegen. Wir wollen uns jedoch nicht zu der Vermutung versteigen, Dona Camila habe sich durch ein Gefühl der Überlegenheit dazu verführen lassen, ihre gemeinsamen Unternehmungen zu wiederholen und in die Länge zu ziehen. Nein: Die Mutterliebe allein erklärt alles. Aber räumen wir ein, daß sie sich zum Teil von ihrem Überlegenheitsgefühl verführen ließ. Was ist Schlimmes daran? Was ist Schlimmes daran, wenn ein tapferer Oberst sein Vaterland hochherzig verteidigt und seine Litzen nebenbei? Trotzdem endet die Liebe zum Vaterland und die Liebe der Mütter.

Monate darauf ließ sich ein zweiter Anwärter blicken. Diesmal war es ein Witwer, Anwalt, siebenundzwanzig Jahre alt. Ernestina geriet durch ihn nicht in die gleiche Gemütsbewegung, die der erste Bewerber in ihr ausgelöst hatte; sie beschränkte sich darauf, sein Werben nicht auszuschlagen. Dona Camila witterte alsbald den neuen Kandidaten. Zwar vermochte sie nichts gegen ihn einzuwenden; seine Nase war ebenso gerade wie sein Gewissen, seine Abneigung gegen das diplomatische Leben war tief. Aber sicherlich hatte er einen anderen Fehler, er mußte andere Fehler haben. Dona Camila suchte sie mit der Seele; sie erkundigte sich nach seinen Bekanntschaften, seinen Gewohnheiten, seiner Vergangenheit. So gelang es ihr, einige Kleinigkeiten aufzustöbern, winzige Mängel, Launenhaftigkeit, fehlende geistige Anmut und schließlich ein Übermaß an Eigenliebe. Hier bekam die schöne Dame ihn zu fassen. Ganz langsam errichtete sie eine Mauer des Schweigens; zuerst legte sie den Grundstein der mehr oder minder langen Gesprächspausen, darauf schichtete sie die kurzen Sätze, darüber die einsilbigen Antworten, die Augenblicke der Zerstreutheit, der Versunkenheit, der Nachdenklichkeit, endlich das nachsichtige Dreinblicken, das resignierte Zuhören, das geheuchelte Gähnen hinter dem Fächer. Zunächst begriff er nicht recht; als er aber merkte, daß die gelangweilten Mienen der Mutter mit den Abwesenheiten der Tochter zusammenfielen, fand er, er sei überflüssig, und trat den Rückzug an. Wäre er ein Mann des Kampfes gewesen, er hätte die Mauer übersprungen; er war aber stolz und schwach. Dona Camila wußte dem Himmel Dank.

Es folgte ein Vierteljahr des Aufatmens. Dann stellten sich einige abendlange Tändeleien ein, Eintagsflirts, die keine sichtbaren Spuren hinterließen. Dona Camila begriff, daß diese Liebeleien sich noch oft wiederholen mußten, bis eine entscheidende käme, die sie zum Nachgeben zwingen würde; aber jedenfalls wünschte sie einen Schwiegersohn — so sagte sie sich —, der ihrer Tochter das gleiche Glück bringen würde, das ihr Mann ihr schenkte. Und um diesem Entschluß ihres Willens Nachdruck zu verleihen, sprach sie dies mit vernehmlicher Stimme aus, wenn auch nur sie selber es hören konnte. Du, scharfsinniger Psychologe, kannst dir vorstellen, daß sie nur sich selber überzeugen wollte; ich für meinen Teil begnüge mich damit, zu erzählen, was sich im Jahre 186.. zutrug.

Es war an einem Vormittag. Dona Camila saß vor dem Spiegel, das Fenster stand offen, der grüne Garten hallte von dem Lärmen der Zikaden und Vögel wider. Sie fühlte die Harmonie in sich, die sie mit den Dingen der Umwelt verband. Nur die geistige Schönheit ist unabhängig und erhaben. Die körperliche Schönheit ist die Schwester der Landschaft. Dona Camila genoß diese geheime Verschwisterung, ein Gefühl der Gleichheit, ein Erinnern an ein Vorleben im göttlichen Schoß. Keine lästige Erinnerung, kein unangenehmer Vorfall trübte ihren geheimnisvollen Überschwang. Im Gegenteil, alles schien sie mit Ewigkeit zu durchtränken, und die zweiundvierzig Jahre, die hinter ihr lagen, belasteten sie nicht schwerer als die gleiche Anzahl Rosenblätter. Sie blickte hinaus, sie blickte in den Spiegel. Plötzlich fuhr sie entsetzt zurück, als starre eine Klapperschlange sie an. Sie hatte an der linken Schläfe ein weißes Haar entdeckt. Zuerst glaubte sie, es stamme von ihrem Mann, dann aber mußte sie erkennen, daß dies nicht zutraf, daß es ihr gehörte, daß es ein Telegramm des Alters war, das in Eilmärschen auf sie zukam. Ihre erste Empfindung war Niedergeschlagenheit. Dona Camila fühlte, wie ihr alles entglitt, sie sah sich nach Ablauf einer Woche schneeweiß und gealtert.

»Mama, Mama«, polterte Ernestina, in ihr Boudoir stürmend.

»Hier sind die Karten für die Logenplätze, die Papa geschickt hat.«

Dona Camila fuhr beschämt zusammen und drehte ihrer Tochter instinktiv die Seite zu, die kein weißes Haar verunstaltete. Nie hatte sie ihr Kind so anmutig und frisch gesehen. Sehnsüchtig blickte sie Ernestina an. Aber auch etwas neidisch, und um dieses schlimme Gefühl zu verscheuchen, nahm sie die Karten entgegen. Sie waren für denselben Abend bestimmt. Ein Gedanke verdrängte einen anderen; Dona Camila sah sich inmitten des Lichterglanzes und Menschentrubels und faßte wieder Mut. Allein gelassen, blickte sie wieder in den Spiegel, riß mutig das weiße Härchen aus und ließ es durchs Fenster in den Garten fliegen. *Out, damned spot! Out!* Glücklicher als die andere Lady Macbeth, sah sie den Schönheitsfehler durch die Luft entgleiten, weil in ihrem Gemüt das Alter ein Gewissensbiß war und die Häßlichkeit ein Verbrechen. Hinaus mit dir, verwünschter Makel, hinaus! Wenn aber die Gewissensbisse wiederkehren, warum sollen dann nicht auch die weißen Haare wiederkehren? Einen Monat später entdeckte Dona Camila ein zweites, das sich in die schönen üppigen schwarzen Flechten eingeschlichen hatte, und riß es erbarmungslos aus. Fünf oder sechs Wochen später zeigte sich ein drittes.

Dieses dritte weiße Haar fiel mit einem dritten Anwärter auf die Hand ihrer Tochter zusammen, und beide fanden

Dona Camila in der Stunde tiefster Niedergeschlagenheit. Die Schönheit, die ihre Jugend erfüllt hatte, schien sie nun auch verlassen zu wollen, so wie eine Taube auf die Suche nach einer anderen ausgeht. Die Tage überstürzten sich. Kinder, die sie noch vor kurzem am Hals der Mutter und im Kinderwagen gesehen hatte, tanzten nun auf Bällen. Wer männlichen Geschlechts war, rauchte; die jungen Damen sangen zur Klavierbegleitung. Einige von ihnen zeigten ihre gutgenährten Säuglinge vor, eine zweite Generation wurde gesäugt und wartete darauf, auf Bällen tanzen zu dürfen, zu singen oder zu rauchen, neue Säuglinge anderen Damen vorzustellen und so weiter.

Dona Camila zögerte nur eine kurze Weile, dann entschied sie sich zum Nachgeben. Was blieb ihr anderes übrig, als einen Schwiegersohn anzunehmen? Aber wie man eine alte Gewohnheit nicht von einem Tage zum anderen los wird, so sah Dona Camila in diesem Fest des Herzens ein Schauspiel, und zwar ein großes Schauspiel. Frohen Herzens bereitete sie sich darauf vor, und die Wirkung entsprach ihren Bemühungen. In der Kirche, inmitten anderer Damen, im Salon auf ihrem Sofa sitzend — Möbelstoffe und Tapeten wurden stets dunkel gehalten, damit ihre helle Haut voll zur Wirkung kam —, sorgfältig gekleidet, zwar ohne die Ziererei der Jugend, aber auch ohne die Strenge der Matrone, mithin in einem glücklichen Gleichmaß, das dazu angetan war, ihre herbstliche Anmut schimmern zu lassen, lächelnd, glücklich, erntete die neugebackene Schwiegermutter die schmeichelhaftesten Lobeshymnen. Natürlich hing von ihrer Schulter etwas Purpurnes. Purpur setzt Dynastie voraus. Dynastie fordert Enkel. Es fehlte nur noch, daß der Herr den Bund segnete, und das tat Er im darauffolgenden Jahr. Dona Camila hatte sich an den Gedanken gewöhnt; es fiel ihr jedoch so schwer abzudanken, daß sie den Enkel mit einem Gemisch aus Liebe und Widerwillen erwartete. War dieser unerwünschte Embryo in seiner Anmaßung und seinem Lebenshunger denn eine Notwendigkeit auf dieser Erde? Offensichtlich nicht, und doch erschien er eines Tages mit den Blumen des September. Während der Wehen hatte Dona Camila genug mit ihren Gedanken an die Tochter zu tun, nach den Wehen dachte sie an Tochter und Enkel. Erst Tage später konnte sie wieder an sich selber denken. Nun war sie Großmutter. Es gab keinen Zweifel mehr, sie war es. Weder ihre Züge, die unverbraucht waren, noch ihre Haare, die — mit Ausnahme eines Dutzends gut versteckter weißer Fäden — schwarz waren, hätten ihre wahren Lebensumstände zu verraten vermocht, aber die Wirklichkeit war vorhanden; schließlich und endlich war sie Großmutter.

Zuerst wollte sie sich in Ehren zurückziehen; und um den Enkel in ihrer Nähe zu haben, holte sie die Tochter zu sich ins Haus. Aber das Haus war kein Kloster, und die Straßen und Zeitungen mit ihren tausend Geräuschen weckten in ihr das Echo einer anderen Zeit. Dona Camila vernichtete ihre Abdankungserklärung und stürzte sich von neuem in den Wirbel.

Eines Tages traf ich sie auf der Straße in Begleitung einer Schwarzen, die ein Kind von fünf oder sechs Monaten im Arm trug. Dona Camila hielt den geöffneten Sonnenschirm über das Köpfchen des Kindes. Acht Tage später begegnete ich ihr von neuem mit demselben Kind, mit derselben Schwarzen und demselben Sonnenschirmchen. Drei Wochen später, dann nach einem Monat, sah ich sie wieder, wie sie mit der schwarzen Kinderfrau und dem Kind in die Pferdebahn stieg. »Hast du ihm schon die Flasche gegeben?« fragte Dona Camila die Schwarze. »Paß auf die Sonne auf! Laß ihn nicht fallen! Drück ihn nicht zu stark! Ist er aufgewacht? Laß ihn in Ruhe, rühr ihn nicht an! Deck ihm etwas über das Gesichtchen« — und so weiter und so weiter.

Es war der Enkel. Indessen, sie ging so dicht neben ihm, sie war so voller Fürsorge und Betulichkeit für das Wohl und Wehe des Säuglings, daß sie eher einer Mutter als einer

Großmutter glich, und viele Leute dachten auch, sie sei die Mutter. Daß dies Dona Camilas Absicht war, will ich nicht beschwören — »Du sollst nicht schwören«, lesen wir bei Matthäus Kapitel V, Vers 34 —; ich sage nur, daß keine Mutter ein ängstlicheres Auge auf ihren Sohn haben konnte als Dona Camila. Ihr einen kleinen Sohn zuzutrauen war die natürlichste Sache der Welt.

EINE ADMIRALSNACHT

Deolindo Venta-Grande (Venta-Grande oder Plattnase war ein Spitzname, den er an Bord geerbt hatte) verließ das Marineamt und bog in die Rua da Bragança ein. Es schlug drei Uhr. Deolindo war ein schmucker Matrose, und seine Augen strahlten vor Glück. Seine Korvette war soeben von einer langen Übungsfahrt zurückgekehrt, und Deolindo war an Land gegangen, sobald er Urlaub bekommen konnte. Die Kameraden sagten lachend zu ihm:

»Na, Plattnase! Das wird eine Admiralsnacht werden, was! Nachtessen, Gitarrenspiel und die Arme deiner Genoveva. Genovevas Hälschen . . .«

Deolindo lachte. Es stimmte: eine Admiralsnacht, wie man sagte, eine ausgewachsene Admiralsnacht erwartete ihn an Land. Seine Liebe hatte drei Monate vor der Ausreise begonnen. Sie hieß Genoveva, eine zwanzigjährige *Cabocla,* eine Halbschwarze, mit verschmitzten schwarzen Augen, ein vorlautes kleines Ding. Sie hatten einander im Hause gemeinsamer Freunde kennengelernt und sich Hals über Kopf ineinander verliebt. Und zwar so sehr, daß sie drauf und dran gewesen waren, eine Torheit zu begehen: Er hatte heimlich von Bord gehen und mit ihr in den tiefsten Winkel des Hinterlandes fliehen wollen.

Die alte Inácia indessen, bei der die Kleine wohnte, hatte das Pärchen umzustimmen gewußt, so daß Deolindo nichts anderes übriggeblieben war, als die Kreuzfahrt mitzumachen. Das Schiff sollte acht bis zehn Monate auf See sein. Um sich ihrer gegenseitigen Liebe zu vergewissern, hatten die beiden beschlossen, einander Treue zu schwören.

»Ich schwöre bei Gott, der im Himmel ist. Und du?«
»Ich auch.«
»Sag's richtig!«
»Ich schwöre bei Gott, der im Himmel ist. Das heilige Licht soll mich in meiner Todesstunde verlassen.«

Der Seelenbund war besiegelt. An der Aufrichtigkeit beider konnte kein Zweifel herrschen; sie weinte wie wahnsinnig, er biß sich auf die Lippen, um seine Ergriffenheit zu verbergen. Schließlich trennten sie sich, Genoveva sah die Korvette auslaufen und ging mit so bangem Herzen heim, daß sie »das Schlimmste« befürchtete. Aber das Schlimmste blieb aus, glücklicherweise; die Tage gingen vorüber, die Wochen, die Monate, zehn Monate — und dann kehrte die Korvette heim und mit ihr Deolindo.

Da geht er nun die Rua da Bragança entlang, durch Prainha und Saúde, bis zur Rua da Gamboa, wo Genoveva wohnt, gleich hinter dem Englischen Friedhof. Das Haus ist kaum mehr als ein Lattenverschlag, die Haustüre von der Sonne gerissen. Sicherlich lehnt dort Genoveva am Fenster und wartet auf ihn. Deolindo will sich eine Begrüßung ausdenken. Eine weiß er schon: »Ich hab's geschworen und hab's gehalten.« Er will jedoch eine noch bessere finden. Gleichzeitig fallen ihm Frauen ein, die er überall, auf der ganzen Welt, gesehen hat, Italienerinnen, Mädchen aus Marseille, Türkinnen, viele von ihnen hübsch, wenigstens haben sie so auf ihn gewirkt. Nicht alle, das mußte er zugeben, waren nach seinem Geschmack, aber manch eine war es gewesen; trotzdem hatte er nichts von ihnen wissen wollen. Er hatte nur an Genoveva gedacht. Gerade ihr Häuschen, fast so klein wie ein Puppenhaus, und die wackeligen Möbel, alles so armselig und so alt, waren ihm angesichts der Paläste anderer Länder in den Sinn gekommen. Nur dank äußerster Sparsamkeit hatte er in Triest ein Paar Ohrringe erstehen können, die trägt er jetzt in der Tasche, zusammen mit ein paar Kleinigkeiten. Und sie, was hielt sie wohl für ihn bereit? Vielleicht ein Taschentuch mit seinem Namen und einem Anker in der Ecke, da sie doch so gut zu sticken verstand.

Mittlerweile gelangte er zur Rua da Gamboa, ging am Friedhof vorbei, und schon stand er vor dem verschlossenen Häuschen. Er klopfte, eine ihm wohlbekannte Stimme antwortete, es war die alte Inácia, die ihm unter Freudenrufen öffnete. Ungeduldig fragte Deolindo nach Genoveva.

»Red mir nicht von der Verrückten«, erwiderte die Alte. »Ich bin sehr froh über den Rat, den ich dir damals gegeben habe. Stell dir vor, du wärst mit ihr geflohen. Du säßest jetzt schön in der Patsche.«

»Aber was ist denn geschehen? Was ist nur geschehen?«

Die Alte sagte, er solle sich beruhigen, nichts sei geschehen, nicht mehr, als jeden Tag eintreten könne; es lohne sich nicht, darüber in Harnisch zu geraten. Genoveva habe den Kopf verloren ...

»Den Kopf verloren? Aber warum, weshalb?«

»Sie geht mit einem Trödler, José Diogo. Hast du José Diogo, den Stofftrödler, gekannt? Sie hat's mit ihm. Du kannst dir nicht vorstellen, wie vernarrt die beiden ineinander sind. Besonders sie! Sie ist förmlich durchgedreht. Deshalb haben wir uns auch verzankt. José Diogo wich mir nicht mehr von der Schwelle; es wurde geschwatzt und geschwatzt, bis ich sagte, der Ruf meines Hauses sei mir zu gut dafür. Herr des Himmels! Es war wie am Jüngsten Tag. Genoveva machte Augen, als wolle sie mich auffressen, sagte, sie habe noch niemandem einen schlechten Ruf eingebracht, außerdem brauche sie kein Almosen. Was für Almosen denn, Genoveva. Ich sage ja nur, daß ich dieses ewige Süßholzraspeln an meiner Tür nicht will, schon vom Ave-Maria an ... Zwei Tage später war der Krach da, und sie auf und davon.«

»Wo wohnt sie jetzt?«

»An der Praia Formosa, bevor du an den Steinbruch kommst, ein neugestrichenes Häuschen.«

Deolindo hatte genug gehört. Die alte Inácia, schon bereuend, zuviel gesagt zu haben, riet ihm noch zur Vorsicht, aber er hatte kein Ohr für Ratschläge, und fort war er. Was er unterwegs dachte, darf ich getrost übergehen, denn er dachte nichts. Die Gedanken wirbelten ihm im Kopf herum wie im Sturm auf See, inmitten eines Getöses von Winden und Kommandopfiffen. Dazwischen blitzte ein Seemannsmesser auf, blutbeklebt und rachsüchtig. Mittlerweile hatte er die Gamboa hinter sich, den Sacco do Alferes, und ging die Praia Formosa entlang. Er wußte die Nummer des Hauses nicht, es sollte jedoch in der Nähe des Steinbruchs liegen und neu angestrichen sein; mit Hilfe der Nachbarn würde er es schon finden. Er hatte jedoch nicht mit dem Zufall gerechnet, der Genoveva gerade in jenem Augenblick nähend ans Fenster setzte, als er selber davor auftauchte. Deolindo erkannte sie und blieb stehen; als sie eine Männergestalt sah, hob sie die Augen und erblickte den Seemann.

»Na, so was?« rief sie verwundert aus. »Wann bist du denn angekommen? Tritt ein, *seu* Deolindo!«

Sie stand auf, öffnete die Tür und hieß ihn eintreten. Jedem anderen Mann wäre das Herz vor Hoffnung geschwollen, so frank und frei war das Gebaren des jungen Mädchens. Vielleicht hatte die Alte sich geirrt oder gelogen, vielleicht war auch die Liebschaft mit dem Tändler zu Ende. All das ging Deolindo durch den Kopf, nicht klar und überlegt, sondern blitzschnell und kunterbunt. Genoveva ließ die Türe offenstehen, hieß ihn Platz nehmen, bat ihn, ihr von der Reise zu erzählen, und fand ihn dicker geworden; von Gemütsbewegung oder Vertraulichkeit keine Spur. Deolindo sah seine letzten Felle wegschwimmen. In Ermangelung eines Messers würden seine Hände genügen müssen, um Genoveva zu erwürgen, sie war ja nur eine Handvoll Mensch, und während der ersten Minuten dachte er an nichts anderes.

»Ich weiß alles«, sagte er.

»Wer hat es dir erzählt?«

Deolindo hob die Achseln.

»Mag's sein, wer auch immer«, sagte sie. »Hat man dir auch gesagt, daß ich jemanden liebe?«

»Das hat man mir gesagt.«

»Dann hat man dir die Wahrheit gesagt.«

Deolindo schoß das Blut in die Schläfen; sie aber beschwichtigte ihn mit einem einzigen Blick. Dann sagte sie, sie habe ihm nur aufgemacht, weil sie ihn für einen vernünftigen Menschen halte, und erzählte ihm alles, von ihrer Sehnsucht nach ihm, von dem Drängen des Trödlers und von ihrem Widerstand, bis sie eines Morgens erwacht sei und, ohne zu wissen, wie, den anderen gemocht habe.

»Du kannst mir's glauben, ich hab' viel, viel an dich gedacht. Sinhá Inácia soll dir sagen, ob ich nicht lange geweint habe ... Aber mein Herz wollte es anders ... Es wollte einfach anders ... Ich beichte dir alles, so, als kniete ich vor dem Priester«, schloß sie lächelnd.

In ihrem Lächeln war kein Spott. Der Ausdruck ihrer Worte war ein Gemisch aus Freimut und Schamlosigkeit, aus Frechheit und Einfachheit; es läßt sich schlecht beschreiben. Ich glaube sogar, Frechheit und Schamlosigkeit treffen nicht das Richtige. Genoveva verteidigte sich nicht wegen eines Irrtums oder Meineids, sie verteidigte sich überhaupt nicht, dazu fehlte ihr jede ethische Voraussetzung. Was sie, kurz gesagt, meinte, war dies: Sie hätte lieber bei Deolindo bleiben sollen, sie war mit ihm so glücklich gewesen, sie hatte ja sogar mit ihm fliehen wollen. Da aber der Trödler den Matrosen ausgestochen habe, sei er letzten Endes im Recht, und damit müsse man sich abfinden.

Wie findet ihr das?

Nun hielt der arme Seemann ihr ihren Abschiedsschwur vor wie eine ewige Verpflichtung, in Anbetracht deren er zugestimmt habe, nicht zu fliehen, sondern an Bord zu gehen, und wiederholte feierlich:

»Ich schwöre bei Gott, der im Himmel ist. Das heilige Licht soll mich in meiner Todesstunde verlassen.«

Er sagte, er habe sich nur eingeschifft, weil sie geschworen hatte. Mit diesen Worten im Herzen habe er sie verlassen, sei zur See gefahren, habe gewartet und sei wiedergekehrt; sie hätten ihm Kraft zum Leben gegeben. »Ich schwöre bei

Gott, der im Himmel ist. Das heilige Licht soll mich in meiner Todesstunde verlassen . . .«

»Du hast recht, Deolindo, so hab ich's auch gemeint. Als ich schwor, war es mir Ernst. So ernst, daß ich bereit war, mit dir ins Innere zu fliehen. Gott allein weiß, daß ich es ernst meinte. Aber es kam anders. Es kam der junge Mann, und ich begann ihn zu lieben . . .«

»Aber man schwört ja gerade, damit man sich nicht in einen anderen verliebt . . .«

»Laß gut sein, Deolindo. Dann hast du also nur an mich gedacht? Mach mir doch nichts vor . . .«

»Wann kommt José Diogo zurück?«

»Heute kommt er nicht mehr.«

»Nein?«

»Nein, er kommt nicht mehr. Er arbeitet heute in Guaratiba, er wird gegen Freitag oder Samstag zurück sein . . . Warum willst du das wissen? Was hat er dir denn getan?«

Vielleicht hätte jede andere Frau im wesentlichen das gleiche gesagt, aber wenige hätten es so aufrichtig und dabei so ohne Arg, so unbeabsichtigt getan. Man sieht, wie nahe wir hier der Natur sind. Was hat er ihm getan? Was hat ihm der Stein getan, der ihm auf den Kopf gefallen ist? Jeder Physiker kann Ihnen erklären, warum ein Stein fällt.

Deolindo erklärte mit einer Gebärde der Verzweiflung, er wolle ihn umbringen. Genoveva blickte ihn verächtlich an, lächelte leichthin und schnalzte mit der Zunge; als er aber Undank und Meineid ins Feld führte, konnte sie ihre Verblüffung nicht länger verbergen. Wieso Meineid? Wieso Undank? Sie hatte ihm doch bereits erklärt und wiederholte es nun: Als sie schwor, war es ihr Ernst gewesen. »Unsere Heilige Mutter Gottes, die dort auf der Kommode steht, sie kann bezeugen, ob es wahr ist oder nicht!« Wollte er ihr so vergelten, was sie gelitten hatte? Hatte er, der sich auf seine Treue soviel zugute hielt, jeden Tag seiner Reise ausschließlich an sie gedacht?

Statt einer Antwort steckte er die Hand in die Tasche und förderte das mitgebrachte Päckchen zutage. Sie öffnete es, hielt die Sächelchen eines nach dem anderen ans Licht und stieß schließlich auf die Ohrringe. Sie waren nichts Besonderes und konnten es auch nicht sein, sie waren sogar reichlich geschmacklos, sahen aber trotzdem aus wie aus Tausendundeiner Nacht. Genoveva nahm sie in die Hand, befriedigt, betört, musterte sie von allen Seiten, hielt sie nahe vor die Augen, dann weit von sich weg und befestigte sie schließlich an ihren Ohren. Darauf lief sie vor den billigen Spiegel, der zwischen Fenster und Tür an der Wand hing, um zu sehen, wie sie ihr standen. Sie machte einen Schritt zurück, dann einen vor, drehte den Kopf von rechts nach links und von links nach rechts.

»Alles, was recht ist, hübsch sind sie«, sagte sie und machte ihm zum Dank einen Knicks. »Wo hast du sie gekauft?«

Ich glaube nicht, daß er eine Antwort gab, daß er dazu Zeit gefunden hätte, denn sie schoß rasch zwei oder drei Fragen auf ihn ab, eine nach der anderen, so verwirrt war sie darüber, ein Geschenk zum Dank für Treulosigkeit erhalten zu haben. Die Verwirrung dauerte fünf oder vier, vielleicht auch nur zwei Minuten. Bald legte sie die Ohrringe wieder ab, betrachtete sie noch einmal und bettete sie sodann in das Kästchen auf dem runden Tisch, der in der Mitte der Stube stand. Er seinerseits begann zu glauben, daß so, wie er Genoveva in seiner Abwesenheit verloren hatte, der andere, der jetzt abwesend war, sie gleichfalls verlieren könne; sehr wahrscheinlich hatte sie ihm auch keinen gültigen Schwur geleistet.

»Vor lauter Schwatzen ist es Nacht geworden«, sagte Genoveva.

Und in der Tat, rasch fiel die Nacht. Schon war das Lepraheim nicht mehr zu sehen, nur undeutlich erkannte sie die Meloneninsel, sogar die Ruderboote und Kanus, die vor dem Haus auf dem Trockenen lagen, verschmolzen mit der Erde und dem Sand des Strandes. Genoveva zündete eine Kerze an. Dann setzte sie sich auf die Türschwelle und bat, er möge ihr doch von den fremden Ländern erzählen, die er bereist habe.

Anfangs ließ Deolindo sich bitten, er sagte, er müsse fort, stand auf und machte ein paar Schritte durchs Zimmer. Aber der Dämon der Hoffnung benagte und beschmeichelte das Herz des armen Jungen; so setzte er sich wieder, um zwei oder drei Geschichten von Bord zum besten zu geben. Genoveva hörte aufmerksam zu. Als eine Frau aus der Nachbarschaft, die gerade vorbeikam, sie unterbrach, rief Genoveva, sie solle sich zu ihnen setzen und auch »den schönen Geschichten zuhören, die Senhor Deolindo aus Übersee mitgebracht hat«. Damit war die gegenseitige Vorstellung beendet. Eine große Dame, die bis in die Nacht hinein liest, um ein Buch oder ein Kapitel zu beenden, kann das Leben der Romanfiguren nicht inniger miterleben, als die ehemalige Geliebte des Seemanns die Szenen miterlebte, die dieser schilderte; sie hörte so frei, so gefesselt zu, als gäbe es zwischen ihnen beiden keine anderen Bande als die Wiedergabe erlebter Episoden. Was geht die große Dame der Verfasser des Buches an? Was ging das junge Ding der Erzähler erlebter Episoden an?

Schließlich begann aber die Hoffnung ihn doch zu verlassen, und er stand auf, um sich endgültig zu verabschieden. Genoveva wollte ihn nicht gehen lassen, bevor die Freundin nicht die Ohrringe gesehen hatte, und zeigte sie ihr unter Beteuerungen ihres Wertes. Die Freundin war entzückt, lobte sie überschwenglich, fragte, ob er sie in Frankreich gekauft habe, und bat Genoveva, sie anzulegen.

»Weiß Gott, sie sind bildschön.«

Ich wage anzunehmen, daß sogar der Seemann mit dieser Ansicht übereinstimmte. Es machte ihm Freude, sie von neuem an ihr zu sehen, er fand, sie seien wie eigens für sie verfertigt, ein paar Sekunden lang genoß er das köstliche, seltene Gefühl, ein außergewöhnliches Geschenk gemacht zu haben, aber es waren eben nur wenige Sekunden.

Als er sich verabschiedete, begleitete Genoveva ihn zur Tür, um ihm nochmals für das schöne Geschenk zu danken und vermutlich auch um ihm ein paar zärtliche, belanglose Dinge zuzuflüstern. Die Freundin, die sie in der Stube zurückgelassen hatte, hörte nur folgende Worte: »Mach dir nichts draus, Deolindo«, und die des Seemanns: »Du wirst ja sehen.« Den Rest, ein bloßes Gemurmel, konnte sie nicht verstehen.

Deolindo ging am Strand entlang, schleppend, niedergeschlagen; er war nicht mehr der ungestüme junge Mann vom Nachmittag, sondern sah alt und traurig aus wie einer, der »auf halbem Wege umkehrt«. Genoveva trat gleich wieder ins Haus zurück. Sie erzählte der anderen die Geschichte von ihrer Liebschaft mit dem Seefahrer und pries den Charakter Deolindos und seine freundlichen Manieren, worauf die Freundin erklärte, sie fände ihn sehr sympathisch.

»Ja, er ist ein guter Junge«, fiel Genoveva ein. »Weißt du, was er mir gesagt hat?«

»Na, was denn?«

»Er will sich unbedingt umbringen.«

»Jesus Maria!«

»Ach was! Der bringt sich nicht um, wetten? Deolindo ist so, er sagt alles mögliche, tut's aber dann doch nicht. Du wirst sehen, er bringt sich nicht um. Der Ärmste, es ist reine Eifersucht. Aber die Ohrringe sind trotzdem hübsch.«

»Ich habe noch nie solche gesehen.«

»Ich auch nicht«, pflichtete Genoveva bei und hielt sie wieder ans Licht. Dann verwahrte sie sie sorgfältig und lud die Nachbarin zum Nähen ein. »Los, wir wollen ein bißchen nähen, ich will noch mein blaues Hemd fertigmachen...«

Tatsächlich brachte der Seemann sich nicht um. Am folgenden Tag schlugen ihm seine Kameraden auf die Schulter, beglückwünschten ihn zu seiner Admiralsnacht und fragten ihn nach Genoveva, ob sie noch hübscher geworden sei, ob sie in seiner Abwesenheit viel geweint habe, und so weiter. Er antwortete auf alles mit einem befriedigten, verschwiegenen Lächeln, dem Lächeln eines Mannes, der eine grandiose Nacht hinter sich hat. Anscheinend schämte er sich der Wirklichkeit und zog es vor zu lügen.

DER KRANKENWÄRTER

Sie meinen also, das, was ich im Jahre 1860 erlebt habe, sei wert, gedruckt zu werden? Nun, ich bin einverstanden, aber unter der Bedingung, daß kein Wort davon vor meinem Tode veröffentlicht wird. Sie werden nicht lange zu warten haben, vielleicht acht Tage, vielleicht auch weniger, man hat mich bereits aufgegeben.

Hören Sie, ich könnte Ihnen sogar mein ganzes Leben erzählen, das noch andere interessante Dinge aufzuweisen hat, aber dazu wäre Zeit vonnöten, Lust und Papier, und ich habe nur Papier; meine Lust ist gering, und die Zeit gleicht dem Morgenschimmer. Die Sonne des anbrechenden Tages läßt nicht auf sich warten, die Sonne der Teufel, undurchdringlich wie das Leben.

Leben Sie wohl, verehrter Senhor, lesen Sie diese Blätter und bleiben Sie mir gewogen. Verzeihen Sie mir, wenn ich in Ihren Augen schlecht abschneide, und schelten Sie nicht die Raute, wenn sie nicht nach Rosen riecht. Sie haben ein menschliches Dokument von mir verlangt, hier ist es. Fordern Sie nicht auch noch das Reich des Großmoguls von mir, ebensowenig wie eine Photographie der Makkabäer; bitten Sie mich aber getrost um meine Totenschuhe, und ich will sie niemand anderem geben.

Sie haben bereits gehört, daß mein Erlebnis in das Jahr 1860 fällt. Im August des vorhergegangenen Jahres, in dem ich meinen zweiundvierzigsten Geburtstag feierte, wurde ich Theologe, das heißt, ich begann die theologischen Studienarbeiten eines Paters aus Niteroí abzuschreiben; der Pater war mein früherer Schulkamerad, der mir auf diese taktvolle Weise Unterkunft und Verpflegung gewährte.

In jenen Augusttagen des Jahres 1859 erhielt er von dem Pfarrer eines Städtchens aus dem Hinterland die Anfrage, ob er einen gebildeten, diskreten und geduldigen Menschen kenne, der bei dem Oberst Felisberto gegen ein gutes Gehalt als Krankenwärter tätig sein wolle. Der Pater erzählte mir von dem Angebot, und ich griff mit beiden Händen zu, da ich es längst müde war, lateinische Zitate und kirchliche Formeln abzuschreiben. Ich fuhr also in die Hauptstadt, um mich von meinem Bruder zu verabschieden, und reiste in das genannte Städtchen.

Als ich an dem Ort anlangte, hörte ich nur Schlechtes über den Oberst Felisberto. Es hieß, er sei unausstehlich, ein Querkopf, anspruchsvoll, kein Mensch könne mit ihm auskommen, nicht einmal seine engsten Freunde. Sein Verbrauch an Krankenpflegern sei größer als der an Arzneien. Zwei von ihnen habe er krumm und lahm geschlagen. Ich erklärte, ich hätte keine Angst vor gesunden Leuten, somit noch weniger vor Kranken. Nachdem ich mich mit dem Herrn Pfarrer verständigt hatte, der mir bestätigte, daß das Gehörte auf Wahrheit beruhe, mir aber empfahl, sanft und liebevoll zu sein, machte ich mich sofort zu der Behausung des Herrn Oberst auf den Weg.

Ich traf ihn auf der Veranda seines Hauses an, wo er auf einem Liegestuhl lag und heftig schnaufte. Er empfing mich nicht unfreundlich. Zunächst sagte er gar nichts, sondern heftete zwei prüfende Katzenaugen auf mich; dann erhellte ein boshaftes Lächeln seine Züge, die hart und unempfindlich waren. Schließlich eröffnete er mir, keiner der Krankenpfleger, die bisher in seinen Diensten gestanden hatten, sei einen Schuß Pulver wert gewesen, sie hätten fast nur geschlafen, rebelliert und seien den Sklavinnen nachgestiegen; zwei hätten sogar lange Finger gemacht.

»Machst du auch lange Finger?«

»Nein, Senhor.«

Dann fragte er mich nach meinem Namen; ich nannte ihn, und er machte ein verwundertes Gesicht. Colombo? Nein, Senhor: Procópio José Gomes Valongo. Valongo? Er fand, das sei kein Name für einen anständigen Menschen, und schlug daher vor, er würde mich nur Procópio nennen, worauf ich entgegnete, ich sei mit allem einverstanden. Ich erwähne diese Einzelheit nicht nur, weil sie mir charakteristisch für diesen Mann zu sein scheint, sondern auch, weil meine Antwort den besten Eindruck auf ihn machte. Das erklärte er sogar dem Pfarrer und fügte hinzu, ich sei der sympathischste Krankenwärter, den er je gehabt habe. Tatsächlich verlebten wir gemeinsame Flitterwochen, die genau sieben Tage dauerten.

Am achten Tag begann ich das Leben meiner Vorgänger, ein Hundeleben. Nun hieß es: nicht mehr schlafen, nichts anderes mehr im Kopf haben als ihn, Schimpfworte einstecken und manchmal resigniert und gleichgültig darüber lachen, was, wie ich bemerkte, die geeignete Art war, ihm zu gefallen. All das waren die Ungezogenheiten eines unbeherrschten Kranken. Seine Krankheit bestand aus einem Kranz von Gebrechen; er litt an einer Pulsadergeschwulst, an Rheumatismus und drei oder vier anderen geringfügigeren Leiden. Er war fast sechzig Jahre alt; seit seinem fünften Lebensjahr hatte ihm alle Welt seinen Willen getan. Wäre er nur zänkisch gewesen, hätte man sich damit abgefunden; er war aber auch bösartig und hatte seine Lust an den Leiden und Demütigungen anderer. Nach Ablauf von drei Monaten war ich am Ende meiner Kräfte und beschloß fortzugehen, wollte jedoch eine passende Gelegenheit abwarten.

Die Gelegenheit ließ auch nicht auf sich warten. Eines Tages, als ich versäumte, ihm rechtzeitig seine Medizin zu geben, ergriff er seinen Stock und verabreichte mir zwei oder drei Schläge. Mehr war nicht nötig; ich kündigte unverzüglich und verließ ihn auf der Stelle, um meine Habseligkeiten zusammenzupacken. Er lief mir jedoch in meine Kammer nach, bat, ich möge bleiben, es lohne sich doch nicht, wegen einem alten Brummbären in Harnisch zu geraten. Er drang so beharrlich auf mich ein, daß ich dablieb.

»Ich pfeife aus dem letzten Loch, Procópio«, sagte er abends zu mir. »Ich mach' es nicht mehr lange. Ich stehe schon mit einem Bein im Grab. Du sollst mein Begräbnis miterleben, Procópio, das erlasse ich dir nicht. Du mußt dabeisein, sollst vor meinem Grabstein stehen und beten. Wenn du nicht kommst«, fügte er lachend hinzu, »steige ich nachts aus meinem Sarg und zieh' dich am Bein. Glaubst du an die Wiederkehr der Seelen aus dem Jenseits, Procópio?«

»Das wäre noch schöner!«

»Und warum willst du nicht daran glauben, du Esel?« gab er, die Augen verdrehend, lebhaft zurück.

Wenn so der Friede beschaffen war, läßt sich leicht vorstellen, wie der Krieg aussah. Von jetzt an fielen die Stockschläge aus, aber die Schmähungen blieben, wenn sie nicht sogar schlimmer wurden. Mit der Zeit schaffte ich mir ein dickes Fell an und machte mir nichts mehr aus seiner Art, mich zu traktieren; ich war ein Esel, ein Kamel, eine taube Nuß, ein Dummkopf, ein Faulpelz, ich war einfach alles. Zum Glück war niemand in der Nähe, der diese Bezeichnungen mit angehört hätte. Der Oberst besaß keine Angehörigen, er hatte einen Neffen gehabt, der Ende Mai oder Anfang Juni in Minas an der Schwindsucht gestorben war. Seine Freunde besuchten ihn nur in größeren Abständen, um ihm gut zuzureden, um ihm zu schmeicheln, und blieben fünf oder zehn Minuten, länger nicht. Übrig blieb nur ich, ich allein für ein ganzes Wörterbuch. Mehr als einmal beschloß ich, mich aus dem Staube zu machen, ließ mich aber auf Drängen des Pfarrers immer wieder zum Bleiben überreden.

Nicht nur, daß unsere Beziehungen zusehends unerfreulicher wurden, ich war auch immer begieriger, an den Hof zurückzukehren. Sich mit zweiundvierzig Jahren an ein so zurückgezogenes Leben im Landesinnern als Famulus eines wildgewordenen Kranken zu gewöhnen ist keine Kleinigkeit. Um meine Isolierung zu veranschaulichen, brauche ich nur zu erwähnen, daß ich kaum mehr eine Zeitung in die Finger bekam; dem Herrn Oberst wurden nur wichtige

Nachrichten überbracht, ich tappte völlig im dunkeln über das, was in der übrigen Welt vorging. Daher war ich entschlossen, bei der ersten besten Gelegenheit in die Residenz zurückzukehren, selbst auf die Gefahr hin, daß ich es mit dem Dorfpfarrer verderben würde. Und weil ich eine Generalbeichte ablege, sei eines nicht vergessen: Da ich mein Gehalt restlos auf die Seite legte und keinen Réis ausgab, war ich darauf erpicht, meine Ersparnisse möglichst bald in Rio an den Mann zu bringen. Eine günstige Gelegenheit mußte sich eines schönen Tages ergeben. Tatsächlich ging es mit dem Oberst bergab, er setzte sein Testament auf und sprang dabei mit dem Notar fast ebenso ungnädig um wie mit mir. Nun behandelte er mich noch schlechter, die kurzen Pausen der Ruhe und Gelassenheit wurden immer seltener. Mittlerweile hatte ich die geringe Dosis Mitleid, dank deren ich über die Auswüchse des Kranken hatte hinwegsehen können, völlig aufgebraucht, in mir gärte ein Gemisch aus Haß und Abscheu. Anfang August beschloß ich endgültig zu gehen; der Pfarrer und der Arzt verschlossen sich meinen Beweggründen nicht und baten mich nur, noch eine kurze Weile zu bleiben. Ich räumte ihnen einen Monat ein, nach Ablauf dieses einen Monats würde ich gehen, ohne Rücksicht auf den Zustand des Kranken. Der Pfarrer begann, Ausschau nach einem Nachfolger für mich zu halten.

Passen Sie auf, was nun geschah. Am späten Abend des vierundzwanzigsten August bekam der Oberst einen Wutanfall, fiel über mich her, warf mir die übelsten Schimpfworte an den Kopf, drohte mich zu erschießen und schleuderte mir schließlich einen Teller mit Maisbrei ins Gesicht, der ihm zu kalt war; der Teller traf die Wand und zerschellte in tausend Stücke.

»Den wirst du mir bezahlen, du Dieb!« wetterte er.

Dann brummte er noch eine Zeitlang. Um elf Uhr schlief er endlich ein. Während er schlief, zog ich ein Buch aus der Tasche, einen alten Roman von Arlincourt in Übersetzung, den ich dort gefunden hatte, und schickte mich an, im selben Zimmer in geringem Abstand von seinem Bett zu lesen. Um Mitternacht sollte ich ihn wecken, um ihm seine Arznei zu geben. Ob nun meine Müdigkeit schuld war oder das Buch, noch bevor ich die zweite Seite umgewendet hatte, schlief auch ich. Ich erwachte von dem Geschrei des Kranken und fuhr erschrocken auf. Der Oberst schien im Delirium zu sein, er schrie in einem fort und warf mit dem Wasserkrug nach mir. Ich fand keine Zeit, den Kopf wegzuziehen, und der Krug prallte gegen meine linke Gesichtshälfte; der Schmerz war so heftig, daß ich nichts mehr sah. Ich warf mich auf den Kranken, umklammerte seinen Hals, wir rangen wie Besessene, und ich erdrosselte ihn.

Als ich merkte, daß der Oberst den Geist aufgab, wich ich entsetzt zurück und stieß einen Schrei aus; aber niemand hörte mich. Ich lief wieder zum Bett, schüttelte den Kranken, um ihn zum Leben zu erwecken, aber es war zu spät; die geschwollene Pulsader war geplatzt, der Oberst war tot. Ich ging ins Nebenzimmer und wagte zwei Stunden lang nicht, in das Sterbezimmer zurückzugehen. Ich vermag nicht einmal zu sagen, was ich während der ganzen Zeit tat oder durchmachte. Es war Benommenheit, ein unbestimmter, tauber Fieberwahn. Es schien mir, als seien die Wände Gestalten geworden, ich hörte dumpfe Stimmen. Die Schreie des Opfers vor und während des Kampfes hallten in mir nach, und wohin mein irres Auge blickte, schien die Luft von Schaudern durchzuckt. Glauben Sie nicht, daß ich mich in Bilder oder Redensarten versteige, ich versichere Ihnen: Ich hörte Stimmen, die mir entgegendonnerten: Mörder! Mörder!

Sonst war alles ruhig. Das Ticken der Uhr, gleichmäßig und trocken, unterstrich nur noch die Stille und Einsamkeit. Ich legte das Ohr an die Schlafzimmertür in der Hoffnung, ein Stöhnen zu vernehmen, ein Wort, eine Beleidigung, irgend etwas, was nach Leben klang, was mein Gewissen beruhigt hätte. Ich wäre bereit gewesen, zehn-, zwanzig-, hundertmal Schläge aus den Händen des Obersten entgegenzunehmen. Aber nichts, nichts; alles war stumm wie das Grab. Wieder ging ich auf und ab, setzte mich, stützte den Kopf in die Hände; jetzt bereute ich es erst recht, gekommen zu sein. »Verflucht sei die Stunde, in der ich das Angebot angenommen habe!« stieß ich laut hervor. Ich wütete gegen den Pater aus Niteroí, gegen den Arzt, den Pfarrer, gegen alle, die mir die Stelle besorgt, die mich immer wieder angefleht hatten, doch noch eine Weile zu bleiben. Ich klammerte mich an die Solidarität der anderen.

Da die Stille mir den Rest zu geben drohte, öffnete ich ein Fenster, um den Laut des Windes zu hören, sofern er wehte. Aber er wehte nicht. Die Nacht war still, die Sterne funkelten mit der Gleichgültigkeit von Leuten, die den Hut vor einem vorübergehenden Leichenzug abnehmen und dabei über andere Dinge reden. Ich lehnte eine Zeitlang am Fenster, blickte in die Nacht, blickte auf mein Leben zurück, bemüht, von dem Schmerz des Augenblicks auszuruhen. Erst jetzt, das kann ich beschwören, dachte ich deutlich an die Strafe. Ich hatte ein Verbrechen auf mich geladen und sah die gerechte Strafe vor mir. Aber nun erschwerte meine Angst es mir, Reue zu empfinden. Einige Minuten später sah ich drei oder vier Gestalten auf der Terrasse, die verstohlen hereinzuspähen schienen. Jäh wich ich zurück, die Umrisse verflüchtigten sich in der Nachtluft; es war eine Halluzination gewesen.

Ehe der Morgen graute, behandelte ich die Schwellung meines Gesichts. Erst jetzt wagte ich mich wieder in das Totenzimmer hinein. Zweimal machte ich einen Schritt zurück; es mußte jedoch sein, und ich ging hinein; aber auch so trat ich nicht gleich ans Bett. Meine Beine zitterten, mein Herz pochte zum Zerspringen, ich dachte sogar an Flucht, aber das wäre ja ein Eingeständnis des Verbrechens gewesen, während es im Gegenteil darauf ankam, jede Spur davon zu verwischen. So trat ich nahe ans Bett und sah den Leichnam mit weitaufgerissenen Augen und offenem Mund, als wolle er den ewigen, uralten Fluch ausstoßen: »Kain, was hast du deinem Bruder getan?« Ich sah am Hals die Spuren meiner Nägel; ich knöpfte sein Hemd hoch zu und zog die Bettdecke bis unter sein Kinn. Dann rief ich einen Sklaven, sagte ihm, ich hätte den Obersten am Morgen tot im Bett gefunden, er möge den Herrn Pfarrer und den Herrn Doktor benachrichtigen.

Anfangs hatte ich die Absicht, mich in aller Herrgottsfrühe fortzumachen, unter dem Vorwand, mein Bruder sei krank, zumal ich einige Tage zuvor einen Brief von ihm erhalten hatte, in dem er schrieb, es gehe ihm schlecht. Ich erkannte aber, daß ein so plötzlicher Rückzug Verdacht erregen konnte, und blieb da. Mit Hilfe eines alten, kurzsichtigen Schwarzen zog ich eigenhändig den Toten an. Ich verließ das Sterbezimmer keinen Augenblick, aus Angst, man könne etwas entdecken. Ich wollte im Gesicht der anderen sehen, ob sie Argwohn hegten, wagte aber nicht, irgendeinen von ihnen anzublicken.

Alles machte mich ungeduldig: die behutsamen Schritte, mit denen die Leute ins Zimmer kamen, das Flüstern, das Zeremoniell und die Gebete des Pfarrers. Als es soweit war, verschloß ich persönlich den Sarg mit zitternden, mit so stark zitternden Händen, daß einer der Trauergäste, der es sah, mitleidvoll zu einem anderen sagte:

»Der arme Procópio! Obschon er nichts zu lachen hatte, tut ihm der Oberst noch leid!«

Das kam mir vor wie die reinste Ironie; ich brannte darauf, alles beendet zu sehen. Dann traten wir auf die Straße. Der Übergang aus dem Halbdunkel des Hauses in die Helligkeit der Straße erschütterte mich; ich hielt es für unmöglich, das Verbrechen länger zu verbergen. Ich heftete die Blicke auf den Erdboden und ging neben dem Sarg einher. Als alles vorüber war, atmete ich auf. Ich war in Frieden mit den Menschen. Ich war es nur nicht mit meinem Gewissen, und in den ersten Nächten wurde ich sehr von Unruhe und Kummer geplagt. Unnütz zu sagen, daß ich bald darauf nach Rio de Janeiro abreiste, daß ich, wiewohl fern von der Stätte des Verbrechens, dort niedergeschlagen dahinlebte. Ich lachte nicht, sprach wenig, aß schlecht, hatte Halluzinationen und Alpträume ...

»Laß endlich gut sein, tot ist tot«, sagte man immer wieder zu mir. »Du hast keinen Grund, eine solche Leidensmiene aufzusetzen.«

Ich nutzte die Illusion, hob den Toten in den Himmel, nannte ihn eine gute Seele, zwar sei er ziemlich unverschämt gewesen, habe aber dafür ein goldenes Herz gehabt. Wenn ich ihn so lobte, glaubte ich meine Worte selber, zumindest einige Augenblicke lang. Ein anderes interessantes Phänomen, das Sie vielleicht verwerten können: Obwohl ich nicht religiös war, ließ ich in der Sacramento-Kirche eine Messe für die ewige Ruhe des Herrn Oberst lesen. Ich verschickte keine Einladungen, sagte niemandem ein Wort, wohnte der Messe allein bei, kniete während der ganzen Zeit und bekreuzigte mich fortwährend. Ich zahlte dem Priester eine doppelte Vergütung und verteilte Almosen an der Kirchentüre, alles dem Verstorbenen zuliebe. Ich wollte die Leute nicht hinters Licht führen; der Beweis dafür ist, daß ich allein hinging. Um diesen Punkt zu vervollständigen, möchte ich hinzufügen, daß ich nie von dem Obersten sprach, ohne zu sagen: »Gott hab ihn selig!« Und ich erzählte einige herzhafte, urkomische Anekdoten ...

Eine Woche nach meiner Ankunft in Rio de Janeiro erhielt ich von dem Pfarrer jenen Brief, den ich Ihnen gezeigt habe, des Inhalts, daß das Testament des Obersten gefunden worden und ich darin als Universalerbe eingesetzt sei. Man stelle sich meine Bestürzung vor! Ich traute meinen Augen nicht, lief zu meinem Bruder, rannte zu meinen Freunden — alle lasen dasselbe. Da stand es schwarz auf weiß: Ich war der Alleinerbe des Obersten. Zunächst vermutete ich, es könne eine Falle sein, dann aber überzeugte ich mich davon, daß es andere Mittel gegeben hätte, mich zu überführen, sofern das Verbrechen entdeckt worden wäre. Im übrigen kannte ich die Redlichkeit des Pfarrers, der sich nie zu dergleichen Machenschaften hergeben würde. Wieder las ich den Brief, fünf, zehn, zahllose Male; da stand die Nachricht, unmißverständlich.

»Wie groß war sein Vermögen?« fragte mein Bruder.

»Ich weiß nicht, jedenfalls war er reich.«

»Jedenfalls war er dein Freund, das muß man sagen.«

»Er war's ... er war's ...«

Somit wollte es die Ironie des Schicksals, daß sein Besitz in meine Hände fiel. Zuerst kam mir der Gedanke, die Erbschaft zurückzuweisen. Es wollte mir abscheulich vorkommen, auch nur eine Kupfermünze aus einem derartigen Nachlaß anzunehmen, es war schlimmer, als ein bezahlter Polizeispitzel zu sein. Drei Tage überlegte ich hin und her und blieb immer wieder an demselben Fragezeichen hängen: Konnte meine Zurückweisung nicht Argwohn erregen? Als die drei Tage um waren, gelangte ich zu einer Vergleichslösung: Ich würde die Erbschaft antreten und sie bis zum letzten Mil-Réis verschenken, ratenweise, heimlich. Es waren nicht nur Gewissensbisse, die mich zu dieser Entscheidung trieben, es war vor allem die gute Tat, durch die ich mein Verbrechen zu sühnen hoffte. Es schien mir, als würde ich auf diese Weise wieder schuldlos.

Ich packte meinen Koffer und reiste in das Städtchen. Je mehr ich mich meinem Ziel näherte, desto deutlicher trat mir das traurige Ereignis wieder vor Augen. Über der Umgebung des Städtchens lag ein tragischer Schimmer, der Schatten des Obersten schien mir aus jedem Winkel entgegenzutreten. Von neuem ließ meine Phantasie die Worte, die Gebärden, die lange Nacht des Verbrechens aufleben ...

Verbrechen oder Kampf? In der Tat, es war ein Kampf gewesen, in dem ich als Angegriffener in Notwehr gehandelt hatte ... Es war ein Unglück gewesen, eine Auswegslosigkeit. Darauf versteifte ich mich. Ich wog die erschwerenden Umstände, legte die Schläge, die Schmähungen in die Waagschale ... Zwar war der Oberst nicht schuld daran gewesen, das wußte ich; seine Krankheit hatte ihn so heftig, so böswillig gemacht. Aber all das hatte ich ja vergeben, vergessen. Schlimm war nur das Schicksalhafte, das Ausweglose jener Nacht ... Dann fiel mir ein, daß der Oberst ohnehin nicht mehr lange zu leben gehabt hätte; er war schon am Ende gewesen, er hatte es selber gefühlt und sogar ausgesprochen. Wie lange würde er noch gelebt haben? Zwei Wochen, eine, vielleicht noch kürzer? Es war schon kein Leben mehr, höchstens noch ein Dahinvegetieren gewesen, wenn man das zähe Leiden des armen Mannes so nennen wollte. Wer weiß, vielleicht waren unser Kampf und sein Tod auch nur zufällig zusammengetroffen? Das war ohne weiteres möglich, sogar wahrscheinlich, ja, es konnte gar nicht anders sein. Auch dieser Gedanke setzte sich in mir fest ...

Als das Städtchen fast in greifbarer Nähe vor mir lag, krampfte sich mein Herz zusammen, und ich wollte den Rückzug antreten. Dann aber ermannte ich mich und fuhr weiter. Man empfing mich mit Glückwünschen. Der Pfarrer klärte mich über die Testamentsbestimmungen, über die frommen Schenkungen auf; nebenbei lobte er meine christliche Sanftmut und den Eifer, mit dem ich dem Obersten gedient hatte, der sich trotz seines bärbeißigen, barschen Wesens als dankbarer Mensch erwiesen hatte.

»Gewiß, gewiß«, sagte ich, zur Seite blickend.

Ich war wie benommen. Alle Welt lobte meine Hingabe und Geduld. Die ersten Prüfungen des Inventars hielten mich einige Zeit im Städtchen auf. Ich bestimmte einen Anwalt; die Dinge wickelten sich reibungslos ab. Während dieser Zeit kam das Gespräch häufig auf den Obersten. Man erzählte mir mancherlei aus seinem Leben, freilich ohne den schonenden Ton des Pfarrers; ich nahm ihn in Schutz, wies auf seine Tugenden hin, sagte, er wäre doch ein maßvoller Mensch gewesen ...

»Maßvoll? Nun, er ist tot, und der Fall ist ausgestanden. Aber in Wahrheit war er ein Teufel, und damit hat sich's!«

Und man berichtete mir von Hartherzigkeiten, von Fällen, in denen er gemein, ja haarsträubend gehandelt hatte. Soll ich Ihnen etwas sagen? Zunächst hörte ich voller Neugierde zu, dann aber stahl sich ein sonderbares Vergnügen in mein Herz, das ich aufrichtig zu verdrängen suchte: Ich verteidigte den Obersten, versuchte sein Wesen zu erklären, schob manches auf Zänkereien des Ortes, andrerseits müßte ich zugeben, daß er ein wenig heftig gewesen sei ... Ein wenig? Er war eine giftige Schlange, unterbrach mich der Barbier; und alle, der Steuereinnehmer, der Apotheker, der Stadtschreiber, alle sagten das gleiche. Neue Anekdoten wurden mir aufgetischt, das ganze Leben des Verstorbenen wurde durchgehechelt. Die Alten wollten sich sogar an Grausamkeiten aus seiner Kinderzeit erinnern. Und es wuchs in mir die Lust, verschwiegen, hämisch, tückisch, eine Art seelischer Bandwurm, den ich abreißen konnte, sooft ich wollte, und der immer wieder nachwuchs.

Die Herrichtung des Inventars brachte mir Abwechslung; andrerseits war das Urteil das Städtchens über den Obersten so vernichtend, daß die mir vertrauten Orte ihren anfangs düsteren Eindruck allmählich verloren. Sobald die Erbschaft in meinem Besitz war, tauschte ich sie in Aktien und Bargeld um. Mittlerweile waren Monate vergangen, und meine Absicht, sie ausschließlich in Almosen und frommen Spenden auszugeben, hatte ihre anfängliche Anziehungskraft eingebüßt, ich fand sogar, daß es reine Ziererei gewesen war. So änderte ich meinen ursprünglichen Plan, verschenkte einen Teil an die Armen, stiftete der Stadtkirche einige neue Paramente, machte der Santa Casa da Misericórdia eine Schenkung und dergleichen mehr, insgesamt zweiunddreißig Contos de Réis. Ich ließ auch einen Grabstein für den Obersten errichten, ganz aus Marmor, das Werk eines Neapolitaners, der sich im Jahre 1886 hier aufgehalten hat und meines Wissens in Paraguai gestorben ist.

Die Jahre vergingen, meine Erinnerungen wurden aschfarben und blaß. Dann und wann denke ich an den Obersten, aber ohne die Schrecknisse der ersten Tage. Alle Ärzte, denen ich von seiner Krankheit erzählte, waren sich darüber einig, daß er längst ein Todeskandidat gewesen war, und wunderten sich darüber, daß er so lange standgehalten hatte. Mag sein, daß ich in meiner Schilderung unabsichtlich übertrieb; trotzdem war er zum Tode verurteilt, auch wenn jene fatalen Umstände nicht mitgeholfen hätten . . .

Leben Sie wohl, verehrter Senhor. Wenn Sie glauben, diese Einzelheiten verwenden zu können, so entschuldigen Sie mich Ihrerseits mit einer Marmorgruft, und lassen Sie darin folgende Berichtigung einhauen, die ich hiermit an der Bergpredigt vornehmen möchte: »Selig sind die Besitzenden, denn sie werden getröstet werden.«

ERZÄHLUNG
AUS DER SCHULZEIT

Die Schule, ein zweistöckiges Holzhaus, lag in der Rua do Costa. Das Jahr war 1840. An jenem Tag, einem Montag im Mai, vertrödelte ich einige Augenblicke in der Rua da Prinzesa, um zu überlegen, wo ich am Vormittag spielen sollte. Ich zögerte zwischen dem Morro de S. Diogo und dem Campo de Sant'Ana, der damals noch nicht die elegante Parkanlage von heute, sondern ein mehr oder minder unbegrenztes ländliches, grasbedecktes Feld war, auf dem sich Wäscherinnen und Esel die Zeit vertrieben. Hügel oder Feld, das war die Frage. Plötzlich sagte ich mir: Die Schule ist das Beste. So wandte ich den Schritt der Schule zu. Der Grund dafür ist folgender:

In der vorangegangenen Woche hatte ich zweimal die Schule geschwänzt, war dabei ertappt worden und hatte von meinem Vater eine Tracht Prügel bezogen. Noch tagelang spürte ich die Folgen der Mißhandlung. Er war früher Angestellter im Kriegsarsenal gewesen, ein roher, unduldsamer Mensch. Er träumte von einer bedeutenden wirtschaftlichen Karriere für mich und hatte es eilig, mich im Besitz der kaufmännischen Grundkenntnisse, des Lesens, Schreibens und Rechnens, zu sehen, damit ich als Handlungsgehilfe in einem kaufmännischen Betrieb untergebracht werden könnte. Wiederholt nannte er die Namen reicher Männer, die hinter dem Ladentisch begonnen hatten. Es war die Erinnerung an die letzte Züchtigung, die mich an jenem Vormittag in die Schule trieb. Ich war kein Tugendpinsel.

Behutsam schlich ich die Treppe hinauf, um nicht von dem Lehrer gehört zu werden, und gelangte noch rechtzeitig in die Schulklasse; drei oder vier Minuten später trat er ein. Er kam herein mit seinem üblichen sanften Gang, seine Füße steckten in Ziegenfellpantoffeln, sein Körper war in eine verwaschene Leinenjacke, in steife weiße Beinkleider gezwängt, sein hoher Hemdkragen fiel breit herab. Er hieß Policarpo und war etwa fünfzig Jahre alt. Sobald er hinter dem Katheder saß, zog er seine Schnupftabaksdose und sein rotes Taschentuch hervor und legte beides in die Schublade; dann ließ er den Blick durchs Schulzimmer kreisen. Die Schüler, die bei seinem Eintritt aufgestanden waren, setzten sich wieder. Alles war in Ordnung, der Unterricht begann.

»*Seu* Pilar, ich muß mit dir sprechen«, sagte der Sohn des Schulmeisters leise zu mir.

Raimundo hieß dieser Junge; er war weich, eifrig und nicht gerade aufgeweckt. Raimundo brauchte zwei Stunden, um das zu behalten, was die anderen in dreißig oder fünfzig Minuten begriffen; was sein Verstand nicht gleich aufzunehmen vermochte, bewältigte er mit der Zeit. Dazu kam eine Heidenangst vor seinem Vater. Er war ein zartes, blasses Bürschchen mit kränklichem Gesichtsausdruck; selten sah man ihn fröhlich. Er betrat die Schule nach dem Vater und verließ sie vor ihm. Mit ihm war der Lehrer strenger als mit uns.

»Was willst du?«

»Gleich«, antwortete er mit zitternder Stimme.

Die Klassenarbeit begann. Es fällt mir nicht leicht, zu sagen, daß ich einer der Fortgeschrittensten der Klasse war, aber ich war es. Ich sollte daher nicht auch noch behaupten, daß ich einer der Intelligentesten war — und zwar aus einem verständlichen Schamgefühl und wegen der hier verfolgten Absicht — , aber ich habe keine andere Wahl. Es sei noch bemerkt, daß ich weder bleich noch schwächlich war; ich hatte gesunde Farben und eiserne Muskeln. Beim Schönschreiben zum Beispiel war ich immer als erster fertig, ließ mich aber dazu hinreißen, Nasen aufs Papier oder auf die Tafel zu malen — eine zwar geist- und verdienstlose, dafür aber harmlose Beschäftigung. An jenem Tag war es wieder so; kaum hatte ich meine Arbeit geschrieben, als ich die Nase des Herrn Lehrers abzuzeichnen begann und ihr dabei fünf oder sechs verschiedene Biegungen gab, von denen ich mich an eine fragende, eine bewundernde, eine zweifelnde und eine nachdenkliche erinnere. Als Abc-Schütze gab ich ihnen zwar nicht diese Bezeichnungen, verlieh ihnen aber den genannten Ausdruck. Mittlerweile wurden die anderen mit ihrer Schönschrift fertig; es blieb mir daher nichts anderes übrig, als meine Arbeit gleichfalls zu beenden, sie abzugeben und mich wieder an meinen Platz zu setzen.

Frei heraus gesprochen: Ich bereute, gekommen zu sein. Nun saß ich hier gefangen, während ich darauf brannte, draußen umherzutollen. Ich wiederholte mir insgeheim »Feld oder Hügel«, dachte an die anderen Lausbuben, an Chico Telha, an Américo, an den Treppen-Carlos, an die Blütenlese meines Stadtviertels und des Menschengeschlechts. Um meine Verzweiflung voll zu machen, erblickte ich durch die Scheiben des Klassenzimmers im hellblauen Himmel über dem Hügel von Livramento einen Drachen, der hoch, mit weitausladenden Schwingen, an einer endlos langen Schnur, prächtig in der Luft schwebte. Und ich saß hier eingekerkert im muffigen Schulzimmer, die Beine zusammengepreßt, Lesebuch und Grammatik auf den Knien.

»Ich bin ein Esel, daß ich gekommen bin«, flüsterte ich Raimundo zu.

»Sag das nicht!« gab er leise zurück.

Ich blickte ihn an, er war noch blasser als sonst; da fiel mir wieder ein, daß er mich um etwas hatte bitten wollen, und ich fragte, was es sei. Wieder erbebte Raimundo und sagte rasch, ich solle einen Augenblick warten; es sei etwas sehr Privates.

»*Seu* Pilar . . .«, murmelte er nach einigen Minuten.

»Ja, was ist?«

»Du . . .«

»Du — was?«

Rasch warf er einen Blick auf den Vater, dann auf einige andere Jungen. Einer von ihnen, Curvelo, sah mißtrauisch zu ihm herüber, und Raimundo, der mich auf seinen scheelen Blick aufmerksam machte, bat mich, noch ein paar Minuten zu warten. Ich gestehe, daß ich allmählich vor Neugierde brannte. Ich äugte zu Curvelo hin und sah, daß er ganz Auge und Ohr zu sein schien.

Es konnte zwar schlichte, bloße Neugierde sein, mithin eine natürliche Aufdringlichkeit; es konnte aber auch sein, daß die beiden ein Geheimnis miteinander hatten. Curvelo war nämlich ein Teufelsbraten. Er war elf Jahre alt und damit älter als wir anderen.

Was wollte Raimundo nur von mir? Unruhig rückte ich auf meiner Bank hin und her und sprach leise auf ihn ein, er solle mir doch sagen, was los sei, niemand gebe im Augenblick Obacht. Wenn er aber durchaus nicht wolle, dann eben nachmittags . . .

»Nachmittags nicht«, unterbrach er mich.

»Dann eben jetzt . . .«

»Papa schaut her!«

Tatsächlich beobachtete uns der Schulmeister. Da dieser, wie gesagt, strenger mit seinem Sohn umging, suchte er ihn häufig mit dem Blick, um ihn in die Zange zu nehmen. Aber auch wir waren durchtrieben, steckten rasch die Nase in unsere Bücher und taten, als läsen wir eifrig weiter. Schließlich wurde der Herr Lehrer des Spiels müde und wandte sich den Tageszeitungen zu, deren drei oder vier an der Zahl; er las langsam, bedächtig und kaute die abgedruckten Ideen und hitzigen Auseinandersetzungen gründlich durch. Wir dürfen nicht vergessen, daß wir am Ende der Regentschaft standen und die Wogen der öffentlichen Erregung hoch gingen. Sicherlich hatte Policarpo bestimmte Parteisympathien, aber welche, konnte ich nicht feststellen. Das Schlimmste, was uns blühen konnte, war die Zuchtrute. Diese hing mit ihren fünf Teufelsaugen rechter Hand am Fenstergriff. Er brauchte nur die Hand auszustrecken, sie vom Haken zu nehmen und mit seiner gewohnten, keineswegs geringen Kraft zu schwingen. Daher mochte es mitunter vorkommen, daß die politischen Leidenschaften uns von der einen oder anderen Züchtigung befreiten. Jedenfalls wollte es mir an jenem Tag scheinen, als verschlinge er die Blätter gieriger als sonst. Von Zeit zu Zeit hob er den Blick oder nahm eine Prise, versenkte sich aber sofort wieder in seine Zeitungen und las wie ein Bücherwurm.

Nach einer Weile — es mochten zehn oder zwölf Minuten vergangen sein — steckte Raimundo die Hand in die Hosentasche und schielte zu mir herüber.

»Weißt du, was ich hier habe?«
»Nein.«
»Eine Silbermünze, die Mama mir geschenkt hat.«
»Heute?«
»Nein, neulich, an meinem Geburtstag ...«
»Ist sie wirklich aus Silber?«
»Ja, wirklich.«

Behutsam förderte er sie zutage und zeigte sie mir von weitem. Es war eine Münze aus der Zeit des Königs, wahrscheinlich zwölf *Vinténs* oder zwei *Tostões*, ich erinnere mich nicht mehr daran; es war aber eine Münze, eine so echte Münze, daß mein Herz wild zu pochen begann. Wieder wandte Raimundo mir seinen bleichen Blick zu; dann fragte er mich, ob ich sie haben wolle. Ich antwortete, er wolle mich wohl aufziehen, aber er schwor, er meine es ernst.

»Dann hast du ja keine mehr.«
»Mama gibt mir eine andere. Sie hat viele, Großpapa hat ihr ein ganzes Kästchen hinterlassen, einige sind sogar aus Gold. Willst du diese haben?«

Meine Antwort bestand darin, daß ich verstohlen die Hand ausstreckte, nachdem ich zum Pult hinübergeschielt hatte. Raimundo zog die Hand zurück und verzog hämisch den Mund — das sollte ein Lächeln sein. Dann schlug er mir ein Geschäft, einen Austausch von Dienstleistungen vor; er würde mir die Münze geben, ich sollte ihm dafür ein oder zwei Fragen der Grammatik erklären. Er hatte in unserem Lehrbuch etwas nicht begriffen und eine Heidenangst vor seinem Vater. Während er den Vorschlag machte, rieb er die Münze an seinem Knie ...

Ich hatte eine merkwürdige Empfindung. Nicht, daß ich eine dem Erwachsenen angemessene Vorstellung von der Tugend gehabt hätte; es war aber auch nicht so, daß mir eine Kinderlüge leichten Herzens über die Lippen gekommen wäre. Wir wußten beide genau, wie man den Lehrer hintergeht. Die Neuigkeit lag in den Bedingungen des Vorschlages, im Austausch von Geld gegen Nachhilfe, es war ein klares Geschäft ohne Hintergedanken: Ich gebe dir dies, du gibst mir das. Das war der Anlaß zu meiner Empfindung. Unwillkürlich blickte ich ihm ins Gesicht, ohne ein Wort herauszubringen.

Es muß gesagt werden, daß die betreffende Stelle der Grammatik schwierig war und daß Raimundo, der sie nicht gelernt hatte, seine Zuflucht zu einem Mittel nahm, mit dem er der Strafe seines Vaters zu entgehen hoffte. Hätte er mich schlicht und einfach um Auskunft gebeten, ich hätte ihm wie bei den vorigen Malen geholfen. Aber anscheinend war der Grund zu dem Vorschlag seine Erinnerung an meine früheren Hilfeleistungen, die Angst, ich könne weniger bereitwillig, ja gelangweilt sein und ihm dadurch die Fragen weniger eingehend erklären; vielleicht hatte ich ihm auch gelegentlich ungenügend geholfen. Der arme Teufel rechnete zwar mit meiner Unterstützung, wollte sich aber meines Lehreifers vergewissern und griff daher auf die Münze zurück, die seine Mutter ihm geschenkt und die er als Reliquie oder Spielzeug verwahrt hatte. Er hatte sie also hervorgezogen und rieb sie nun an seinem Knie blank, vor meinen Augen, gleichsam als Köder. Ja, sie war hübsch, fein ziseliert, blank, sehr blank, zumal für mich, der ich bestenfalls eine Kupfermünze in der Tasche hatte, eine häßliche, grobe Münze, grünspanüberzogen ...

Ich wollte sie nicht haben, trotzdem fiel es mir schwer, sie zurückzuweisen. Ich blickte zum Lehrer hinüber, der weiterlas, und zwar mit solcher Hingabe, daß ihm der Schleim aus der Nase lief.

»Los, nimm sie!« sagte der Lehrersohn leise zu mir. Die kleine Silbermünze sprühte zwischen seinen Fingern Funken, als wäre sie ein Diamant ... Tatsächlich, wenn der Lehrer nichts sah, was war dabei? Er konnte auch nichts sehen, er war förmlich versunken in seine Zeitung und las mit Feuer, mit Empörung ...

»Nimm, nimm ...«

Wieder warf ich einen verstohlenen Blick durchs Klassenzimmer und blieb auf Curvelos Augen haften, die uns aufs Korn genommen hatten; ich flüsterte Raimundo zu, er solle warten. Da es mir vorkam, als beobachte der andere uns, tat ich, als sähe ich ihn nicht. Nach einem Weilchen suchte ich ihn von neuem mit dem Blick — so leicht täuscht der Wille sich selber! — und bemerkte nichts Ungewöhnliches mehr an ihm. Nun faßte ich Mut.

»Gib sie her ...!«

Unauffällig gab mir Raimundo die Münze; ich steckte sie in die Hosentasche mit einem Frohlocken, das ich nicht beschreiben kann. Sie gehörte mir und lag dicht an meinem Bein. Nun brauchte ich nur noch meine Gegenleistung zu erfüllen, ihm die Stelle zu erklären. Ich verlor denn auch keine Zeit, tat es, und tat es, so gut ich konnte. Ich reichte ihm meine Erläuterungen auf einem Streifen Papier, den er behutsam, aufmerksam entgegennahm. Man fühlte, daß er sich fünf- oder sechsmal so sehr anstrengen mußte wie jeder andere, um das Geringste zu begreifen; aber in der Hoffnung, der Strafe zu entgehen, tat er sein möglichstes, und so würde auch alles gutgehen.

Plötzlich sah ich zu Curvelo hinüber und erbebte; seine Blicke waren auf uns gerichtet mit einem Lächeln, das nichts Gutes verhieß. Rasch guckte ich weg; als ich aber nach einem Weilchen wieder hinüberschielte, sah ich, daß er noch immer in der gleichen Richtung dasaß und jetzt sogar ungeduldig auf seiner Bank hin und her rutschte. Ich lächelte ihn an; er aber lächelte nicht, im Gegenteil, er runzelte die Stirn, was ihm einen drohenden Ausdruck verlieh. Mein Herz pochte.

»Wir müssen sehr vorsichtig sein«, sagte ich zu Raimundo.

»Sag mir noch das hier!« bat er.

Ich machte ein Zeichen, er solle den Mund halten; aber er bat beharrlich von neuem, und die Münze in meiner Tasche erinnerte mich an unsere Abmachung. So beantwortete ich seine Frage so unauffällig wie möglich, dann drehte ich mich nach Curvelo um, der mir noch unruhiger vorkam als vorher; sein Lächeln, das bisher nur böswillig ausgesehen hatte, war jetzt geradezu teuflisch. Unnütz zu sagen, daß auch ich dem Ende der Schulstunde mit glühender Ungeduld entgegensah. Aber die Uhr ging weder ihren Gang wie sonst, noch kümmerte sich der Lehrer im geringsten um seinen Unterricht; er las seine Zeitungen, einen Artikel nach dem anderen, quittierte sie mit Ausrufen, mit Achselzucken, mit halblauten, kurzen Schlägen der Hand auf die Kathederplatte. Draußen, im blauen Himmel, über dem Hügel, stand noch immer der Drachen in der Luft und schwebte hin und her, als riefe er mich. Ich wünschte mich mitsamt meinen Büchern hinaus ins Freie, auf den Stein unter dem Mangueirabaum, die Silbermünze in der Hosentasche, die ich um keinen Preis hergeben würde. Ich wollte sie zu Hause verwahren, meiner Mutter sagen, ich hätte sie auf der Straße gefunden. Damit sie nicht verlorenging, betastete ich sie, rieb mit den Fingern über ihre Prägung, fast wähnte ich die Inschrift durch die Berührung lesen zu können und brannte vor Verlangen, sie anzusehen.

»*Seu* Pilar!« rief der Schulmeister mit donnernder Stimme.

Ich erzitterte, als wäre ich aus einem Traum erwacht, und erhob mich schleunigst. Ich blickte zum Herrn Lehrer auf, der mich zwischen seinen Zeitungen ungnädig ansah.

Vor dem Katheder stand Curvelo. Er schien alles verraten zu haben.

»Komm her!« dröhnte der Lehrer.

Ich ging nach vorn und blieb vor ihm stehen. Er spießte mein Gewissen mit zwei nadelspitzen Blicken auf; dann rief er seinen Sohn. Die ganze Klasse hatte aufgehört zu arbeiten; kein einziger Schüler las noch, keiner machte die geringste Bewegung. Während ich die Augen keine Sekunde vom Lehrer abwandte, spürte ich, wie die Luft des Klassenzimmers vor Neugierde und Spannung knisterte.

»Sie haben also Geld bekommen, um anderen die Aufgaben zu erklären!« begann Policarpo ...

»Ich ...«

»Her mit der Münze, die dein Schulkamerad dir gegeben hat!« befahl er.

Ich gehorchte nicht gleich, konnte es jedoch nicht ableugnen. Noch immer zitterte ich wie Espenlaub. Policarpo brüllte von neuem, ich solle sofort die Münze herausrücken. Nun war mein Widerstand gebrochen, langsam steckte ich die Hand in die Tasche, brachte die Münze ans Tageslicht und übergab sie ihm. Schnaubend vor Zorn drehte er sie nach allen Seiten: Dann streckte er den Arm aus und schleuderte sie auf die Straße hinunter. Nun warf er uns ein paar harte Worte an den Kopf, sagte, sein Sohn und ich hätten etwas sehr Häßliches getan, hätten etwas Unwürdiges, Niedriges, eine Gemeinheit begangen. Dafür würden wir bestraft werden. Und schon griff er nach dem Rohrstock.

»Verzeihung, Herr Lehrer ...«, schluchzte ich.

»Es gibt kein Verzeihen! Die Hand her! Her mit ihr! Los, wird's bald! Schamloses Früchtchen! Willst du die Hand hergeben oder nicht?«

»Aber, Herr Lehrer ...«

»Wenn du sie nicht sofort hinhältst, bekommst du noch mehr!«

Ich streckte die rechte Hand aus, dann die linke, und erhielt einen Hieb nach dem anderen, bis zwölf voll waren,

Hiebe, von denen meine Handflächen feuerrot anschwollen. Dann kam sein Sohn an die Reihe, es erging ihm nicht besser, es wurde ihm nichts erspart, keine der zwei, vier, acht, zwölf Hiebe. Als die Züchtigung vorüber war, hielt er uns eine zweite Standpauke, nannte uns unverschämte Lümmel, abgefeimte Spitzbuben, und schwor, wenn uns dergleichen nochmals einfallen sollte, würde er uns einen Denkzettel verabreichen, den wir unser ganzes Leben nicht vergessen würden. Und schrie: »Ihr Schweinepriester! Krämerseelen! Feiglinge!«

Was mich betrifft, so senkte ich den Blick. Ich wagte nicht, irgend jemanden anzublicken, ich fühlte alle Blicke auf uns gerichtet. Ich ging zu meiner Bank zurück, schluchzend, niedergeschmettert von den Schmähungen des Lehrers. Im Klassenzimmer herrschte der Terror; ich hätte schwören mögen, daß an jenem Tage sich niemand mehr die geringste Zuchtlosigkeit herausgenommen hätte. Ich glaube sogar, daß selbst Curvelo Angst bekommen hatte. Ich wagte nicht gleich, zu ihm hinüberzuschielen, schwor mir jedoch, so sicher, wie zwei mal zwei vier ist, ihn gründlich durchzubleuen, sobald wir auf der Straße wären.

Nach einiger Zeit blickte ich aber doch hinüber; sein Blick war auf mich gerichtet, rasch wandte er sich ab, ich glaube sogar, er erbleichte. Dann mußte er sich zusammennehmen, denn er wurde aufgerufen vorzulesen, und er tat es mit sichtlicher Angst. Dabei veränderte er dauernd die Stellung, rückte unruhig hin und her, kratzte sich am Bein, an der Nase. Vielleicht bereute er, uns angezeigt zu haben; und in der Tat, wozu hatte er es getan? Hatten wir ihm etwas weggenommen? Das sollst du mir zahlen, und zwar knochenhart! sagte ich zu mir.

Dann war die Schule aus, und wir waren entlassen. Curvelo lief eilends voraus. Das war mir recht, auch ich wollte mich nicht mit ihm in der Rua da Costa, in nächster Nähe des Schulhauses, sondern lieber in der Rua Larga de São Joaquim prügeln. Als ich jedoch an die Straßenecke kam, war er spurlos verschwunden, vermutlich hatte er sich in einem Laden oder Hausflur versteckt. Ich betrat einen Kramladen, spähte in Hausgänge, fragte einige Leute nach ihm, aber niemand schien ihn gesehen zu haben. Nachmittags fehlte er beim Unterricht.

Zu Hause verriet ich natürlich kein Wort von dem Vorfall; um meine geschwollenen Hände zu erklären, belog ich meine Mutter und sagte, ich hätte meine Hausaufgabe nicht gelernt. In jener Nacht schlief ich fest und schickte die beiden Kameraden zum Teufel, den Angeber genauso wie den Münzenbesitzer. Aber von der Münze träumte ich, ich hätte sie am nächsten Tag auf der Straße gefunden, hätte sie aufgehoben, ohne Angst und ohne Bedenken...

Am Morgen erwachte ich früh. Der Gedanke, die Münze zu suchen, ließ mich rasch in meine Kleider schlüpfen. Der Tag war prachtvoll, es war ein Maitag, die Sonne schien warm, die Luft war mild, ganz zu schweigen von den neuen Hosen, die meine Mutter mir genäht hatte; obendrein waren sie gelb. All das und die Silbermünze! Ich verließ das Haus, als ginge ich zur Thronbesteigung nach Jerusalem. Ich beschleunigte den Schritt, damit niemand vor mir in der Schule sein könnte, lief aber trotzdem nicht allzu rasch, um meine Hosen nicht zu zerdrücken. Wie schön sie waren! Immer wieder blickte ich an mir hinunter, ich gab Obacht, nicht anzustreifen, dem Straßenstaub auszuweichen.

Unterwegs begegnete ich einer Kompanie des Füsilierbataillons, ihr voran die Pauke. Ich konnte nicht gelassen zuhören. Die Soldaten marschierten im Gleichschritt, behende, flink, links rechts, links rechts, zum Paukenschlag. Rasch kamen sie näher, marschierten an mir vorbei, und weg waren sie. Ich spürte ein Jucken in den Beinen und hatte Lust, ihnen nachzulaufen. Ich habe es bereits gesagt: Der Tag war wunderschön, die Pauke dröhnte... Ich blickte hierhin und dahin, schließlich — wie es kam, weiß ich nicht — lief ich zum Takt der Pauke im Gleichschritt hinterher, ich glaube, ein Liedchen wie »Die Ratte im

Frack« trällernd. In die Schule ging ich nicht, ich begleitete die Füsiliere eine Weile, dann bog ich in die Rua da Saúde ein und verbrachte den Rest des Vormittags in der Praia da Gamboa. Mit zerdrückten Hosen kehrte ich heim, ohne die Silbermünze in der Tasche, aber auch ohne Groll im Herzen. Dabei war die kleine Münze doch so schön gewesen. Und die beiden Schulkameraden, Raimundo und Curvelo, hatten mir zu meinen ersten Erkenntnissen verholfen: einmal die Bestechung, zum zweiten die Angeberei. Aber die verteufelte Pauke . . .

DONA PAULA

Die Gelegenheit hätte kaum günstiger sein können. Dona Paula betrat genau in dem Augenblick das Wohnzimmer, als ihre Nichte die müde geweinten Augen trocknete. Man wird die Verwunderung der Tante verstehen. Man wird sich auch die der Nichte vorstellen können, wenn man bedenkt, daß Dona Paula in Alto da Tijuca wohnt und daher selten in die Stadt kommt; Weihnachten war sie zum letztenmal in Rio gewesen, und jetzt schreiben wir Mai 1882.

Gestern nachmittag ist sie also heruntergekommen und zuerst zum Haus ihrer Schwester in die Rua do Lavradio gegangen. Kaum hatte sie heute morgen gefrühstückt, als sie sich anzog und zu ihrer Nichte eilte. Die erste Sklavin, die sie sah, wollte ihre Herrin benachrichtigen, aber Dona Paula verbot es ihr mit einer Handbewegung und ging langsam, Schritt für Schritt, damit ihre Röcke sie nicht durch das Geraschel verrieten, auf die Türe des Salons zu, öffnete sie und trat ein.

»Was ist denn das?« rief sie aus.

Venancinha warf sich ihr in die Arme, und wieder flossen ihre Tränen. Die Tante gab ihr einen Kuß, umarmte sie, flüsterte ihr tröstliche Worte zu und bat, forderte, sie solle ihr sagen, was sie habe, ob sie krank sei oder etwa...

»Wenn ich doch nur krank wäre! Wenn ich doch nur tot wäre!« schluchzte die junge Frau.

»Red keinen Unsinn! Aber was ist nur geschehen? Los, sprich doch!«

Venancinha trocknete ihre Tränen und begann zu sprechen. Sie kam jedoch nicht über fünf oder sechs Worte hinaus, wieder begannen ihre Tränen zu rinnen, und zwar so heftig, so hemmungslos, daß Dona Paula es für angebracht hielt, sie zunächst einmal fließen zu lassen. Mittlerweile legte sie ihr schwarzes Spitzencape ab und zog ihre

Handschuhe aus. Sie war eine noch stattliche alte Dame, elegant, Besitzerin zweier tiefschwarzer Augen, die tief sein mußten wie ein Brunnen. Während die Nichte weinte, schloß sie behutsam die Türe des Salons und kehrte zum Kanapee zurück. Nach einigen Minuten versiegten Venancinhas Tränen, und die vertraute der Tante an, was sie auf dem Herzen hatte.

Nichts Geringeres war geschehen als ein Streit mit ihrem Mann, ein so heftiges Zerwürfnis, daß das Wort Trennung fiel. Die Ursache war Eifersucht. Seit langem ging ein gewisser Mann dem Gatten auf die Nerven; als er seine Frau jedoch am Vorabend im Hause der Familie C. zweimal mit dem Betreffenden tanzen und mehrere Minuten mit ihm plaudern sah, war er überzeugt, daß die beiden ineinander verliebt seien. Verstimmt kehrte er nach Hause zurück; am nächsten Morgen nach dem Frühstück brach seine Erbitterung los, und er traktierte seine Frau mit harten, bitteren Worten, die sie mit anderen, ebenso harten zurückwies.

»Wo ist dein Mann?« fragte die Tante.

»Fortgegangen, anscheinend ins Büro.«

Tante Paula fragte, ob sein Büro noch dasselbe sei, beschwor sie, sich zu beruhigen, der Zank habe sicher nichts auf sich, in zwei bis drei Stunden sei alles verschmerzt und vergessen. Rasch streifte sie ihre Handschuhe an.

»Gehst du zu ihm, Tante?«

»Ich gehe ... Na und? Ich gehe. Dein Mann ist ein guter Mensch, er bellt nur. Nummer einhundertundvier? Ich gehe hin. Komm nicht mit hinaus, damit die Sklavinnen dich nicht in diesem Zustand sehen.«

All das war zungenfertig, zuversichtlich und sanft gesagt worden. Nachdem sie die Handschuhe angezogen hatte, warf sie ihre Mantille über; die Nichte half ihr dabei, sprach ihrerseits auf die Tante ein und schwor, trotz allem bete sie Conrado an. Conrado war ihr Mann, Rechtsanwalt seit dem Jahre 1874.

Beschenkt mit zahlreichen Küssen der jungen Frau zog Dona Paula ab. In der Tat, sie hätte zu keinem günstigeren Zeitpunkt kommen können. Leicht beunruhigt über den Tatbestand, prüfte sie unterwegs den gehörten Vorfall zwar nicht mit Argwohn, aber mit Neugierde; auf jeden Fall war sie fest entschlossen, den häuslichen Frieden wiederherzustellen.

Als sie ins Büro kam, fand sie ihren Neffen nicht vor; Conrado traf jedoch kurz darauf ein und brauchte nach der ersten Überraschung keine Erklärung für den Besuch der Tante; er hatte alles erraten. Er gestand, er sei in manchem vielleicht zu weit gegangen, im Grunde schreibe er seiner Frau keine lasterhaften oder verderbten Neigungen zu. Aber sie sei flatterhaft, habe eine Schwäche für Schmeicheleien und Lobhudeleien und sei für verliebte Blicke und zärtliche Worte nur allzu empfänglich; auch Leichtfertigkeit sei eine Türe für das Laster. Was den in Frage stehenden Mann betreffe, so zweifle er nicht, daß dieser zumindest verliebt in seine Frau sei. Venancinha habe nur den Fall vom Vorabend zugegeben, die anderen vier oder fünf Gelegenheiten, einschließlich der vorletzten Begegnung im Theater, die fast zu einem Skandal ausgeartet sei, habe sie verschwiegen. Er sei nicht gewillt, die Entgleisungen seiner Frau länger mit seinem Namen zu decken. Sie solle fortan Liebschaften haben, solange es ihr gefiele, aber auf eigene Rechnung und Gefahr.

Stumm hörte Dona Paula alles an; dann sprach sie. Sie pflichtete ihrem Neffen bei, daß ihre Nichte leichtfertig sei; das gehöre zu ihrem Alter. Eine so hübsche junge Frau könne sich schwerlich in der Öffentlichkeit blicken lassen, ohne die Augen der Männer auf sich zu ziehen, und nichts sei natürlicher, als daß männliche Bewunderung ihr schmeichle. Außerdem sei es naheliegend, daß das, was für sie nur Schmeicheleien seien, in den Augen der Umwelt und ihres Mannes wie der Beginn einer Liebelei aussehe; die Albernheit der einen und die Eifersucht des Mannes schienen alles zu erklären. Sie hingegen habe soeben die aufrichtigen Tränen der jungen Frau mit angesehen; als sie Venancinha verlassen habe, sei diese bestürzt, erschüttert über seine harten Worte zurückgeblieben und habe nur noch den Tod herbeigewünscht. Wenn er ihr also nur Leichtfertigkeit vorwerfe, warum gehe er dann nicht behutsam, sanft vor, mit Ermahnungen, Ratschlägen, warum bewahre er sie nicht vor verfänglichen Situationen? Warum weise er sie nicht darauf hin, daß die scheinbare Bereitschaft, Schmeicheleien anzuhören und den Männern entgegenzukommen, dem Ruf einer Dame schaden könne?

Die gute Dame verwandte nicht weniger als zwanzig Minuten darauf, ihrem Neffen so gut und eindringlich zuzureden, daß er sich allmählich beschwichtigt fühlte. Noch leistete er zwar Widerstand; zwei, drei Male erklärte er der Tante, zwischen ihm und seiner Frau sei alles aus, er tat es aber nur, um sich nicht allzu nachsichtig zu zeigen. Und um sich selber anzustacheln, rief er sich im Geiste von neuem die Gründe wach, die er gegen seine Frau ins Feld zu führen hatte. Die Tante senkte jedoch nur den Kopf, um die Empörung ihres Neffen verrauchen zu lassen, dann hob sie von neuem ihre großen, scharfsinnigen und unbeirrbaren Augen. Conrado gab endlich mißmutig nach. Nun schlug Dona Paula einen Vergleich vor.

»Du wirst ihr verzeihen, ihr macht Frieden, und sie kommt zwei oder drei Monate hinaus nach Tijuca; der Aufenthalt bei mir soll für sie eine Art zeitweiliger Verbannung sein. Ich verpflichte mich, ihr in dieser Zeitspanne den Kopf zurechtzusetzen. Einverstanden?«

Conrado schlug ein. Kaum hatte Dona Paula sein Jawort erhalten, als sie sich verabschiedete, um die gute Kunde ihrer Nichte zu überbringen; Conrado begleitete sie bis zur Treppe. Sie drückten einander die Hand; Dona Paula ließ die seine nicht los, ohne ihm nochmals eingeschärft zu haben, doch ja sanft und klug vorzugehen; dann schloß sie mit folgender Bemerkung:

»Du wirst sehen: Der Mann, von dem die Rede ist, verdient gar nicht, daß man sich auch nur eine Minute den Kopf über ihn zerbricht . . .«

»Es ist ein gewisser Vasco Maria Portela . . .«

Dona Paula erbleichte. Welcher Vasco Maria Portela? Etwa ein alter, früherer Diplomat, der . . . Nein, der lebe seit einigen Jahren in Europa, im Ruhestand, und sei soeben in den Adelsstand erhoben worden. Es handle sich um seinen Sohn, der seit kurzem hier sei, ein Geck . . . Dona Paula drückte ihm die Hand und stieg eilends die Treppe hinunter. Im Flur angelangt, nestelte sie unnötigerweise minutenlang an ihrer Mantille herum, wobei ihre Hand zitterte und ihr Gesicht fiebrig aufleuchtete. Sie senkte sogar nachdenklich den Blick zu Boden. Dann trat sie auf die Straße und ging zu ihrer Nichte, um ihr die Versöhnungsbotschaft mit den dazugehörenden Bedingungen zu überbringen. Venancinha erklärte sich mit allem einverstanden.

Zwei Tage darauf fuhren die beiden Damen nach Tijuca ab. Venancinha verließ die Stadt weniger froh, als sie versprochen hatte; vermutlich war es für sie wirklich ein Exil, vielleicht nahm sie auch die Sehnsucht nach der Stadt mit. Jedenfalls reiste der Name Vasco mit nach Tijuca, wenn nicht in beiden Köpfen, so zumindest in dem der Tante, in dem er eine Art Echo, ein ferner, sanfter Klang war, etwas, was aus den Zeiten der Operndiva Stoltz und des Ministeriums Paraná zu stammen schien. Die Sängerin und das Ministerium waren nicht weniger vergänglich als das Glück, ein junges Mädchen zu sein — und wohin waren diese drei Ewigkeiten entschwunden? Sie ruhten in den Ruinen von dreißig verflossenen Jahren. Es war alles, was Dona Paula in sich und vor sich hatte.

Wir haben bereits begriffen, daß der andere, der alte Vasco, auch einmal jung gewesen war und geliebt hatte. Sie hatten sich also geliebt, hatten einige Jahre lang im Schatten einer langweiligen Ehe ihre Leidenschaft aneinander gestillt. Da aber der Wind, der weht, die Gespräche der Menschen nicht aufbewahrt, so können wir hier nicht berichten, was damals über das Liebesabenteuer gesprochen wurde. Das Abenteuer ging zu Ende, es war eine Folge von süßen und bitteren Stunden gewesen, von Freuden und Tränen, von Zorn und Entzückung, von mannigfachen Drogen, die den Kelch tiefer Leidenschaft gefüllt hatten. Dona Paula leerte ihn bis zur Neige, dann stellte sie ihn auf den Kopf, um nie mehr einen Schluck daraus zu trinken. Sie hatte ihr Genüge gefunden, was ihr die Enthaltsamkeit erleichterte, und diese letzte Phase formte die öffentliche Meinung über sie. Dann starb ihr Mann, und die Jahre vergingen. Mittlerweile war Dona Paula eine strenge fromme Dame geworden, die sich eines guten Rufes und großer Wertschätzung erfreute.

Nun wurde ihr Denken durch ihre Nichte wieder in die Vergangenheit gelenkt. Das plötzliche Auftauchen einer ähnlichen Situation, in welcher der Name und das Blut desselben Mannes zusammentrafen, ließ alte Erinnerungen in ihr erwachen. Wir dürfen nicht vergessen, daß die beiden Damen in Tijuca waren, daß sie einige Wochen zusammen verbringen wollten und daß die eine der anderen zu Willen war; das hieß längst Vergessenes beschwören, ja herausfordern.

»Aber kehren wir denn nicht bald in die Stadt zurück?« fragte Venancinha lachend am Morgen nach ihrer Ankunft.

»Langweilst du dich schon?«

»Nein, nein, das nicht, ich frage nur . . .«

Dona Paula, ihrerseits lachend, winkte verneinend mit dem Finger; dann fragte sie ihre Nichte, ob sie Sehnsucht nach drunten, nach Rio habe. Venancinha antwortete: »Überhaupt nicht« und zog zur Bekräftigung die Mundwinkel gleichgültig, geringschätzig herunter. Aber das war zu dick aufgetragen. Dona Paula hatte die gute Angewohnheit, nicht hastig zu lesen wie einer, der den Vater vom Galgen retten will, sondern langsam; bedächtig versenkte sie sich in Silben und Buchstaben, um alles zu ergründen, und fand daher die Gebärde ihrer Nichte übertrieben.

Sie lieben sich, dachte sie.

Die Entdeckung brachte Vergangenes zum Leben. Dona Paula tat alles, um die lästigen Erinnerungen zu verscheuchen; aber sie kamen wieder, sanft oder beharrlich wie junge Mädchen, die singen, lachen und ein ganzes Haus auf den Kopf stellen. Dona Paula kehrte zu den Bällen längst vergangener Zeiten zurück, zu ihren nicht enden wollenden Walzern, die das allgemeine Staunen erregt hatten, zu den Mazurkas, die sie der Nichte als den berauschendsten Tanz von der Welt hinstellte, zu den Theaterbesuchen, zu den Briefen und andeutungsweise auch zu den Küssen. Aber all das — und das ist das Merkwürdige! — zog an ihr vorüber wie eine sachliche Chronik, wie das Gerippe der Geschichte ohne die Seele der Geschichte. Alles ging ihr durch den Kopf, aber nur durch den Kopf. Dona Paula versuchte bewußt, ihr Herz in Bewegung zu bringen, um zu ergründen, ob sie außer dem rein geistigen Nachvollzug auch etwas fühlte; aber sie mochte sich die längst erloschenen Gemütsbewegungen noch so lebhaft vor Augen führen, sie empfand nichts mehr. Es waren tote Dinge.

Wäre es ihr gelungen, der Nichte ins Herz zu spähen, sie hätte vielleicht dort ihr Abbild gesehen, und dann ... Seitdem sich dieser Gedanke in Dona Paulas Gehirn eingeschlichen hatte, fand sie es nicht mehr so leicht, ihrer Nichte den Kopf zu waschen und ihr Fühlen wieder in eheliche Bahnen zurückzuführen. Sie meinte es aufrichtig, sie war ganz bei der Sache, sie wünschte, die Ehe wiederhergestellt zu sehen. Wer sündigt, mag wünschen, daß auch die anderen sündigen, um nicht allein im Fegefeuer schmoren zu müssen; hier indes konnte von Sünde keine Rede mehr sein. Dona Paula führte ihrer Nichte die guten Eigenschaften ihres Mannes vor Augen, sie wies auf seine Tugenden, aber auch auf seine Heftigkeit hin, und das bedeutete, daß ihre Ehe unter Umständen Schiffbruch erleiden konnte, aber nicht etwa durch ein tragisches Ende, sondern durch etwas weit Schlimmeres: durch Verstoßung.

Beim ersten Besuch, den Conrado nach neun Tagen in Tijuca machte, bestätigte er die Warnung der Tante; er kam kühl und ging kühl. Venancinha blieb bestürzt zurück. Sie hatte gehofft, die neun Tage der Trennung würden ihren Mann besänftigt haben, und das war er im Grunde seines Herzens auch. Trotzdem stellte er beim Betreten des Landhauses eine saure Miene zur Schau und behielt sie bei, um nicht vorzeitig zu kapitulieren. Die Angst, ihren Mann zu verlieren, war für Venancinha der Hauptgrund, die Versöhnung anzustreben. Das Exil allein hätte es nicht vermocht.

So lagen die Dinge, als zwei Tage nach Conrados Besuch beide Damen, die gerade zu einem Spaziergang aus dem Tor von Dona Paulas *Chácara* getreten waren, einen Reiter daherkommen sahen. Venancinha blinzelte in die Richtung, stieß einen leisen Schrei aus und lief zurück, um sich hinter der Gartenmauer zu verstecken. Dona Paula begriff alles und blieb stehen. Sie wollte den Reiter aus der Nähe sehen; zwei Minuten später sah sie ihn, einen frischen jungen Mann, der mit seinen eleganten Lackstiefeln schmuck im Sattel saß. Er hatte die Gesichtszüge des anderen Vasco, er war sein Sohn; er hatte die gleiche Art, den Kopf etwas nach rechts zu tragen, die gleichen breiten Schultern, die gleichen tiefen runden Augen.

Noch am selben Abend erzählte Venancinha Dona Paula alles, nachdem die Tante ihr das erste Wort des Geständnisses entrissen hatte. Sie hatten einander zum erstenmal beim Rennen gesehen, gleich nach seiner Rückkehr aus Europa. Vierzehn Tage später wurde er ihr auf einem Ball vorgestellt und gefiel ihr mit seiner Pariser Art so gut, daß sie am nächsten Morgen ihrem Mann von ihm erzählte. Conrado runzelte die Stirn, und dieses Stirnrunzeln brachte sie auf einen Gedanken, der ihr sonst nicht gekommen wäre. Sie begann Vasco mit Vergnügen zu sehen, bald darauf mit einer gewissen Ungeduld. Er sprach voller Ehrerbietung mit ihr, sagte ihr schmeichelhafte Dinge, etwa, sie sei die hübscheste junge Frau von Rio, die eleganteste, schon in Paris habe er Damen der Familie Alvarenga ihr Loblied singen hören. Er verstand es auch, an anderen anmutige Kritik zu üben und hin und wieder ein empfindsames Wort einzuflechten, wie sie es bisher aus dem Munde keines anderen Mannes vernommen hatte. Er sprach nicht von Liebe, verfolgte sie aber mit den Augen, und so eifrig sie die ihren auch abwenden mochte, so konnte sie seinen Blicken doch nicht vollständig entgehen. Sie begann an ihn zu denken, zuerst häufig, dann heftig, und wenn sie einander begegneten, pochte ihr Herz; vielleicht sah er ihr auch den Eindruck an, den er auf sie machte.

Vorgeneigt hörte Dona Paula ihrer Erzählung zu, die hier kurz und bündig wiedergegeben wurde. Ihr ganzes vergangenes Leben lag in ihren Augen, ihre Lippen waren halb geöffnet, sie schien die Worte der Nichte begierig zu schlürfen wie einen Cordial. Und sie bat Venancinha, sie solle mehr, sie solle ihr alles erzählen. Venancinha wurde zutraulicher. Der Gesichtsausdruck der Tante war so jung, ihre Ermahnung, ihre Aufforderung so zartfühlend, so voller im voraus erstatteter Vergebung, daß sie in ihr eine Vertraute, eine Freundin gefunden zu haben glaubte, trotz einiger strenger Worte, die, aus unbewußter Heuchelei mit anderen vermengt, dem Munde Dona Paulas entglitten. Aber diese Heuchelei war nicht berechnet, Dona Paula beging nur eine leichte Selbsttäuschung. Man hätte sie mit einem kriegsversehrten General vergleichen können, der sich Mühe gibt, beim Anhören fremder Feldzugsberichte die einst empfundene eigene Begeisterung wieder zu erleben.

»Du siehst, dein Mann hatte recht«, sagte sie. »Du warst sehr unvorsichtig, sehr unklug.«

Venancinha gab es zu, schwor aber, daß nun alles aus und zu Ende sei.

»Ich fürchte, nicht. Hast du ihn wirklich geliebt?«

»Tante . . .«

»Du magst ihn also noch immer!«

»Ich schwöre dir: nein! Ich mag ihn nicht mehr als früher, muß aber gestehen, daß ich ihn geliebt habe . . . Bitte verzeih mir, sag Conrado kein Wort. Ich bereue alles . . . Ich wiederhole: Anfangs war ich ein wenig von ihm eingenommen . . . Aber was willst du denn von mir, liebste Tante?«

»Hat er sich dir erklärt?«

»Er hat es getan. Es war im Theater, eines Abends, im Teatro Lírico, beim Ausgang. Er hatte die Gewohnheit, mich in der Loge abzuholen und zum Wagen zu bringen. Es war also am Ausgang . . . nur drei Worte . . .«

Dona Paula fragte aus Schamgefühl nicht nach den Worten des Verliebten, konnte sich aber sehr wohl die Umstände vorstellen, die Eingangshalle, die Paare, die hinaustraten, die Lichter, der Trubel, das Stimmengewirr, und fand es daher auch nicht schwer, sich Venancinhas Empfindungen vorzustellen. Inständig bat sie die Nichte, sie ihr ausführlich zu schildern.

»Ich weiß nicht mehr, was ich fühlte«, entgegnete die junge Frau, deren wachsende Erregung ihr allmählich die Stimme löste. »Ich erinnere mich nicht mehr an die ersten fünf Minuten. Ich glaube, daß ich ganz ernst blieb, jedenfalls habe ich kein Wort darauf erwidert. Es schien mir, als ob alle Leute uns anstarrten und hörten, was er sagte, und wenn jemand mich lächelnd begrüßte, hatte ich den Eindruck, daß er mich verspottete. Ich stieg die Treppen hinunter, wie, weiß ich nicht, ich stieg in den Wagen, ohne zu wissen, was ich tat. Als ich ihm die Hand reichte, ließ ich meine Finger ganz locker, ich schwöre dir, ich hätte am liebsten nichts gehört. Conrado sagte mir, er sei müde, und lehnte sich in die Ecke des Wagens. So war es besser, denn ich weiß nicht, was ich gesagt hätte, wenn ich mich mit ihm hätte unterhalten müssen. Auch ich lehnte mich zurück, aber nur für eine kurze Weile; ich konnte nicht still sitzen.

Ich starrte durch die Fensterscheiben hinaus und sah nur dann und wann das Aufblitzen der Straßenlampen und bald darauf auch das nicht mehr. Ich sah nur noch die Gänge des Theaters, die Stufen, die vielen Menschen und ihn, wie er aufrecht vor mir stand, mir zuflüsterte, nur drei Worte . . . Ich kann nicht sagen, was ich während der ganzen Zeit gedacht habe, die Gedanken schwirrten mir im Kopf herum, es war ein Aufruhr in mir . . .«

»Und zu Hause?«

»Zu Hause, als ich mich auszog, konnte ich ein wenig nachdenken, aber nur wenig. Ich schlief spät ein, ich schlief schlecht. Am nächsten Morgen war ich wie benommen. Ich kann nicht sagen, ob ich fröhlich oder traurig war; ich erinnere mich nur daran, daß ich viel an ihn dachte, und um ihn aus meinem Gedächtnis zu verbannen, gelobte ich mir, Conrado alles zu beichten. Aber der Gedanke an ihn kam immer wieder. Von Zeit zu Zeit schien es, als hörte ich seine Stimme, und ich erbebte. Ich erinnere mich sogar daran, daß ich ihm beim Abschiednehmen nur zwei lasche Finger gereicht hatte und daher — wieso, weiß ich nicht — eine Art Reue fühlte, dazu Angst, ihn vielleicht verletzt zu haben . . . Und schon schlich sich der Wunsch bei mir ein, ihn wiederzusehen . . . Verzeih mir, Tantchen, aber du forderst ja, daß ich dir alles sage.«

Dona Paulas Antwort bestand darin, daß sie bedeutsam nickte und ihrer Nichte fest die Hand drückte. Endlich hatte sie bei der Begegnung mit jenen einfältig wiedergegebenen Empfindungen einen Hauch aus alter Zeit verspürt. Bald schloß sie ihre Augen im Dämmer der Erinnerungen, bald riß sie sie weit auf vor Neugierde und Mitgefühl, und nun erfuhr sie alles, Tag für Tag, Begegnung für Begegnung, sogar den Auftritt im Theater, den die Nichte ihr anfangs verschwiegen hatte. Nach und nach kam auch alles andere ans Tageslicht, die Stunden der Bangigkeit und Sehnsucht, der Angst und der Hoffnung, der Mutlosigkeit, der Verstellung, ihre innere Bedrängnis, die ganze Gefühlsskala eines weiblichen Wesens in ähnlichen Umständen, und die Tante in ihrer unersättlichen Neugierde erließ ihr nicht die kleinste Schattierung. Es war kein Buch, nicht einmal das erste Kapitel eines Ehebruchromans, es war ein Vorwort — ein höchst fesselnder, heftiger Prolog.

Venancinha war am Ende ihrer Geschichte angelangt. Die Tante sagte kein Wort mehr, sie überließ sich ihren eigenen Gefühlen. Dann erwachte sie zur Wirklichkeit, nahm Venancinhas Hand und zog sie an sich. Sie sprach nicht gleich mit ihr, warf zuerst nur einen langen, forschenden Blick aus nächster Nähe auf diese unruhige, zitternde Jugendlichkeit, auf den blühenden Mund, die noch unendlich tiefen Augen, und kam erst wieder zu sich, als die Nichte sie von neuem um Verzeihung bat. Dona Paula sagte ihr alles, was Zärtlichkeit und Strenge einer Mutter ihr hätten sagen können, sie sprach zu ihr von der Keuschheit, der Gattenliebe, der Rücksicht auf die öffentliche Meinung, sie sprach so beredt, daß Venancinha nicht länger an sich halten konnte und in Tränen ausbrach.

Dann kam der Tee, aber nach bestimmten Geständnissen kann man keinen Tee mehr trinken. Venancinha eilte in ihr Zimmer, und da es jetzt heller geworden war, ging sie mit niedergeschlagenen Augen aus dem Salon, damit der Diener ihre Ergriffenheit nicht sehen konnte. Dona Paula blieb vor dem Teetisch und dem Diener stehen. Sie brauchte zwanzig Minuten, vielleicht auch etwas weniger, um eine Tasse Tee zu trinken und ein Biskuit zu knabbern, und kaum war sie allein, lehnte sie sich ans Fenster, das auf die *Chácara* ging.

Es wehte ein schwacher Wind, die Blätter regten sich raunend, und wenn es auch nicht dieselben von damals waren, fragten sie dennoch: Denkst du noch an früher, Paula? Denn das ist die Eigenart der Blätter: Die Generationen von Blättern, die dahingehenden, erzählen den kommenden die Dinge, die sie gesehen haben, und so wissen alle alles und fragen nach allem. Denkst du noch an früher?

Ja, sie dachte an früher; aber jene vor kurzem erlebte Empfindung, nur ein Reflex, war mit einemmal versiegt. Während sie die herbe Abendluft einsog, wiederholte sie sich vergeblich die Worte der Nichte; und nur im Kopf fand sie noch einige Spuren, Erinnerungen, Bruchstücke wieder. Wieder stockte ihr Herz, wieder ging ihr Blut seinen gewohnten Gang. Es fehlte ihr eben die seelische Berührung mit ihrer Nichte. Trotzdem blieb sie am Fenster stehen und blickte in die Nacht hinaus, die sich in nichts von den einstigen Nächten unterschied und die doch in nichts den Nächten aus der Zeit der Stoltz und des Marquis von Paraná glich. Trotzdem blieb Dona Paula stehen, wo sie stand, während drinnen die schwarzen Sklavinnen schläfrig wurden, einander Klatschgeschichten erzählten und ungeduldig ein über das andere Mal sagten:

»Die alte Dame will und will heute nicht ins Bett!«

DIE KARTENLEGERIN

Hamlet sagt zu Horatio, es gebe mehr Dinge im Himmel und auf Erden, als sich seine Schulweisheit träumen lasse. Die gleiche Erklärung gab die schöne Rita dem jungen Camilo an einem Freitag im November des Jahres 1869, als dieser über sie lachte, weil sie am Vorabend eine Kartenlegerin aufgesucht hatte. Der einzige Unterschied war der, daß sie es mit anderen Worten tat.

»Lach nur, lache nur! So seid ihr Männer, ihr glaubt an nichts. Drum wisse, daß ich zu ihr gegangen bin und daß sie den Anlaß meines Besuchs erraten hat, noch bevor ich ihr erklärte, worum es sich handelte. Kaum hatte sie begonnen, ihre Karten auszulegen, als sie sagte: ›Sie haben jemanden gern.‹ Ich gestand, daß es so sei, sie breitete ihre Karten weiter aus, stellte sie zusammen und erklärte mir zum Schluß, ich hätte Angst, du könntest mich vergessen, aber das sei nicht der Fall . . .«

»Da hat sie aber gehörig vorbeigeschossen!« unterbrach Camilo lachend.

»So etwas darfst du nicht sagen, Camilo! Wenn du wüßtest, was ich um deinetwillen ausgestanden habe. Du weißt Bescheid, ich habe es dir bereits gesagt. Lache nicht über mich, bitte lache nicht . . .«

Camilo nahm ihre beiden Hände und blickte ihr ernst und lange in die Augen. Er schwor, er habe sie sehr lieb, ihre Ängste seien ganz kindisch. Wenn sie aber von jetzt an irgendwelche Befürchtungen hege, so sei er der beste Kartenleger.

Dann aber machte er ihr Vorwürfe, sagte, es sei sehr unvorsichtig von ihr gewesen, ein derartiges Haus aufzusuchen. Vilela könne es erfahren, und dann . . .

»Ach was! Ich war sehr vorsichtig, als ich das Haus betrat!«

»Wo liegt es?«

»Ganz in der Nähe, in der Rua da Guarda Velha. Als ich eintrat, war kein Mensch weit und breit zu sehen. Du kannst ganz beruhigt sein, ich bin ja nicht verrückt.«

Wieder lachte Camilo:

»Glaubst du wirklich an solches Zeug?«

Ohne zu ahnen, daß sie Hamlets Ausspruch in landläufigen Worten wiedergab, sagte sie, es gebe viel Geheimnisvolles und dabei Wahres auf dieser Welt. Wenn er daran nicht glaube, könne sie es nicht ändern; sicher sei indes, daß die Kartenlegerin alles erraten habe. Was wolle er noch mehr? Der Beweis dafür sei, daß sie sich nun völlig beruhigt und zufrieden fühle.

Vermutlich wollte er etwas darauf sagen, beherrschte sich aber im letzten Augenblick. Er hatte nicht die Absicht, ihre Illusionen zu zerstören. Auch er war als Kind, und später noch, abergläubisch gewesen, er hatte ein ganzes Arsenal an Wahnvorstellungen besessen, die ihm seine Mutter eingeimpft und die er mit zwanzig Jahren abgeschüttelt hatte. Von dem Tage an, als er die ganzen Schmarotzerpflanzen ausriß, als nur noch der Stamm der Religion übrigblieb, brachte er, da er ja beides von der Mutter empfangen hatte, auch dieser Lehre die gleichen Zweifel entgegen, um sie schließlich restlos abzulehnen.

Camilo glaubte an nichts. Warum? Er hätte es nicht zu sagen, er hätte keinen einzigen Grund dafür anzugeben vermocht; er beschränkte sich einfach darauf, alles zu leugnen. Aber auch das traf nicht zu, denn leugnen heißt gleichwohl bejahen, und er nannte sich nicht einmal ungläubig. Angesichts des Mysteriums begnügte er sich damit, die Achseln zu zucken und zur Tagesordnung überzugehen.

Die beiden trennten sich beglückt, und er tat es noch beglückter als sie. Rita war gewiß, geliebt zu werden; Camilo war es nicht nur, sondern sah sie sogar um seine Liebe zittern, sich seinetwegen Gefahren aussetzen und zu Kartenlegerinnen rennen; und wenn er sie auch schalt, so konnte er dennoch nicht umhin, sich geschmeichelt zu fühlen. Ihr Stelldichein hatte im Hause einer Jugendfreundin Ritas in der alten Rua dos Barbonos stattgefunden. Rita machte sich durch die Rua das Mangeiras in Richtung Batofogo, wo sie wohnte, auf den Heimweg; Camilo schlenderte die Rua da Guarda Velha entlang und warf unterwegs einen verstohlenen Blick auf das Haus der Kartenlegerin.

Vilela, Camilo und Rita — das sind drei Namen, ein Abenteuer und keine Erklärung, wie alles begonnen hatte. Dies soll nachgeholt werden. Die beiden ersten waren Freunde aus der Kindheit. Vilela strebte die Laufbahn des Stadtrats an. Camilo wurde Staatsbeamter gegen den Willen seines Vaters, der seinen Sohn gern als Arzt gesehen hätte. Aber der Vater starb, und Camilo zog es vor, keine Tätigkeit zu wählen, bis seine Mutter ihm eine Staatsstellung besorgte. Zu Beginn des Jahres 1869 kehrte Vilela aus der Provinz zurück, wo er eine bildschöne, aber einfältige Dame geheiratet hatte; er gab seine Stellung als Stadtrat auf und ließ sich in der Hauptstadt als Anwalt nieder. Camilo beschaffte ihm ein Haus in der Nähe von Batofogo und holte ihn bei seiner Ankunft am Schiff ab.

»Da sind Sie also!« rief Rita aus, Camilo die Hand entgegenstreckend. »Sie können sich nicht vorstellen, was für einen Freund Sie in meinem Mann haben. Er redet nur von Ihnen.« Camilo und Vilela blickten einander voller Zuneigung an. Sie waren wirklich ein Herz und eine Seele. Anschließend mußte sich Camilo eingestehen, daß Vilelas Frau die Briefe ihres Mannes nicht Lügen strafte. Sie war in der Tat anmutig und lebhaft, ihre Augen strahlten Wärme aus, ihr Mund war fein gezeichnet und fragend. Sie war etwas älter als die beiden Männer; sie zählte dreißig Jahre, Vilela neunundzwanzig und Camilo sechsundzwanzig. Allerdings sah Vilela in Anbetracht seiner gesetzten Haltung älter aus als seine Frau Rita, während Camilo im seelischen wie im praktischen Bereich ein unbeschriebenes Blatt war. Weder hatte er Erfahrungen gesammelt, noch hatte die Natur ihm jenen tieferen Blick geschenkt, den sie einigen Geschöpfen in die Wiege legt, damit sie den Jahren vorauseilen können. Er besaß somit weder Einsichten noch Ahnungsvermögen.

Die drei verbanden sich freundschaftlich. Das Zusammenleben brachte Vertrautheit. Kurz darauf starb Camilos Mutter, und bei diesem Unglücksfall — denn das war jener Tod — erwies sich das Ehepaar als treu und freundschaftlich. Vilela kümmerte sich um die Beerdigung, die Trauergäste, die Erbangelegenheiten; Rita sprach Camilos betrübtem Herzen Trost zu, und niemand hätte es liebevoller zu tun vermocht.

Wie daraus Liebe wurde, hätte Camilo nicht zu erklären gewußt. Tatsache war, daß er seine Zeit in Ritas Nähe zu verbringen liebte, sie war seine seelische Krankenschwester, fast seine leibliche Schwester, aber in der Hauptsache war sie Frau, und obendrein eine anziehende Frau. *Odor di femmina* — das war es, was er an ihr und in ihrem Umkreis begehrte, um sich ganz von ihr durchdringen zu lassen. Sie lasen dieselben Bücher, sie gingen gemeinsam spazieren, gemeinsam ins Theater. Camilo brachte ihr Dame und Schach bei, abends spielten die beiden ein Brettspiel — sie schlecht, er ihr zu Gefallen und auch nicht viel besser. Soweit die Dinge. Was nun die Menschen betrifft, so suchte Ritas beharrlicher Blick häufig den seinen, bevor ihre Augen die ihres Mannes, seine kühlen Hände und sein absonderliches Gebaren befragten. Eines Tages, als Camilo Geburtstag hatte, erhielt er von Vilela einen reichverzierten Spazierstock zum Geschenk, von Rita jedoch nur ein Kärtchen, darauf einen gekritzelten, belanglosen Glückwunsch. Aber plötzlich konnte er im eigenen Herzen lesen und vermochte kaum mehr die Augen von der Gratulationskarte wegzureißen. Es waren alltägliche Worte; es gibt jedoch erhabene oder zumindest entzückende Alltäglichkeiten. Die uralte Mietskutsche, in der du zum erstenmal mit der geliebten Frau eng umschlungen spazierengefahren bist, ist schöner als Apollos Gefährt. So ist der Mensch, so ist seine Umwelt.

Camilo wollte fliehen, er wollte es aufrichtig, vermochte es aber nicht mehr. Rita näherte sich ihm wie eine Schlange, sie umgarnte, umschlang ihn, bis seine Knochen knackten, und träufelte ihr Gift zwischen seine Lippen. Benommen, bezwungen gab er nach. Qual, Schrecken, Gewissensbisse, Begierde, all das fühlte er in unentwirrbarem Gemisch; aber der Kampf währte nur kurz; und Ritas Sieg war ein Taumel. Adieu, Bedenken! Es dauerte nicht lange, und schon paßte ihm der Schuh; schon zogen die beiden los, eingehakt, über Gras und Kiesel, ohne das geringste zu leiden mit Ausnahme von Sehnsucht, wenn sie getrennt waren. Vilelas Vertrauen und Wertschätzung blieben unverändert.

Eines Tages indessen erhielt Camilo einen anonymen Brief, der ihm unmoralisch und perfide vorkam und der ihm mitteilte, sein Abenteuer sei stadtbekannt. Camilo bekam es mit der Angst, und um jeden Argwohn von sich abzulenken, begann er seine Besuche bei Vilela einzuschränken. Dieser fragte ihn, warum er sich neuerdings so rar mache. Camilo antwortete, der Grund sei eine jugendliche, leichtfertige Liebesaffäre. Freimut auf der einen Seite erzeugte Verschlagenheit auf der anderen. Camilo blieb weiter fern, schließlich stellte er seine Besuche ganz ein. Vielleicht war dabei auch ein Gran Eigenliebe im Spiel, die Absicht, sich den Freundschaftsbeweisen von Ritas Mann teilweise zu entziehen, um seinen Betrug herabzumildern.

Es war in jener Zeit, daß Rita, mißtrauisch und ängstlich geworden, zu der Kartenlegerin lief, um sie über die wahre Ursache von Camilos Vorgehen zu befragen. Wir haben gesehen, daß die Kartenlegerin ihr Vertrauen wiederherstellte und daß ihr Geliebter sie wegen ihrer Handlungsweise tadelte. So vergingen einige Wochen. Camilo erhielt noch zwei oder drei anonyme, aber so leidenschaftliche Briefe, daß sie weniger eine Mahnung zur Tugend als die Wut eines Rivalen zu sein schienen. Das jedenfalls war die An-

sicht Ritas, die ungenau folgenden Gedanken vorbrachte:
Die Tugend ist faul und geizig, sie verbraucht weder Zeit
noch Papier, nur das Interesse ist tätig und verschwenderisch.

Aber auch das beruhigte Camilo nicht; er fürchtete, der
namenlose Briefschreiber könne sich mit Vilela verständigen, dann wäre die Katastrophe unvermeidlich. Rita
konnte sich dieser Folgerung nicht verschließen.

»Gut«, sagte sie, »ich nehme die Umschläge mit, um die
Schrift mit den Anschriften der Briefe zu vergleichen, die
bei uns einlaufen. Stoße ich auf eine übereinstimmende
Handschrift, nehme ich den Brief an mich und vernichte
ihn . . .«

Aber kein ähnlicher Brief kam an. Trotzdem stellte
Vilela nach einiger Zeit eine mißmutige, düstere Miene zur
Schau, er wurde einsilbig und wirkte mißtrauisch. Rita
hatte nichts Eiligeres zu tun, als es ihrem Liebhaber zu
hinterbringen, und nun berieten die beiden des langen und
breiten, was zu tun sei. Sie war der Ansicht, Camilo solle
wieder bei ihnen erscheinen und ihren Mann aushorchen,
vielleicht gelänge es ihm, etwas Persönliches in Erfahrung
zu bringen. Camilo war anderer Auffassung; nach so vielen
Monaten plötzlich wieder auftauchen hieß nur, Vilelas begründeten oder unbegründeten Verdacht zu bestätigen. Es
sei ratsamer, vorsichtig zu sein und ein paar Wochen ein
Opfer zu bringen. Sie vereinbarten die Art, wie sie sich im
Notfall verständigen konnten, und trennten sich unter
Tränen.

Am nächsten Tag erhielt Camilo im Amt folgende Nachricht Vilelas: »Komm eilig, eiligst zu uns ins Haus. Ich muß
sofort mit dir sprechen.« Es war kurz nach Mittag. Camilo
verließ unverzüglich das Ministerium; auf der Straße fiel
ihm ein, daß es natürlicher gewesen wäre, ihn ins Büro zu
rufen. Warum ausgerechnet nach Hause? Alles deutete
auf etwas Besonderes hin, und die Schrift — mochte es
Wirklichkeit oder Wahn sein? — kam ihm zittrig vor. All

das versuchte er mit der am Vorabend empfangenen Botschaft in Übereinstimmung zu bringen.

Komm eilig, eiligst zu uns ins Haus, ich muß sofort mit dir sprechen — wiederholte er sich, die Augen auf den Zettel geheftet. In seiner Phantasie sah er bereits ein Ehedrama vor sich, Rita überführt und in Tränen, Vilela empört, die Feder ergreifend und das Briefchen kritzelnd, fest überzeugt davon, daß sein einstiger Freund alsbald angelaufen kommen würde, damit er ihn umbringen könne. Camilo erbebte, er hatte Angst. Dann lächelte er schnöde, der Gedanke, sich der Aufforderung zu entziehen, war ihm zuwider; so eilte er weiter. Unterwegs dachte er daran, nach Hause zu gehen; vielleicht erwartete ihn dort eine Nachricht Ritas, die ihm alles erklären würde. Aber er fand nichts, er fand niemanden vor. Wieder trat er auf die Straße, und der Gedanke, sein Verhältnis mit Rita könne entdeckt sein, kam ihm immer wahrscheinlicher vor. Eine anonyme Anzeige war das Naheliegende, und zwar gerade von seiten der Person, die ihn brieflich bedroht hatte; es war gut möglich, daß Vilela inzwischen alles wußte. Seine ohne überzeugenden Grund und nur unter einem durchsichtigen Vorwand abgebrochenen Besuche würden das Übrige tun.

Unruhig, nervös ging Camilo weiter. Er las das Billett nicht noch einmal, die Worte tanzten nur allzu deutlich vor seinen Augen oder, was noch schlimmer war, wurden ihm von Vilelas Stimme ins Ohr geflüstert: »Komm eilig, eiligst zu uns ins Haus, ich muß sofort mit dir sprechen.« Von der Stimme des anderen gesprochen, hatten sie einen geheimnisvollen, drohenden Klang. Komm eilig, eiligst, und wozu? Es war fast ein Uhr nachmittags. Camilos Erregung wuchs von Minute zu Minute. Er stellte sich so lebhaft vor, was eintreten könne, daß er es bereits glaubte und schon vor sich sah. Er hatte Angst, er hatte regelrecht Angst. Er dachte sogar daran, bewaffnet hinzugehen; denn selbst wenn nichts passieren sollte, war nichts versäumt. Vorsicht war besser als Nachsicht. Aber gleich darauf verwarf er den Gedanken, ärgerlich über sich selber, und machte sich eilends zum Largo da Carioca auf den Weg, um einen Tilbury zu nehmen. Dort bestieg er den Wagen und befahl dem Kutscher, im Eiltrab loszufahren.

Je eher ich ankomme, desto besser, dachte er; diese Unruhe muß ein Ende haben ...

Aber der Trab des Pferdes verschlimmerte nur seine Unruhe. Die Zeit flog dahin, gleich würde er der Gefahr gegenüberstehen. Fast am Ende der Rua da Guarda Velha mußte der Tilbury anhalten; die Straße war durch einen umgestürzten Karren versperrt. Insgeheim begrüßte Camilo das Hindernis und wartete geduldig. Nach fünf Minuten blickte er zufällig nach links und sah, daß der Wagen vor dem Haus der Kartenlegerin gehalten hatte. Nun wünschte er nichts sehnlicher, als an die Karten zu glauben. Er blickte hinüber und sah die Fenster geschlossen, während alle anderen offenstanden und von Neugierigen belagert waren, die den Verkehrsunfall begafften. Man hätte meinen können, das Haus sei der Wohnsitz des gleichgültigen Schicksals.

Camilo lehnte sich in dem Tilbury zurück, um nichts sehen zu müssen. Seine innere Erregung war groß, fürchterlich groß, und aus den Tiefen seiner Seele tauchten Gespenster früherer Zeiten auf, alte Glaubenssätze, uralter Aberglauben. Der Kutscher schlug vor, man solle umkehren und einen Umweg durch die erste Querstraße machen; Camilo lehnte jedoch ab, sagte, er wolle warten. Und beugte sich vor, um von neuem das Haus in Augenschein zu nehmen ... Dann machte er eine ungläubige Gebärde; der Gedanke, die Kartenleserin aufzusuchen, winkte von ferne, von ganz ferne, mit breiten aschgrauen Schwingen. Er verschwand, tauchte auf und verflüchtigte sich abermals in seinem Kopf; aber bald darauf regte er die Flügel von neuem, in nächster Nähe, und drehte sich im Kreise ... Auf der Straße ertönte Geschrei, man herrschte den Karrentreiber an: »Los! Pack dich mit deinem Karren! Schieb ihn zur Seite! Los, los!«

Das Hindernis würde in Kürze beseitigt sein. Camilo schloß die Augen und dachte an anderes, aber wieder flüsterte die Stimme von Ritas Mann ihm die Worte seines Briefchens ins Ohr: Komm eilig, eiligst ... Wieder sah er das Drama lebhaft vor sich und schauderte. Das Haus blickte ihn an. Seine Beine wollten aussteigen und hineingehen ... Camilo sah plötzlich einen langen, undurchsichtigen Schleier, blitzschnell dachte er an das Unerklärliche so vieler Dinge. Die Stimme der Mutter wiederholte ihm eine Unzahl ungewöhnlicher Ereignisse, selbst der Ausspruch des Prinzen von Dänemark hallte in seinem Innern wider: Es gibt mehr Ding' im Himmel und auf Erden, als Eure Schulweisheit sich träumt, Horatio ... Was versäumte er schon, wenn ...

Auf dem Bürgersteig, schon fast auf der Schwelle der Haustür, kam er zu sich. Er befahl dem Kutscher zu warten und schlüpfte behende in den Hausgang und die Treppe hinauf. Die schwachbeleuchteten Stufen waren ausgetreten, das Treppengeländer klebrig, er aber hörte und sah nichts. Er eilte hinauf und klopfte an die Tür. Da niemand öffnete, dachte er daran fortzugehen; aber es war schon zu spät, die Neugierde peitschte sein Blut, seine Schläfen schlugen. Wieder klopfte er an die Türe, zwei-, dreimal. Dann kam eine Frau, es war die Kartenlegerin. Camilo sagte, er möchte sie sprechen; sie bat ihn hereinzukommen. Zusammen stiegen sie über eine altersschwache Treppe in den Dachstock hinauf. Dort betrat er eine düstere Kammer, durch deren einziges Fenster man auf die Dächer des Hinterhauses blickte. Altes Mobiliar, dunkle Wände, eine ärmliche Atmosphäre, die jedoch den Ruf der Frau eher erhöhte als beeinträchtigte.

Die Kartenlegerin wies ihm einen Platz an einem Tisch an, sie selber setzte sich ihm gegenüber, mit dem Rücken zum Fenster, so daß das schwache Außenlicht Camilos

Gesicht traf. Sie öffnete eine Schublade und zog ein Spiel länglicher, speckiger Karten hervor. Während sie das Bündel behende mischte, blickte sie ihren Besucher an, aber nicht geradewegs, sondern von unten. Sie war etwa vierzig Jahre alt, Italienerin, dunkelhäutig und mager, mit großen, durchtriebenen, scharfen Augen. Dreimal ließ sie den Blick über den Kartentisch gleiten, dann sagte sie:

»Wir wollen zuerst einmal feststellen, was Sie hierherführt. Ein gewaltiger Schrecken sitzt Ihnen in den Gliedern . . .«

Verwundert machte Camilo eine zustimmende Geste.

»Und Sie möchten natürlich wissen«, fuhr sie fort, »ob Ihnen etwas zustoßen wird oder nicht . . .«

»Mir und ihr«, erläuterte er lebhaft.

Die Kartenlegerin verzog keine Miene; sie sagte nur, er solle warten. Rasch nahm sie von neuem die Karten auf und mischte sie mit ihren langen schmalen Fingern, deren Nägel schwärzlich waren; sie mischte sie gut und schob die Häufchen mehrmals ineinander, zwei-, drei-, viermal; dann begann sie, sie auszulegen. Neugierig, geängstigt, heftete Camilo den Blick auf sie.

»Die Karten sagen mir . . .«

Camilo beugte sich vor, um die Worte einzeln von ihren Lippen zu saugen. Sie sagte, er brauche sich vor nichts zu fürchten. Nichts werde geschehen, weder ihm noch ihr. Er, der dritte, wisse von nichts. Dessen ungeachtet sei größte Vorsicht geboten; viel Neid, viel Haß gehe um. Sie sprach zu ihm von der Liebe, die sie vereinte, von Ritas Schönheit . . . Camilo war außer sich vor Staunen. Die Kartenlegerin verstummte, sammelte die Karten ein und verschloß sie in der Schublade.

»Sie haben mir meinen inneren Frieden wiedergegeben«, sagte er, die Hand über den Tisch streckend und die der Kartenlegerin drückend.

Diese erhob sich lächelnd.

»Gehen Sie!« sagte sie. »Gehen Sie, *ragazzo innamorato* . . .«

Stehend berührte sie seine Stirn mit dem Zeigefinger. Camilo erbebte, als wäre es die Hand der leibhaftigen Sybille, und stand seinerseits auf. Die Kartenlegerin trat an die Kommode, auf der ein Teller mit Trauben stand, nahm eine Traube auf und begann die Beeren abzuzupfen und zu essen, wobei sie zwei Zahnreihen zeigte, deren Glanz dem Aussehen ihrer Fingernägel widersprach. Auch bei dieser alltäglichen Handlung stellte die Frau ein besonderes Gebaren zur Schau. Camilo hatte es eilig, wußte aber nicht, wie und was er bezahlen sollte.

»Trauben sind teuer«, sagte er schließlich, die Brieftasche hervorziehend. »Wieviel wollen Sie holen lassen?«

»Fragen Sie Ihr Herz«, antwortete sie.

Camilo zog einen Zehn-Mil-Réis-Schein hervor und reichte ihn ihr. Die Augen der Kartenlegerin funkelten. Der übliche Preis war zwei Mil-Réis.

»Ich sehe, daß Sie sie sehr lieben . . . Und Sie tun recht daran, sie hat auch Sie sehr lieb. Nun gehen Sie, gehen Sie in Frieden. Sehen Sie sich vor auf der Stiege, sie ist dunkel; setzen Sie Ihren Hut auf . . .«

Die Kartenlegerin hatte bereits den Geldschein in die Tasche gesteckt und stieg mit ihm hinunter, dabei sprach sie mit leicht fremdländischer Betonung. Unten verabschiedete sich Camilo von ihr und stieg die Stufen hinab, die zur Straße führten, während die Kartenlegerin, beglückt über die reichliche Bezahlung, wieder nach oben ging, eine Barkarole trällernd. Camilo fand noch den Tilbury vor, der geduldig wartete; die Straße war frei. Er stieg ein und hieß den Kutscher im Trab weiterfahren.

Nun erschien ihm alles in günstigerem Licht, die erlebten Dinge sahen mit einemmal völlig anders aus, der Himmel war klar, die Gesichter waren froh. Er lachte sogar über seine Befürchtungen, die er knabenhaft nannte; plötzlich erinnerte er sich an den Wortlaut von Vilelas Briefchen und erkannte, daß er vertraut und freundschaftlich war. Wie hatte er nur einen drohenden Tonfall darin entdecken können? Er sah aber auch ein, daß die Mitteilung dringend gewesen war und er unrecht gehandelt hatte, sich so lange aufzuhalten; vielleicht war etwas Ernstes, sehr Ernstes vorgefallen.

»Rasch, Mann, fahren Sie rascher!« drängte er den Kutscher.

Schon dachte er sich eine Entschuldigung aus, die er dem Freund gegenüber vorzubringen gedachte; es kam ihm auch der Gedanke, den Besuch als Auftakt zur Wiederaufnahme der alten Freundschaft zu verwenden ... Währenddessen hallten die Worte der Kartenlegerin in seiner Seele wider. Warum, da sie die Absicht seiner Frage nach dem Vorhandensein eines Dritten geahnt hatte, sollte sie nicht alles andere erraten haben? Die unbekannte Gegenwart kommt der Zukunft gleich. Langsam, aber sicher gewann sein alter Kinderglauben die Oberhand, und das Geheimnis packte ihn mit eisernen Krallen. Dann und wann wollte er lachen, lachte, wiewohl gequält, über sich selber; aber die Italienerin, die Karten, ihre bündigen bejahenden Worte, ihre Ermahnung: »Gehen Sie, gehen Sie, *ragazzo innamorato*«, und zum Schluß die Abschiedsbarkarole, die betörend, behaglich hinter ihm her klang — alle diese Elemente verbündeten sich mit den alten in ihm zu einem neuen, lebendigen Glauben.

Camilos Herz klopfte froh und stürmisch, wenn er an die glücklichen Stunden von einst und an die kommenden dachte. Als er durch den Stadtteil Glória fuhr, blickte er aufs Meer hinaus, ließ den Blick hinausschweifen bis zu dem Punkt, wo Wasser und Himmel sich in unendlicher Umarmung vereinen, und genoß so das Vorgefühl einer langen, nicht enden wollenden Zukunft.

Kurz darauf gelangte er zum Hause Vilelas. Er sprang aus dem Wagen, stieß das eiserne Gartentörchen auf und trat ein. Das Haus war still. Er stieg die sechs steinernen Stufen hinauf und hatte kaum geklopft, als die Türe aufging und Vilela erschien.

»Verzeih, ich konnte nicht früher kommen. Was gibt's?«
Vilela antwortete nicht, seine Züge waren entstellt. Er gab ihm ein Zeichen, zusammen gingen sie in den Salon. Als Camilo über die Schwelle trat, entrang sich seiner Kehle ein Schreckensschrei: auf dem Kanapee, hinten im Raum, lag Rita tot und blutüberströmt. Vilela packte ihn am Kragen und streckte ihn mit zwei Revolverschüssen nieder.

DER GEHEIME GRUND

Garcia stand, betrachtete seine Fingernägel und ließ sie von Zeit zu Zeit schnippen; Fortunato saß im Schaukelstuhl und blickte zur Zimmerdecke auf; Maria Luísa beendete am Fenster eine Näharbeit. Schon seit fünf Minuten sagte keiner der drei ein Wort. Sie hatten über den Tag gesprochen, der wunderschön gewesen war, über Catumbí, wo das Ehepaar Fortunato wohnte, und eine Privatklinik, von der noch die Rede sein wird. Da diese drei Personen heute tot und begraben sind, kann ihre Geschichte ohne Verschleierung erzählt werden.

Sie hatten außerdem noch über etwas anderes gesprochen, etwas so Häßliches und Widerwärtiges, daß ihnen alle Lust verging, weiter über den abgelaufenen Tag, ihren Stadtteil und die Klinik zu reden. Mit einemmal war Beklommenheit in ihre Unterhaltung gekommen. Noch immer schienen Maria Luísas Finger zu zittern, während auf Garcias Gesicht ein ungewohnter Ausdruck von Gespanntheit lag. Tatsächlich war das Geschehnis solcherart, daß wir zu seinem Ausgangspunkt zurückkehren müssen, damit es verständlich wird.

Garcia hatte im vorigen Jahre, 1861, sein Medizinstudium beendet. Im Jahre 1860, als er noch die Universität besuchte, war er Fortunato zum erstenmal vor dem Portal der *Santa Casa* begegnet. Gerade als er hineinging, trat der andere heraus. Fortunatos Aussehen hatte ihn beeindruckt, trotzdem hätte er sein Gesicht wieder vergessen, wäre er ihm nicht wenige Tage später von neuem über den Weg gelaufen. Garcia wohnte in der Rua D. Manoel. Eine seiner seltenen Zerstreuungen war der Besuch des Theaters São Januário, das in der Nähe zwischen seiner Straße und dem Strand lag; er ging ein- oder zweimal im Monat dorthin und fand im Zuschauerraum kaum je mehr als vierzig Besucher vor. Anscheinend wagten sich nur die

Furchtlosesten bis in jenen abgelegenen Winkel der Stadt. Eines Abends, als er wieder im Parkett des Schauspielhauses saß, trat Fortunato ein und nahm neben ihm Platz.

Das Stück war ein rührseliges Drama, gespickt mit Messerstichen, geladen mit Schmähungen und Beteuerungen der Unschuld und Reue; Fortunato hörte jedoch gefesselt zu. Bei schmerzvollen Ausbrüchen wuchs seine Aufmerksamkeit, begierig glitten seine Augen von einer Person zur anderen, so daß der Student vermutete, sein Nachbar fühle sich durch die Vorstellung an Persönliches erinnert. Dem Trauerspiel sollte ein Schwank folgen; Fortunato wartete jedoch den Beginn nicht ab, sondern verließ das Theater; Garcia ging hinter ihm her. Fortunato bog in den Beco do Cotovêlo ein und ging dann durch die Rua São José bis zum Largo da Carioca. Langsam, mit gesenktem Kopf schlenderte er dahin, blieb nur dann und wann stehen, um einen schlafenden Hund mit seinem Spazierstock aufzuwecken; der Hund fuhr jaulend aus seinem Schlaf hoch, und Fortunato nahm seine Wanderung wieder auf. Auf dem Largo da Carioca bestieg er einen Tilbury und ließ sich in Richtung Praça da Constituição fahren. Garcia kehrte nach Hause zurück, ohne in der nächsten Zeit wieder etwas von dem anderen zu sehen oder zu hören.

Es vergingen etliche Wochen. Eines Abends, es schlug neun Uhr, hörte er Stimmen im Treppenhaus. Rasch stieg er aus seinem Zimmer im Dachgeschoß in den ersten Stock hinunter, wo ein Beamter des Zeughauses wohnte. Dieser wurde gerade blutüberströmt von einigen Männern die Treppe heraufgetragen. Sein schwarzer Diener kam zur Tür gelaufen; der Mann stöhnte, die Stimmen tönten wirr durcheinander, die Beleuchtung war schwach. Nachdem der Verletzte auf sein Bett niedergelegt worden war, sagte Garcia, man müsse einen Arzt rufen lassen.

»Dort kommt schon einer«, meinte jemand.

Garcia blickte auf: Der Sprecher war der Mann aus der *Santa Casa* und dem Theater. Anfangs dachte er, der andere müsse wohl ein Verwandter oder Freund des Verwundeten sein, verwarf aber die Vermutung, als er ihn fragen hörte, ob der Verunglückte Familienangehörige oder sonstige Nahestehende habe. Der Schwarze antwortete verneinend, worauf der Fremde die Draußenstehenden bat, sich zurückzuziehen; er entlohnte die Träger und erteilte erste Anweisungen. Als er erfuhr, daß Garcia ein Nachbar und Student der Medizin sei, bat er ihn, dazubleiben und ihm bei der Betreuung des Verletzten zu helfen. Dann erzählte er den Hergang des Unfalls.

»Eine Bande von *Capoeiras* hat ihn überfallen. Ich kam gerade aus der Moura-Kaserne, wo ich einen Vetter besucht hatte, als ich einen teuflischen Lärm hörte und gleich darauf ein Handgemenge sah. Anscheinend haben sie noch einen anderen Passanten zusammengeschlagen, der in eine der Seitenstraßen einbiegen wollte; ich sah jedoch nur diesen Herrn, der die Straße genau in jenem Augenblick überschreiten wollte, als einer der *Capoeiras* an ihm vorbeistrich und ihm das Messer in den Leib rannte. Der Angegriffene brach nicht sogleich zusammen, er konnte noch sagen, wo er wohnt, und da ich keine zwei Schritte von ihm entfernt war, hielt ich es für richtig, ihn nach Hause zu schaffen.«

»Kennen Sie ihn?« fragte Garcia.

»Nein, ich habe ihn nie zuvor gesehen. Wer ist es?«

»Ein hochanständiger Mann, Beamter im Zeughaus. Er heißt Gouveia.«

»Ich habe nie etwas von dem Mann gehört.«

Bald darauf trafen der Arzt und der Polizeikommissar ein; der Verletzte wurde verbunden, die Einzelheiten des Überfalls wurden zu Protokoll genommen. Der Unbekannte gab an, er heiße Fortunato Gomes da Silveira, sei Privatier, Junggeselle und wohne in Catumbí. Die Verletzung erwies sich als schwer. Während der Behandlung machte sich Fortunato mit Unterstützung Garcias nützlich, hielt das Wasserbecken, den Kerzenleuchter, die Binden; er zuckte nicht mit der Wimper und blickte eiskalt auf den schwer Stöhnenden. Zum Schluß begleitete er den Arzt zum Treppenabsatz, wechselte unter vier Augen ein paar Worte mit ihm und wiederholte dem Polizeikommissar seine Bereitschaft, bei den Nachforschungen behilflich zu sein. Die beiden gingen fort, er und der Student blieben im Schlafzimmer zurück.

Garcia war wie vor den Kopf geschlagen. Er blickte den anderen an, sah, wie der sich in aller Gelassenheit setzte, die Beine ausstreckte, die Hände in die Hosentaschen steckte und seine Blicke ruhig beobachtend auf den Verwundeten heftete. Die Augen waren hell, bleigrau, bewegten sich langsam und hatten einen harten, trockenen und kalten Ausdruck. Das Gesicht war mager und bleich, ein schmaler, kurzgehaltener rotblonder Bart rahmte das Kinn und zog sich bis zu den Schläfen hinauf. Er mochte vierzig Jahre alt sein. Von Zeit zu Zeit wandte er sich nach dem Studenten um und stellte eine Frage über den Verletzten, blickte aber gleich wieder auf diesen, während der junge Mann ihm Auskunft gab. Die Empfindung, die den Studenten befiel, war ein Gemisch aus Widerwillen und Neugierde; er konnte nicht leugnen, daß er einem Beweis seltener Hingabe beiwohnte, und wenn diese Tat allem Anschein nach uneigennützig war, so blieb nichts anderes übrig, als das menschliche Herz als Abgrund von Geheimnissen anzusehen.

Nach einer knappen Stunde ging Fortunato fort. Während der nächsten Tage kam er täglich wieder, aber die Heilung ging überraschend schnell vonstatten, und bevor sie abgeschlossen war, verschwand er, ohne seinem Schützling zu sagen, wo er wohnte. So mußte der Student ihm Namen, Straße und Hausnummer seines Wohltäters nennen.

»Ich werde ihm für seine Samaritertat danken, sobald ich wieder ausgehen kann«, sagte der Genesende.

Sechs Tage später eilte er nach Catumbí. Fortunato empfing ihn befangen, ließ ungeduldig seine Dankesworte über sich ergehen, gab gelangweilt Antwort und schlug schließlich die Kordel seines Morgenrockes gegen sein Knie. Gouveia saß verlegen vor ihm, glättete seinen Hut mit den Fingern, hob dann und wann seine Blicke zu dem anderen auf und wußte schließlich nichts mehr zu sagen. Nach zehn Minuten bat er, sich verabschieden zu dürfen, und verließ das Haus seines Samariters.

»Vorsicht mit den *Capoeiras*!« rief ihm der Herr des Hauses lachend nach.

Der arme Teufel ging gekränkt, gedemütigt heim, er tat alles, um seinen Widerwillen herunterzuschlucken, zwang sich, den Auftritt zu vergessen, zu erklären oder zu verzeihen, damit in seinem Herzen nur die Erinnerung an die empfangene Wohltat zurückbleibe; aber all sein Bemühen war vergeblich. Der Groll, ein neuer, ausschließlicher Gast, drang in sein Inneres und verdrängte die Wohltat, so daß dem Unglückswesen keine andere Wahl blieb, als in das Gehirnstübchen des Mannes hinaufzuklettern und dort als bloße Idee Unterschlupf zu suchen. So geschah es, daß der Wohltäter diesem Mann höchstpersönlich das Gefühl der Undankbarkeit einimpfte.

All das verblüffte Garcia. Der junge Mann besaß nämlich die Gabe, die Menschen zu enträtseln, ihre Charaktere zu ergründen, er hatte eine Vorliebe für Seelenanalyse und fand, wie er sich ausdrückte, ein erlesenes Vergnügen daran, ungezählte seelische Schichten abzutragen, bis er auf das Geheimnis eines Organismus stieß. Von Neugierde geplagt, kam ihm der Einfall, den Mann aus Catumbí aufzusuchen, doch besann er sich rechtzeitig darauf, daß er von Fortunato nicht aufgefordert worden war, sich bei ihm sehen zu lassen. Deshalb müßte er sich wenigstens einen Vorwand ausdenken, und dieser wollte sich nicht einstellen.

Geraume Zeit danach, als Garcia sein Staatsexamen bereits hinter sich hatte und in der Rua de Mata-Cavalos, unweit der Rua do Conde, wohnte, sah er Fortunato eines Tages in einem Omnibus; dann begegnete er ihm mehrere

Male hintereinander, und die Häufigkeit der Begegnungen führte endlich zu einer gewissen Vertrautheit. So lud Fortunato ihn denn eines Tages ein, bei ihm hereinzuschauen.
»Wissen Sie übrigens, daß ich verheiratet bin?«
»Nein, das wußte ich nicht.«
»Ich habe mich vor vier Monaten verheiratet, ich könnte aber genausogut sagen, ich hätte mich vor vier Tagen verheiratet. Kommen Sie doch am nächsten Sonntag zum Abendessen!«
»Am Sonntag?«
»Ja, bitte ohne lange Ausreden. Ich dulde keine Ausflüchte. Kommen Sie am Sonntag zu uns.«
Garcia ging am Sonntag nach Catumbí. Fortunato bewirtete ihn mit einem ausgezeichneten Abendessen, gab ihm ausgezeichnete Zigarren zu rauchen, unterhielt ihn ausgezeichnet, und all das in Gesellschaft seiner Frau, die eine interessante Erscheinung war. Sein Aussehen hatte sich nicht geändert, seine Augen waren dieselben bleigrauen, harten und kalten Bälle, und die übrigen Züge waren auch nicht anziehender als früher. Wenn seine Liebenswürdigkeit das kühle Wesen auch nicht aufwog, so bot sie doch einigen Ersatz, und das war immerhin etwas. Maria Luísa indessen war als Gesellschafterin und als Frau zauberhaft. Sie war schlank, graziös, hatte sanfte, ergebene Augen, war fünfundzwanzig Jahre alt und sah nicht älter aus als neunzehn. Bei seinem zweiten Besuch fiel Garcia ein gewisser Mißklang in den Charaktereigenschaften der beiden auf, er fand, das Ehepaar habe keine seelische Verwandtschaft, in dem Verhalten der Frau ihrem Manne gegenüber liege etwas, was über die Achtung hinaus an Entsagung und Furcht grenzte. Eines Tages, als die drei wieder beisammensaßen, fragte Garcia Maria Luísa, ob sie eigentlich wisse, unter welchen Umständen er ihren Mann kennengelernt habe.
»Nein«, antwortete die junge Frau.
»Dann werden Sie eine sehr lobenswerte Tat hören.«

»Es lohnt wirklich nicht, sie zu erzählen«, unterbrach Fortunato.

»Sie werden selber entscheiden, ob es sich gelohnt hat«, beharrte der junge Arzt.

So berichtete er den Fall aus der Rua D. Manoel. Verwundert hörte die junge Frau zu. Unwillkürlich streckte sie die Hand aus und legte sie um das Handgelenk ihres Mannes, dankbar lächelnd, als habe sie erst in diesem Augenblick sein Herz entdeckt. Fortunato zuckte mit den Achseln, hörte jedoch nicht gleichgültig zu. Zum Schluß schilderte er selber den Besuch, den der Verletzte ihm gemacht hatte, und sparte nicht mit Einzelheiten über dessen Mienen, Gebärden, über die zaudernden Worte, sein Stillschweigen, kurzum, über sein tölpelhaftes Benehmen. Dabei lachte er herzhaft. Es war nicht das Lachen eines heuchlerischen Menschen, das scheel und scheinheilig ist; sein Lachen klang vielmehr frei und leutselig.

Sonderbarer Mensch, dachte Garcia.

Maria Luísa war untröstlich über den scherzenden Ton ihres Mannes, der Arzt jedoch schenkte ihr die anfängliche Genugtuung wieder, als er sie von neuem auf die Hingabe und die außergewöhnliche Eignung des damaligen Helfers hinwies, eines so guten Krankenpflegers, schloß er, daß er ihm eine Partnerschaft anbieten würde, sollte er eines Tages daran denken, eine Klinik zu gründen.

»Ist das ein Wort?« wollte Fortunato wissen.

»Was für ein Wort?«

»Wollen wir eine Klinik gründen?«

»Aber nein, ich habe doch nur gescherzt.«

»Das wäre nämlich gar keine so üble Idee, zumal für Sie, der Sie gerade eine Praxis beginnen. Zufällig besitze ich ein Haus, das in Kürze frei wird und sich für diesen Zweck eignen würde.«

Garcia lehnte ab, an jenem und am darauffolgenden Tag; aber Fortunato hatte sich bereits derart auf den Plan versteift, daß Garcia nicht mehr nein sagen konnte. Tatsächlich würde es ein glänzender Auftakt für ihn sein und versprach für beide ein ausgezeichnetes Geschäft zu werden. So willigte er schließlich nach einigen Tagen ein, nur Maria Luísa war tief enttäuscht. Denn als nervöses, zerbrechliches Geschöpf litt sie unter dem bloßen Gedanken, daß ihr Mann von nun an in enger Berührung mit menschlichen Krankheiten leben müsse. Sie wagte sich aber dem Vorhaben nicht zu widersetzen und senkte nur den Kopf. Der Plan reifte rasch und wurde rasch ausgeführt. Tatsächlich dachte Fortunato an nichts anderes mehr, weder jetzt noch später. Kaum war das Haus eröffnet, spielte er persönlich den Verwalter und Vorgesetzten der Krankenpfleger, überwachte jede Einzelheit, sorgte für alles, für Einkäufe und Brusttees, für Drogen und Abrechnungen.

Nun konnte Garcia beobachten, daß die Hingabe an den Verletzten der Rua D. Manoel kein Sonderfall gewesen, sondern in der Natur dieses Menschen begründet war. Er stellte zu seiner Verwunderung fest, daß sein Teilhaber eifriger zugriff als der willigste Hausdiener. Denn er scheute vor nichts zurück, fürchtete weder ansteckende noch abstoßende Krankheiten und war stets, zu jeder Tages- und Nachtstunde, zu allem bereit. Jedermann staunte und war des Lobes voll. Fortunato sammelte Erfahrungen, wohnte jeder Operation bei, verordnete Ätzmittel und behandelte Kranke mit ihnen.

»Ich habe großes Vertrauen zu Ätzmitteln«, sagte er häufig.

Die Interessengemeinschaft knüpfte die Freundschaftsbande enger. Garcia wurde ein Freund des Hauses; fast jeden Abend aß er bei Fortunato und seiner Frau und konnte dort das Leben Maria Luísas, die allem Anschein nach an seelischer Vereinsamung litt, gründlich beobachten. Ihre Einsamkeit vermehrte gewissermaßen ihren Zauber. Garcia fühlte allmählich, wie Erregung ihn befiel, wenn sie ins Zimmer trat, wenn sie schweigsam am Fenster handarbeitete oder wehmütige Melodien auf dem Klavier spielte. Langsam schlich die Liebe in sein Herz. Als er es bemerkte, wollte er sie zurückweisen, damit zwischen ihm und Fortunato keine andere Beziehung als die der Freundschaft bestehe, aber er vermochte es nicht, er konnte sie nur einschließen. Maria Luísa verstand beides, seine Liebe und seine Verschwiegenheit, ließ sich aber nichts anmerken.

Anfang Oktober ereignete sich etwas, was den Arzt noch deutlicher über die Verfassung der jungen Frau aufklärte. Fortunato hatte begonnen, Anatomie und Physiologie zu studieren, und vertrieb sich seine Freizeit damit, Katzen und Hunde zu vergiften und zu sezieren. Da das Jammergeheul der Tiere die Patienten quälte, verlegte er sein Laboratorium nach Hause, und nun mußte seine nervlich anfällige Frau das Gewinsel über sich ergehen lassen. Eines Tages indessen, als sie es nicht länger aushielt, wandte sie sich an den Arzt mit der Bitte, er möge doch bei ihrem Mann durchsetzen, daß er derartige Experimente einstelle.

»Aber Sie selber ...«

Lächelnd warf Maria Luísa ein:

»Er wird mich kindisch finden. Ich möchte jedoch gern, daß Sie als Arzt ihm sagen, dergleichen müsse meiner Konstitution schaden. Und glauben Sie mir, es ist so ...«

Garcia erreichte unverzüglich von seinem Freund, daß er seine anatomischen Studien aufgab. Ob er sie anderswo fortsetzte, erfuhr niemand, es war jedoch gut möglich. Maria Luísa dankte dem Arzt, und zwar nicht nur um ihretwillen, auch um der Tiere willen, deren Leiden ihr unerträglich waren. Seit kurzem hustete sie dann und wann; Garcia fragte, ob ihr etwas fehle, aber sie antwortete nur mit Nein.

»Lassen Sie mich Ihren Puls fühlen!«

»Aber mir fehlt doch nichts.«

Sie ließ es nicht zu, daß er den Puls fühlte, und zog sich zurück. Garcia wurde unruhig. Er dachte mit Besorgnis, daß sie krank sein könne, daß sie unter ärztliche Beobachtung gestellt, daß ihr Mann rechtzeitig gewarnt werden müsse.

Zwei Tage später — genau an dem Tage, an dem wir sie jetzt sehen — ging Garcia wieder zum Abendessen zu den Freunden. Er erfuhr im Wohnzimmer, daß Fortunato in seinem Arbeitszimmer sei. Er ging sofort dorthin und gelangte in dem Augenblick zur Tür, als Maria Luísa verstört heraustrat.

»Was gibt's?« fragte er.

»Die Ratte! Die Ratte!« rief die junge Frau mit erstickter Stimme und entfernte sich.

Jetzt erinnerte Garcia sich daran, daß Fortunato sich am Vorabend über eine Ratte beschwert hatte, die ihm ein wichtiges Schriftstück entwendet habe; Garcia war jedoch nicht im entferntesten auf das gefaßt, was er jetzt zu sehen bekam. Fortunato saß an einem Tisch, der in der Mitte des Arbeitsraumes stand und auf den er einen Teller mit Weingeist gestellt hatte. Die Flüssigkeit brannte. Mit Daumen und Zeigfinger der linken Hand hielt er ein Stück Schnur, an dessen Ende die am Schwanz festgebundene Ratte baumelte. In der Rechten hielt er eine Schere. Gerade als Garcia eintrat, schnitt Fortunato der Ratte eine Pfote ab, senkte dann das unglückliche Tier in die Flammen, rasch, um es nicht zu töten, und schickte sich an, ihr die zweite Pfote abzuschneiden, da er die erste bereits kupiert hatte. Entsetzt blieb Garcia stehen.

»Töte sie doch gleich!« sagte er.

»Gleich . . .«

Und mit einem einzigartigen Lächeln, dem Reflex einer befriedigten Seele, mit einem Lächeln, das den verschwiegenen Genuß höchster Lust verriet, schnitt Fortunato die dritte Pfote der Ratte ab und tauchte diese zum drittenmal in die züngelnde Flamme. Quietschend wand das arme Tier seinen blutigen, versengten Leib, war am Verenden und verendete dennoch nicht. Garcia wandte den Blick ab; dann blickte er von neuem auf den Vorgang und streckte die Hand aus, um dem Leiden endlich ein Ende zu bereiten, tat es aber nicht, weil dieser teuflische Mensch mit der strahlenden Heiterkeit im Gesicht ihm Angst einflößte. Nun fehlte nur noch die letzte Pfote. Fortunato schnitt sie ganz langsam ab, den Blick zärtlich auf die Schere geheftet; die Pfote fiel herab, gelassen betrachtete er die halbtote Ratte. Als er sie zum viertenmal in die Flamme senkte, tat er es noch rascher als bisher, um womöglich ein paar Funken, ein paar Fetzen Leben in der Kreatur zu erhalten.

Garcia, auf der anderen Seite des Tisches, bezähmte seinen Abscheu vor dem Schauspiel, um das Gesicht des Mannes studieren zu können. Von Wut, von Haß keine Spur, nur ein seliges, stilles und tiefes Genießen, wie es in einem anderen das Anhören einer herrlichen Sonate oder der Anblick eines göttlichen Bildwerkes, etwas wie die Empfindung reiner Schönheit auszulösen vermocht hätte. Es wollte Garcia scheinen, als hätte Fortunato ihn völlig vergessen, und das war auch so. Somit heuchelte er also nicht. Die Flamme war am Verlöschen, die Ratte mochte noch einen letzten Rest von Leben, den Schatten eines Schattens, in sich bergen. Diesen nutzte Fortunato, um ihr das Schnäuzchen abzuschneiden und den Fleischklumpen zum letztenmal ins Feuer zu tauchen. Endlich ließ er den Leichnam in die Schüssel fallen und befreite sich damit von dem elenden Gemengsel aus Fleisch und Blut.

Als er sich erhob und plötzlich Auge in Auge mit dem Arzt stand, zuckte er zusammen. Jetzt zeigte er Wut gegen das Tier, das sein Schriftstück zernagt hatte, aber sein Zorn war augenscheinlich gespielt.

Strafe ohne Zorn, dachte der Arzt, der Zwang, ein Lustgefühl herbeizuführen, das ihm nur fremder Schmerz zu schenken vermag: das ist das Geheimnis dieses Mannes.

Fortunato verbreitete sich über die Wichtigkeit des Dokuments und die Höhe des Verlustes; zwar gab er zu, daß es in der Hauptsache ein Zeitverlust sei, aber nun war ihm die Zeit kostbarer geworden als alles andere. Garcia hörte zu, ohne ein Wort einzuwerfen und ohne ein Wort davon zu glauben. Er besann sich auf andere Handlungen Fortunatos, schwerwiegende und belanglose, und fand dieselbe Erklärung für alle. Es waren Variationen ein und derselben Empfindung, Fortunato war ein Dilettant eigener Art, ein Caligula im Kleinformat.

Als Maria Luísa kurz darauf wieder ins Zimmer trat, ging ihr Mann auf sie zu, nahm lachend ihre beiden Hände und sagte sanft:

»Du warst mir eine Heldin!«

Und zum Arzt gewandt:

»Willst du mir glauben, daß sie fast in Ohnmacht gefallen wäre?«

Maria Luísa erhob schüchternen Einspruch, sagte, sie sei nervös und eben nur eine Frau; dann setzte sie sich mit ihrer Strickwolle und ihren Nadeln ans Fenster, noch immer zitterten ihre Hände — wie wir sie eingangs gesehen haben. Der Leser wird sich daran erinnern, daß die drei zuerst von anderen Dingen sprachen, dann verstummten, der Hausherr sitzend und zur Zimmerdecke starrend, der Arzt mit seinen Fingernägeln knipsend. Kurz darauf gingen sie zum Abendessen hinüber, aber es wurde keine heitere Mahlzeit. Maria Luísa war in sich gekehrt und hustete. Der Arzt fragte sich, ob das Zusammenleben mit einem derartigen Menschen nicht über ihre Kraft ging. Vorläufig war seine Vermutung nur ein Verdacht, aber der Verdacht verwandelte sich in seinem liebenden Herzen bald zur Gewißheit; nun zitterte er für sie und nahm sich vor, die beiden zu beobachten.

Sie hustete, hustete, und es dauerte nicht lange, bis die Krankheit das Visier abnahm. Es war Schwindsucht, die alte unersättliche Lebedame, die alles Leben aussaugt und nur ein Bündel Knochen übrigläßt. Die Nachricht traf Fortunato wie ein Schlag; auf seine Weise liebte er seine Frau, er war an sie gewöhnt, es fiel ihm schwer, sie aufzugeben. Er sparte nicht an Bemühungen, an Ärzten,

Medikamenten, Reisen, er nahm seine Zuflucht zu allen möglichen Heil- und Linderungsmitteln. Es war alles vergeblich. Die Krankheit war unheilbar.

Während der letzten Tage, angesichts der schlimmsten Qualen der jungen Frau, verdrängte Fortunatos Grundveranlagung jede andere Empfindung. Er wich nicht mehr von ihrer Seite, er heftete sein dumpfes, kaltes Auge auf jenen langsamen, schmerzlichen Zerfall von Leben; Minute für Minute sog er gierig das Leiden des schönen Geschöpfes ein, das, abgemagert und durchsichtig, vom Fieber verzehrt und vom Tode ausgehöhlt, im Bett dahinsiechte. Sensationslüstern, unbarmherzig und egoistisch, wie er war, ließ er sich keine Sekunde des Todeskampfes entgehen und vergalt ihn ihr mit keiner einzigen sichtbaren oder geheimen Träne. Erst als sie den Geist aufgab, war er für einen Augenblick niedergeschmettert. Aber gleich darauf war er wieder der alte und sah, daß er allein war.

Als sich bei Einbruch der Nacht eine Verwandte Maria Luísas, die an ihrem Sterbebett gesessen hatte, zur Ruhe legte, blieben Fortunato und Garcia im Wohnzimmer, nachdenklich wachten sie bei dem Leichnam; da aber auch der Witwer erschöpft war, riet ihm sein Freund, sich ein wenig auszuruhen.

»Geh, leg dich ein oder zwei Stunden schlafen. Nachher löst du mich ab.«

Fortunato ging hinaus, legte sich im Salon auf das Sofa und schlief sofort ein. Zwanzig Minuten später erwachte er, wollte wiederum einschlafen, schlummerte wenige Minuten, stand dann aber auf und schickte sich an, ins Wohnzimmer hinüberzugehen. Er ging auf Zehenspitzen, um die Verwandte nicht aufzuwecken, die nebenan schlief. Als er zur Türe kam, blieb er wie angewurzelt stehen.

Garcia hatte sich der Toten genähert, hatte das Leintuch gelüftet und betrachtete die Züge der Verblichenen. Dann, als sei sie durch den Tod verklärt, beugte er sich über sie und küßte sie auf die Stirn. In diesem Augenblick betrat

Fortunato die Schwelle des Zimmers. Wie angenagelt blieb er stehen; sollte das etwa das Nachspiel eines Ehebruchs sein? Fortunato war nicht eifersüchtig -- das sei hier bemerkt; die Natur hatte ihn so veranlagt, daß er weder Eifersucht noch Neid verspürte, doch hatte sie ihn mit Eitelkeit bedacht, die dem Groll nicht weniger ausgesetzt ist. Benommen schaute er zu und biß sich auf die Lippen.

Mittlerweile beugte sich Garcia von neuem vor, um die Tote zu küssen, aber diesmal ging es über seine Kräfte. Sein Kuß endete in Schluchzen, seine Augen konnten die Tränen nicht länger zurückhalten, die hervorstürzten, Tränen lange geheimgehaltener Liebe, auswegloser Verzweiflung.

Fortunato, der in der Tür stehengeblieben war, genoß gelassen diesen Ausbruch seelischen Schmerzes, der lange, köstlich lange anhielt.

FRAUENARME

Inácio zuckte zusammen, als er das Toben des Anwalts hörte, nahm den Teller entgegen, den dieser ihm reichte, und schickte sich an zu essen, während ein Hagel von Schimpfworten — Taugenichts, Windbeutel, Trottel, Idiot! — auf ihn niedersauste.

»Wo hast du deinen Kopf, daß du nie zuhörst, wenn man mit dir redet? Ich werde alles deinem Vater erzählen, damit er dir deine Faulheit mit einer Rute oder einem Spazierstock austreibt. Jawohl, du bist noch nicht zu alt, um eine tüchtige Tracht Prügel zu beziehen, du Esel, du Tollhäusler! Und in der Kanzlei ist er um kein Haar besser«, fuhr er fort, zu Dona Severina gewandt, mit der er seit Jahren in Gewissensehe zusammenlebte. »Er bringt mir alle Akten durcheinander, verwechselt die Adressen und die Schreiber, vertauscht die Anwälte. Es ist zum Auswachsen! Immer die alte Leier! Schon frühmorgens beginnt der Tanz mit ihm. Sobald er aufwacht, muß man ihn erst einmal richtig zusammenstauchen ... Aber laß nur gut sein: Morgen früh weck' ich ihn mit dem Besenstiel!«

Dona Severina stieß den Anwalt mit dem Fuß unter dem Tisch an, wie um ihn zu bitten, endlich aufzuhören. Borges gab noch ein paar Schimpfworte von sich, dann war er mit Gott und den Menschen ausgesöhnt.

Damit will ich nicht sagen, daß er auch mit kleinen Jungen ausgesöhnt war, da unser Inácio eigentlich kein kleiner Junge mehr war. Er zählte seine fünfzehn, fünfzehn ausgewachsene Jahre. Er hatte einen ungepflegten, aber bildhübschen Wuschelkopf und die Augen eines Jungen, der träumt, der fragt, der wissen will und schließlich doch nichts weiß. Und all das auf einem keineswegs unansehnlichen, wenngleich schlechtangezogenen Körper. Sein Vater war Friseur in Cidade Nova und hatte ihn bei dem Rechtsanwalt Borges als Laufburschengehilfe, Schreiber oder sonst etwas in die Lehre gegeben, in der Hoffnung, eines Tages zu erleben, daß sein Sohn eine einträgliche Tätigkeit am Gericht entfalten werde, denn seiner Auffassung nach verdiente jeder Anwalt ein Vermögen.

Die geschilderte Szene trug sich im Jahre 1870 in der Rua da Lapa zu. Einige Minuten lang war nichts zu hören als das Klappern der Bestecke und das Geräusch des Kauens. Borges schlang Mengen von Rindfleisch und grünem Salat hinunter und unterbrach sein Kauen nur durch einen Schluck Wein, mit dem er seine Standpauke abschloß.

Inácio aß langsam, er wagte weder von seinem Teller aufzusehen noch die Blicke auf jene Stelle zu heften, wo sie in dem Augenblick geruht hatten, als der schreckliche Borges ihn angebrüllt hatte. Jetzt wäre ein derartiges Unterfangen allzu gewagt gewesen. Denn Inácio konnte den Blick nie auf Dona Severinas Armen ruhen lassen, ohne sich und alles ringsum restlos zu vergessen.

Schließlich war es auch Dona Severinas Schuld, wenn sie ihre Arme nie anders als nackt trug. Alle ihre Hauskleider hatten ganz kurze Ärmel, die eine halbe Handbreit unter der Achsel aufhörten, und zeigten somit von dort an den ganzen Arm. Allerdings waren ihre Arme schön und voll, genau wie ihre Trägerin, die eher üppig als schlank zu nennen war, und verloren auch, so der Luft ausgesetzt, weder ihre helle Hautfarbe noch ihre Geschmeidigkeit. Im übrigen stellte sie sie nicht aus Gefallsucht zur Schau, sondern weil sie alle ihre Kleider mit langen Ärmeln aufgetragen hatte. Stehend war sie nicht übel anzuschauen, auch gehend hatte sie gefällige Bewegungen; Inácio sah sie indessen nur bei Tisch, wo er neben ihren Armen kaum ihre Büste zu Gesicht bekam. Hübsch war sie eigentlich nicht zu nennen, aber auch keineswegs häßlich. Sie trug keinen Schmuck; ihre Frisur war nicht sonderlich anziehend, ihr Haar glatt zurückgelegt und zu einem Knoten aufgesteckt. Der Halsausschnitt wurde von einem dunklen Tuch bedeckt, die

Ohren zeigten kein Gehänge — und all das mit siebenundzwanzig soliden, blühenden Jahren.

Das Mittagessen war vorüber. Als der Kaffee kam, zog Borges vier Zigarren aus der Tasche, verglich sie, massierte sie zwischen den Fingern, wählte eine aus und steckte die anderen drei wieder ein. Nachdem er seine Zigarre angezündet hatte, lehnte er die Ellbogen auf den Tisch und begann mit Dona Severina von dreißigtausend Dingen zu sprechen, die unseren Inácio tödlich langweilten; während jener aber sprach, herrschte er diesen wenigstens nicht an, so daß der junge Mann ungestört träumen konnte. Inácio zögerte das Trinken seines Kaffees so lange wie möglich hinaus. Zwischen dem einen und dem anderen Schluck glättete er das Tischtuch, riß sich von den Fingern imaginäre Hautfetzen ab und ließ die Augen über die Bilder des Eßzimmers gleiten, deren es zwei gab, einen Sankt Peter und einen Sankt Johannes, von Kirchenfesten mitgebrachte und zu Hause gerahmte Drucke. Sankt Johannes mochte man noch glauben, daß er mit seinem jugendlichen Haupt fromme Gemüter zu beflügeln vermochte; sich aber hinter Sankt Peter zu verstecken war zuviel des Guten. Die einzige Verteidigung des jungen Inácio war indessen, daß er weder den einen noch den anderen sah; seine Augen glitten über die Bilder hinweg wie über Luft. Er sah nur Dona Severinas Arme, sei es, daß er verstohlen zu ihnen hinüberspähte, sei es, weil ihr Abbild sich in seinem Gedächtnis eingenistet hatte.

»Wirst du endlich mit deinem Kaffee fertig, Mann Gottes?« bellte plötzlich der Anwalt.

Da half nichts, Inácio mußte den letzten, schon erkalteten Tropfen hinunterschlucken und zog sich wie gewohnt in sein Zimmerchen im hinteren Teil des Hauses zurück. Beim Betreten der Kammer machte er zunächst eine Gebärde des Unmuts und der Verzweiflung, dann lehnte er sich an eines der beiden Fenster, die aufs Meer hinaus gingen. Fünf Minuten später gab ihm der Anblick des nahen Wassers und der fernen Berge jene wirre, unbestimmte, rastlose Empfindung zurück, die ihm weh und wohl tat, etwas, was die Pflanze fühlen muß, wenn ihr die erste Blüte entkeimt. Er wollte fortgehen und gleichzeitig dableiben. Seit fünf Wochen wohnte er nun hier, das Leben war immer die gleiche Last, morgens ging es mit Borges los, zu Sitzungen, zum Staatsarchiv, dann mußte er Dokumente beim Notar beglaubigen lassen, es galt, Protokollführer, Gerichtshelfer und Beamte aufzusuchen. Wenn er nachmittags nach Hause kam, wurde zu Mittag gegessen, dann zog er sich bis zum Abendessen in sein Kämmerchen zurück, und nach dem Nachtmahl ging er zu Bett. Borges gestattete ihm keinerlei Vertraulichkeiten mit seiner Familie, die nur aus Dona Severina bestand; außerdem sah Inácio sie nur dreimal am Tage, während der Mahlzeiten. Fünf Wochen der Einsamkeit, der lustlosen Arbeit, weit weg von der Mutter und den Schwestern, hatte er hinter sich, fünf Wochen des Schweigens, denn nur unterwegs während der Botengänge ergab sich hie und da eine Gelegenheit zum Sprechen; zu Hause fiel nie ein freundliches Wort.

Ihr werdet es noch erleben, dachte er, eines Tages verschwinde ich auf Nimmerwiedersehen.

Aber er verschwand nicht, vielmehr fühlte er sich von Dona Severinas Armen festgehalten, umklammert. Nie hatte er so hübsche und blühende Arme gesehen. Die Erziehung, die er genossen hatte, erlaubte ihm nicht, sie unverblümt anzusehen; anfangs wandte er die Augen sogar befangen ab. Nach und nach, als er sah, daß sie nie durch Ärmel verdeckt waren, hatte er einen kühneren Blick gewagt, und so entdeckte er sie, betrachtete sie, gewann sie lieb. Nach Ablauf von drei Wochen waren sie, geistig gesprochen, sein Ruhekissen. Er ertrug alle Plackerei im Dienst, alle Schwermut der Einsamkeit und Stille, jede Schmähung des Chefs, nur um des einzigen Entgelts willen, dreimal am Tage ein Paar wunderschöne Frauenarme sehen zu dürfen.

An jenem Tag, während der Abend einfiel und Inácio sich in seiner Hängematte räkelte — ein drittes Bett gab es im Hause nicht —, rief sich Dona Severina den Auftritt vom Mittagessen ins Gedächtnis zurück, und zum erstenmal hegte sie einen leisen Argwohn. Alsbald verwarf sie den Gedanken; der Junge war ja noch ein Kind! Es gibt jedoch Gedanken, die zur Familie der aufsässigen Mücken gehören: Je mehr man sie abschüttelt, desto aufdringlicher setzen sie einem zu. Ein Kind? Der Junge war immerhin fünfzehn Jahre alt; sie hatte bemerkt, daß zwischen Nase und Mund bereits ein Flaum sproß. War es also ein Wunder, daß er sich in sie verliebt hatte? Und war sie nicht hübsch? Dieser zweite Gedanke wurde von ihr nicht verworfen, ja, eher gehätschelt und liebkost. Sie vergegenwärtigte sich sein Gebaren, seine Vergeßlichkeit, seine Zerstreutheit, erst den einen Vorfall, dann einen zweiten, alles entpuppte sich als sicheres Anzeichen, und sie kam zu dem Schluß: Nein, es ist kein Wunder.

»Was hast du?« fragte der Anwalt, der sich auf dem Kanapee ausgestreckt hatte, nach einigen Minuten.

»Nichts.«

»Nichts? Mir scheint, hier im Hause schläft alles! Laß gut sein, ich weiß ein Mittel, um Schlafmützen die Müdigkeit auszutreiben . . .«

Und er wetterte weiter in ärgerlichem Tonfall, stieß Drohungen nach links und rechts aus, war aber im Grunde unfähig, sie auszuführen, da er eher derb als böswillig war. Dona Severina unterbrach ihn, sagte, er irre, sie schlafe nicht, sie habe nur an die Gevatterin Fortunata gedacht. Sie hätten sie seit Weihnachten nicht mehr besucht, warum sollten sie nicht einen dieser Abende zu ihr gehen? Borges erwiderte, er sei überarbeitet, er habe zu schuften wie ein Neger, er sei nicht zu Gesellschaftstratsch aufgelegt; und schon machte er die Gevatterin herunter, den Gevatter desgleichen und obendrein ihr Patenkind, das mit zehn Jahren noch nicht zur Schule gehe! Er, Borges, habe mit zehn

Jahren schon lesen, schreiben und rechnen können, zwar noch nicht einwandfrei, aber auch keineswegs schlecht. Ein Junge im Alter von zehn Jahren. Der würde als Landstreicher, als Habenichts enden, verscharrt Gott weiß wo! So einen Tagedieb könne nur der Militärdienst **retten.**

Dona Severina versuchte einzulenken und Entschuldigungen anzuführen: die Armut der Gevatterin, das Pech des Gevatters; sie streichelte Borges aus Furcht, er könne noch länger auf ihnen herumhacken. Mittlerweile war die Nacht angebrochen, sie hörte das Klicken der angezündeten Gaslampen auf der Straße und sah ihren blitzartigen Widerschein in den Fenstern des gegenüberliegenden Hauses. Von der Tagesarbeit ermüdet, denn er war wirklich ein eiserner Arbeiter, schloß Borges die Augen, machte ein Nickerchen und ließ Dona Severina allein im Wohnzimmer zurück, allein mit dem Dunkel, mit sich und der soeben gemachten Entdeckung.

Alles schien die Senhora darauf hinzuweisen, daß sie der Wahrheit entsprach. Nachdem aber die erste Verwunderung verflogen war, gab diese Wahrheit ihr auch ein moralisches Rätsel auf, das ihr zwar durch seine Wirkung zum Bewußtsein kam, sich ihr aber in seinem Wesen nicht zu erkennen gab. Mit einemmal begriff sie ihre eigenen Gefühle nicht mehr und sah keinen Ausweg; sie dachte daran, dem Anwalt alles zu beichten, damit er den Burschen unverzüglich aus dem Hause jage. Was war aber »alles«? Und schon hielt sie inne: In Wirklichkeit war alles nur Vermutung, Zufall, vielleicht sogar Selbsttäuschung. Nein, nein, Selbsttäuschung war es nicht. Und schon sammelte sie alle unbestimmten Anzeichen — die Haltung des Jungen, sein befangenes Wesen, seine Zerstreutheit —, um den Gedanken zu verwerfen, daß es herzlos sei, ihn grundlos eines Vergehens zu bezichtigen. Sie gab zu, sie könne sich getäuscht haben, nur um ihn besser beobachten und den Stand der Dinge genauer feststellen zu können.

Noch am selben Abend prüfte Dona Severina unter halbgeschlossenen Augenlidern Inácios Gebaren; sie stellte jedoch nichts Ungewöhnliches fest, weil die Zeit zum Teetrinken zu kurz war und der junge Bursche den Blick nicht von seiner Tasse hob. Am nächsten Tag konnte sie ihn besser beobachten, an den darauffolgenden Tagen noch genauer. Nun stellte sie fest: Ja, sie wurde geliebt und verehrt, es war eine keusche Jünglingsliebe, verdrängt von gesellschaftlichen Rücksichten und einem Gefühl der Unterlegenheit, das ihn daran hinderte, seinen Zustand zu erkennen. Dona Severina begriff, daß hier keine Entgleisung zu befürchten sei, und hielt es für angebracht, den Anwalt darüber im dunkeln zu lassen; auf diese Weise würde sie ihm eine unliebsame Erfahrung und dem armen Kind eine zweite ersparen. Schon war sie davon überzeugt, daß er noch ein Kind sei, und beschloß, ihn so kühl zu behandeln wie bisher, womöglich sogar noch kühler. Und so geschah es; Inácio fühlte bald, daß sie seinen Blicken auswich oder unfreundlich mit ihm sprach, fast so barsch wie Senhor Borges selber. Bei anderen Gelegenheiten wieder war ihr Tonfall sanft, sogar zärtlich, so zärtlich wie der Ausdruck ihrer Augen, die meist abwesend im Zimmer umherschweiften und nur zum Ausruhen auf seinem Kopf haften blieben, freilich nur sekundenlang.

Ich gehe fort, wiederholte er auf der Straße zu sich, wie in den ersten Tagen.

Dann aber kam er heim und ging doch nicht fort. Dona Severinas Arme waren für ihn ein Gedankenstrich in dem langen, langweiligen Satz, der sein Leben war, und dieser eingeschobene Strich war ein tiefer, besonderer Gedanke des Himmels, einzig und allein für ihn erfunden. So ließ er den Dingen ihren Lauf bis zu jenem Tag, an dem er endgültig gehen mußte, auf Nimmerwiedersehen. Und das geschah folgendermaßen:

Seit einigen Tagen behandelte Dona Severina ihn mit Güte. Ihre Stimme schien den barschen Unterton verloren zu haben, nun schwang aber noch etwas anderes als Sanftmut mit, ihr Tonfall war voller Fürsorge und Zärtlichkeit. So empfahl sie ihm an dem einen Tag, sich nicht der Zugluft auszusetzen, am nächsten, er solle nach dem heißen Kaffee kein kaltes Wasser trinken — Ratschläge, Ermahnungen, Aufmerksamkeiten einer mütterlichen Freundin, die seine Seele nur in um so größere Unrast und Verwirrung stürzten. Eines Tages leistete sich Inácio die unerhörte Vertraulichkeit, bei Tisch zu lachen, etwas, was er bisher nie gewagt hatte. Diesmal fuhr der Anwalt ihn jedoch nicht grob an, weil er selber die komische Geschichte erzählt hatte und niemand seine Mitmenschen für den ihm gezollten Beifall straft. Nun sah Dona Severina, daß der Mund des Jungen nicht weniger hübsch war, als wenn er schwieg.

Inácios Erregung wuchs, ohne daß er sie zu bezähmen oder zu verstehen vermocht hätte. Er fühlte sich nirgends mehr wohl. Nachts wachte er auf und dachte an Dona Severina. Auf der Straße kannte er sich nicht mehr in den Richtungen aus, verwechselte die Hausnummern noch öfter als früher und konnte keine Frau von ferne oder aus der Nähe ansehen, die ihn nicht an seine Gastgeberin erinnert hätte. Wenn er nach getaner Arbeit den Hausflur betrat, fühlte er sich stets von Freude, zuweilen von wilder Freude durchbebt, wenn sie vom Treppenabsatz durchs Geländer herunterspähte, wie um nachzusehen, wer gekommen sei.

Eines Sonntags — nie wird er diesen Sonntag vergessen — saß er allein in seinem Zimmerchen am Fenster und blickte aufs Meer, das in der gleichen dunklen, neuen Sprache zu ihm sprach wie Dona Severina. Er vertrieb sich die Zeit damit, den Möwen zuzusehen, die riesige Kreise in der Luft beschrieben, über das Wasser glitten oder nur mit den Flügeln schlugen. Der Tag war wunderschön. Es war nicht nur ein Sonntag der Christen, es war ein Sonntag der ganzen Welt.

Inácio verbrachte alle Sonntage in seiner Kammer oder am Fenster, dann und wann las er auch in einem der drei

Büchlein, die er mitgebracht hatte; es waren Erzählungen aus früheren Zeiten, Heftchen, die er für einen Tostão unter den Arkaden des Largo do Paço erstanden hatte. Es war zwei Uhr nachmittags. Er war müde, in der vergangenen Nacht hatte er schlecht geschlafen, nachdem er vorher lange umhergeirrt war; er streckte sich in seiner Hängematte aus, nahm eines der Bändchen — es hieß *Prinzessin Magelone* — und begann zu lesen.

Er hatte nie verstehen können, warum alle Heldinnen dieser alten Geschichten das Gesicht und die Figur von Dona Severina besaßen, aber sie sahen eben aus wie sie, daran war nicht zu rütteln.

Nach einer halben Stunde ließ er die Broschüre fallen und heftete die Blicke auf die Wand, auf der fünf Minuten später die Dame seiner Träume erschien. Es wäre natürlich gewesen, wenn ihn das erschreckt hätte, aber er erschrak nicht. Trotz geschlossener Lider sah er sie aus der Wand treten, lächeln und auf die Hängematte zugehen. Sie war es, es waren ihre Arme.

Und doch steht fest, daß Dona Severina selbst dann nicht der Wand hätte entsteigen können, wenn sich ein Spalt oder eine Tür darin befunden hätte, und zwar aus dem einfachen Grunde, weil sie in diesem Augenblick im vorderen Salon saß und auf die Schritte des Anwalts lauschte, der gerade die Treppe herunterkam. Sie hörte ihn herabsteigen; sie trat ans Fenster, um ihn aus dem Hause gehen zu sehen, und verließ ihren Posten erst, als er sich am Ende der Rua das Mangueiras verlor. Dann trat sie zurück und setzte sich aufs Kanapee. Sie schien ungewöhnlich rastlos, ja, wie von Sinnen zu sein; sie stand auf, ergriff den Krug, der auf der Etagere stand, und stellte ihn wieder an seinen Platz; dann ging sie zur Türe, blieb stehen und machte, anscheinend ziellos, wieder kehrt. Plötzlich erinnerte sie sich daran, daß Inácio beim Frühstück wenig gegessen hatte und erschöpft aussah; vielleicht war er krank, vielleicht sogar sehr krank.

Sie verließ das Wohnzimmer und durchschritt rasch den Flur bis zur Kammer des jungen Mannes, deren Tür weit offenstand. Dona Severina hielt inne, spähte hinein und entdeckte ihn schlafend in der Hängematte, der eine Arm hing herab, das Heftchen lag auf dem Fußboden. Sein Kopf war leicht zur Türe geneigt und ließ die festverschlossenen Augen sehen, den wirren Haarschopf und das glückselige Lächeln.

Dona Severina fühlte ihr Herz heftig schlagen und wich zurück. In der Nacht hatte sie von ihm geträumt; vielleicht hatte auch er von ihr geträumt. Seit dem Morgengrauen ging der junge Mann ihr nicht mehr aus dem Sinn, es war wie die Versuchung des Teufels. Wieder machte sie einen Schritt rückwärts, dann trat sie von neuem vor und blickte den Schlafenden an, zwei, drei, fünf Minuten lang, vielleicht auch länger. Allem Anschein nach verlieh der Schlaf Inácios Jugend ein ausgeprägtes, halb weibliches, halb knabenhaftes Aussehen.

Ein Kind, sagte sie zu sich in jener wortlosen Sprache, die wir alle in uns bergen. Und dieser Gedanke beschwichtigte den Aufruhr ihres Blutes und verscheuchte zum Teil die Verwirrung ihrer Sinne.

Ein Kind!

Lange blickte sie zu ihm hin, sah sich satt an ihm und seinem geneigten Kopf, dem herabhängenden Arm. Aber während sie in ihm ein Kind sah, fand sie ihn auch hübsch, viel hübscher als in wachem Zustand, und ein Gedanke verbesserte und verzerrte den anderen. Plötzlich zuckte sie zusammen und fuhr entsetzt zurück: sie hatte ein Geräusch gehört, in nächster Nähe, im Bügelzimmer; rasch lief sie dorthin: Es war ein Kater, der einen Napf auf dem Boden umgestürzt hatte. Als sie langsam zurückkehrte, um den Jungen weiter zu belauschen, schlief er immer noch fest. Fest wie ein Kind! Das Geräusch hatte ihn nicht einmal aus seiner Haltung aufgestört. Und sie sah weiter zu, wie er schlief — schlief und vielleicht auch träumte.

Wie schade, daß wir die Träume unserer Mitmenschen nicht sehen können! Dona Severina würde sich nämlich in der Phantasie des Jungen gesehen haben, sie hätte sich unbeweglich und lächelnd vor der Hängematte stehen sehen. Dann hätte sie gesehen, wie sie sich über ihn gebeugt, wie sie seine beiden Hände genommen und sie an ihre Brust geführt, wie sie ihre Arme, ihre berühmten Arme, darüber gefaltet hätte. Aber auch so konnte der in ihre Arme verliebte Inácio ihre Worte hören, die schön, warm und vor allem neu waren — oder zumindest einer Sprache angehörten, die er nicht kannte, sofern er sie überhaupt verstand.

Zwei, drei, vier Male verflüchtigte sich die Gestalt, um alsbald wiederzukehren, vom Meer oder anderswoher, zwischen Möwen oder den Gang durcheilend, mit der ganzen kräftigen Anmut, deren sie fähig war. Und wiedergekehrt, beugte sie sich von neuem über ihn, nahm wieder seine Hände, verschränkte wieder ihre Arme über der Brust, bis sie sich mehr, noch mehr hinunterbeugte und ihm einen Kuß auf die Lippen drückte.

Jetzt verschmolzen Traum und Wirklichkeit, jetzt vereinigten sich zwei Lippenpaare in und außerhalb der Phantasie. Der Unterschied war nur der, daß die Vision nicht zurückwich und die leibhaftige Person die Geste ebenso rasch ausführte, wie sie beunruhigt und ängstlich zur Türe floh. Von dort aus eilte sie in den vorderen Salon, außer sich über das, was sie getan hatte, ohne den Blick irgendwo haften zu lassen. Sie lauschte angestrengt und lief bis zum Ende des Ganges, um zu sehen, ob sie etwas hören konnte, was auf sein Erwachen schließen ließ; erst nach geraumer Zeit ließ ihre Angst nach. Tatsächlich hatte der Knabe einen tiefen Schlaf, nichts brachte ihn dazu, die Augen zu öffnen, nicht die Geräusche in nächster Nähe, nicht die echten Küsse. Wenn aber ihre Angst verflog, so hielt ihre Beklemmung an und nahm nur noch zu. Dona Severina konnte nicht glauben, was sie getan hatte. Allem Anschein nach hatte sie ihr Sehnen mit der Vorstellung verschleiert, in der Hängematte liege ein verliebtes Kind, ebenso unschuldig wie schuldlos, und über dieses Kind habe sie, halb Mutter, halb Freundin, sich gebeugt, um einen Kuß auf seine Lippen zu drücken. Wie dem auch sein mochte, sie war verwirrt, gereizt, verstimmt, im unklaren mit sich und mit dem Jungen. Die Furcht, der Junge habe sich vielleicht nur schlafend gestellt, gab ihr einen Stich ins Herz und sandte ihr einen kalten Schauer über den Rücken.

In Wahrheit schlief Inácio aber fest weiter und erwachte erst zum Abendessen. Fröhlich setzte er sich zu Tisch. Wenngleich er Dona Severina einsilbig und streng, den Anwalt barsch wie an anderen Tagen fand, so vermochten weder die Barschheit des einen noch die Strenge der anderen seine anmutige Vision, die er noch immer in sich trug, zu verscheuchen oder die Empfindung des Kusses abzuschwächen. Es fiel ihm nicht auf, daß Severinas Arme von einem Schal bedeckt waren; erst später, am Montag, am Dienstag und auch noch am Samstag merkte er es, an jenem Tage nämlich, da Borges ihn hieß, seinem Vater auszurichten, er könne seinen Sohn nicht länger behalten. Er tat es nicht unwirsch, er ging sogar verhältnismäßig freundlich mit dem Jungen um und sagte ihm noch beim Abschied:

»Solltest du jemals Hilfe brauchen, so weißt du, an wen du dich stets wenden kannst.«

»Ja, Senhor, danke. Und Senhora Dona Severina . . .«

»Ist in ihrem Zimmer, sie hat starke Kopfschmerzen. Komm morgen oder übermorgen wieder, dann kannst du dich von ihr verabschieden.«

Inácio ging fort, ohne das geringste zu begreifen. Er begriff nicht die Kündigung, nicht die völlige Veränderung in Dona Severinas Verhalten ihm gegenüber, nicht den Schal, überhaupt nichts. Sie war doch so gut zu ihm gewesen! Sie hatte so liebevoll mit ihm gesprochen. Wie kam es nur, daß sie mit einemmal . . . Er dachte so lange darüber nach, daß er schließlich vermutete, er habe einen indiskreten Blick gewagt, sich irgendeine Unhöflichkeit ihr gegenüber zuschulden kommen lassen. Es konnte nur etwas Derartiges sein. Daher auch die verschlossene Miene und der Schal, der ihre so hübschen Arme verbarg...

Aber gleichviel, er besaß den Zauber des Traumes, und den nahm er mit. In späteren Jahren, als seine Liebeserlebnisse greifbarer und dauerhafter wurden, sollte kein Gefühl auch nur im entferntesten dem gleichen, das er an jenem Sonntag in der Rua da Lapa empfunden hatte, als er fünfzehn Jahre alt war. Und noch heute ruft er bisweilen aus, ohne zu wissen, daß er irrt:

»Und es war doch nur ein Traum! Ein bloßer Traum!«

HEILIGE UNTER SICH

Als ich Kaplan der Kathedrale São Francisco de Paula war, so erzählt ein alter Priester, habe ich ein ungewöhnliches Abenteuer erlebt.

Ich wohnte neben der Kirche und ging eines Abends spät heim. Ich legte mich jedoch nie schlafen, ohne vorher nachgesehen zu haben, ob die Türen der Kirche fest verschlossen waren. Ich fand sie fest verschlossen, sah aber Licht durch die Ritzen schimmern. Erschrocken ging ich fort und suchte den Nachtwächter, fand ihn aber nicht. Ich kehrte zurück und blieb im Vorraum stehen, ohne zu wissen, was ich tun sollte. Wenn das Licht auch nicht hell war, so war es doch zu hell für Diebe; außerdem bemerkte ich, daß es gleichmäßig leuchtete und sich nicht vom Fleck rührte, wie es bei Kerzen oder Laternen von Diebsgesindel der Fall gewesen wäre. Das Rätsel hielt mich gefangen, rasch ging ich nach Hause und holte die Schlüssel zur Sakristei — der Mesner war gegen Abend nach Niteroí gefahren; ich bekreuzigte mich, öffnete dann die Türe und trat ein.

Der Gang war dunkel. Ich hatte eine Laterne bei mir und trat leise auf, um möglichst wenig Geräusche zu verursachen. Die erste und die zweite Tür, die zur Kirche führten, waren verschlossen; auch hier war der gleiche Lichtschimmer zu sehen, vielleicht sogar noch deutlicher als von der Straße aus. Ich ging weiter, bis ich zu der dritten Tür kam, die offenstand. Ich stellte die Laterne, über die ich mein Taschentuch gebreitet hatte, damit sie von drinnen nicht zu sehen war, in die Ecke und trat näher, um zu erspähen, woher der Lichtschein kam.

Aber schon blieb ich stehen. Erst jetzt fiel mir ein, daß ich unbewaffnet gekommen und daß es gefährlich war, die Kirche ohne jeden anderen Schutz als meine zwei Fäuste zu betreten. Es vergingen mehrere Minuten. In der Kirche war das Licht das gleiche, von gleicher Stärke und von einer milchigen Färbung, wie sie Kerzenlicht nicht verbreitete. Ich hörte auch Stimmen, die mich noch mehr aus der Fassung brachten, jedoch weder geflüsterte noch konfuse, sondern gleichmäßige, klare, ruhige Stimmen, wie man sie in einer Unterhaltung hört. Zunächst konnte ich nicht verstehen, was sie sagten. Dann aber kam mir ein Gedanke, der mich zurückweichen ließ. Da zu jener Zeit die Toten in den Kirchen bestattet wurden, bildete ich mir ein, die Unterhaltung könne von ihnen herrühren. Entsetzt stolperte ich von neuem zurück, und erst nach einer geraumen Weile brachte ich es über mich, wieder auf die Tür zuzuschleichen, indem ich mir einredete, ein solcher Gedanke sei barer Unsinn. Die Wirklichkeit freilich sollte mir etwas viel Erstaunlicheres bescheren als eine Zwiesprache von Toten ... Ich empfahl mich Gott, schlug nochmals das Kreuz und schlich verstohlen an der Wand entlang weiter bis zur Tür. Dort sah ich etwas Ungewöhnliches.

Zwei oder drei Heilige der einen Seite, Sankt Johannes und Sankt Michael — auf der rechten Seite für den, der die Kirche durch das Eingangsportal betritt —, waren von ihren Nischen herabgestiegen und saßen auf ihren Altären. Sie hatten nicht die Größe der Bildwerke, sondern jene von Menschen, sie sprachen zur anderen Seite hinüber, wo die Altäre des heiligen Johannes des Täufers und des heiligen Franz von Sales stehen. Zu schildern, was ich bei diesem Anblick empfand, ist mir unmöglich. Eine Zeitlang — wie lange sie währte, weiß ich nicht — blieb ich regungslos, wie angewurzelt, stehen, schlotternd und von Schrecken durchschauert. Sicherlich stand ich am Abgrund des Wahnsinns und fiel nur aus göttlicher Gnade nicht hinab. Daß ich das Bewußtsein meiner selbst und jeder Wirklichkeit verlor, die nicht jene bestürzend neue, einzigartige war, kann ich bezeugen. Nur so ist die Kühnheit zu erklären, mit der ich mich nach einer Weile noch in die Kirche vorwagte, um auch die gegenüberliegende Seite zu erspähen. Dort sah ich genau das gleiche: Der heilige Franz von Sales und der heilige Johannes waren aus ihren Nischen herabgestiegen, saßen auf ihren Altären und sprachen mit den anderen beiden Heiligen.

Meine Bestürzung war so groß, daß ich anfangs — wie mir scheint — das Geräusch ihrer gelassen weitersprechenden Stimmen überhaupt nicht wahrnahm. Nach und nach konnte ich sie indessen vernehmen und begriff, daß sie ihre Unterhaltung nicht unterbrochen hatten; nun vermochte ich sie sogar zu unterscheiden, hörte deutlich ihre Worte, konnte aber den Sinn ihres Gespräches noch nicht enträtseln. Einer der Heiligen, der in Richtung zum Hochaltar sprach, ließ mich den Kopf wenden, und nun sah ich, daß der heilige Franz von Paula, der Schutzpatron der Kirche, es den anderen nachgetan hatte und zu ihnen sprach, so wie sie untereinander sprachen. Die Stimmen gingen nicht über die Mittellage hinaus, trotzdem waren sie gut zu verstehen, als wären sie mit stärkeren Tonwellen ausgestattet. Wenn mich aber all das verblüffte, so tat es nicht weniger das Licht, das von nirgendwoher zu leuchten schien, weil alle Kandelaber und Kerzenhalter erloschen waren. Es war, als dringe Mondlicht herein, ohne daß der Mond sichtbar war; der Vergleich ist um so zutreffender, als der Mondschein einige Winkel im Dunkeln gelassen hatte, wie es dort der Fall war, und so flüchtete ich in einen dieser Winkel.

Mittlerweile bewegte ich mich mechanisch vorwärts. Was ich während dieser ganzen Zeit erlebte, hatte nichts mit meinem vorigen oder nachherigen Leben zu tun. Ich brauche nur darauf hinzuweisen, daß ich angesichts eines so seltsamen Schauspiels keinerlei Furcht empfand; ich hatte die Gabe des Nachdenkens verloren, ich verstand nur noch zu hören und zu sehen.

Nach einigen Augenblicken begriff ich, daß die Heiligen die Gebete und Bittgesuche des abgelaufenen Tages aufzählten und besprachen. Jeder von ihnen hatte etwas Besonderes zu erzählen. Alle waren unerbittliche Psychologen, sie durchschauten die Seele und das Leben ihrer

Gläubigen, sie zerlegten die Empfindungen eines jeden so genau, wie die Anatome einen Leichnam sezieren. Der heilige Johannes der Täufer und der heilige Franz von Paula, harte Asketen, zeigten sich mitunter unnachgiebig und unbedingt. Nicht so der heilige Franz von Sales; dieser hörte oder erzählte die Dinge mit derselben Nachsicht, die den Grundton seiner berühmten *Einführung in das fromme Leben* bildet.

So also, je nach dem Temperament des einzelnen, berichteten und besprachen sie ihre Tageserfahrungen. Einige Fälle handelten von aufrichtigem, lauterem Glauben, andere von Gleichgültigkeit, Verstellung und Flatterhaftigkeit. Schon verloren die beiden Asketen allmählich die Lust, der heilige Franz von Sales erinnerte sie jedoch an jene Stelle der Heiligen Schrift, die besagt, daß zwar viele gerufen, aber wenige auserkoren seien, was bedeutet, daß nicht jeder Andächtige mit reinem Herzen zur Messe komme. Der heilige Johannes nickte zustimmend.

»Ich muß dir sagen, Franz von Sales, daß ich dabei bin, ein für einen Heiligen merkwürdiges Gefühl zu entwickeln: Ich beginne, den Glauben an die Menschen zu verlieren.«

»Du übertreibst wie immer, Johannes der Täufer«, entgegnete der heilige Bischof. »Laßt uns nicht übertreiben, niemals und nichts! Höre, gerade heute ist hier etwas vorgekommen, was mir ein Lächeln abgerungen hat, was dich aber vermutlich entrüsten wird. Die Menschen von heute sind nicht schlechter, als sie in anderen Jahrhunderten waren. Wenn wir abziehen, was an ihnen schlecht ist, so bleibt noch immer manches Gute übrig. Wenn du das glaubst, wirst du herzhaft lachen, sobald du meinen Fall gehört hast.«

»Ich?«

»Du, Johannes der Täufer, auch du, Franz von Paula. Ihr alle werdet mit mir lachen. Ich meinerseits kann es gleichfalls tun, denn ich habe mich beim Herrn bereits mit

Erfolg um das verwendet, was die betreffende Person bei mir erbat.«

»Welche Person?«

»Eine viel interessantere Person als dein Schreiber, Johannes, oder dein Ladenbesitzer, Michael . . .«

»Mag sein«, warf der heilige Johannes ein, »sie aber kann kaum interessanter sein als jene Ehebrecherin, die sich mir heute zu Füßen warf, mit der Bitte, ich möge ihr Herz reinigen, das vom Aussatz der Fleischeslust befleckt sei! Sie hatte gestern mit ihrem Geliebten gestritten, der sie schmählich beleidigte, und hatte die Nacht in Tränen verbracht. Am Morgen beschloß sie, ihn zu verlassen, und wollte sich bei mir die Kraft holen, um sich den Klauen des Teufels zu entwinden. Anfangs betete sie aufrichtig, herzlich, aber nach und nach bemerkte ich, daß ihre Gedanken abschweiften und zu ihren früheren Entzückungen zurückkehrten. Gleichzeitig verloren ihre Worte an Leben. Ihr Gebet wurde erst lau, dann kalt, zuletzt mechanisch; ihre Lippen, ans Gebet gewöhnt, beteten weiter; aber ihre Seele, die ich von oben beobachtete, war nicht mehr bei der Sache, sie war bei ihrem Liebhaber. Endlich bekreuzigte sie sich, stand auf und verließ die Kirche, ohne eine Bitte ausgesprochen zu haben.«

»Mein Fall ist besser.«

»Besser als dieser?« fragte der heilige Johannes neugierig.

»Viel besser«, antwortete der heilige Franz von Sales, »und nicht so traurig wie der Fall dieser armen, vom Übel der Erde verwundeten Seele, die noch immer von der Gnade des Herrn errettet werden kann. Und warum soll nicht auch jene andere zu retten sein? Hört zu, wie mein Fall beschaffen ist.«

Alle verstummten und neigten sich vor, aufmerksam, voller Erwartung. Nun packte mich die Angst; es fiel mir ein, daß sie, die alles, was sich im Innersten des Menschen abspielt, sehen, als seien wir aus Glas — verborgene Gedanken, krankhafte Abneigungen, heimlichen Haß —, daß sie vielleicht auch in mir schon eine Sünde oder den Keim einer Sünde gelesen hatten. Mir verblieb jedoch nicht viel Zeit, darüber nachzudenken, denn der heilige Franz von Sales begann zu sprechen.

»Mein Mann ist ein Fünfziger«, sagte er. »Seine Frau liegt mit Rose am linken Bein im Bett. Seit fünf Tagen ist er sehr bekümmert, weil das Übel fortschreitet und die Wissenschaft mit ihren Kuren nicht helfen kann. Aber seht, wie weit ein öffentliches Vorurteil gehen kann. Niemand glaubt an den Schmerz des Senhor Sales — er ist nämlich mein Namensvetter —, niemand glaubt, daß er etwas anderes liebt als Geld, denn sobald sein Kummer bekannt wurde, verwandelte sich das Stadtviertel, in dem er wohnt, in einen Bienenstock von Spott und Sticheleien; es wurde sogar behauptet, er stöhne schon im voraus über die bevorstehenden Begräbniskosten.«

»Das hätte doch auch möglich sein können«, meinte der heilige Johannes.

»Es war aber nicht so. Daß er ein Geizkragen und Wucherer ist, will ich nicht bestreiten; ein Wucherer wie das Leben, und ein Geizkragen wie der Tod. Niemand hat je seinen Mitmenschen so erbarmungslos das Gold, das Silber, das Papiergeld und die Kupfermünzen aus der Tasche gezogen, niemand hat sein Geld pünktlicher und rücksichtsloser eingetrieben. Die Münze, die seine Hand einmal mit Beschlag belegt hat, kommt nicht mehr so rasch in Umlauf; alles, was seine Häuser einbringen, verwahrt er in einem Kassenschrank hinter Schloß und Riegel. Er öffnet ihn in Mußestunden, betrachtet sein Geld minutenlang und verschließt ihn eilends wieder; in solchen Nächten schläft er nicht oder nur sehr schlecht. Er hat keine Kinder. Das Leben, das er führt, ist schmutzig; er ißt wenig und schlecht und nur, um nicht zu sterben. Seine Familie besteht nur aus seiner Frau und einer schwarzen Sklavin, die er mit einer anderen vor vielen Jahren heimlich auf einem Schmuggelmarkt erschachert hat. Es heißt sogar, er habe sie nicht einmal bezahlt, weil der Verkäufer gleich darauf das Zeitliche segnete, ohne etwas Schriftliches hinterlassen zu haben. Die andere Schwarze ist vor einiger Zeit gestorben. Und nun werdet ihr sehen, ob dieser Mann nicht ein Genie an Sparsamkeit ist: Senhor Sales hat den Leichnam freigelassen . . .«

Und der heilige Bischof verstummte, um die Verwunderung der anderen auszukosten.

»Den Leichnam?«

»Ja, den Leichnam. Er ließ die Sklavin wie eine mittellose Freie beerdigen, um nicht für die Bestattungskosten aufkommen zu müssen. Selbst wenn sie geringfügig waren, so waren es immerhin Kosten. Für Senhor Sales gibt es keine Geringfügigkeiten; Wassertropfen überschwemmen schließlich eine Straße. Er hat auch keinen Sinn für Repräsentation, jeder Geschmack für Höheres geht ihm ab. All das kostet Geld, und er sagt, das Geld falle ihm nicht in den Schoß. Er empfängt keine Gäste, er leistet sich keine Entspannung. Er hört und erzählt fremden Klatsch, weil das eine billige Erholung ist.«

»Somit wird verständlich, warum seine Umwelt ihm nicht glaubt«, sagte der heilige Michael.

»Ich will nicht bestreiten, daß die Umwelt am äußeren Schein hängen bleibt. Die Welt sieht nicht, daß Sales seine Frau, die eine tüchtige Hausfrau, praktisch von ihm erzogen worden und zwanzig Jahre lang seine Vertraute gewesen ist, wirklich liebt. Reg dich nicht auf, Michael, aus dieser dürren, harten Mauer sproß ein blasses, duftloses Blümchen, aber immerhin ein Blümchen. Die Botanik der Gefühle kennt diese Anomalien. Sales liebt seine Frau; er ist fassungslos bei dem Gedanken, sie womöglich verlieren zu müssen. Heute morgen in aller Frühe, nachdem er die ganze Nacht nicht mehr als zwei Stunden geschlafen hatte, dachte er über das bevorstehende Unheil nach. An der Erde verzweifelnd, wandte er sich zu Gott; er dachte an uns, insbesondere an mich, seinen Namensheiligen. Nur ein Wunder konnte ihn retten; so beschloß er, hierher zu kommen. Als er die Kirche betrat, war sein Blick leuchtend und voller Hoffnung; es hätte das Licht des Glaubens sein können, es war aber etwas anderes, Besonderes, was ich euch erzählen will. Ich bitte euch daher, sehr aufmerksam zuzuhören.«

Ich sah, wie die Gestalten sich noch mehr vorneigten; ich selber konnte mich dieser Bewegung nicht entziehen und machte einen Schritt vorwärts. Die Erzählung des Heiligen war so lang und eingehend, seine Analyse so verwickelt, daß ich sie hier nicht vollständig, sondern nur im wesentlichen wiedergeben kann.

»Als er daran dachte, mich um Fürbitte für das Leben seiner Frau anzugehen, kam Sales auf eine typische Wucheridee: Er versprach mir ein Wachsbein. Es war nicht der Gläubige, der auf diese Weise die Erinnerung an eine empfangene Wohltat versinnbildlichen wollte, es war der Wucherer, der darauf abzielte, die göttliche Gnade durch die Hoffnung auf Gewinn zu erzwingen. Dabei kam aber nicht nur sein Wuchersinn zu Worte, sondern auch sein Geiz; denn als er sich zu dem Gelübde durchrang, bewies er damit aufrichtig, daß ihm am Leben seiner Frau gelegen war. Für den Geizigen heißt Geld ausgeben seine ehrliche Absicht beweisen. Nur was man mit barer Münze bezahlt, wünscht man von Herzen, sagte ihm sein Gewissen. Ihr wißt, daß sich solche Gedanken nicht wie andere bilden, sie entstehen im Kern des Charakters und verharren im Halbdunkel des Bewußtseins. Ich aber las alles in ihm, sobald er mit hoffnungsfrohem Blick hereinkam; ich las alles und wartete darauf, daß er sich bekreuzigen und beten würde.«

»Er hat also zumindest ein Gran Religion«, gab der heilige Johannes zu bedenken.

»Ein Gran hat er, aber ein unbestimmtes und obendrein sparsames. Er hat nie einer Bruderschaft oder einem Dritten Orden angehört, weil in ihnen gestohlen werde, was dem Herrn gehört; so behauptet er, um seine Frömmigkeit mit seiner Tasche zu versöhnen. Man kann aber nicht alles haben; es ist sicher, daß er an Gott und an die christliche Lehre glaubt.«

»Schön, er kniete also nieder und betete.«

»Er betete. Und während er betete, sah ich die arme Seele, die wirklich litt, während die Hoffnung begann, sich in geahnte Gewißheit zu verwandeln. Gott mußte die Kranke retten, zwangsläufig, dank meines Eingreifens, denn ich würde mich für sie verwenden. Das war es, was er dachte, während seine Lippen die Worte des Gebets wiederholten. Nach beendetem Gebet blickte Sales mit gefalteten Händen eine Weile vor sich hin. Dann endlich sprach der Mann, sprach, um seinen Schmerz zu bekennen, um zu schwören, keine andere Hand als die des Herrn könne den Todesstoß abwenden. Seine Frau liege im Sterben, sie würde sterben, sie würde sterben ... Er wiederholte immer wieder dieselben Worte, ohne über sie hinauszufinden. Seine Frau würde sterben. Er kam nicht weiter. Nahe daran, die Bitte und das Gelübde auszusprechen, fand er dazu weder die angemessenen noch auch nur annähernd die richtigen Worte, es fielen ihm auch keine Worte des Zweifels ein, nichts, so entwöhnt war er des Brauchs, etwas zu geben, zu schenken.

Endlich kam die Bitte: Seine Frau liege im Sterben, er bat mich, ich möge sie retten, ich möge für sie beim Herrn bitten. Aber das Gelübde folgte nicht, es kam einfach nicht. In dem Augenblick, als sein Mund das erste Wort formen wollte, krallte sich der Geiz in seine Eingeweide und ließ keinen Ton heraus. Ich möge sie retten ... ich möge Fürbitte für sie leisten ...

Vor ihm in der Luft zeichneten sich die Umrisse des Wachsbeines ab und gleichzeitig das Geldstück, das es ihn kosten würde. Das Bein verschwand, und die Münze blieb zurück, rund, schimmernd, goldgelb, aus reinem, massivem Gold und daher wertvoller als die Kerzenleuchter auf meinem Altar, die nur vergoldet sind. Er mochte den Blick wenden, wohin er wollte, überall sah er die Münze, die sich drehte, drehte, drehte. Seine Augen betasteten sie von weitem und verliehen ihr die Kühle des Metalls und sogar das Erhabene der Prägung. Sie war es, die alte, langjährige Freundin, die Gefährtin seiner Tage und Nächte, sie schwebte vor ihm in der Luft, kreisend, auf betörende Weise kreisend, kreisend. Sie schwebte von der Decke herab, sie stieg vom Fußboden auf, sie rollte über den Altar, von der Epistel zum Evangelium, oder funkelte in den Kristallrhomben des Lüsters.

Nun war das Flehen der Augen, war die Schwermut seiner Miene noch eindringlicher, ungewollter. Ich sah, wie sein Blick sich zu mir aufschwang, voller Reue, Demut und Ratlosigkeit, sein Mund wollte etwas sagen, losgelöste Worte — Gott, die Engel des Herrn, die gesegneten Wundmale, weinerliche, zitternde Worte, die wohl die Aufrichtigkeit seines Glaubens und die Tiefe seines Schmerzes deutlich machen sollten. Nur das Versprechen des Wachsbeines wollte und wollte ihm nicht über die Lippen kommen. Dann und wann heftete seine Seele wie ein Mensch, der alle Kraft zusammennimmt, um über einen Graben zu springen, einen langen Blick auf den bevorstehenden Tod seiner Frau und wand sich in der Verzweiflung, die er ihm verursachen würde; sobald er aber am Rand des Grabens zum Sprung ansetzen wollte, wich er zurück. Wieder trat das Geldstück vor seine Augen, und das Gelübde blieb in seinem Herzen stecken.

Die Zeit verging. Sales' Besessenheit nahm zu, weil die Münze, ihre Sprünge beschleunigend, verzehnfachend, sich dabei selbst vervielfältigte und zu einer Unzahl von Münzen anwuchs, so daß sein innerer Konflikt immer schwerer wurde. Plötzlich ließ die Furcht, seine Frau könne gerade in diesem Augenblick den Geist aufgeben, das Blut des armen Bittstellers erstarren, und er wollte hinausstürzen. War es nicht möglich, daß sie bereits am Verlöschen war? Er flehte mich an, ich möge für sie eintreten, sie retten ...

Und nun flüsterte ihm der Ungeist des Geizes ein neues Geschäft ein, einen Tauschhandel, er sagte ihm, der Wert der Bitte sei viel größer und unendlich höher zu werten als der irdischer Werke. Sales, gebeugt, zerknirscht, die Hände gefaltet, den Blick unterwürfig, ratlos, entsagend, bat mich, ich möge doch seine Frau retten. Wenn ich seine Frau retten wollte, würde er mir dreihundert versprechen, nicht weniger als dreihundert Vaterunser und dreihundert Ave-Maria. Und er wiederholte mit Nachdruck: dreihundert, dreihundert, dreihundert ... Dann erhöhte er die Summe und ging bis auf fünfhundert, auf tausend Vaterunser und tausend Ave-Maria. Er sah diese Summe nicht in Buchstaben vor sich, sondern in Zahlen, als sei sie dadurch lebhafter, sichtbarer, als sei die Verpflichtung dadurch größer, und größer auch ihre Macht der Verführung. Tausend Vaterunser, tausend Ave-Maria. Und wieder ertönten weinerliche, zitternde Worte wie die gesegneten Wundmale, die Engel des Herrn ...

1000 ... 1000 ... 1000 ... Die vier Ziffern wuchsen und wuchsen, bis sie die Kirche von oben bis unten füllten, und mit ihnen wuchs die Anstrengung des Mannes und auch seine Zuversicht. Immer rascher, heftiger, drängender floß ihm das Wort über die Lippen: tausend, tausend, tausend ... Nun also, jetzt könnt ihr nach Herzenslust lachen«, schloß der heilige Franz von Sales.

Und tatsächlich lachten die anderen Heiligen. Es war aber nicht jenes gewaltige, hemmungslose Lachen der homerischen Götter, als sie den hinkenden Vulkan bei Tisch bedienen sahen, sondern das bescheidene, stille, glückselige Lachen katholischer Heiliger.

Dann hörte ich nichts mehr. Wie ein Klotz fiel ich zu Boden. Als ich wieder zu mir kam, war es heller Tag ... Rasch öffnete ich die Türen und Fenster der Kirche und der Sakristei, um die Sonne hereinzulassen, die der Feind aller Träume ist.

TRIO IN A-MOLL

1. Adagio cantabile

Maria Regina begleitete ihre Großmama in ihr Schlafzimmer, wünschte ihr eine gesegnete Nachtruhe und zog sich in das ihre zurück. Die Zofe, die sie bediente, vermochte ihr trotz der gegenseitigen Vertrautheit kein Wort zu entlocken und ging nach einer halben Stunde in die Gesindestube, wo sie verkündete, die junge Herrin sei neuerdings sehr ernst und verschlossen. Sobald Maria Regina allein war, setzte sie sich auf den Bettrand, streckte die Beine aus, schlug die Füße übereinander und dachte nach.

Die Wahrheitsliebe zwingt uns zu folgender Vorbemerkung: Das junge Mädchen dachte zur gleichen Zeit verliebt an zwei Männer. An einen Siebenundzwanzigjährigen, Maciel, und an einen Fünfzigjährigen, Miranda. Die Sache ist abscheulich, ich muß es zugeben, ich kann jedoch den Stand der Dinge nicht ändern, kann auch nicht leugnen, daß, wenn die beiden Männer in sie verliebt sind, sie es nicht weniger in jene beiden ist. Mit einem Wort: Sie ist ein wunderliches Geschöpf oder, wie ihre Schulfreundinnen sagen, sie ist völlig durchgedreht. Niemand wird ihr Herz und klaren Verstand absprechen; aber ihr Verhängnis ist die Phantasie. Sie hat nämlich eine glühende, heißhungrige, eine so unersättliche Phantasie, daß sie die Wirklichkeit auf den Kopf stellt und den Dingen des Lebens ihre eigenen aufpfropft. Daher ist auch ihre Neugierde unheilbar.

Der Besuch der beiden Männer, die ihr seit einiger Zeit den Hof machten, hatte etwa eine Stunde gedauert. Maria Regina hatte angeregt mit ihnen geplaudert und ihnen auf dem Klavier ein klassisches Stück vorgespielt, eine Sonate die der Großmama zu einem Nickerchen verhalf. Anschließend wurde über Musik gesprochen. Miranda sagte einige kluge Dinge über die moderne und die alte Musik; die Großmama hatte Bellini und *Norma* zu ihrem Evangelium erkoren und sprach von den Kompositionen ihrer Zeit, die angenehm, gesund und vor allem klar gewesen seien. Die Enkelin stimmte mit den Ansichten Mirandas überein; Maciel schloß sich höflich den Meinungen aller an.

Am Fußende ihres Bettes sitzend, rief Maria Regina sich wieder alles ins Gedächtnis zurück, den Besuch, die Unterhaltung, die Musik, ihre Debatte, die Eigenarten der beiden, Mirandas Worte und Maciels schöne Augen. Es war elf Uhr, die einzige Beleuchtung im Zimmer war ihre Kerze, alles lud zum Träumen und Sinnen ein. Dadurch, daß Maria Regina sich den Abend wieder ins Gedächtnis zurückrief, sah sie die beiden Männer vor sich, hörte ihre Stimmen, sprach eine geraume Weile mit ihnen, dreißig oder vierzig Minuten, und zwar zu den Klängen der Sonate, die sie gespielt hatte: la, la, la . . .

2. *Allegro ma non troppo*

Am nächsten Tag fuhren die Großmutter und ihre Enkelin nach Tijuca, um dort eine Freundin zu besuchen. Während der Rückfahrt brachte der Wagen einen kleinen Jungen zu Fall, der über die Straße laufen wollte. Ein Mann, der zufällig dabeistand, warf sich den Pferden in die Zügel, brachte die Tiere unter Einsatz des eigenen Lebens zum Stehen und rettete so das Kind, das nur Schürfwunden davontrug und in Ohnmacht fiel. Es gab einen Menschenauflauf, Geschrei, die Mutter des Kleinen brach in Tränen aus. Maria Regina stieg aus dem Wagen und brachte den verletzten Knaben in sein Elternhaus, das in nächster Nähe lag.

Wer die Machenschaften des Schicksals kennt, hat bereits erraten, daß der Mann, der den Knaben gerettet hat, einer der beiden Männer vom Vorabend gewesen ist — Maciel. Nachdem der erste Notverband angelegt war, begleitete Maciel das junge Mädchen zum Wagen zurück und nahm den Platz an, den die Großmutter ihm bis in die Stadt anbot. Sie befanden sich in dem Vorort Engenho Velho. Im Wagen sah Maria Regina, daß der junge Mann an der Hand blutete. Die Großmutter erkundigte sich eingehend nach dem Befinden des Kleinen, ob er stark verletzt, ob er mit einem blauen Auge davongekommen sei; Maciel beteuerte, seine Verletzungen seien leicht. Dann erzählte er den Hergang des Unfalls: Er hatte auf dem Gehsteig gewartet, um einen Tilbury vorbeifahren zu lassen, als er sah, wie ein kleiner Junge gerade vor den Pferden in die Straße hineinrannte. Er begriff die Gefahr, in der das Kind schwebte, und tat alles, um sie zu bannen, jedenfalls zu vermindern.

»Aber Sie sind ja verletzt«, rief die Großmutter.

»Das ist nicht der Rede wert.«

»Aber doch, doch«, fiel das junge Mädchen ein. »Sie hätten sich verbinden lassen müssen.«

»Es ist nichts«, beharrte er. »Nur ein Kratzer, ich kann es mit dem Taschentuch auftupfen.«

Er fand jedoch nicht die Zeit, sein Taschentuch hervorzuholen; Maria Regina bot ihm das ihre an. Ergriffen nahm Maciel es entgegen, zögerte aber, es zu beschmutzen. »Aber bitte, bitte«, drängte sie, und da sie sah, wie ungeschickt er zu Werke ging, tupfte sie selber die blutige Stelle seiner Hand ab.

Die Hand war schön geformt, ebenso anziehend wie ihr Besitzer; er aber schien weniger besorgt über seine Schürfwunde als über seine zerdrückten Manschetten. Während der Unterhaltung blickte er mehrmals verstohlen auf sie und suchte sie zu verstecken. Maria Regina sah nichts davon, sie sah nur ihn, sah vor allem die mutige Tat, die er soeben vollbracht hatte und die ihm in ihren Augen einen Heiligenschein verlieh. Sie begriff, daß seine großmütige Natur sich über seine eleganten gemessenen Manieren hinweggesetzt hatte, um dem Tod ein Kind zu entreißen, das er nicht einmal gekannt hatte. Man sprach über das Geschehnis bis zur Haustür der Damen; Maciel lehnte ihre Aufforderung, in ihrem Wagen weiterzufahren, dankend ab und verabschiedete sich von ihnen bis zum Abend.

»Bis heute abend!« wiederholte Maria Regina.

Sie erwartete ihn mit Unruhe. Er kam gegen acht Uhr, trug die Hand in einer schwarzen Schlinge und bat um Entschuldigung für seinen Aufzug; man habe ihm jedoch gesagt, es sei besser, die Hand zu schonen, und er habe gehorcht.

»Aber hoffentlich geht es Ihnen besser!«

»Gewiß, ich fühle mich ganz wiederhergestellt. Es war wirklich nur eine Bagatelle.«

»Kommen Sie, kommen Sie«, sagte die Großmutter. »Setzen Sie sich zu mir. Sie sind ein Held!«

Maciel hörte lächelnd zu. Der Aufschwung seiner Großmut war verraucht, nun begann er die Zinsen seiner Opfertat einzuheimsen. Die höchste Belohnung indes war Maria Reginas Bewunderung, die so einfältig und so groß war, daß sie die Großmama und den Salon völlig vergaß. Maciel hatte neben der alten Dame, Maria Regina vor beiden Platz genommen. Während die Großmutter, die sich von ihrem Schrecken erholt hatte, ihre Erschütterung schilderte, wie sie anfangs ahnungslos gewesen sei, dann aber gedacht habe, das Kind wäre tot, blickten die beiden jungen Leute einander an, zuerst zurückhaltend, dann aber selbstvergessen. Maria Regina fragte sich, ob sie je einen besseren Bräutigam finden würde. Die Großmutter, die nicht kurzsichtig war, fand, daß die beiden sich übermäßig begafften, wechselte den Gesprächsstoff und bat Maciel um Neuigkeiten aus dem gesellschaftlichen Leben.

3. Allegro appassionato

Maciel war, wie er sich ausdrückte, *très répandu;* so förderte er aus der Rocktasche eine ganze Menge belangloser, spannender Neuigkeiten zutage. Die wichtigste von allen war die, daß die bevorstehende Hochzeit einer gewissen Witwe rückgängig gemacht worden sei.

»Was Sie nicht sagen!« rief die Großmama aus. »Und sie?«
»Anscheinend hat *sie* die Sache rückgängig gemacht. Jedenfalls war sie vorgestern auf dem Ball, tanzte und plauderte ausgelassen. Oh! Abgesehen von dieser Nachricht war für mich die größte Sensation das Halsband, das sie trug. Eine Pracht, kann ich Ihnen sagen . . .«
»Mit dem Kreuz aus Brillanten?« fragte die alte Dame. »Ich kenne es gut, es ist sehr hübsch.«
»Nein, das nicht.«
Maciel kannte auch das Halsband mit dem Kreuz, das sie bei einer Gesellschaft im Hause Mascarenhas getragen hatte; aber jenes war es nicht. Das andere hatte noch vor wenigen Tagen beim Juwelier Resende im Fenster gelegen — eine Kostbarkeit. Er beschrieb es in allen Einzelheiten, erwähnte Anzahl und Verteilung der Steine sowie ihren Schliff und schloß mit der Bemerkung, es sei das Schmuckstück des Abends gewesen.

»Dann hätte sie lieber heiraten sollen«, meinte die Großmama maliziös.
»Ich gebe zu, daß ihr Vermögen dafür nicht ausreicht. Aber warten Sie! Morgen gehe ich zu Resende und werde mich interessehalber erkundigen, zu welchem Preis er das Halsband verkauft hat. Billig war es sicherlich nicht, billig kann es nicht gewesen sein.«
»Aber warum ist die Verbindung gelöst worden?«
»Ich konnte es nicht in Erfahrung bringen. Ich werde jedoch am kommenden Samstag mit Venancinho Correia zu Abend essen, er erzählt mir alles. Wissen Sie, daß er noch immer mit ihr verwandt ist? Ein guter Junge, aber mit dem Baron völlig verzankt . . .«

Die Großmutter wußte nichts von dem Zank. Maciel berichtete ihn von A bis Z, mit allen Ursachen und Weiterungen. Den Ausschlag hatte eine Bemerkung am Kartentisch gegeben, eine Anspielung auf Venancinhos Gebrechen, der Linkser ist. Man hinterbrachte es ihm, worauf er die Beziehungen zum Baron endgültig abbrach. Das Schönste sei, daß die Parteigänger des Barons einander beschuldigten, seine Worte weitergegeben zu haben. Maciel erklärte, er habe es sich zur Regel gemacht, nie zu wiederholen, was am Spieltisch zur Sprache komme, weil dort meistens recht offenherzig geredet wurde.

Anschließend gab er die Chronik von der Rua do Ouvidor zum besten, nämlich das, was sich dort am Vortag zwischen ein und vier Uhr nachmittags zugetragen habe. Er war ein Kenner aller Stoffe und modernen Farben. Er erwähnte die wichtigsten Toiletten des Tages. Den ersten Preis habe Madame Pena Maia verdient, eine distinguierte Bahianerin, die *très pschutt* sei. Den zweiten habe er Mademoiselle Pedrosa, der Tochter eines Richters aus São Paulo, zuerkannt, einfach *adorable*. Er führte noch drei andere Toiletten auf, verglich die fünf miteinander, zog seine Schlüsse und kam zu seinem Ergebnis. Dann und wann vergaß er, französisch zu sprechen, vielleicht geschah es auch weniger aus Vergeßlichkeit als aus Absicht; er beherrschte die Sprache, drückte sich in ihr mit Leichtigkeit aus und hatte vor kurzem ein ethnologisches Axiom aufgestellt: ›Pariserinnen gibt es überall.‹ Zwischenhinein erläuterte er eine Einzelheit des *Voltarete.*

»Sie haben fünf Trümpfe in Pik und Treff, Sie haben König und Dame in Herz ...«

Maria Reginas Bewunderung wurde zu Langeweile. Vergeblich klammerte sie sich an dies und das, betrachtete das jugendliche Aussehen Maciels, rief sich seine Heldentat vom selben Tag ins Gedächtnis zurück; aber immer wieder nahm die Langeweile von ihr Besitz. Es gab kein Entrinnen. Nun nahm sie ihre Zuflucht zu einem besonderen Verfahren. Sie versuchte die beiden Männer zu vereinigen, den Anwesenden und den Abwesenden, indem sie den einen anblickte und den anderen aus dem Gedächtnis anhörte. Das war ein zwar heftiges und schmerzliches, aber so wirksames Hilfsmittel, daß es ihr gelang, eine Zeitlang ein vollkommenes, einzigartiges Menschenwesen zu betrachten.

Darüber trat der andere, Miranda, ein. Die beiden Männer begrüßten sich kühl; Maciel blieb noch etwa zehn Minuten, dann verabschiedete er sich.

Miranda ließ sich nicht stören. Er war groß und trocken, seine Gesichtszüge waren hart und eisig. Er sah müde aus, seine fünfzig Jahre machten sich in seinem halbergrauten Haar, in seinen Falten und seiner Hautfarbe bemerkbar. Nur in den Augen glimmte Leben. Sie waren klein und lagen tief unter den Brauenbogen; aber dort funkelten sie jugendlich, wenn sie nicht nachdenklich dreinblickten. Nachdem Maciel gegangen war, fragte die Großmutter ihn sogleich, ob er schon von dem Unfall in Engenho Velho gehört habe, und schilderte ihn in allen Einzelheiten; der Besucher hörte ohne Bewunderung, aber auch ohne Neid zu.

»Finden Sie sein Verhalten nicht erhaben?« fragte sie zum Schluß.

»Ich finde, er hat das Leben eines vielleicht seelenlosen Menschen gerettet, der ihm möglicherweise eines Tages, ohne ihn zu kennen, ein Messer in den Leib rennen wird.«

»Oh!« protestierte die Großmutter.

»Oder es auch tut, selbst wenn er ihn kennt!« berichtigte der Gast.

»Machen Sie sich nicht schlechter, als Sie sind!« warf Maria Regina ein. »Wären Sie dabeigewesen, Sie hätten auch nicht anders gehandelt.«

Miranda lächelte spöttisch. Sein Lächeln betonte seine harten Züge. Egoistisch und böswillig, wie er war, nahm Miranda nach Ansicht des jungen Mädchens in einer einzigen Hinsicht den ersten Rang ein: Geistig war er vollkommen. Maria Regina stellte fest, daß er manche Gedanken, die sich in ihrem Innern unbestimmt und formlos befehdeten, ohne ihren angemessenen Ausdruck zu finden, auf wunderbare, genaue Weise wiedergab. Er war erfinderisch, feinsinnig, sogar tief, schien ohne Pedanterie, ohne sich zu verzetteln, stets auf der Ebene des Alltagsgesprächs; woraus hervorgeht, daß der Wert der Dinge in den Ideen liegt, die sie in uns erwecken. Beide hatten den gleichen künstlerischen Geschmack; Miranda hatte dem Vater zuliebe Jurisprudenz studiert, fühlte sich aber zur Musik berufen.

Die Großmama, die die Sonate kommen sah, bereitete sich seelisch auf ein Schlummerstündchen vor. Überdies sagte der Mann ihr keineswegs zu, sie fand ihn ermüdend und unangenehm. Nach einigen Minuten verstummte er. Dann kam die Sonate, mitten in einer Unterhaltung, die Maria Regina entzückend fand, und sie kam nur, weil er sie um ihr Spiel bat und hinzufügte, sie würde ihm damit eine große Freude bereiten.

»Großmama«, sagte Maria Regina, »jetzt mußt du dich leider mit Geduld wappnen...«

Miranda trat ans Klavier. Neben dem Kerzenleuchter zeigte sein Kopf die ganze Müdigkeit der Jahre, während sein Gesichtsausdruck noch versteinerter, noch galliger wirkte. Maria Regina bemerkte die Steigerung und spielte, ohne ihn anzublicken. Aber das war nicht leicht, denn wenn er sprach, gingen seine Worte ihr so sehr zu Herzen, daß sie unwillkürlich die Augen hob und mit dem Blick an einem bösartigen alten Mann haften blieb. Nun dachte sie an Maciel, an seine Jugendlichkeit, an sein freimütiges sanftes, gutherziges Antlitz und schließlich an seine heldenhafte Tat vom Vormittag. Der Vergleich fiel für Miranda vernichtend aus, ebenso vernichtend, wie vorher für Maciel der Vergleich zwischen den Geistesgaben beider Männer ausgefallen war. Von neuem nahm das junge Mädchen seine Zuflucht zu ihrem alten Verfahren und vervollständigte den einen durch den anderen; sie hörte diesem zu mit dem Gedanken an jenen, und die Musik verhalf ihr zu der anfangs unsicheren, aber bald darauf lebhaften, formvollendeten Illusion. So bewundert Titania, die verliebt dem

Lied des Webers lauscht, seine schöne Gestalt, ohne zu gewahren, daß er einen Eselskopf trägt.

4. Menuett

Zehn, zwanzig, dreißig Tage waren seit jenem Abend vergangen; es vergingen weitere zwanzig, dann noch mal dreißig. Die Zeit läßt sich nicht genau bestimmen, es empfiehlt sich daher, im Unbestimmten zu bleiben. Die Lage war die gleiche. Es herrschte die gleiche individuelle Unzulänglichkeit der beiden Männer und die gleiche ideelle Ergänzung durch das junge Mädchen, daraus entstand ein dritter Mann, den Maria Regina nicht kannte.

Maciel und Miranda beargwöhnten einander, sie haßten sich mehr und mehr; sie litten, besonders Miranda, dessen Liebe zu Maria Regina eine Torschlußleidenschaft war. Zu guter Letzt gingen sie dem jungen Mädchen auf die Nerven. Sie sah, daß die beiden nach und nach ausbleiben würden. Eine Weile noch hielt sie die Hoffnung zurück, aber schließlich stirbt alles, selbst die Hoffnung, und eines Tages gingen sie fort und kamen nicht wieder. Die Abende gingen dahin, zogen sich in die Länge ... Maria Regina begriff, daß alles aus war.

Der Abend, an dem sie sich davon überzeugte, war einer der schönsten jenes Jahres, klar, frisch, leuchtend. Der Mond schien nicht; aber unsere Freundin hätte auch wenig übrig gehabt für den Mond — wir wissen nicht genau, warum: sei es, weil er nur fremden Schein weitergab, sei es, weil alle Leute ihn bewunderten, vielleicht auch aus beiden Gründen zusammen. Das gehörte zu ihren Absonderlichkeiten. Nun kam eine weitere hinzu.

Sie hatte am selben Morgen in der Zeitung gelesen, daß es doppelte Sterne gibt, die uns als ein einziger Stern erscheinen. Statt sich schlafen zu legen, lehnte sie sich in ihrem Zimmer aufs Fensterbrett und blickte zum Himmel auf, um zu sehen, ob sie nicht einen dieser doppelten Sterne entdecken könne — aber vergebens. Da sie ihn nicht am Himmel entdeckte, suchte sie ihn in sich und schloß die Augen, um sich die Erscheinung vorstellen zu können; das war eine leichte, billige Astronomie, aber nicht ohne Risiko. Schlimm war, daß sie die Sterne auf diese Weise in Reichweite bringt; denn wenn der Mensch die Augen öffnet und sie hoch oben weiterfunkeln sieht, ist die Enttäuschung groß und die Gotteslästerung sicher. Genau das geschah. Maria Regina sah in ihrem Innern den doppelten und einzigen Stern. Als sie aber die Augen öffnete und sah, daß der Himmel so hoch über ihr schwebte, kam sie zu dem Schluß, daß die Schöpfung ein fehlerhaftes, unrichtiges Buch sei, und geriet in Verzweiflung.

In diesem Augenblick sah sie an der Gartenmauer etwas, was zwei Katzenaugen glich. Zunächst hatte sie Angst, gewahrte aber alsbald, daß es nichts anderes war als die äußere Nachschöpfung der beiden Sterne, die sie in ihrem Innern gesehen hatte und die auf ihrer Netzhaut haften geblieben waren. Denn die Netzhaut des jungen Mädchens spiegelte alle ihre Vorstellungen nach außen wider. Als der Wind auffrischte, trat sie vom Fenster zurück, schloß es und legte sich ins Bett.

Sie schlief nicht sofort ein, und zwar wegen der zwei Opalkreise, die an der gegenüberliegenden Wand hingen; als sie merkte, daß es wiederum eine Illusion war, schloß sie die Augen und schlief ein. Und sie träumte, sie liege im Sterben, ihre Seele, durch die Lüfte getragen, fliege einem prachtvollen Doppelstern entgegen. Der Stern teilte sich, und sie schwebte auf einen der beiden Teile zu; dort fand sie aber nicht die erste Empfindung wieder und bog in Richtung auf den zweiten ab. Gleiches Ergebnis, gleicher Rückflug. Und nun schwebte sie unablässig zwischen den beiden Sternen hin und her. Aber gleich darauf tauchte aus der Tiefe eine Stimme auf, deren Worte sie nicht verstand:

»Das ist dein Verhängnis, vollkommenheitsdurstige Seele; es ist dein Verhängnis, die ganze Ewigkeit hindurch zwischen zwei unvollkommenen Sternen hin- und herflattern zu müssen, zu den Klängen der alten Sonate des Absoluten: la, la, la . . .«

EIN BERÜHMTER MANN

»Ah! Sie sind also Pestana?« fragte Sinhàzinha Mota mit einer großen bewundernden Gebärde. Und fügte, ihren vertraulichen Ton unverzüglich zurücknehmend, hinzu: »Verzeihen Sie meine Aufdringlichkeit! Sind Sie es wirklich?«

Verstimmt, verärgert erwiderte Pestana, ja, er sei es. Sich die Stirne wischend, war er gerade vom Klavier aufgestanden und befand sich auf dem Wege zum Fenster, als das junge Mädchen ihn ansprach. Es war kein Ball, nur ein intimer Musikabend, wenige Menschen, insgesamt etwa zwanzig Personen, die von der Witwe Camargo zu einem Geburtstagsschmaus geladen worden waren. Man schrieb den 5. November 1875. Gute, lebenslustige Witwe! Sie liebte Lachen und Frohsinn, trotz ihrer sechzig Jahre, die sie an diesem Tage vollendete; es war auch das letztemal, daß sie lachte und fröhlich war, denn sie starb in den ersten Tagen des Jahres 1876. Gute, lebenslustige Witwe! Mit welcher Herzensgüte und welchem Eifer setzte sie gleich nach dem Essen ein Tänzchen in Szene und bat Pestana, er möge doch eine Quadrille spielen! Sie brauchte ihre Bitte gar nicht zu Ende zu sprechen; Pestana verbeugte sich liebenswürdig und eilte zum Klavier. Kaum hatten die Tänzer nach beendeter Quadrille zehn Minuten ausgeruht, als die Witwe von neuem zu Pestana gelaufen kam, diesmal mit einer ganz besonderen Bitte.

»Und die wäre, gnädigste Frau?«

»Ich möchte so gern, daß Sie uns mit Ihrer neuen Polka *Liebäugle nicht mit mir, kleiner Herr!* erfreuen.«

Pestana schnitt eine Grimasse, suchte sie sogleich zu verbergen, verbeugte sich stumm und ohne Anmut und schritt ohne Begeisterung zum Klavier. Kaum waren die ersten Takte erklungen, als eine neue Welle der Fröhlichkeit durch den Raum glitt; die Herren liefen zu den Damen, und die

Paare schwebten nach der letzten Polka auf dem Parkett dahin. Die neueste Polka! Sie war erst vor knapp drei Wochen im Druck erschienen, und schon gab es keinen Winkel der Stadt mehr, in dem sie nicht bekannt gewesen wäre. Sie war so beliebt, daß ihre Melodie überall gepfiffen und geträllert wurde.

Das kleine Fräulein Mota hatte nicht geahnt, daß jener Pestana, den sie zuerst bei Tisch und nachher am Klavier gesehen hatte, im tabakfarbenen Gehrock, mit langem, schwarzem, welligem Haar, wachsamen Augen, rasiertem Kinn, der Komponist Pestana war. Eine Freundin mußte sie darauf aufmerksam machen, als sie ihn nach der Polka vom Klavier aufstehen sah. Daher ihre bewundernde Frage. Wir haben gesehen, daß er verstimmt und verärgert antwortete. Trotzdem sparten die beiden jungen Mädchen nicht mit liebenswürdigen und schmeichelhaften Worten, über die sich selbst die bescheidenste Eitelkeit gefreut hätte. Pestana hingegen hörte sie mit zunehmendem Verdruß an, bis er, Kopfschmerzen vorschützend, um die Erlaubnis bat, sich zurückziehen zu dürfen. Weder ihnen noch der Herrin des Hauses, noch irgendeinem Gast gelang es, ihn zurückzuhalten. Man bot ihm ein erprobtes Hausmittel, einen stillen Winkel zum Ausruhen an, er lehnte alles dankend ab, bestand darauf, nach Hause zu gehen, und ging.

Draußen, auf der Straße, beschleunigte er den Schritt, befürchtend, man könne ihn zurückrufen, und ließ sich erst mehr Zeit, als er in die Rua Formosa gelangte. Aber dort erwartete ihn seine große gefeierte Polka. Aus einem bescheidenen Haus zur Rechten, wenige Meter von ihm entfernt, klangen die Töne seiner beliebten Komposition herüber, von der Klarinette geblasen. Es wurde getanzt. Pestana blieb einige Augenblicke stehen, dachte daran, den Rückzug anzutreten, entschloß sich aber weiterzugehen, gab sich einen Ruck, überquerte schleunigst die Straße und ging auf der dem fröhlichen Haus gegenüberliegenden Seite weiter. Die Klänge verhallten in der Ferne, und unser Freund bog in die Rua do Atterado ein, wo er wohnte. Schon seiner Wohnung nahe, sah er zwei Männer; einer der beiden, der dicht an Pestana vorbeistrich, begann die Polka zu pfeifen, schwungvoll, lebendig, der andere fiel ein, und beide gingen lärmend und fröhlich die Straße hinunter, während der Urheber der Melodie verzweifelt heimwärts strebte.

Dort atmete er auf. Es war ein altes Haus, mit einer alten Treppe und einem alten Schwarzen, der bei seinem Herrn aufwartete und sich nun bei ihm erkundigte, ob er zu Abend speisen werde.

»Ich will nichts«, donnerte Pestana. »Mach mir einen Kaffee und geh schlafen!«

Er zog sich aus, streifte ein Nachthemd über und trat in das nach hinten gelegene Wohnzimmerchen. Als der Schwarze die Gasbeleuchtung angezündet hatte, lächelte Pestana und begrüßte insgeheim die zehn Porträts, die an der Wand hingen. Nur eines war ein Ölgemälde, das Porträt des Paters, der ihn erzogen, der ihn Latein und Musik gelehrt hatte und der, Klatschbasen zufolge, Pestanas leiblicher Vater gewesen sein soll. Fest steht, daß er ihm das alte Haus und die alten Möbel aus der Zeit Pedros I. vermacht hatte. Der Pater, der ein Musiknarr gewesen war, hatte einige Motetten komponiert und weltliche wie sakrale Musik ohne Unterschied geliebt. Diese Liebe hatte er Pestana als Kind eingeimpft; wenn aber die Ansicht der Lästerzungen zutraf, hatte er ihm mit seinem Blut auch etwas vererbt, was nichts mit meiner Geschichte zu tun hat, wie Sie sehen werden.

Die meisten dargestellten Köpfe gehörten klassischen Komponisten, Cimarosa, Mozart, Beethoven, Gluck, Bach, Schumann, außerdem noch drei anderen; es waren Kupferstiche und Steindrucke, alle schlecht gerahmt und von unterschiedlicher Größe; hier hingen sie jedoch wie Heiligenbilder in einer Kirche. Das Klavier war der Altar, auf dem das Bibelwort der Abendandacht aufgeschlagen lag: eine Beethoven-Sonate.

Der Kaffee kam; Pestana trank die erste Tasse und setzte sich ans Klavier. Er blickte zu Beethovens Antlitz auf und begann die Sonate zu spielen, selbstvergessen, verzaubert oder auch versunken, jedenfalls mit Vollkommenheit. Er wiederholte das Stück, dann hielt er ein paar Augenblicke inne, erhob sich und trat an ein Fenster. Nach einer Weile kehrte er ans Klavier zurück; nun kam Mozart an die Reihe, er wählte ein Stückchen und spielte es mit wandernder Seele auf die gleiche vollendete Weise. Haydn begleitete ihn bis zur Mitternacht und zur zweiten Tasse Kaffee.

Zwischen Mitternacht und ein Uhr morgens tat Pestana kaum mehr, als daß er am Fenster stand und zu den Sternen aufblickte, um sich dann wieder dem Zimmer und seinen Porträts an der Wand zuzuwenden. Von Zeit zu Zeit trat er an sein Instrument und schlug stehend ein paar Akkorde an, als suche er einen Gedanken; aber der Gedanke wollte sich nicht einstellen, und er kehrte wieder ans Fenster zurück und lehnte sich hinaus. Nun schienen die Sterne ihm Noten zu sein, die, an den Himmel geheftet, auf jemanden warteten, der sie herabholen sollte. Es konnte eine Zeit kommen, da der Himmel leer sein würde, aber dann würde die Erde ein Sternbild aus Partituren sein. Kein Bild, kein Abschweifen, kein Sinnen trug ihm eine Erinnerung an die kleine Senhorita Mota zu, die zur selben Stunde im Gedanken an ihn, den berühmten Urheber so vieler beliebter Polkas, selig einschlief. Vielleicht raubte die Vorstellung einer Heirat mit ihm dem jungen Mädchen einige Augenblicke des Schlafs. Warum denn nicht? Sie war bald zwanzig, er war dreißig, sie würden glänzend zusammenpassen. Und das Mädchen schlief zu den Klängen der Polka, die sie farbig sah, während der Komponist weder an die Polka noch an das Mädchen dachte, sondern an die klassischen Werke alter Meister, während er den Himmel befragte und die Nacht, die Engel anflehte und notfalls den

Teufel. Warum sollte er nicht ein einziges Werk verfassen, das jenen unsterblichen Werken würdig war?

Dann und wann, als tauche aus den Tiefen des Unbewußten der Morgenschimmer eines Einfalls, lief er zum Klavier, um ihm freien Lauf zu lassen, um ihn in Musik zu übersetzen — aber vergebens. Der Einfall löste sich in nichts auf. Schon zu anderen Malen hatte er, am Klavier sitzend, die Finger über die Tasten irren lassen, in der Hoffnung, eine Fantasie möge sich aus ihnen lösen wie aus Mozarts Fingern. Aber nichts, nichts, die Inspiration blieb aus, die Fantasie schlummerte weiter. Wenn zufällig eine Idee, herrlich und genau, auftauchte, so war sie nichts als das Echo eines fremden Stückes, das zu erfinden er geglaubt hatte und das sein Gedächtnis nur wiedergab. Dann stand er gereizt auf, schwor, der Kunst den Rücken zu kehren und Kaffeepflanzer oder Karrentreiber zu werden; aber zehn Minuten später trat er wieder ans Instrument, die Augen auf Mozarts Porträt gerichtet, und versuchte den Meister nachzuahmen.

Zwei, drei, vier Stunden lang. Erst nach vier Uhr morgens legte er sich schlafen, er war müde, entmutigt, tot; am nächsten Tag mußte er Stunden geben. Er schlief wenig und erwachte gegen sieben Uhr. Er zog sich an und frühstückte.

»Wünschen Senhor den Spazierstock oder den Strohhut?« fragte der Schwarze weisungsgemäß, weil sein Herr sehr oft zerstreut war.

»Den Stock.«

»Es sieht aber so aus, als ob es heute regnen wird.«

»Regnen wird«, wiederholte Pestana mechanisch.

»Es sieht so aus, Senhor, der Himmel ist halb bewölkt.«

Pestana blickte den Schwarzen an, unbestimmt, besorgt. Plötzlich: »Warte mal!«

Er lief in das Bilderzimmer, schlug das Klavier auf, setzte sich und ließ die Hände auf die Tasten sinken. Er begann etwas Eigenes zu spielen, einen echten, spontanen

Einfall, eine Polka, eine ausgelassene Polka, wie es auf den Anzeigen hieß. Nun spürte er keinen Widerwillen mehr, seine Finger entrissen die Töne förmlich der Klaviatur, verbanden sie, vermischten sie; man hätte meinen können, seine Muse komponiere und tanze zugleich. Pestana vergaß seine Schülerinnen, vergaß den Schwarzen, der mit dem Spazierstock und dem Regenschirm in der Hand wartete, vergaß sogar die Bildnisse, die ernst an der Wand hingen. Er komponierte, sonst nichts, er spielte oder schrieb ohne die vergeblichen Bemühungen des Vorabends, ohne Verbitterung, ohne eine Bitte zum Himmel emporzusenden, ohne Mozarts Augen zu befragen. Kein Überdruß. Leben, Anmut, Überraschung — all das quoll aus seiner Seele wie aus einer unversiegbaren Quelle.

Im Handumdrehen war die Polka fertig. Als er zum Mittagessen zurückkehrte, verbesserte er noch einige Kleinigkeiten, aber schon summte er sie, wenn er auf der Straße ging. Die Tanzweise gefiel ihm; in seiner neuesten, unveröffentlichten Komposition kreiste das Blut der Vaterschaft und Berufung. Zwei Tage später trug er sie zu dem Verleger seiner früheren Polkas, deren es wohl dreißig geben mußte. Der Verleger war begeistert.

»Das Stück wird Furore machen.«

Nun kam die Frage des Titels. Als Pestana im Jahre 1871 seine erste Polka geschrieben hatte, wollte er ihr einen poetischen Titel geben wie etwa »Sonnentropfen«. Aber der Verleger schüttelte nur den Kopf und sagte, die Titel müßten das Publikum gleich ansprechen, sei es durch Anspielung auf ein Tagesereignis, sei es durch den Zauber der Worte. So nannte er ihm zwei Vorschläge: *Das Gesetz vom 28. September* oder *Schmeichelei macht noch keinen Sommer*.

»Aber was soll denn das heißen: *Schmeichelei macht noch keinen Sommer*?« fragte der Komponist.

»Es soll gar nichts heißen, prägt sich aber leicht ein.«

Pestana, noch ein unbeschriebenes Blatt, verwarf beide vorgeschlagenen Titel und steckte sein Musikstück wieder ein. Es dauerte aber nicht lange, da schrieb er eine neue Polka, und der Reiz der Publizität verführte ihn dazu, die beiden Tänze drucken und sich die Titel aufreden zu lassen, die dem Herausgeber anziehend und angemessen erschienen. So blieb es auch in Zukunft.

Als nun Pestana seinem Verleger die neue Polka vorspielte und man zum Thema des Titels überging, bemerkte dieser, seit Tagen halte er für das erste Werk, das er ihm vorlegen würde, einen Titel bereit, einen überraschenden, langen und einschmeichelnden Titel: *Gnädige Frau, behalten Sie Ihren Korb!*

»Und für das nächste Mal«, fügte er hinzu, »denke ich mir einen zugkräftigen bunten aus.«

Zum Verkauf ausgelegt, war die erste Auflage bald vergriffen. Der Ruhm des Komponisten tat das Seine, aber auch das Werk empfahl sich, es war originell und lud zum Tanzen und Auswendiglernen ein. In acht Tagen war er berühmt. In der ersten Zeit war Pestana tatsächlich in seine Komposition verliebt, er summte sie mit Genuß und blieb überall auf der Straße stehen, wo sie in einem Hause erklang, geriet aber sofort in Harnisch, wenn sie schlecht gespielt wurde. Bald nahmen auch die Theaterorchester sie in ihr Repertoire auf, weshalb er an einem der nächsten Abende ins Theater ging, um sein Stück zu hören. Es mißfiel ihm auch dann nicht, als es eines Tages in der Rua do Atterrado gepfiffen wurde.

Dieser Honigmond dauerte jedoch nur ein Viertel des Mondlaufs. Wie bei den anderen Malen, aber diesmal schneller, verursachten die Gesichter an der Wand ihm bittere Gewissensbisse. Gequält und verdrossen wütete er gegen jene, die ihn so oft getröstet hatte, gegen die Muse mit den betörenden Augen und den lieblichen Bewegungen, gegen die leichtfertige, anmutige Muse. Und wieder kam der Selbstekel sowie der Haß gegen den, der ihn um einen neuen Publikumserfolg bat, und zugleich der Wille, etwas im klassischen Geschmack zu komponieren, irgendein Blatt, und sollte es nur ein einziges sein, freilich eine Komposition, die an die Seite von Bach und Schumann zu stellen wäre. Vergebliches Bemühen, nutzlose Anstrengung! Zwar tauchte er in jenen Jordan, enttauchte ihm aber wieder ungetauft. Nächte um Nächte verbrachte er so, zuversichtlich und beharrlich, gewiß, daß der Wille alles sei und daß er, sobald er die leichte Musik aufgäbe . . .

»Alle Polkas sollen zur Hölle fahren und dem Teufel Lust zum Tanzen machen«, sagte er sich eines Tages im Morgengrauen, als er sich endlich schlafen legte.

Aber die Polkas wollten sich nicht so tief verirren. Sie kamen vielmehr in Pestanas Haus, genau in den Salon der Porträts, sie überrumpelten ihn so überraschend, daß er kaum die Zeit fand, sie zu komponieren, sie drucken zu lassen, einige Tage Gefallen an ihnen zu finden, sie zu verabscheuen und an die alten Quellen zurückzukehren, aus denen ihm nichts zufloß. In diesem Hin und Her lebte er, bis er heiratete, und auch nach seiner Eheschließung.

»Mit wem denn?« fragte die kleine Senhorita Mota ihren Onkel und Notariatsschreiber, der ihr die Nachricht überbrachte.

»Er wird eine Witwe heiraten.«

»Ist sie alt?«

»Siebenundzwanzig Jahre.«

»Ist sie hübsch?«

»Nein, aber auch nicht häßlich, eben soso lala. Ich habe gehört, er hat sich in sie verliebt, weil er sie am letzten Fest des heiligen Franz von Paula singen hörte. Anscheinend bringt sie noch ein anderes Angebinde mit, das zwar nicht selten, aber dafür weniger wertvoll ist: die Schwindsucht.«

Die Schreiber hatten offensichtlich keinen Geist, und wenn, dann einen bösen. Endlich fühlte die Nichte einen Tropfen Balsam in der Seele, der ihre Bißwunde des Neides heilte. Es beruhte alles auf Wahrheit. Tags darauf heiratete Pestana eine Witwe von siebenundzwanzig Jahren, die gut sang und schwindsüchtig war. Er nahm sie als geistige Gattin eigener Art an. Fraglos sei sein Zölibat die Ursache seiner Unfruchtbarkeit und seines Abweichens vom rechten Weg der Musik gewesen, sagte er sich; in künstlerischer Hinsicht betrachtete er sich als einen Tagedieb und sah in seinen Polkas die Abenteuer eines Gecken. Nun aber war er gewillt, eine Familie aus ernsten Werken zu gründen, tiefe, beflügelte und durchgearbeitete Kompositionen.

Diese Hoffnung keimte in den ersten Stunden der neuerwachten Liebe und erblühte beim ersten Morgengrauen der Ehe. Maria, stammelte seine Seele, gib mir, was ich weder in der Einsamkeit der Nächte noch im Trubel der Tage gefunden habe!

Um des Hochzeitsfestes zu gedenken, hatte er den Einfall, eine Nocturne zu schreiben. Er wollte sie *Ave Maria* nennen. Das Glück schenkte ihm gleichsam einen Beginn von Inspiration; da er aber seiner Frau nichts sagen wollte, bevor das Werk fertig war, arbeitete er heimlich, was schwierig war, weil Maria, die die Kunst genauso liebte wie er, im Bilder-Zimmer mit ihm zu spielen oder ihm auch nur zuzuhören liebte. Sie gaben sogar wöchentliche Konzerte mit drei Künstlern, Freunden von Pestana. Eines Sonntags indessen hielt es ihn nicht länger, und er rief seine Frau, um ihr eine Stelle aus seiner Nocturne vorzuspielen; er verriet ihr aber weder, was das Stück war, noch, von wem es war. Plötzlich brach er ab und warf ihr einen fragenden Blick zu.

»Spiel weiter«, sagte Maria. »Ist es nicht Chopin?«

Pestana erbleichte, starrte ins Leere, wiederholte ein oder zwei Takte und erhob sich. Maria setzte sich ans Klavier und spielte nach einer kurzen Anstrengung ihres Gedächtnisses das chopinsche Stück bis zu Ende. Einfall und Motiv waren dieselben; Pestana hatte sie in einer dunklen Kammer seiner Erinnerung, jener alten Betrügerstadt, gefunden. Traurig, verzweifelt verließ er das Haus und machte sich zur Brücke, in Richtung São Cristovão, auf den Weg.

»Warum kämpfen«, sagte er vor sich hin. »Ich will es mit den Polkas halten ... Es lebe die Polka!«

Männer, die an ihm vorübergingen und seine Worte hörten, starrten ihn an wie einen Geistesgestörten. Er ging weiter, einerseits gebannt, andrerseits gekränkt, ein ewiger Spielball zwischen Ehrgeiz und Berufung ... Jetzt ging er an dem alten Schlachthaus vorüber; als er an die Eisenbahnschranke gelangte, hatte er die Idee, sich auf den Schienenstrang zu legen und sich von dem ersten besten Zug zermalmen zu lassen. Aber der Bahnwärter wies ihn zurück. Er kam zu sich und ging nach Hause.

Wenige Tage später — es war sechs Uhr an einem hellen, frischen Maimorgen des Jahres 1876 — fühlte Pestana in den Fingern ein merkwürdiges bekanntes Jucken. Langsam erhob er sich, um Maria nicht zu wecken, welche die ganze Nacht gehustet hatte und endlich fest schlief. Er ging ins Bilder-Zimmer, schlug das Klavier auf und entlockte ihm, so gedämpft er konnte, eine Polka. Er ließ sie unter einem Pseudonym veröffentlichen, zwei Monate später komponierte und veröffentlichte er zwei weitere Tänze. Maria erfuhr nichts davon, sie hustete sich langsam zu Tode, bis sie eines Nachts in den Armen ihres entsetzten, verzweifelten Mannes den Geist aufgab.

Es war der Weihnachtsabend. Pestanas Schmerz stieg ins Unerträgliche, weil in der Nachbarschaft ein Ball stattfand, bei dem mehrere seiner besten Polkas gespielt wurden. Schon der Ball war eine Qual für ihn, darüber hinaus verlieh seine Musik der Tanzveranstaltung einen Anstrich von Ironie und Entartung. Er fühlte den Takt der Schritte, erriet die sinnlichen Bewegungen, zu denen die eine oder andere seiner Tanzweisen einlud, und all das angesichts des bleichen Leichnams, der, nur noch ein Bündel Knochen, neben ihm auf dem Bett lag ...

So verging eine Stunde der Nacht nach der anderen, schleppend oder eilend, bald war er in Tränen, bald in Schweiß gebadet, einmal beträufelte er sich mit Kölnisch

Wasser, dann das Totenbett mit einem Desinfektionsmittel, gewissermaßen zu den Klängen der Polka eines großen, unsichtbaren Pestana.

Als seine Frau beerdigt war, plagte den Witwer eine einzige Sorge: die Musik an den Nagel zu hängen und ein *Requiem* zu schreiben, das an Marias erstem Todestag aufgeführt werden sollte. Danach wollte er einen anderen Beruf ergreifen, er würde Schreiber werden, Briefträger, Gelegenheitsarbeiter, er würde irgend etwas tun, was ihn die mörderische blutsaugerische Kunst vergessen ließ.

Er begann sein Werk; er legte alles hinein, Schwung, Geduld, Meditation, sogar die Launen des Augenblicks, wie er es einst bei der Nachahmung Mozarts getan hatte. Wieder las und studierte er Mozarts *Requiem*. Das Werk, das ihm anfangs leicht von der Hand gegangen war, geriet ins Stocken. Pestana erlebte Höhen und Tiefen. Bald fand er es unzulänglich und vermißte darin die heilige Seele, den tragenden Gedanken, die Inspiration, die Methodik; bald schlug sein Herz höher, und er arbeitete kraftvoll weiter. Acht, neun, zehn, elf Monate war er schon an der Arbeit, und noch immer war sein *Requiem* nicht beendet. Er strengte sich noch mehr an; er vergaß seine Klavierstunden und Freundschaften. Er hatte das Werk mehrmals umgeschrieben, nun aber wollte er es zum guten Ende führen, koste es, was es wolle. Vierzehn Tage, acht Tage, fünf Tage ... Als Marias Todestag anbrach, war er immer noch am Werk.

So mußte die einfache gebetete Messe, die er für sich allein sprach, genügen. Es läßt sich schwer sagen, ob alle Tränen, die dabei in seine Augen traten, dem Gatten zugehörten oder ob auch einige von dem Komponisten geweint wurden. Fest steht, daß er dem *Requiem* nie mehr einen Blick gönnte.

»Wozu auch?« sagte er zu sich selber.

So ging es noch ein ganzes Jahr. Zu Beginn des Jahres 1878 kam sein Verleger zu ihm.

»Fast zwei Jahre hat man nichts mehr von Ihnen gehört«, sagte dieser. »Alle Welt will wissen, ob Sie Ihr Talent eingebüßt haben. Was haben Sie denn die ganze Zeit getrieben?«

»Nichts.«

»Ich weiß wohl, wie sehr der Tod Ihrer Gattin Sie getroffen hat, aber nun sind bald zwei Jahre vergangen. Ich möchte Ihnen heute einen Vorschlag machen: Sie schreiben in zwölf Monaten zwanzig Polkas für mich. Der Preis soll der alte sein, dafür bekommen Sie einen höheren Gewinnanteil. Wenn das Jahr zu Ende ist, können wir den Vertrag erneuern.«

Pestana stimmte mit einer Handbewegung zu. Er hatte nur noch wenige Schüler, hatte das Haus verkaufen müssen, um Schulden zu bezahlen; den Rest, der ohnehin gering war, hatte sein Lebensunterhalt verschlungen. So schlug er ein.

»Aber die erste Polka muß ich sofort haben«, erklärte der Verleger. »Es ist eilig. Haben Sie den Brief des Kaisers an Caxias gelesen? Die Liberalen wurden an die Macht gerufen; sie werden die Wahlreform durchführen. Die Polka muß heißen: *Ein Hoch auf die direkte Wahl!* Das ist keine Politik, das ist ein glänzender Gelegenheitstitel!«

Pestana komponierte das erste Werk des Vertrages. Trotz des langen Schweigens waren ihm weder seine Eigenart noch seine Inspiration abhanden gekommen. Noch immer hatte er seine geniale Ader. Die weiteren Polkas ließen denn auch nicht auf sich warten und stellten sich zur gegebenen Zeit gehorsam ein. Er hatte seine Porträts und seine Notensammlung behalten, vermied es jedoch, die Nächte am Klavier zu verbringen. Schon jetzt erbat er sich jedesmal eine Freikarte, wenn es eine gute Opernvorstellung oder einen besonderen Gesangsabend gab; er eilte zu der Veranstaltung, drückte sich in einen Winkel und genoß jene Unzahl von Herrlichkeiten, die nie seinem Gehirn entkeimen würden. Wenn er das eine oder andere Mal, vollgefüllt mit Musik, nach Hause ging, erwachte in ihm der Kapellmeister; er setzte sich ans Klavier und spielte wahllos ein paar Takte, bis er sich zwanzig oder dreißig Minuten später schlafen legte.

So verging die Zeit bis zum Jahre 1885. Pestanas Ruhm hatte ihm endgültig den ersten Platz unter den Polka-Komponisten gesichert; aber der erste Platz in einem Dorf vermochte diesen Cäsar nicht zu befriedigen, der diesem nach wie vor noch den hundertsten Platz in Rom vorzog. Noch immer plagte ihn gelegentlich der alte Zwiespalt, was seine Kompositionen betraf, nur mit dem Unterschied, daß er weniger heftig auftrat. Nun war es weder Begeisterung in den ersten Stunden noch Abscheu nach der ersten Woche, sondern anfangs ein Gran Vergnügen und hinterher ein gewisser Überdruß.

In jenem Jahr suchte ihn das Fieber heim, ein schwaches Fieber, das in wenigen Tagen zunahm, bis es gefährlich wurde. Pestana lag schon unter Lebensgefahr im Bett, als der Verleger, der nichts von seiner Krankheit wußte, zu ihm kam, um ihm die Nachricht vom Sieg der Konservativen zu überbringen und ihn um einen Polkaschlager zu bitten. Der Krankenwärter, ein armer Klarinettist vom Theater, setzte ihn von Pestanas Zustand in Kenntnis, so daß der Verleger es für richtiger hielt zu schweigen. Der Kranke bestand jedoch darauf, daß er ihm sage, worum es sich handelte, so daß der Verleger nachgab.

»Aber natürlich erst, wenn Sie wieder ganz gesund sind«, sagte er zum Schluß.

»Sobald das Fieber ein wenig heruntergeht«, gab Pestana zurück. Dann trat eine Pause von einigen Sekunden ein. Der Klarinettist zog sich auf Zehenspitzen zurück, um eine Arznei zu mischen, der Verleger stand auf und verabschiedete sich.

»Leben Sie wohl!«

»Hören Sie«, sagte Pestana, »da ich wahrscheinlich dieser Tage sterben werde, will ich gleich zwei Polkas für Sie schreiben. Die zweite mag ihren Zweck erfüllen, sobald die Liberalen wieder ans Ruder kommen.«

Das war der einzige Scherz, den er sich in seinem ganzen Leben erlaubt hatte, und es war auch höchste Zeit, denn er starb im Morgengrauen des nächsten Tages um vier Uhr und fünf Minuten, ausgesöhnt mit den Menschen, unausgesöhnt mit sich.

DIE WEIHNACHTSMESSE

Nie ist mir die Unterhaltung verständlich geworden, die ich vor vielen Jahren mit einer jungen Frau geführt habe, als ich siebzehn Jahre alt war und sie dreißig. Es war am Weihnachtsabend. Da ich mit einem Nachbarn vereinbart hatte, gemeinsam mit ihm zur Mitternachtsmesse zu gehen, beschloß ich, mich nicht schlafen zu legen; er hatte mich gebeten, ihn kurz vor zwölf Uhr zu wecken.

Das Haus, in dem ich wohnte, gehörte dem Notar Meneses, der in erster Ehe mit einer meiner Kusinen verheiratet gewesen war. Seine zweite Frau, Conceição, und ihre Mutter hatten mich gastfreundlich aufgenommen, als ich vor einigen Monaten aus Mangaratiba nach Rio de Janeiro gekommen war, um mich für die Aufnahmeprüfungen der Universität vorzubereiten. In jenem zweistöckigen Haus der Rua do Senado lebte ich in den Tag hinein, ich hatte meine Bücher, kannte nur wenige Menschen und machte gelegentlich einen Spaziergang. Die Familie war klein; sie bestand aus dem Notar, seiner Frau, der Schwiegermutter und zwei Sklavinnen. Es war ein altmodischer Haushalt. Gegen zehn Uhr abends gingen alle zu Bett, um halb elf Uhr lag das Haus in tiefem Schlaf. Ich war noch nie im Theater gewesen, und mehr als einmal, wenn ich Meneses sagen hörte, er ginge abends ins Theater, bat ich ihn, mich doch mitzunehmen. Bei derartigen Gelegenheiten schnitt die Schwiegermutter eine Grimasse, und die Sklavinnen grinsten verstohlen; er aber antwortete nicht, zog sich an und kam erst gegen Morgen heim. Später erfuhr ich, daß das Theater eine Ausrede war. Meneses hatte nämlich eine Affäre mit einer geschiedenen Frau und schlief einmal in der Woche außer Haus. Anfangs hatte Conceição darunter gelitten, daß ihr Mann ein Verhältnis hatte, sich dann aber mit diesem Zustand abgefunden, sich sogar an ihn gewöhnt, und zwar so weit, daß sie ihn zu guter Letzt als völlig normal empfand.

Die gute Conceição! Man nannte sie eine Heilige, eine Bezeichnung, die sie verdiente, so leicht ertrug sie es, von ihrem Mann vernachlässigt zu werden. Tatsächlich hatte sie ein gemäßigtes Naturell, sie kannte keine Höhen und auch keine Tiefen, weder Freudenausbrüche noch Tränenströme. Zu der Zeit, als ich sie kannte, hätte sie sogar eine Mohammedanerin abgeben können, so willig hätte sie sich mit einem Harem abgefunden, sofern der Schein gewahrt geblieben wäre. Gott verzeih mir, wenn ich sie falsch beurteile. Alles an ihr war leblos und blaß, selbst ihr Gesicht war mittelmäßig, weder hübsch noch häßlich. Sie war das, was man eine sympathische Frau nennt. Sie sprach über niemanden ein böses Wort und verzieh alles. Haß war ihr fremd; vielleicht wußte sie nicht einmal, was Liebe war.

An jenem Weihnachtsabend ging der Notar ins Theater. Es war im Jahre 1861 oder 1862. Ich hätte für die Weihnachtsferien schon wieder in Mangaratiba sein sollen, blieb jedoch während der Feiertage in der Stadt, um »die Weihnachtsmesse am Hof« mitzuerleben. Die Familie meiner Gastgeberin ging zur üblichen Stunde schlafen; ich setzte mich fertig angezogen ins Wohnzimmer, das zur Straße hin lag. Von dort aus konnte ich später durch die Diele hinausgelangen, ohne dabei jemanden im Schlaf zu stören. Es waren drei Hausschlüssel vorhanden; den einen hatte der Notar, den anderen würde ich mitnehmen, der dritte blieb am Nagel hängen.

»Aber Senhor Nogueira, was werden Sie die ganze Zeit tun?« fragte mich Conceiçãos Mutter.

»Ich werde lesen, Dona Inácia.«

Ich hatte einen Roman mitgebracht, *Die drei Musketiere*, ich glaube, in einer alten Übersetzung des *Jornal do Comércio*. Ich setzte mich an den Tisch, der in der Mitte des Zimmers stand, und während das Haus schlief, bestieg ich beim Schein der Petroleumlampe wieder einmal den mageren

Klepper D'Artagnans und zog auf Abenteuer aus. Bald hatte Dumas mich völlig berauscht. Im Gegensatz zu sonstigen Wartezeiten verflogen die Minuten. Kaum hörte ich die Uhr elf Uhr schlagen. Dann aber riß mich ein schwaches Geräusch von drinnen aus meiner Lektüre, es waren Schritte, die aus dem Besuchssalon ins Eßzimmer gingen. Ich hob den Kopf; gleich darauf sah ich Conceição auf der Schwelle der Wohnzimmertür stehen.

»Sind Sie noch nicht fort?« fragte sie.

»Nein, ich glaube, es ist noch nicht Mitternacht.«

»Wie geduldig Sie sind!«

Conceição trat ein, die Schlafzimmerpantöffelchen nachschleifend. Sie trug einen weißen Morgenrock, der um die Taille lose geknüpft war. Da sie sehr schlank war, wirkte sie romantisch, was gut zu meinem Abenteuerroman paßte. Ich schloß das Buch; sie nahm auf einem Stuhl mir gegenüber Platz, nahe am Kanapee. Als ich sie fragte, ob ich sie durch ein unbeabsichtigtes Geräusch geweckt hätte, antwortete sie sogleich:

»Keineswegs! Ich bin von allein aufgewacht.«

Ich warf ihr einen prüfenden Blick zu und bezweifelte ihre Behauptung. Ihre Augen sahen nicht nach Schlaf aus, vielmehr schien es, als habe sie sie noch keine Minute geschlossen. Diese Möglichkeit wies ich jedoch rasch von mir, ohne dabei zu überlegen, daß sie vielleicht gerade meinetwegen nicht geschlafen und nur gelogen hatte, um mich nicht zu bekümmern oder zu langweilen. Ich sagte bereits, daß sie gut, herzensgut war.

»Es muß bald soweit sein«, sagte ich.

»Wieviel Geduld Sie haben, zu wachen und zu warten, während der Freund aus der Nachbarschaft schläft! Und dabei allein zu warten! Fürchten Sie sich nicht vor den Geistern des Jenseits? Ich hatte Sorge, Sie könnten erschrecken, als Sie mich sahen.«

»Als ich Schritte hörte, war ich zunächst verwundert, aber dann waren Sie auch schon da.«

»Was lesen Sie da? Sagen Sie's nicht, ich weiß, es ist der Roman von den *Musketieren*.«
»Sie haben's erraten. Er ist wundervoll.«
»Lieben Sie Romane?«
»Sehr.«
»Haben Sie schon die *Moreninha* gelesen?«
»Von Dr. Macedo? Ja. Ich besitze das Buch in Mangaratiba.«
»Ich schwärme für Romane, lese aber wenig, aus Zeitmangel. Welche Romane haben Sie gelesen?«
Ich begann einige Namen aufzuzählen. Conceição hörte zu, den Kopf zurückgelehnt, und blickte mich durch halbgeschlossene Lider unverwandt an. Von Zeit zu Zeit befeuchtete sie die Lippen. Als ich zu Ende gesprochen hatte, sagte sie nichts; so verharrten wir einige Sekunden. Dann richtete sie den Kopf auf, verschränkte die Hände, lehnte das Kinn darauf und stützte die Ellbogen auf die Armlehnen, ohne ihre großen, forschenden Augen von mir abzuwenden.
Vielleicht langweilt sie sich, dachte ich.
Und schon sagte ich laut:
»Dona Conceição, ich glaube, es ist an der Zeit, daß ich . . .«
»Nein, nein, es ist noch früh. Ich habe erst vorhin auf die Uhr geschaut. Es ist halb zwölf. Sie haben noch Zeit. Wenn Sie die ganze Nacht auf sind, werden Sie dann morgen nicht todmüde sein?«
»Ich bin's schon gewöhnt.«
»Ich nicht. Wenn ich eine Nacht durchwache, bin ich am nächsten Tag zu nichts zu gebrauchen und muß unbedingt ein Schläfchen machen, und wenn's nur eine halbe Stunde ist. Aber ich bin ja auch schon alt.«
»Sagen Sie das nicht, Dona Conceição!«
Ich hatte mit soviel Wärme gesprochen, daß sie unwillkürlich lächelte. Gewöhnlich waren ihre Gebärden träge, ihr Gebaren ruhig; nun aber stand sie rasch auf, ging zum

anderen Ende des Wohnzimmers und machte ein paar
Schritte zwischen dem Fenster, das zur Straße führte, und
dem Arbeitszimmer ihres Mannes hin und her. In ihrer
sittsamen Unordentlichkeit wirkte sie sehr eigenartig auf
mich. Wenngleich schlank, hatte sie einen wiegenden
Gang, als fiele es ihr schwer, ihr Gewicht zu tragen, ein Zug,
der mir an jenem Abend besonders auffiel. Sie blieb mehrmals stehen, prüfte ein Stück des Vorhangs oder rückte
einen Gegenstand auf der Etagere zurecht. Schließlich
machte sie vor dem Tisch, der uns trennte, halt. Ihr Horizont war beschränkt; wieder sprach sie ihre Verwunderung
darüber aus, daß ich die Nacht durchwachte. Ich wiederholte das, was sie bereits wußte, das heißt, daß ich noch nie
eine Weihnachtsmesse am Hof gehört hätte und sie diesmal
um keinen Preis missen wollte.

»Es ist die gleiche Messe wie auf dem Land, alle Messen
sind gleich.«

»Das mag sein, aber hier wird sie sicherlich mit mehr
Pomp gefeiert, auch werden viel mehr Menschen zugegen
sein. Hören Sie, die Karwoche ist doch am Hof auch viel
schöner als auf dem Land. Von Sankt Johannis will ich
nicht reden, auch nicht von Sankt Anton . . .«

Sie lehnte sich vor, stützte die Ellbogen auf die Marmor-
platte des Tisches und bettete das Gesicht zwischen die
Handflächen. Da ihre Ärmel nicht zugeknöpft waren, fielen sie zurück, so daß ich ihre Unterarme sehen konnte, die
hellhäutig und nicht so mager waren, wie man hätte vermuten können. Ihr Anblick war für mich zwar nicht neu,
aber auch nicht gerade alltäglich; in jenem Augenblick
jedoch war der Eindruck überwältigend. Die Adern waren
so blau, daß ich sie trotz der schwachen Beleuchtung von
meinem Platz aus zählen konnte. Conceiçãos Gegenwart
machte mich noch wacher als das Buch. Ich fuhr fort, mich
darüber zu verbreiten, was ich von den Kirchenfesten auf
dem Lande und in der Stadt hielt sowie von anderen Dingen, die mir gerade einfielen. Ich sprach und sprach, sprang

von einem Thema zum anderen, kehrte willkürlich zum Ausgangspunkt zurück und lachte, um ihr ein Lächeln zu entlocken und ihre schneeweißen, ebenmäßigen Zähne zu sehen. Ihre Augen waren nicht gerade schwarz, aber dunkel; ihre Nase, dünn und lang und leicht gebogen, verlieh dem Gesicht einen fragenden Ausdruck. Als ich die Stimme ein wenig hob, wies sie mich zurecht:

»Leiser! Sonst wacht Mama auf.«

Dabei gab sie aber ihre Stellung nicht auf, die mir ausnehmend gut gefiel, weil unsere Gesichter ganz nahe beieinander waren. Tatsächlich war es nicht nötig, laut zu sprechen, um sich verständlich zu machen. So flüsterten wir beide, ich noch mehr als sie, weil ich mehr redete. Dann und wann wurde sie ernst, tiefernst, und runzelte die Stirn. Endlich wurde sie müde und änderte Stellung und Haltung. Sie stand auf, umschritt den Tisch und setzte sich neben mich aufs Kanapee. Ich wandte mich zu ihr und konnte einen verstohlenen Blick auf ihre Pantoffelspitzen werfen; aber kaum hatte sie sich gesetzt, verschwanden sie sofort unter ihrem langen Negligé, ich erinnere mich daran, daß sie schwarz waren. Conceição sagte leise:

»Mama schläft zwar weit weg, hat aber einen federleichten Schlaf. Wenn sie jetzt aufwachte, würde sie so bald nicht wieder einschlafen.«

»Mir würde es ähnlich gehen.«

»Was?« fragte sie, sich vorbeugend, um besser hören zu können. Ich setzte mich auf den Stuhl neben dem Kanapee und wiederholte meine Worte. Sie lachte über die Zufälligkeit, auch sie hatte einen leichten Schlaf; somit hatten wir alle drei einen leichten Schlaf.

»Es kommt vor, daß es mir wie Mama geht. Ich wache auf, kann nicht wieder einschlafen, wälze mich erst im Bett herum, stehe dann auf, zünde eine Kerze an, gehe spazieren, lege mich wieder hin — alles umsonst.«

»Und so ist es Ihnen heute ergangen.«

»Nein, nein«, warf sie ein.

Ich verstand ihr Verneinen nicht, vielleicht verstand sie es selber kaum. Sie ergriff die beiden Enden ihres Gürtels und schlug mit ihnen gegen die Knie, das heißt gegen das rechte Knie, da sie gerade die Beine übereinandergeschlagen hatte. Dann erzählte sie von einem Traum und berichtete, sie habe nur einen einzigen Alptraum in ihrem Leben gehabt, und zwar als Kind. Sie wollte wissen, ob ich auch Alpträume erlebt hätte. So kam die Unterhaltung wieder in Fluß und schleppte sich geruhsam, gemächlich hin, so daß ich die Uhrzeit und die Mitternachtsmesse völlig vergaß. Sobald ich eine Erzählung oder eine Erklärung beendete, erfand sie sofort eine neue Frage oder einen neuen Stoff, und wieder ergriff ich das Wort. Von Zeit zu Zeit mahnte sie:

»Leiser, leiser . . .!«

Es entstanden auch Pausen. Zweimal schien es mir, als wolle sie einschlafen; aber schon öffnete sie ihre Augen, die sekundenlang geschlossen gewesen waren, ohne den geringsten Anschein von Müdigkeit, als hätte sie sie nur zugemacht, um besser sehen zu können. Bei einer dieser Gelegenheiten schien sie zu merken, daß ich völlig von ihr eingenommen war; ich erinnere mich daran, daß sie sie von neuem schloß, ich weiß nur nicht mehr, ob hastig oder langsam. Einige Bilder jener Nacht sind vertauscht oder verschwommen. Ich fühle, daß ich mir widerspreche und ins Faseln gerate. Einer jener Eindrücke, die mir frisch im Gedächtnis haftengeblieben sind, ist der, daß sie, die im Grunde nur sympathisch war, mit einemmal schön, wunderschön wurde.

Jetzt stand sie mit verschränkten Armen da, aus Höflichkeit wollte ich aufspringen, vermochte es aber nicht, weil sie eine Hand auf meine Schulter legte und mich zwang, sitzen zu bleiben. Ich mühte mich, etwas zu sagen; sie aber erbebte, als liefe ihr ein kalter Schauer über den Rücken, wandte sich ab und setzte sich wieder auf den Stuhl, auf dem ich lesend gesessen hatte, als sie mich überraschte.

Dann warf sie einen Blick in den Spiegel, der über dem Kanapee hing, und sprach von den Bildern, die die Wände schmückten.

»Diese Bilder sind schon alt. Ich habe Chiquinho schon gebeten, neue zu kaufen.«

Chiquinho war ihr Mann. Die Bilder sprachen für seinen Geschmack. Eines stellte Cleopatra dar, an die Darstellung auf dem anderen erinnere ich mich nicht mehr, jedenfalls waren Frauen darauf abgebildet. Beide Drucke waren alltäglich, zu jener Zeit schienen sie mir jedoch nicht unschön zu sein.

»Sie sind schön«, sagte ich

»Das sind sie, aber sie sind schon fleckig. Außerdem möchte ich lieber Heiligenbilder haben, Bilder von zwei Heiligen. Diese hier passen besser in ein Junggesellenzimmer oder in einen Friseursalon.«

»In einen Friseursalon? Sicherlich sind Sie noch nie bei einem Herrenfriseur gewesen.«

»Ich kann mir aber vorstellen, daß die Kunden beim Warten über Weiber und Liebschaften reden und daß der Friseur sie mit gefälligen Abbildungen erheitern will. Für ein anständiges Heim finde ich diese Bilder höchst unpassend. So denke ich wenigstens, aber ich denke oft mancherlei Absonderliches, ich weiß. Wie dem auch sei, ich mag sie nicht. Ich habe eine Mutter Gottes von der Unbefleckten Empfängnis, die meine Schutzheilige ist, ein wunderschönes Stück, aber es ist ein Schnitzwerk, das sich nicht an die Wand hängen läßt, abgesehen davon, daß ich es ungern hier aufstellen würde. Es steht in meinem Gebetsschrein.«

Das Wort Gebetsschrein rief mir die Messe ins Gedächtnis zurück, ich dachte, es könne vielleicht schon zu spät sein, und wollte es sagen. Ich glaube, ich brachte sogar den Mund auf, schloß ihn jedoch sofort wieder, um zu hören, was sie zu erzählen hatte, und sie tat es mit so viel Zauber, Anmut und Sanftheit, daß meine Seele träg wurde und ich

Messe und Kirche vollständig vergaß. Sie sprach von ihrer Frömmigkeit als Kind und junges Mädchen. Dann gab sie längst verjährten Ballklatsch zum besten, erzählte von Ausflügen, kramte Erinnerungen von der Insel Paquetá aus, alles durcheinander und ohne abzusetzen. Als sie genug von der Vergangenheit hatte, ging sie auf die Gegenwart über; nun kam ihr Haushalt an die Reihe, häusliche Sorgen, die man ihr vor ihrer Heirat als unüberwindlich dargestellt hatte, die aber nach ihrer Erfahrung ganz geringfügig seien. Daß sie mit siebenundzwanzig geheiratet hatte, wußte ich, aber sie erwähnte es nicht.

Nun wechselte sie nicht mehr ihren Platz wie anfangs und veränderte auch nicht mehr die Stellung. Nun machte sie auch nicht mehr große Augen, sondern ließ den Blick ruhig über die Wände gleiten . . .

»Wir müssen das Wohnzimmer neu tapezieren lassen«, sagte sie bald darauf, als spräche sie mit sich selbst.

Ich stimmte zu, um etwas zu sagen, um jene magnetische Benommenheit abzuschütteln oder was sonst mir Sprache und Sinne lähmen mochte. Ich wollte die Unterhaltung beenden und wollte es auch nicht; ich mühte mich, den Blick von ihr loszureißen, aus einem Gefühl der Achtung heraus. Aber die Furcht, sie könne glauben, ich langweile mich, was nicht der Fall war, führte mich dazu, den Blick wieder auf Conceição zu heften. Allmählich schlief die Unterhaltung ein. Auf der Straße war es totenstill.

Eine Weile noch — wie lange, weiß ich nicht — verharrten wir in völligem Schweigen. Das einzige Geräusch war ein rattenähnliches Nagen im Arbeitszimmer, das mich aus jener Betäubung riß; ich wollte es erwähnen, wußte aber nicht, wie. Conceição schien in Gedanken versunken zu sein. Plötzlich hörte ich, wie von außen ans Fenster geklopft wurde, hörte eine Stimme, die brüllte: »Weihnachtsmesse! Weihnachtsmesse!«

»Das ist Ihr Freund«, sagte sie und stand auf. »Das ist wirklich komisch. Sie wollten ihn wecken, und nun muß er

Sie hier wachrütteln. Laufen Sie, es muß schon spät sein. Adieu.«

»Ob es schon an der Zeit ist?« fragte ich.

»Natürlich.«

»Weihnachtsmesse!« ertönte es draußen wieder, und wieder wurde gegen die Fensterscheibe getrommelt.

»Los, los, lassen Sie nicht auf sich warten! Es war meine Schuld. Leben Sie wohl, auf Wiedersehen bis morgen.«

Und mit ihrem wiegenden Gang verschwand Conceição leise im Hausflur. Ich trat auf die Straße hinaus und fand den Freund, der auf mich wartete. Schnurstracks eilten wir zur Kirche. Während der Messe schob sich Conceiçãos Gestalt mehrmals vor den Priester — was auf Rechnung meiner damaligen siebzehn Jahre gehen mochte. Am darauffolgenden Morgen berichtete ich beim Frühstück von der Mitternachtsmesse und den Leuten, die in der Kirche gewesen waren, ohne damit Conceiçãos Neugierde zu entfachen. Im Verlauf des Tages fand ich sie wieder wie immer, natürlich und liebevoll, ohne daß irgend etwas in ihrem Benehmen an unsere Unterhaltung vom Vorabend erinnert hätte. Über Neujahr fuhr ich nach Mangaratiba. Als ich im März wieder nach Rio de Janeiro kam, war der Notar an einem Gehirnschlag gestorben. Conceição wohnte jetzt in Engenho Novo, aber ich besuchte sie nicht und begegnete ihr auch anderswo nicht. Später hörte ich, daß sie den Schreiber ihres Mannes geheiratet hatte.

VATER GEGEN MUTTER

Die Sklaverei hat manches Handwerk und manches Handwerkszeug hervorgebracht, wie es bei vielen sozialen Einrichtungen geschieht. Wenn ich hier einige Handwerkszeuge der Sklavenzeit erwähne, so nur deshalb, weil sie mit einem bestimmten Handwerk zu tun haben. Eines von ihnen war das Halseisen, ein anderes das Fußeisen; es gab auch die Blechmaske. Diese Maske verschloß den Mund des Sklaven und diente dazu, ihm das Laster des Trinkens abzugewöhnen. Sie hatte nur drei Löcher, zwei zum Sehen, eines zum Atmen, und wurde am Hinterkopf durch ein Hängeschloß verriegelt. Mit dem Laster des Trinkens verging dem Sklaven auch die Lust zum Stehlen, da er meistens mit den seinem Herrn entwendeten Kupfermünzen seinen Durst zu stillen pflegte. Auf diese Weise wurden zwei Sünden auf einmal aus der Welt geschafft und gleichzeitig Nüchternheit und Ehrlichkeit durchgesetzt. Die Maske war grotesk, aber nicht immer läßt sich soziale und menschliche Ordnung ohne groteske, bisweilen auch grausame Begleiterscheinungen erzwingen. Diese Masken hingen vor den Klempnerläden zum Verkauf aus. Aber lassen wir jetzt die Masken beiseite.

Das Halseisen war für entlaufene Sklaven bestimmt. Man stelle sich ein dickes Hundehalsband vor, ausgestattet mit einem gleichfalls dicken, senkrechten Eisenstab auf der linken oder rechten Seite des Kopfes, und im Nacken verschließbar. Trotz seines ziemlich großen Gewichts war es jedoch weniger eine Strafe als ein Erkennungszeichen. Der mit diesem Halseisen angetroffene Sklave konnte leicht als rückfälliger Flüchtling entlarvt und ebenso leicht festgenommen werden.

Noch vor einem halben Jahrhundert war die Flucht eines Sklaven etwas Alltägliches. Es gab deren viele, und nicht allen behagte die Sklaverei. Es kam vor, daß sie Prügel bezogen, und nicht allen behagten Prügel. Manch einer wurde nach einer Flucht lediglich zurechtgewiesen: Ein Mitglied des Hausstandes trat als *Padrinho* auf, und nicht alle Herren waren bösartig; außerdem mäßigte der Besitzerstolz seine Strenge, weil Geldverlust auch schmerzt. Trotzdem ließen die Fluchtversuche der Sklaven nicht nach. Es kam, wiewohl selten, vor, daß der gerade auf dem Schmuggelmarkt von Valongo verkaufte Sklave blindlings fortrannte, ohne sich überhaupt in der Stadt auszukennen. Von denen, die sich nach Hause mitnehmen ließen, baten die Schlaueren ihren Herrn, den Preis für ihre Tagesarbeit festzusetzen, und machten sich anschließend daran, diesen durch Straßentrödel zu verdienen.

Wer einen Sklaven durch Entlaufen einbüßte, versprach dem Finder eine kleine Belohnung. Er setzte eine Anzeige in die Zeitung, fügte eine Beschreibung des Flüchtlings mit Namen, Kleidung, etwaigen körperlichen Gebrechen bei und nannte außer dem Stadtteil, in dem der Sklave zu Hause war, auch die Höhe des Finderlohns. Wurde der Betrag nicht genannt, so war für gewöhnlich zu lesen: ›Der Finder wird großzügig belohnt.‹ Oder: ›Der Finder darf einer angemessenen Belohnung sicher sein.‹ Manchmal war die Anzeige oben oder seitlich mit einer Vignette verziert, die den Schwarzen darstellte, wie er, einen Stecken mit einem Bündel über der Schulter, barfuß dahineilte. Das Inserat endete mit der Warnung: ›Jede Mißhandlung des Sklaven wird gerichtlich verfolgt!‹

Das Einfangen flüchtiger Sklaven war somit ein Handwerk jener Zeit. Wenn es auch kein sonderlich edles Gewerbe war, so haftete ihm als Werkzeug der Macht, mit dem Eigentum und Gesetze geschützt werden, doch jener Adel an, der Privateigentum verteidigt. Niemand ging diesem Handwerk aus Neigung oder Befähigung nach. Vielmehr bildeten die Armut, die Notwendigkeit eines zusätzlichen Verdienstes, die Unfähigkeit zu anderer Arbeit, der Zufall, manchmal auch die Lust am Dienen, wenngleich auf anders geartete Weise, den Ansporn für einen Mann, der sich stark genug fühlte, in der Unordnung Ordnung zu schaffen.

Cândido Neves, in seiner Familie Candinho genannt, ist der Held einer Fluchtgeschichte, der aus Armut das Handwerk eines Sklavenfängers wählte. Dieser Cândido hatte einen schlimmen Fehler: Bei keiner Beschäftigung, keinem Beruf hielt er es lange aus, denn es fehlte ihm an Beharrlichkeit; er hingegen nannte es einfach »Pech«. Zuerst wollte er das Druckereigewerbe erlernen, erkannte aber bald, daß man nicht von heute auf morgen ein guter Setzer wird und vielleicht dann nicht einmal seinen Lebensunterhalt verdienen kann. Darauf reizte ihn der Handel, der ihm eine vielversprechende Laufbahn zu sein schien. Mit einiger Anstrengung erarbeitete er sich die Stellung eines Verkäufers bei einem Kurzwarenhändler. Aber der Zwang, jeden Kunden mit der gleichen Zuvorkommenheit zu bedienen, verletzte seinen Stolz, so daß er nach Ablauf von fünf oder sechs Wochen aus eigener Schuld auf der Straße saß. Kassierer eines Notariats, Botengänger einer Unterabteilung des Kaiserlichen Ministeriums, Postbote und einige andere Beschäftigungen waren samt und sonders Stellungen, die er stets nach einer kurzen Kostprobe aufgab.

Als er sich in Clara verliebte, hatte er nichts als Schulden, wenn sie auch geringfügig waren, da er mit einem Vetter, einem Holzschnitzer, zusammen hauste. Nach mehreren Versuchen, eine Stellung zu finden, beschloß er, das Handwerk des Vetters zu wählen, bei dem er ein paar Lehrstunden genommen hatte. Er hätte ohne weiteres zusätzliche Stunden nehmen können, da er aber zu rasch lernen wollte, lernte er schlecht. So konnte er weder feine noch schwierige Arbeiten ausführen und mußte sich daher mit dem Schnitzen von Krallenfüßen für Sofas und einfachen Verzierungen für Stuhllehnen begnügen. Er wollte aber eine feste Arbeit haben, wenn er heiraten würde, und die Hochzeit ließ denn auch nicht lange auf sich warten.

Er war kaum dreißig Jahre alt. Clara war zweiundzwanzig. Sie war Waise, wohnte bei einer Tante namens Monica und half ihr beim Nähen. Indessen nähte sie nicht so viel, daß sie nicht noch Zeit für eine gelegentliche Liebelei gefunden hätte. Ihre Verehrer hingegen wollten nur die Zeit mit ihr totschlagen und hatten nichts Ernsthaftes im Sinn. Gegen zwei Uhr nachmittags kamen sie vorbei, starrten sie mit großen Augen an und ließen sich von ihr anstarren, bis der einbrechende Abend Clara zu ihrer Näharbeit holte. Jedoch fiel ihr auf, daß keiner der jungen Burschen die geringste Sehnsucht in ihr hinterließ oder etwa Verlangen in ihr entfachte. Vielleicht kannte sie nicht einmal die Namen mancher, die ihr den Hof machten. Natürlich stand ihr der Sinn nach Heirat. Es käme nur darauf an, die Angel auszuwerfen, so meinte die Tante, dann würde schon einer anbeißen; aber meistens schwamm der Fisch in gebührender Entfernung vorbei. Traute sich aber wirklich einer näher heran, so geschah es nur, um den Köder zu umschwänzeln, ihn zu beäugen, zu beriechen, ihm endlich den Rücken zu kehren und zu lohnenderen Zielen weiterzuschwimmen.

Die Liebe naht in einem geschlossenen Briefumschlag. Als das junge Mädchen Cândido Neves zum erstenmal sah, fühlte sie, daß dieser der richtige Mann, ja, der einzig wahre Mann für sie sein würde. Die Begegnung fand auf einem Ball statt; sie war — als Anspielung auf den ersten Beruf des Verliebten — die erste Seite jenes Buches, das später schlecht gedruckt und noch schlechter gebunden erscheinen sollte. Elf Monate später wurde die Hochzeit gefeiert; es war das schönste Fest, das die Verwandten der Brautleute je erlebt hatten. Einige Freundinnen hatten versucht, Clara von ihrem Schritt abzubringen, freilich weniger aus Freundschaft als aus Neid. Sie bestritten zwar nicht das einnehmende Wesen des Bräutigams, nicht die Liebe, die er für sie empfand, auch nicht einige Vorzüge, die sie an ihm entdeckt hatten, doch meinten sie, er habe zuviel übrig fürs Bummeln.

»Um so besser«, gab die Braut zurück, »auf diese Weise heirate ich wenigstens keinen Toten.«

»Natürlich ist er kein Toter, wir meinen ja auch nur . . .« Aber was sie meinten, sagten sie nicht. Tante Monica fragte einmal die Neuvermählten in dem ärmlichen Häuschen, das sie gemeinsam bewohnten, wie sie denn über Kindersegen dächten. Ja, sie wollten ein Kind, nur eines, und wenn sie sich noch so sehr einschränken müßten.

»Wenn ihr ein Kind bekommt, werdet ihr verhungern, das sag' ich euch«, erklärte die Tante ihrer Nichte.

»Die Heilige Mutter Gottes wird uns ernähren«, erwiderte Clara.

Tante Monica hätte die Warnung oder Drohung natürlich viel früher aussprechen sollen, nämlich damals, als der junge Mann um Claras Hand angehalten hatte, aber auch sie liebte das lustige Leben, und die Hochzeit würde gewiß ein rundes Fest werden — was sie denn auch wurde.

Zunächst waren alle drei froh. Das junge Paar lachte über alles. Sogar ihre Namen gaben zu Wortspielen Anlaß: Clara = hell, Neves = Schnee, Cândido = weiß. Sie hatten zwar nichts zu essen, hatten dafür aber zu lachen, und Lachen verdaut sich mühelos. Nun nähte Clara fleißiger, und Cândido war in Gelegenheitsarbeiten unterwegs; einen regelmäßigen Erwerb hatte er nicht.

Trotzdem wünschten sie sich ein Kind. Aber das Kind, das keine Ahnung von ihrem Wunsch hatte, blieb in der Ewigkeit verborgen. Eines Tages gab es ein Zeichen von sich; ob nun weiblich oder männlich: es war die gesegnete Frucht, die dem Paar das ersehnte Glück bringen würde. Tante Monica verlor die Fassung, aber Cândido und Clara verlachten ihre Sorgen.

»Gott wird uns helfen, Tantchen«, sagte die künftige Mutter immer wieder.

Die Nachricht eilte von Nachbarin zu Nachbarin. Jetzt brauchte man nur noch den Anbruch des großen Tages zu erwarten. Schon arbeitete die junge Frau bereitwilliger, und das tat auch not, da sie neben den bestellten Schneiderarbeiten aus Stoffresten die Säuglingsaussteuer zu nähen hatte. Sie dachte so innig an ihr Kind, daß es für sie schon vorhanden war, während sie seine Windeln nähte und seine Hemdchen zuschnitt. Die Nahrung war karg und das Fasten üppig. Natürlich half Tante Monica mit, wenn sie es auch ohne große Begeisterung tat.

»Ihr werdet euch noch umsehen«, sagte sie seufzend.

»Werden andere Kinder nicht auch geboren?« fragte Clara.

»Gewiß, aber sie können sicher sein, daß sie etwas zu essen bekommen, wenn's auch vielleicht nicht viel ist . . .«

»Wieso sicher sein?«

»Weil ihr Vater eine sichere Anstellung, eine sichere Beschäftigung oder einen sicheren Erwerb hat. Womit aber bringt der Vater dieses unglückseligen Geschöpfes, das in Kürze zur Welt kommen wird, seine Zeit zu?«

Sobald Cândido Neves von der Bemerkung der Tante erfuhr, sprach er sie darauf an, zwar nicht barsch, aber weniger höflich als sonst, und fragte, ob sie je einen einzigen Tag ohne Abendessen zu Bett gegangen sei.

»Bisher haben Sie lediglich in der Karwoche gefastet, und dann auch nur, weil Sie nicht wie ich zu Abend essen wollten. Bisher hat bei uns noch nie der Stockfisch auf dem Tisch gefehlt . . .«

»Ich weiß, aber wir sind auch nur zu dritt.«

»Und werden bald zu viert sein.«

»Und das ist einer mehr.«

»Kann ich mehr tun, als ich schon tue?«

»Ja, und zwar etwas Sicheres. Sehen Sie sich doch den Tischler an der Ecke an, den Kurzwarenhändler, den Drukker, der letzten Samstag geheiratet hat, alle haben ein sicheres Einkommen . . . Nehmen Sie es mir nicht übel; ich sage ja auch nicht, daß Sie ein Tagedieb sind, aber die Beschäftigung, die Sie gewählt haben, ist zu unsicher. Manchmal bringen Sie wochenlang keinen Mil-Réis nach Hause.«

»Mag sein. Aber es wird der Tag kommen, der alles aufwiegt, und noch mehr dazu. Gott verläßt mich nicht, und jeder entlaufene Schwarze weiß, daß mit mir nicht zu spaßen ist. Kaum einer leistet Widerstand, die meisten ergeben sich anstandslos.«

Darauf hielt er sich viel zugute und sprach von der Hoffnung, als wäre sie ein Bankkonto. Und schon lachte er und brachte auch die Tante zum Lachen, die von Natur fröhlich war und sich auf eine ausgelassene Taufe freute.

Cândido Neves hatte seine Stellung als Holzschnitzer genauso rasch verloren, wie er vorher andere Broterwerbe, bessere und schlechtere, aufgegeben hatte. Das Einfangen entlaufener Sklaven bot ihm neue Reize. Vor allem mußte man nicht stundenlang auf dem Stuhl hocken. Der Beruf erforderte nur Körperkraft, ein flinkes Auge, Geduld, Mut und ein Strickende. Cândido Neves las die Anzeigen, schrieb sie ab, steckte sie in die Tasche und zog auf Sklavenjagd aus. Er hatte ein gutes Gedächtnis. Sobald er sich die Personalien und Gewohnheiten eines entlaufenen Sklaven eingeprägt hatte, brauchte er nicht lange, um ihn aufzustöbern, ihn dingfest zu machen, zu fesseln und seinem Eigentümer auszuliefern. Seine Kraft war groß, seine Behendigkeit desgleichen. Mehr als einmal, wenn er an einer Straßenecke schwatzte und mehrere Sklaven vorbeigehen sah, wußte er sofort, wer unter ihnen ein entlaufener war, wie dieser Sklave, wie sein Herr hieß, wo dieser wohnte und welche Belohnung ausgesetzt war. Sogleich brach er seine Unterhaltung ab und lief hinter dem Ausreißer her. Aber er griff ihn nicht sofort, sondern wartete den richtigen Ort und Augenblick ab; dann genügte ein Sprung, und die Belohnung war gesichert. Nicht immer ging es ohne Blutvergießen ab, der Sklave gebrauchte zuweilen Nägel und Zähne, aber meistens überrumpelte er sein Opfer, ohne dabei den geringsten Kratzer abzubekommen.

Eines Tages flossen die Einkünfte spärlicher; die entlaufenen Sklaven liefen nicht mehr so bereitwillig in Cândido Neves' Arme. Andere, ebenso geschickte Hände machten ihm sein Brot streitig. Da die Verdienstmöglichkeiten in der letzten Zeit gewachsen waren, nahm sich mehr als ein stellungsloser Handlungsgehilfe ein Herz und ein Strickende, lief zu den Zeitungen, schrieb die Anzeigen ab und zog auf Sklavenjagd aus. Sogar in Cândidos Stadtteil trat plötzlich ein Rivale auf. Das bedeutete, daß Cândidos Schulden zunahmen, ohne daß seine anfangs ziemlich leicht gewonnenen Fangprämien entsprechend nachgekommen wären. Das Leben wurde schwer und hart. Man aß unbezahlte Lebensmittel, man aß wenig und selten. Obendrein mahnte der Hausbesitzer an die Zahlung der überfälligen Miete.

Clara fand kaum noch die Zeit, die Anzüge ihres Mannes zu stopfen, so bitter notwendig war es geworden, mehr Aufträge der Kundschaft auszuführen. Tante Monica half natürlich mit. Wenn Cândido abends heimkam, konnte man seinem Gesicht ansehen, daß er keinen Réis mitbrachte. Er aß zu Abend und machte sich von neuem auf die Suche nach einem Flüchtigen. Außerdem kam es, wenn auch selten, vor, daß er sich in der Person irrte und einen treuen Sklaven überfiel, der im Dienste seines Herrn unterwegs war — so blind hatte ihn die häusliche Not gemacht. Einmal fing er einen freien Schwarzen; er überbot sich in Entschuldigungen, mußte aber von den Angehörigen des Beleidigten eine Tracht Prügel einstecken.

»Das hat noch gefehlt!« rief Tante Monica aus, als er nach der Heimkehr seinen folgenschweren Irrtum gestand. »Lassen Sie die Hände davon, Candinho, ändern Sie Ihr Leben und suchen Sie sich einen besseren Broterwerb.«

Tatsächlich wünschte auch Cândido eine neue Arbeit, aber weniger, um den Rat der Tante zu befolgen, als aus Bedürfnis nach einem Berufswechsel. Auf diese Weise würde er die Haut, vielleicht sogar den ganzen Menschen vertauschen. Schlimm war nur, daß er kein Handwerk kannte, das sich im Handumdrehen erlernen ließ.

Die Natur ging ihren Gang, das Kind wuchs im Mutterleib und wurde eine Last, noch ehe es geboren war. Es kam der achte Monat, ein Monat der Ängste und Nöte, wiewohl weniger schlimm als der neunte, über den ich hinweggehen möchte. Es genügt, seine Wirkungen zu schildern. Sie hätten kaum bitterer sein können.

»Nein, Tante Monica!« rief Candinho, einen Rat zurückweisend, den niederzuschreiben mir noch schwerer fällt, als es dem Vater fiel, ihn anzuhören. »Nie und nimmer!«

In der letzten Woche des letzten Monats gab Tante Monica dem Ehepaar den Rat, das zu erwartende Kind in das *Rad,* den Drehkasten des Findelhauses, zu legen. Etwas Schlimmeres hätte man einem jungen Ehepaar, das sein Kind erwartete, um es zu küssen, zu hegen, es lachen, wachsen, kugelrund werden und seine ersten Humpelschrittchen machen zu sehen, kaum zumuten können. Es ins *Rad* legen? Wie meinte sie das? Candinho starrte die Tante an, dann ließ er die Faust auf den Eßtisch niedersausen. Der Tisch, alt und wackelig, brach fast zusammen. Clara warf ein:

»Tantchen meint es doch nicht böse, Candinho!«

»Böse?« erwiderte Tante Monica. »Ob böse oder gut, es mag sein, wie's will, es ist das Beste, was ihr tun könnt. Ihr steckt bis über die Ohren in Schulden. Bald werdet ihr weder ein Stück Fleisch noch einen Löffel Bohnen haben. Wie soll sich eine Familie vermehren können, wenn nicht bald ein Batzen Geld hereinkommt? Außerdem habt ihr doch Zeit. Später, wenn Sie erst einen gesicherten Lebensunterhalt haben, könnt ihr eure Kinder, die noch kommen werden, mit der gleichen oder mit größerer Sorgfalt als dieses aufziehen. Dieses jedenfalls wird es gut haben, ihm wird nichts abgehen. Ist das *Rad* denn ein gottverlassener Strand oder ein Müllhaufen? Dort wird kein Säugling umgebracht, dort stirbt kein Kind sinnlos weg, während ihm hier, wo es am Notwendigsten fehlt, der sichere Tod blüht. Jedenfalls . . .«

Tante Monica beendete den Satz mit einem Achselzucken, wandte den Rücken und zog sich in die Bettnische zurück. Schon einmal hatte sie diese Lösung angedeutet, jetzt sprach sie ihren Vorschlag zum erstenmal offen — oder, wenn man will, grausam — aus. Clara ergriff die Hand ihres Mannes, wie um ihm Mut zu machen. Cândido Neves schnitt eine Grimasse und nannte die Tante leise »durchgedreht«.

Die Zärtlichkeit der beiden wurde durch ein Klopfen an der Haustür unterbrochen.

»Wer ist da?« fragte der Ehemann.

»Ich bin's.«

Es war der Hausbesitzer, der, Gläubiger dreier Monatsmieten, persönlich kam, um seine Rückstände einzutreiben. Cândido bat, er möge hereinkommen.

»Das ist nicht nötig . . .«

»Ich bitte aber darum.«

Der Gläubiger trat ein, weigerte sich jedoch, Platz zu nehmen; er ließ den Blick über das Mobiliar schweifen, um zu sehen, was es gegebenenfalls einbringen würde, stellte aber fest, daß die Ausbeute gering sein würde. Er komme, so sagte er, um die fällige Miete zu kassieren, er könne nicht länger warten; wenn sie in fünf Tagen nicht bezahlt sei, würde er sie auf die Straße setzen. Er habe nicht sein Leben lang dafür geschuftet, damit andere Leute es leicht hätten. Wer ihn so sah, hätte ihn nie für einen Hausbesitzer gehalten, aber seine Worte ersetzten seine Haltung, und der arme Cândido Neves zog das Schweigen einer Erwiderung vor. Statt dessen verbeugte er sich, was ein Versprechen und zugleich eine Bitte ausdrücken sollte. Aber der Hauswirt blieb unerbittlich.

»Entweder ihr zahlt binnen fünf Tagen, oder ihr fliegt«, wiederholte er, die Hand auf der Klinke, und ging hinaus.

Cândido ging auf eine andere Lösung aus. In so kritischen Augenblicken wie diesem verlor er nie seine Fassung;

stets rechnete er mit einer Leihgabe, ohne zu wissen, wie und woher sie kommen sollte; er rechnete einfach damit. Außerdem nahm er wieder seine Zuflucht zu den Anzeigen. Er fand viele, einige betrafen Sklaven, die er längst vergeblich gesucht hatte. Er verbrachte einige Stunden nutzlos auf der Straße und ging unverrichteter Dinge nach Hause. Nach vier Tagen hatte er noch keinen Mil-Réis verdient. Er versuchte einflußreiche Leute einzuspannen, er ging Freunde des Hausbesitzers um Fürsprache an, erreichte jedoch nur die Aufforderung, unverzüglich das Häuschen zu räumen.

Die Lage war brenzlig. Die beiden fanden kein Haus, konnten auch mit niemandem rechnen, der ihnen einen Unterschlupf gewährt hätte, und saßen somit praktisch auf der Straße. Sie hatten jedoch nicht mit der Tante gerechnet. Geschickt, wie sie war, hatte Tante Monica für drei Personen Unterkunft bei einer alten reichen Dame gefunden, und zwar Kellerräume, die hinter den Remisen ihres Hauses auf den Hof hinaus gingen. Ihre Geschicklichkeit ging noch weiter: Sie hatte den beiden kein Wörtchen verraten, damit Cândido Neves sich in seiner Verzweiflung damit abfände, das Neugeborene dem Findelhaus zu übergeben und einen sicheren Broterwerb zu suchen, kurzum, sein Leben zu ändern. Sie hörte sich Claras Beschwerden an, freilich ohne ihr zuzustimmen, aber auch ohne sie zu trösten. An dem Tag, da sie gezwungen sein würden, das Haus zu verlassen, würde sie das Paar mit ihrer glücklichen Nachricht überraschen, und die beiden würden eine ruhigere Nacht verbringen, als sie sich je erträumt hätten.

Und so geschah es. Auf die Straße gesetzt, zogen sie in die neue Behelfsunterkunft um, und zwei Tage später wurde das Kind geboren. Die Freude des Vaters war grenzenlos, aber sein Kummer nicht minder. Denn Tante Monica bestand darauf, daß das Kind in den Drehkasten des Findelhauses gelegt würde. »Wenn Sie es nicht hinbringen wollen, tue ich es. Ich gehe gern in die Rua dos Barbonos.«

Cândido Neves flehte, sie solle es nicht tun, sie möge warten, er würde sein Kind selber hinbringen.

Hier sei noch bemerkt, daß das Kind ein Knabe war und daß beide Eltern sich sehnlichst einen männlichen Nachkommen gewünscht hatten. Es hatte soeben seine Milch bekommen; da es aber abends zu regnen begann, erklärte der Vater sich bereit, es am nächsten Abend zum *Rad* zu bringen.

Noch am selben Abend las er von neuem seine Notizen über entlaufene Sklaven durch. Die Belohnungen waren zum größten Teil unbezifferte Versprechungen; nur in einigen Fällen war ein schmaler Finderlohn erwähnt. Eine einzige Anzeige hingegen versprach die stattliche Summe von hundert Mil-Réis. Es handelte sich um eine Mulattin, Aussehen und Kleidung waren angegeben. Cândido Neves hatte sie schon früher gesucht, erfolglos, und dann die Jagd aufgegeben; er vermutete, daß ein Liebhaber die Sklavin versteckt hatte. Nun aber stachelten ihn die große Summe und seine finanzielle Bedrängnis zu einer letzten Anstrengung an. So zog er in aller Herrgottsfrühe los und fahndete nach ihr in der Rua da Carioca und auf dem gleichnamigen Platz, in der Rua do Parto und der Rua da Ajuda, wo sie sich der Anzeige zufolge aufhalten sollte. Er fand sie aber nicht; nur ein Apotheker der Rua da Ajuda erinnerte sich, vor drei Tagen eine Unze irgendeiner Droge an eine Person verkauft zu haben, auf die Cândidos Beschreibung paßte. Cândido Neves tat so, als wäre er der Besitzer der Sklavin, und bedankte sich für die Auskunft. Mit anderen Ausreißern, auf die eine kleine oder unbestimmte Belohnung ausgesetzt war, hatte er ebensowenig Glück.

So trabte er in die traurige Unterkunft zurück, die man ihm und den Seinen leihweise zur Verfügung gestellt hatte. Tante Monica hatte eigenhändig eine leichte Mahlzeit für die junge Mutter zubereitet und das Kind für den Weg ins Findelhaus angezogen. Trotz der eingegangenen Abmachung vermochte der Vater kaum seinen Kummer über das

Schauspiel zu verbergen, das sich ihm bot. Er wies das Essen zurück, das Tante Monica für ihn aufbewahrt hatte; er habe keinen Hunger, behauptete er, und das war die Wahrheit. Er überlegte tausend Möglichkeiten, um seinen Sohn nicht aus der Hand geben zu müssen, aber keine wollte ihm gefallen. Auch der Gedanke an die ärmliche Behelfswohnung, in der er untergekommen war, ging ihm nicht aus dem Kopf. Er fragte Clara nach ihrer Meinung, aber sie hatte sich mit allem abgefunden. Tante Monica hatte ihr ausgemalt, in welchem Elend das Kindchen aufwachsen und daß es wahrscheinlich das erste Jahr kaum überleben würde. So sah Cândido Neves sich gezwungen, das Versprechen einzulösen, und bat seine Frau, sie solle dem Kind zum letztenmal die Brust geben. Gesagt, getan. Dann schlief der Kleine ein, der Vater nahm ihn auf den Arm und zog mit ihm in die Nacht hinaus, in Richtung Rua dos Barbonos. Daß Cândido Neves mehr als einmal daran dachte, umzukehren und heimzugehen, steht außer Frage; es ist auch nicht weniger gewiß, daß er ihn liebevoll einhüllte, daß er ihn mehrmals küßte und sein Gesichtchen bedeckte, um ihn gegen den Nachttau zu schützen. Als er endlich in die Rua da Guarda Velha einbog, verlangsamte er den Schritt.

»Ich muß ihn so spät wie möglich abliefern«, murmelte er vor sich hin.

Weil die Straße aber weder endlos noch besonders lang war, würde sie einmal zu Ende gehen; da kam ihm der Gedanke, in eine der Gassen einzutreten, die diese Straße mit der Rua da Ajuda verbanden. Er gelangte an eine Straßenecke und wollte sich gerade rechts, in Richtung Largo da Ajuda, halten, als er auf der gegenüberliegenden Seite eine weibliche Gestalt sah; es war die entlaufene Mulattin. Es würde mir schwerfallen, Cândidos Erregung überzeugend wiederzugeben. Ein Wort mag genügen: Sie war ungeheuer. Da die Frau die Straße entlangging, ging er auf seiner Seite mit; nach wenigen Schritten stand er vor der Apotheke, in der er die oben beschriebene Auskunft erhalten hatte. Er trat ein, fand den Apotheker, bat ihn um die Freundlichkeit, sein Kind einen Augenblick zu halten; er versprach hoch und heilig, in wenigen Augenblicken zurückzukommen und es wieder abzuholen.

»Aber . . .«

Cândido Neves ließ ihm keine Zeit zu einer Entgegnung; hinaus stürzte er und überquerte die Straße bis zu einer Stelle, wo er das Mädchen unauffällig festnehmen konnte. Am äußersten Ende der Straße, als sie in die Rua São José einbiegen wollte, trat Cândido Neves nahe an sie heran. Sie war es, sie war die flüchtige Mulattin.

»Arminda!« rief er, so hieß sie nach der Anzeige.

Arminda drehte sich arglos um. Erst als er ihre Arme mit dem Strick, den er blitzschnell aus der Tasche gezogen hatte, festbinden wollte, begriff sie, was los war, und wollte fliehen. Aber es war zu spät. Cândido Neves schnürte ihr unbarmherzig die Handgelenke fest und befahl ihr, sich in Bewegung zu setzen. Die Sklavin wollte schreien, stieß einen Laut aus, den man selten bei Frauen hört, verstand aber bald, daß ihr niemand zu Hilfe kommen würde. Im Gegenteil. So flehte sie ihn an, sie doch um der Liebe Gottes willen loszulassen.

»Ich bin schwanger!« rief sie aus. »Wenn Euer Gnaden einen Sohn haben, so lassen Sie mich um seinetwillen frei. Ich flehe Sie an. Ich will Ihre Sklavin sein, ich will Ihnen dienen, so lange Sie wollen. Aber lassen Sie mich bitte los, junger Herr!«

»Komm mit!« wiederholte Cândido Neves barsch.

»Lassen Sie mich los!«

»Keine Flausen, Marsch!«

Es kam zu einer Rauferei, weil die keuchende Sklavin sich und ihr Kind losreißen wollte. Wer vorbeiging oder von der Schwelle eines Ladens zuschaute, begriff, worum es ging, und kam der Mulattin selbstverständlich nicht zu Hilfe. Nun rief Arminda, ihr Herr sei ein böser Mensch, vermutlich werde er sie auspeitschen lassen, und das würde in ihrem Zustand noch schlimmer für sie sein. Ganz sicher werde er sie auspeitschen lassen.

»Du bist selber schuld. Wer sagt dir, du sollst dir ein Kind machen lassen und dann durchbrennen!« brummte Cândido Neves böse.

Auch ihm war nicht zum Lachen, weil sein Sohn in der Apotheke auf ihn wartete. Andererseits war er nicht daran gewöhnt, viele Worte zu machen, und zerrte die Sklavin durch die Rua dos Ourives, in Richtung Zollamt, wo ihr Herr wohnte. Dort, an der Ecke, begann die Sklavin von neuem, Widerstand zu leisten. Verzweifelt stemmte sie den Fuß gegen eine Hauswand und bäumte sich mit größter Kraftanstrengung zurück — aber vergebens. Damit erreichte sie nur, daß der Rückweg zu dem ohnehin nahen Haus ihres Herrn etwas hinausgezögert wurde. Schließlich kam sie dort an, gewaltsam gezogen, außer sich, atemlos. Wieder fiel sie auf die Knie, wieder vergebens. Ihr Herr war zu Hause und lief auf den Lärm hin herbei.

»Hier ist Ihre Ausreißerin«, sagte Cândido Neves.

»Ja, sie ist es.«

»Mein Herr!«

»Los, rein mit dir . . .«

Arminda brach auf dem Vorplatz zusammen. Dort, neben ihr, holte der Besitzer der Sklavin seine Brieftasche hervor und zog die ausgesetzte Belohnung von hundert Mil-Réis heraus. Cândido Neves steckte die beiden Noten von je fünfzig Mil-Réis ein, während der fremde Herr seiner wiedergewonnenen Sklavin von neuem befahl, ins Haus zu gehen. Aber dort, auf derselben Stelle, wo sie niedergesunken war, getrieben von Angst und Schmerzen, hatte sie wenige Minuten später eine Frühgeburt.

Die verfrühte Frucht kam leblos zur Welt, begleitet vom Stöhnen der Mutter und den verzweifelten Gesten des Eigentümers. Cândido Neves wohnte dem Schauspiel bis zum Ende bei. Er wußte nicht, wieviel Uhr es war. Aber es mochte noch so spät sein, jetzt mußte er in die Rua da Ajuda eilen, und das tat er, ohne sich den Kopf um die etwaigen Folgen des unglücklichen Ereignisses zu zerbrechen.

Als er dort anlangte, fand er den Apotheker allein vor, ohne sein Söhnchen, das er ihm übergeben hatte. Er hätte sich am liebsten auf ihn gestürzt. Glücklicherweise klärte der Apotheker ihn sogleich über den Verbleib des Kleinen auf, der drinnen bei seiner Familie friedlich schlummerte. Sie traten beide durch die Hintertür in die Wohnung. Cândido nahm sein Kind mit der gleichen Heftigkeit in Empfang, mit der er kurz vorher die Sklavin gepackt hatte — nein, diesmal mit der Heftigkeit der Liebe. Er bedankte sich hastig, notdürftig, und stürzte hinaus, aber nicht in Richtung Findelhaus, sondern heim in seine Notbehausung, mitsamt seinem Sohn und den hundert Mil-Réis Belohnung. Nachdem Tante Monica seine Entschuldigung gehört hatte, erklärte sie sich mit der Rückkehr des Kindes einverstanden, da sein Vater mit Geld in der Tasche zurückkam. An der Sklavin hingegen ließ sie kein gutes Haar, weniger wegen ihrer Flucht als wegen der Frühgeburt. Heiße Tränen vergießend, bedeckte Cândido Neves das Gesichtchen seines Sohnes mit Küssen, segnete die Flucht der Mulattin und verlor kein Wort über die Frühgeburt.

Nicht alle Kinder schaffen es, sagte ihm sein Herzklopfen.

NACHWORT

Joaquim Maria Machado de Assis (1839-1908) ist der früh verwaiste Sohn eines Mulatten aus Rio de Janeiro, seines Zeichens Anstreicher, und einer aus den Azoren eingewanderten Portugiesin. Der schüchterne Stotterer, der kränkliche Epileptiker, der stille, beharrliche Autodidakt, der es zu einer Zeit, als in Brasilien noch die Monarchie und die Sklaverei herrschten, zum hohen Staatsbeamten brachte und auf Lebenszeit Präsident der von ihm gegründeten *Academia Brasileira De Letras,* der Brasilianischen Akademie für Sprache und Dichtung, wurde, hat neben acht Romanen, zwei oder drei Gedichtbändchen, Dramen, Chroniken und Briefen sechs Bände mit etwa einhundertsiebzig Erzählungen geschrieben, aus denen hier die einundzwanzig besten vorgelegt werden.

Wenn auch eine Auswahl nie alle Geschmacksrichtungen befriedigen wird, so haben wir uns jedenfalls bemüht, die ganze Skala von Machados Kunst des Erzählens im Hinblick auf Thema, Schauplatz und Atmosphäre zu Wort kommen zu lassen. Diese Arbeiten stammen mit Ausnahme von *Der türkische Pantoffel* (1875) aus Machados fruchtbarster Schaffensperiode zwischen 1881 und 1900, den Erscheinungsjahren zweier bedeutender Romane: *Die nachträglichen Memoiren des Brás Cubas* und *Dom Casmurro,* die beide in deutscher Übersetzung (Manesse) erschienen sind.

Mit dem vierzigsten Lebensjahr hat der Schriftsteller den letzten Ballast romantischer Einflüsse über Bord geworfen, er hat eine Art umgekehrte Bekehrung durchgemacht und, wie er einem Freunde anvertraut, »alle Illusionen über den Menschen verloren«. Anders ausgedrückt: Aus dem Chronisten der harmonischen äußeren Lebenslinien des Kaiserreichs wird der Prophet seiner inneren Ausweglosigkeit, aus dem Moralisten, der trotzdem noch hin und wieder aus seinen Schriften spricht, der unerbittliche Analytiker menschlicher Schwächen. *Brás Cubas,* der den Keim zu zahlreichen Erzählungen und Romanen enthält, ist nicht nur der Autor seiner selbst, sondern auch der Ausgangspunkt zu seiner neuen Schreibweise. Von nun an stimmen Machados Denken und Ausdruck völlig überein, seine Sprache strebt Objektivität und Einfachheit an, sein Grundton ist der Zweifel, ein positiver Akzent und seine Art des Denkens.

Wenn die brasilianischen Kritiker bis zum heutigen Tage an der schwerverständlichen, schwer zu ergründenden Person ihres größten Schriftstellers herumrätseln und daher den hier versammelten Arbeiten je nach Temperament verschiedene Deutungen geben, so sind sie sich mittlerweile darüber einig geworden, daß Machados Erzählungen zum Besten seines Werkes gehören und in *Der Irrenarzt* vielleicht ihren Höhepunkt erreicht haben. *O Alienista,* eigentlich eine Novelle, die zwischen Oktober 1881 und März 1882 von der Zeitschrift *A Estação* — eine Nachahmung der Pariser *La Saison* — in Fortsetzungen gedruckt wurde, war eines von zwölf Stücken, die er aus 42 zwischen 1879 und 1881 entstandenen Titeln in seinem Sammelband *Papeis Avulsos – Lose Blätter* — aufnahm. Sie rief unmittelbaren Widerhall hervor; noch zwölf Jahre später galt sie als die beste brasilianische Erzählung der Zeit. Von 1881 an, mit dem Erscheinen seines bedeutendsten Romans *Die nachträglichen Memoiren des Brás Cubas,* galt sein Interesse der Kurzgeschichte ohne eigentliche Fabel und deutlichen Schluß, der Darstellung menschlicher Situationen. Aus dieser Schaffensperiode scheint *Der Irrenarzt* zunächst als Abweichung ins Phantastische, als pathologischer Sonderfall herauszuragen. Die Meistererzählung hat die Kritik nachhaltig beschäftigt. 1897 meinte Sílvio Romero, Machado habe seine Landsleute in ihrer Anfälligkeit für die während der Romantik vom Ausland übernommenen positivistischen Ideen und Patentlösungen aufs Korn nehmen wollen. Andererseits habe er sich durch seinen dem brasilianischen Volk fremden Pessimismus der Reaktion verschrieben:

Machado sei ein Fremdling im eigenen Hause. In der Tat schrieb der Romancier, Leser von Montaigne, Pascal, dem Prediger Salomo (»Ich tröste mich in der Trostlosigkeit«), von Laurence Sterne (dessen Humor er freilich in Ironie, in ätzenden Sarkasmus ummünzte), über Pascal: »Mag dieser ruhig behaupten, der Mensch sei ein denkendes Schilfrohr. Für mich ist er ein denkendes Erratum. Jede Lebensstation ist eine Ausgabe, welche die vorherige berichtigt, und diese wiederum wird berichtigt bis zur Ausgabe letzter Hand, die der Verleger den Würmern vermacht.«

Mário Alencar und andere schrieben Machados Menschenfeindlichkeit seinem unheilbaren Leiden, der Epilepsie, zu.

Also Pessimist, weil er sich nicht mit seinem Volk identifizierte. Pessimist, weil er Epileptiker war. Pessimist, weil er nicht an den Sieg der Moral glaubte, obwohl er, Freund seiner Freunde, sein Leben der Arbeit und der Familie widmete. Im neuen Jahrhundert findet die Kritik neue Gesichtspunkte. Machado de Assis' Satire, für die er sich von den englischen Humoristen anregen ließ, geht nach Eugênio Gomes weit über Jonathan Swifts *A serious and useful scheme to make a hospital for incurables* hinaus, denn der Erzähler verwische und verwechsle die Grenzen von Vernunft und Irrsinn.

Augusto Meyer, einer der scharfsinnigsten Deuter von Machados Werk, vertritt die Auffassung, in *Der Irrenarzt* habe der Autor den transzendenten Humor erfunden, Humor, der angesichts der Ketten, die unser »deterministisches Verhängnis« erschafft, nicht schreie, sondern lache. Durch Dr. Bacamartes Geschichte gelangen wir zum »Selbstmord der Vernunft, die, auf der Suche nach der Wahrheit von Theorie zu Theorie wandernd, in sich selbst das Verhängnis des Irrtums erkannt hat.«

Luiz Costa Lima hingegen sieht in Machado de Assis den Erschaffer eines Palimpsestes; im *Irrenarzt* wittert er eine »Textpolitik«. Seine These: Unter seinem »zweiten« Text, der den Leser durch seine glatte Sprache, seine geschliffenen

Wendungen, seine mit kleinen Lastern behafteten, im Grunde harmlosen Personen fesselt, tritt ein verborgener »erster« Text zutage. Wohl wissend, daß der Irrsinn weniger eine Krankheit ist als eine von der Gesellschaft ausschließende Äußerung, thematisiert der Autor, um den Irrsinn dem Boden der klassischen Erfahrung zurückzugeben, den vom psychiatrischen Positivismus verdrängten Begriff und spiegelt ihn in drei Kriterien des Irrenarztes. Im ersten ist der Irrsinn ein Exzeß, Trennungslinie, welche die Gesellschaft beruhigt, da sie die Internierung jener gestattet, die durch sonderbares Verhalten auffallen.

Im zweiten Kriterium, Umkehrung des ersten, wird die Gesellschaft nicht mehr von den Wohltaten der Wissenschaft begünstigt, weil mit dem Aufstand des Barbiers der gesunde Menschenverstand rebelliert.

Nun erst entdeckt Barbier Porfírio, was Bacamarte bis zum Schluß nicht weiß: Die Trennungslinie zwischen Irrsinnigen und Vernünftigen ist nicht nur eine Frage der Medizin, sondern vor allem ein soziales Kriterium. Die vom Irrenarzt vertretene Wissenschaft dient der politischen Macht weniger durch ihre Forschung als durch ihre jener geleisteten Dienste. Bacamartes Irrsinn ist der Irrsinn der Wissenschaft, und der Irrsinn der Wissenschaft besteht darin, ihre Grenzen und ihre Verlautbarungen nicht zu kennen. Entgegen Bacamartes Glauben ist die Wissenschaft nicht rein — oder neutral, wie man heute sagen würde —, sondern mit Macht ausgestattet. Somit ist des Irrenarztes mißlungene Lehrzeit, Vorbedingung für die Darstellung des fiktiven Theorems, nicht nur eine Allegorie für die Schäden der brasilianischen Kolonialzeit — Bacamarte ist Träger wissenschaftlicher Ehrentitel des Königreichs. Sie stellt auch die modernen Auffassungen über die »Geisteskrankheiten«, über die Autonomie und Objektivität der Wissenschaft in Frage, während sie im Namen eines harmlosen Itaguaí den inneren Kolonialismus anprangert. Zudem stellt sie das vom *anderen* her geschaffene Selbstverständnis der menschlichen Gesellschaft in Frage. Der andere, ein Begriff, den wir brauchen, um ihn zu unserem Ebenbild (Erfahrung des Kolonisators) oder um uns zu seinem Ebenbild (Erfahrung des Kolonisierten) zu machen oder um mangels der vorherigen Alternative in ihm den Ausgeschlossenen, den Irren in seinen verschiedensten Abstufungen zu sehen.

Ebenso aktuell muten andere, kurze Erzählungen an, so *Der Spiegel*. Mag er einesteils an Schopenhauer (den Machado las) und sein »Von dem, was einer hat, und von dem, was einer vorstellt« erinnern, so scheint er in der Uniform des Fähnrichs C. G. Jungs *Persona* zu demonstrieren. Und wer unter den modernen Schriftstellern hat anschaulicher, beklemmender das Verlöschen des ungezeichneten Ich im Nichts geschildert?

Lob des Durchschnittsmenschen heißt im Original »Teoria do Medalhão«. Der unübersetzbare »Medalhão« ist zwar tatsächlich das Ideal des Durchschnittsmenschen, hat aber daneben etwas vom Snob, vom Opportunisten, vom konventionellen Gesellschaftsmenschen, vom Zerrbild des Bürgers, der, vorsichtig bis zur Feigheit, nur arrivieren will. Polonius erteilt seinem scheidenden Sohn Laertes ähnliche Ratschläge, und das hier angepriesene Rezept paßt gut zu einer Gesellschaftsordnung, in der die keimfreie Tüchtigkeit ohne persönliches Verantwortungsbewußtsein, die gleichmacherische Tugend par excellence, dazu ausreicht, Karriere zu machen.

Aus *Die Kirche des Teufels* glauben wir fast Sartres »Die Hölle sind die anderen« herauszuspüren. Aber dieser Satan, der auf höchst moderne Weise das Ich zum Absolutum erhebt, hat es ja mit Menschen des Machado de Assis zu tun, die das Absurde und Widersprüchliche zu sehr lieben und genießen, um sich von eingleisigen Lebensregeln gängeln zu lassen. Hier klingt aber auch von ferne ein Urgefühl des Brasilianers mit: Extreme Positionen sind nicht zu halten; wichtig im Leben ist der Ausgleich, die Versöhnung.

Machado de Assis liebt die Natur nicht, er verliert sich nicht an Naturbeschreibungen, auch Schilderungen oder Ausführlichkeiten sind nicht seine Sache. Und doch atmet jede seiner Erzählungen die Luft des alten Rio de Janeiro, das er nie verlassen hat. Seine Bücher sind daher eine kulturhistorische Fundgrube, überdies eine Quelle des Entzückens für den modernen Brasilianer, und auch wir spüren aus den sparsamen Strichen seiner Prosa die Atmosphäre von Ort und Zeit.

Die regelmäßige Mitarbeit bei zahlreichen Zeitungen und Zeitschriften, aber auch der häufige Besuch von Buchhandlungen, Cafés und literarischen Zirkeln, »das Laster der Zeit«, befruchtet seine Schaffenskraft und spielt ihm eine Fülle von Themen zu, die er jeweils so lange abwandelt, bis er die gültige Variante gefunden hat. Manchmal gelingen ihm aber auch zwei vollkommene Lösungen desselben Stoffs, wie etwa in *Ein berühmter Mann* und *Hochzeitslied,* beides Erzählungen der Schwermut, der Bitterkeit und des Versagens. Hier klingt das Bekenntnis des Schriftstellers hindurch, der Chroniken und Kurzgeschichten aus dem Ärmel schüttelt, aber ein Leben lang von dem großen tragischen Wurf träumt, der ihm in dem Roman *Quincas Borba* fast, aber eben nur fast, geglückt ist.

Weihnachtsmesse und *Frauenarme,* die beide die Frau, das Urbild der reifen Frau, und die erwachende Sinnlichkeit eines Jugendlichen behandeln, sind zwei ebenfalls vollkommene Stücke mit dem gleichen Grundthema. Das erste scheint nichts als eine belanglose Situation: Ein junger Mann wartet, und eine Frau, die nicht schlafen kann, leistet ihm Gesellschaft. Dazwischen liegt eine Welt der Andeutungen, der Möglichkeiten, Hoffnungen, Erwartungen, Enttäuschungen. Hier und in *Frauenarme* erkennen wir deutlich Machados Technik, beredter zwischen den Zeilen als durch die Zeilen zu sprechen, sich nicht auf Lösungen festzulegen und den Leser mit Vorliebe im unklaren zu lassen. Aber auch Machados merkwürdig puritanische, viktorianische, ganz unbrasilianische Sinnlichkeit kommt hier zum Ausdruck. Im Gegensatz zu der prallen, herzhaften Sinnenfreude seines portugiesischen Zeitgenossen Eça de Queirós, die er bemängelt, ist die seine beherrscht, verdrängt, lüstern — denn halbnackte Arme sind nackter als ganz nackte. Vielleicht hängt das mit seiner Auffassung von der Frau zusammen, die in seinen Büchern die Rolle der Verführerin spielt. Sie ist, wie Capitu in *Dom Casmurro,* unberechenbar, unverantwortlich, treulos und täuschend wie das Leben, sie ist das Abbild des Lebens, des großen Täuschers. Das ist Machados bittere Einsicht, und sie kommt nicht von ungefähr. Seit seiner Jugend ist das Gefühl der Vergeblichkeit, der Unentrinnbarkeit, der Vereitelung, der Unerbittlichkeit von Zeit und Tod in ihm lebendig. In der zarten Studie *Eine Dame* trägt Machado unauffällig eine Phase seines lebenslangen hinhaltenden Gefechts gegen seine geduldige Mörderin Zeit aus.

Zwei Sätze aus *Brás Cubas* fassen diesen tiefen Pessimismus, diesen bitteren Sarkasmus, der sich bisweilen zum ätzenden Hohn steigert, bündig zusammen: »Großer Lüstling, dich erwartet die Wollust des Nichts«, und als letzte Verneinung eines (des letzten) Kapitels der Verneinungen: »Ich hatte keine Kinder, ich hinterließ keinem lebenden Wesen die Erbschaft unseres Elends.« Machado schreibt »sub specie mortis«. Wahrscheinlich versandet deshalb jede herzbetonte Absicht seiner Personen meistens in einer kargen Geste.

Machados Ehe ist kinderlos geblieben, vermutlich als Folge seines Leidens. Im Gegensatz zu Dostojewski — er hatte dessen eine Seite, die »des Menschen aus dem Untergrund« —, der bekanntlich bereit war, für einen blitzartigen Augenblick der Glückseligkeit vor einem Anfall zehn Jahre seines Lebens hinzugeben, kannte Machado nur die böse Seite der Fallsucht, die seine letzten Jahre zu einem wahren Fegefeuer machte, um so mehr, als seine geliebte Frau Carolina ihm das Sterben nicht erleichtern konnte, wie er gehofft hatte. Dennoch lehnte der Sterbende geistlichen Beistand ab. »Ich glaube ja nicht«, sagte er auf dem Totenbett. »Es wäre Heuchelei.« Nur im Leben mit seiner Frau ist ihm das gelungen, was ihm in seinem Werk versagt geblieben ist: die eisigen Mauern seines ironischen Ich zu überspringen. Sein nach ihrem Tode verfaßtes Sonett *An Carolina,* ein Juwel der portugiesischen Dichtung, zeugt davon.

Angesichts dieses inneren Verhängnisses ist auch die Faszination zu verstehen, welche die Grausamkeit auf einen Menschen wie Machado ausgeübt hat, dem alle Gewalttat zuwider war. In *Der geheime Grund* nimmt der Quältrieb Fortunatos fast einen sadistischen Zug an und scheint den heutigen Leser daran zu erinnern, daß die *conciênca* als Gewissen sich, gleichsam in einer enharmonischen Verwechslung, nur in die *conciênca* als Bewußtsein zu verwandeln braucht (leider gibt die deutsche Sprache dieses Wortspiel nicht her), um Wegbereiter für den hemmungslosesten Massenmord zu werden. Aber Machado ist auch ein Verwandter Garcias, der es liebt, Schicht auf Schicht eines seelischen Organismus abzutragen, bis er auf den Mechanismus der betreffenden Psyche stößt. Somit ist seine Vorliebe für unbeteiligte Beobachtung, sein Hang zur kühlen Sezierung auch seine Achillesferse, und seine Menschen bergen selten das eigenständige Leben der Personen, denen wir in den Romanen Balzacs und Tolstois begegnen. Der analytische Befund ist dem Schriftsteller wichtiger als der Mensch, dessen Seelenleben er untersucht. Hellsicht ist alles, und sogar seine Heiligen in *Heilige unter sich* sind »scharfsinnige Psychologen«. Und Hellsicht übte er als Sammler »des Geringfügigen und Verborgenen«, wie er einmal schrieb, »der Brotkrumen der Geschichte, kleiner Dinge, die der Mehrheit entgehen, Dinge des Kurzsichtigen. Denn der Kurzsichtige hat den Vorteil, da zu sehen, wo das scharfe Auge versagt.«

Als Chronist und Journalist hat der liberale, fortschrittlich denkende Meister Machado ein Leben lang die Sache der Sklaven verfochten; 1868 hat er den feurigen Bahianer Sklavendichter Castro Alves der literarischen Elite Rios vorgestellt; und schon als unerschrockener Zwanzigjähriger hat er Partei ergriffen für die soziale Lage von Negern und Mischlingen und in mittelmäßigen Kurzgeschichten gewissermaßen die künftige Kampagne für die im Jahre 1888 erfolgte Abschaffung der Sklaverei vorweggenommen. In *Vater gegen Mutter* aus dem Jahre 1906, unserer letzten Erzählung und einer seiner letzten, schildert er dagegen rückblickend Verhältnisse, die er noch als Kind miterlebt hat.

Nach außen der vorbildliche Beamte, der verbindliche Gesellschaftsmensch, ist Machado de Assis nach innen der schonungslose Selbsterkenner und Selbsthenker nach Nietzscheschem Vorbild; daher setzt er der ersten Fassung seines *Brás Cubas* auch den Ausspruch Orlandos aus *Wie es euch gefällt* voran: »Ich will kein lebend Wesen in der Welt schelten als mich selber, an dem ich die meisten Fehler kenne.«

Übrigens liest sich Machado de Assis am besten in Etappen, und zwar deshalb, weil dadurch die originelle Anmut seiner stärksten Momente am deutlichsten zutage tritt und ausgekostet werden kann; daher übertrifft auch der Erzähler in Machado fast immer den Romancier.

Er war aber auch der erste wahre homme de lettres Brasiliens, wenn damit ein Mensch gemeint ist, für den das tägliche Bedürfnis, die eigene Essenz — gleichgültig, ob gut oder schlecht — zu Papier zu bringen, die einzige Möglichkeit darstellt, sich mit der Ausweglosigkeit der eigenen Natur zu versöhnen.

Curt Meyer-Clason

BIBLIOGRAPHIE

Contos fluminenses. Erzählungen. Rio de Janeiro 1870.
Ressurreição. Roman. Rio de Janeiro 1872.
Histórias da meia noite. Erzählungen. Rio de Janeiro 1873.
A mão e a luva. Roman. Rio de Janeiro 1874.
Helena. Roman. Rio de Janeiro 1876.
Yaiá Garcia. Roman. Rio de Janeiro 1878.
Memórias póstumas de Brás Cubas. Roman. Rio de Janeiro 1881. (*Die nachträglichen Memoiren des Brás Cubas.* Deutsch von W. Kayser. Zürich 1950; *Brás Cubas. Nachträge zu einem verfehlten Leben.* Deutsch von E. Engler. Berlin 1967, Frankfurt am Main 1979.)
Papéis avulsos. Erzählungen. Rio de Janeiro 1882.
Histórias sem data. Erzählungen. Rio de Janeiro 1884.
Quincas Borba. Roman. Rio de Janeiro 1891. (*Quincas Borba.* Deutsch von R. G. Lind. Frankfurt am Main 1982.)
Várias histórias. Erzählungen. Rio de Janeiro 1896.
Páginas rescolhidas. Erzählungen. Rio de Janeiro 1899.
Dom Casmurro. Roman. Rio de Janeiro 1900. (*Dom Casmurro.* Deutsch von E. G. Meyenburg. Zürich 1951; deutsch von H. Kaufmann. Berlin 1966, Frankfurt am Main 1980.)
Poesias completas. Rio de Janeiro 1901.
Esaú e Jacob. Roman. Rio de Janeiro und Paris 1904.
Reliquias de casa velha. Erzählungen. Rio de Janeiro 1906.
Memorial de Aires. Roman. Rio de Janeiro 1908.
Edições criticas de obras de Machado de Assis. Fünfzehn Bände. Rio de Janeiro 1975.

INHALT

Der türkische Pantoffel	5
Der Irrenarzt	19
Lob des Durchschnittsmenschen	85
Die Anleihe	98
Der Spiegel	109
Die Kirche des Teufels	122
Hochzeitslied	132
Merkwürdige Begebenheit	138
Eine Dame	148
Eine Admiralsnacht	159
Der Krankenwärter	169
Erzählung aus der Schulzeit	182
Dona Paula	194
Die Kartenlegerin	207
Der geheime Grund	220
Frauenarme	234
Heilige unter sich	247
Trio in a-Moll	258
Ein berühmter Mann	269
Die Weihnachtsmesse	283
Vater gegen Mutter	293
Nachwort	309
Bibliographie	319

DER GEHEIME GRUND, eine Sammlung von einundzwanzig Erzählungen des brasilianischen Schriftstellers Joaquim Maria Machado de Assis, ist im August 1996 als einhundertvierzigster Band der ANDEREN BIBLIOTHEK im Eichborn Verlag, Frankfurt am Main, erschienen.

Die deutsche Übersetzung stammt von Curt Meyer-Clason. Sie wurde erstmals 1964 unter dem Titel *Meistererzählungen* bei Wegner in Hamburg publiziert und für diese Ausgabe vom Übersetzer durchgesehen.

Dieses Buch wurde in der Buchdruckerei Greno in Nördlingen aus der Korpus French Old Style Monotype gesetzt und auf einer Condor-Schnellpresse gedruckt. Das holz- und säurefreie mattgeglättete 100g/qm Bücherpapier stammt aus der Papierfabrik Niefern. Den Einband besorgte die Buchbinderei G. Lachenmaier in Reutlingen.

1. bis 6. Tausend, August 1996. Einmalige, limitierte Ausgabe im Buchdruck vom Bleisatz. ISBN 3-8218-4142-7. Printed in Germany.

Von jedem Band der ANDEREN BIBLIOTHEK gibt es eine Vorzugsausgabe mit den Nummern 1–999.